Carina Schnell
When the Stars Collide

AF178307

CARINA SCHNELL

WHEN
THE
Stars
COLLIDE

everlove
by **PIPER**

Mehr über unsere Autorinnen, Autoren und Bücher:
www.everlove-verlag.de

Wenn dir dieser Roman gefallen hat, schreib uns unter Nennung des Titels »When the Stars Collide« an *empfehlungen@piper.de,* und wir empfehlen dir gerne vergleichbare Bücher.

Von Carina Schnell liegen im Piper Verlag vor:
Sommer-in-Kanada-Reihe:
Band 1: When the Storm Comes
Band 2: When the Night Falls
Band 3: When the Stars Collide

Inhalte fremder Webseiten, auf die in diesem Buch (etwa durch Links) hingewiesen wird, macht sich der Verlag nicht zu eigen. Eine Haftung dafür übernimmt der Verlag nicht.

ISBN 978-3-492-06283-1
© everlove, ein Imprint der Piper Verlag GmbH, München 2022
Redaktion: Kerstin von Dobschütz
Sensitivity Reading: Jade S. Kye
Satz: psb, Berlin
Gesetzt aus der Albertina
Druck und Bindung: CPI Books GmbH, Leck
Printed in the EU

Für alle, die selbst in der dunkelsten Nacht
nach den Sternen greifen

1 Rachel

Mein Taxi hielt an der Ecke Yonge und Temperance Street. Nachdem ich dem Fahrer ein großzügiges Trinkgeld gegeben hatte, öffnete ich die Tür. Sofort drangen all die Geräusche der Großstadt auf mich ein – das Hupen der Autos, das Rattern der fernen Streetcars, das vibrierende Dröhnen einer nicht sichtbaren Baustelle und das Stimmengewirr einer Touristengruppe, die gerade um die Ecke bog. Endlich zu Hause. Endlich wieder in Toronto.

Kurz hielt ich die Luft an, genoss den Moment, bevor ich meinen Fuß aus der Tür schob. Vielleicht hatte ich als Kind zu viele romantische Komödien gesehen, aber dieser Moment würde für mich immer magisch sein. Der Augenblick, bevor die Hauptdarstellerin aus dem Auto stieg. Zuerst sah man nur ihren Fuß, der natürlich in einem wunderschönen Schuh steckte, als sie ihn vorsichtig aus der Tür schob. Sittsam achtete sie darauf, ihre Beine geschlossen zu halten, um keinen unfreiwilligen Blick auf ihre Unterwäsche freizugeben. Dann blickte sie auf, direkt in die Kamera, und sah sich mit fasziniertem Staunen um, während sie ausstieg, sodass man endlich ihr umwerfendes Outfit bewundern konnte.

Ich nannte diesen Augenblick meinen »Hollywood-Glitzer-Moment«. Bei mir war er nicht ganz so dramatisch, auch wenn ich ihn feierte. Meine Füße steckten in mit rosa Samt bezogenen

High Heels, und ich trug an den Knien zerrissene Boyfriend-Jeans sowie mein schwarzes Lieblingstop mit Spitze am Ausschnitt. Die goldenen Armbänder an meinem Handgelenk klirrten aneinander, als ich die Tür weiter aufdrückte.

Ich schloss die Augen, spürte das konfettikanonenartige Kribbeln in meinem Magen, dann setzte ich einen Fuß auf die Yonge Street – die berühmteste Straße Kanadas, die früher als längste Straße der Welt gegolten hatte. Der zweite Fuß folgte, ich wackelte kurz mit den Zehen, dann stand ich auch schon mittendrin in dem lauten Chaos, das ich Zuhause nannte. Ich schlug die Tür hinter mir zu und winkte dem Taxifahrer, der sofort davonsauste.

Nach einem weiteren Schritt stand ich auf dem breiten Gehsteig. Langsam drehte ich mich einmal um mich selbst, betrachtete die aufragenden Gebäude, die jetzt am frühen Abend lange Schatten warfen. In der Ferne glitzerten ein paar verspiegelte Hochhäuser in der Abendsonne. Ein Stück die belebte Straße hinunter erkannte ich das rot-weiße Subway-Schild. Queen Station – an diese Haltestelle hatte ich so viele Erinnerungen, die nun augenblicklich meinen Geist fluteten. Wie ich betrunken huckepack auf Marlys Rücken die steile Treppe hinunterritt. Wie ich mich bückte, um meinem Lieblingsstraßenmusiker etwas in den Hut zu werfen, woraufhin er sich lächelnd bedankte. Wie ich Sam küsste, während eine Subway einfuhr und meine Haare aufgewirbelt wurden.

Bevor ich mich ganz in den Erinnerungen verlieren konnte, warf ich einen raschen Blick auf meine Armbanduhr. Ich war bereits spät dran, keine Zeit für Sentimentalitäten.

Das Edelrestaurant, in das mich meine Eltern eingeladen hatten, befand sich im historischen Dineen Building, einer architektonischen Perle der Stadt. Ich schob mir den Riemen meiner Handtasche über die Schulter und ging auf den Eingang zu. Meine hohen Absätze klickten bei jedem Schritt auf dem Asphalt – ein Geräusch, das mir schon seit meiner Jugend Selbstvertrauen gab.

Der Fahrstuhl brachte mich in die oberste Etage des gepflegten Gebäudes. Als ich durch Glastüren in das Restaurant trat, kam mir leise Klaviermusik entgegen. Durch die deckenhohen Fenster mit den schneeweißen Gardinen hatte man einen schönen Ausblick, auch wenn das Gebäude nicht besonders hoch war. Von der Decke hingen riesige gläserne Kugeln, in denen sich Kronleuchter befanden. Die Sitzecken waren mit lilafarbenem Samt bezogen, der weiche Teppich schluckte meine Schritte. Ich runzelte die Stirn. Dieses Restaurant war viel hipper als die Orte, an denen meine Eltern gewöhnlich aßen. Versuchten sie etwa, mich zu beeindrucken?

»Guten Abend, haben Sie eine Reservierung?«, begrüßte mich eine junge Frau mit bronzefarbener Haut und Smokey Eyes.

»Hi.« Ich reckte mich trotz meiner Absätze ein wenig, um nach meinen Eltern Ausschau zu halten. »Ich bin hier, um meine … Ah, da sind sie ja!« Ich deutete auf einen Platz am Fenster, von dem aus mir meine Mom diskret zunickte.

Die Frau lächelte. »Dann wünsche ich Ihnen einen angenehmen Abend.«

»Danke.« Ich erwiderte ihr Lächeln und machte mich auf den Weg. Dabei widerstand ich dem allzu vertrauten Drang, an meinem Outfit herumzuzupfen oder meinen kleinen Handspiegel aus der Tasche zu holen, um zu prüfen, ob ich auch ja keinen Lippenstift auf den Zähnen hatte. Dabei handelte es sich nicht um einen nervösen Tick, sondern um eine notwendige Maßnahme, um in Gegenwart meiner Eltern zu überleben. Stattdessen ließ ich meine Arme bemüht locker herabhängen und konzentrierte mich darauf, ein strahlendes Lächeln aufzusetzen. Ich hatte es fast geschafft. Meine Zukunft war zum Greifen nah. Mein selbstbestimmtes Leben begann in wenigen Wochen. Nicht mehr lange, bis ich dem Einfluss meiner Eltern endlich entkommen würde.

Erst als ich den Tisch fast erreicht hatte, entdeckte ich, dass Mom und Dad nicht allein waren. Neben Dad saß ein mir unbekannter Mann, den Mom mit ihrem gewinnenden Lächeln zu bezirzen versuchte. Vor Überraschung strauchelte ich und wäre beinahe gegen den Nebentisch gestoßen. Was zum …? Ich dachte, das hier wäre nur ein schnelles Abendessen, gefolgt von einer Nacht in der Penthouse-Wohnung meiner Eltern, bevor ich morgen früh nach St. John weiterflog. So war es mir zumindest mitgeteilt worden. Am liebsten wäre ich wieder umgedreht, doch da legte sich Moms Blick auf mich. Zu spät …

Wut stieg in mir auf, als sie ihre braunen Augen zu dem für sie typischen Raubtierblick verengte. Meine Reaktion war ihr nicht entgangen. Es war, als würde sie mir eine telepathische Botschaft schicken: »*Mach jetzt bloß keine Szene, Rachel.*«

Ich schnaubte und schickte ihr ein süffisantes Grinsen zurück. »*Mach dich auf was gefasst, Mutter.*«

Wenn man mich vor vollendete Tatsachen stellte, konnte ich für nichts garantieren.

Im selben Moment blieb ich vor dem Tisch meiner Eltern stehen. »Rachel, Darling.« Mom erhob sich, um mich mit zwei gehauchten Wangenküsschen zu begrüßen. Ihr blondiertes Haar war zu einer Hochsteckfrisur drapiert, eine Perlenkette zierte ihren blassen Hals, und aufgrund ihres starken Chanel-Parfüms wurde mir ganz schwindelig. Dad schenkte mir nur ein halbherziges Lächeln.

»Das ist Mr Hamilton.« Mom deutete auf den Mann, der sich ebenfalls erhoben hatte, um mir die Hand zu schütteln.

»Freut mich sehr«, sagte er mit einem Zahnpastalächeln, wobei sich die Fältchen um seine ergrauten Augenbrauen vertieften.

»Mich, äh, auch.« Ich hatte immer noch keine Ahnung, wer der Kerl war und was das hier sollte.

»Mr Hamilton ist der Ehemann von … Ach, da kommt sie ja schon.«

Erst in diesem Moment fiel mir auf, dass es *zwei* freie Plätze am Tisch gab. Einer gehörte anscheinend der Frau mittleren Alters, die nun in Pumps mit praktisch breiten Absätzen auf uns zukam. Sie musste die Toilette aufgesucht haben, denn ihre teure Handtasche und ein Seidenschal hingen bereits über der Stuhllehne. *Hamilton, Hamilton, Hamilton.* Irgendwie kam mir der Name bekannt vor, aber ich konnte die Erinnerung nicht ganz greifen.

»Darf ich dir Dekanin Hamilton vorstellen?« Mom hatte ihren würdevollen Tonfall angeschlagen, den sie sonst nur bei Stars und Politikern zum Einsatz brachte. Fehlte nur noch, dass sie einen Hofknicks machte. »Dekanin Hamilton, das ist unsere Tochter Rachel Montgomery.«

Ich hatte mich der dunkelhaarigen Frau zugewandt, um ihre Hand zu schütteln, doch als Moms Worte zu mir durchdrangen, fiel mein Arm schlaff herab. *Dekanin* Hamilton? Die Dekanin der Jurafakultät der University of Toronto?

Mein Blick flog zu meiner Mom. Ich musste ihr dazu gratulieren, dass sie aufgrund meines zornigen Funkelns nicht zusammenzuckte. Was für ein ausgeklügeltes Set-up! Es gefiel meinen Eltern nicht, dass ich in New York studieren würde. Sie wollten mich hier in Toronto haben, wo sie mich im Auge behalten konnten. Wie hatten sie nur glauben können, mich mit so einer Aktion dazu zu bewegen, meinen Traum aufzugeben? Ein letzter verzweifelter Akt, um mein Leben zurück in die Bahn zu lenken, die sie seit meiner Kindheit vorgaben.

»Wie schön, dich kennenzulernen, Rachel«, sagte Dekanin Hamilton. »Wir haben schon so viel von dir gehört.«

Zähneknirschend wandte ich mich ihr wieder zu. »Freut mich

ebenfalls, auch wenn ich etwas überrascht bin, Sie heute hier zu treffen.«

Meine Mutter schnappte geräuschvoll nach Luft, doch Mrs Hamilton zuckte nicht einmal mit der Wimper. Stattdessen breitete sich ein anerkennendes Lächeln auf ihrem Gesicht aus. Sie nickte mir knapp zu, bevor sie sich an mir vorbeischob und auf ihrem Platz niederließ.

»Dad und Mr Hamilton gehen oft zusammen golfen.« Mom versuchte, die peinliche Situation mit ihrem Geplapper zu überspielen. »Als er hörte, dass du Jura studieren willst, war er sofort sehr angetan und wollte unbedingt, dass du seine Frau kennenlernst.«

»Natürlich«, antwortete ich trocken. Wie sollte dieses Treffen auch anders zustande gekommen sein? Sicher nicht durch das Einmischen meiner Mutter, die ihre seidenen Netze kunstvoll wie eine Spinne wob. Wenn man sich einmal darin verfing, gab es kein Entkommen mehr. Beinahe taten mir die Hamiltons leid.

Mom überging meinen Kommentar. »Setz dich doch, Darling. Wir haben schon für dich mitbestellt.« *Weil du so spät dran bist*, sagte ihr tadelnder Blick. »Gerösteter Heilbutt mit Kartoffeln in Estragonbutter mit einer getoasteten Brioche-Kruste und Pilzsoße. Ich habe gehört, dass der Fisch hier hervorragend sein soll.«

Ein weiterer Trick, um mich zum Bleiben zu bewegen. Doch ich machte keine Anstalten, mich an den Tisch zu setzen. Stattdessen warf ich mir das lange braune Haar über eine Schulter, streckte meine Hüfte raus und stemmte eine Hand darauf. Sollte Mom sich doch in ihrem eigenen Netz verfangen. Dad rutschte unbehaglich auf seinem Stuhl hin und her. Sein sonst blassrosa Gesicht war tiefrot angelaufen, und er warf seinem Golfkollegen peinlich berührte Blicke zu. »Danke, aber ich werde nicht zum Essen bleiben«, antwortete ich meiner Mutter.

Ihre Augen weiteten sich unmerklich, bevor sie sich wieder im Griff hatte. »Nun sei nicht albern, Rachel. Hast du etwas anderes vor?«

»Nein.« Das Wort hallte in der darauffolgenden Stille nach, während mich vier Augenpaare anstarrten. »Dann setz dich jetzt hin, damit wir uns über deine Zukunft unterhalten können.«

Ich seufzte. Wollte sie dieses Spiel wirklich bis zum Ende spielen?

»Ich wurde unter dem Vorwand hergelockt, mit meinen Eltern zu Abend zu essen, die ich seit Wochen nicht gesehen habe, weil ich für ein Praktikum in New York war. Morgen früh sitze ich schon wieder im Flieger nach St. John, und, bei allem Respekt, ich sehe keinen Grund, heute Abend über meine Zukunft zu sprechen. Die steht nämlich längst fest.«

»Rachel«, zischte Mom kaum hörbar.

»Es tut mir wirklich leid, Ihre Zeit verschwendet zu haben«, wandte ich mich an die Hamiltons. »Aber ich werde ab September in New York studieren. Ich bin an der NYU eingeschrieben und habe mir bereits eine Wohnung gekauft.«

Meine Mutter schnappte hörbar nach Luft, doch ich ignorierte sie.

»Als meine Eltern Sie zu diesem *Treffen*« – ich malte Anführungszeichen in die Luft – »einluden, wussten sie, dass ich meine Entscheidung bereits vor Monaten getroffen habe. Ich fürchte, dass sie unumstößlich ist. Nicht, dass ich die University of Toronto nicht in Betracht gezogen hätte, schließlich ist es eine exzellente Schule.« Ich sah die Dekanin an, und sie schenkte mir ein Lächeln, was ich als Aufforderung auffasste weiterzusprechen. Sicher nahm sie mindestens dreimal im Monat an solchen Bewerbungsgesprächen für reiche, verwöhnte Studierende teil, die als Abendessen getarnt und von deren Eltern inszeniert worden waren.

»Bitte verzeihen Sie diese kolossale Verschwendung Ihrer Zeit. Hoffentlich haben Sie trotzdem einen schönen Abend. Ich habe gehört, der Fisch soll in diesem Restaurant ganz hervorragend sein.«

Ich verabschiedete mich mit einem flüchtigen Nicken von meinen Eltern und wollte auf dem Absatz kehrtmachen. Da sprang Mom so energisch auf, dass sich eine Strähne aus ihrer Hochsteckfrisur löste. Ich versuchte sie zu ignorieren und entfernte mich eilig vom Tisch. Doch sie kam mir hinterher. Selbst der weiche Teppich konnte das aggressive Donnern ihrer Absätze nicht abfangen. »Rachel«, zischte sie, als wir uns weit genug vom Tisch entfernt hatten, dass ihre Gäste uns nicht hören konnten. »Entschuldige dich sofort bei Mr und Mrs Hamilton. Das ist doch keine Art und Weise …«

Widerwillig fuhr ich zu ihr herum. »Das habe ich doch gerade schon«, unterbrach ich sie mit schneidendem Tonfall. »Ich habe mich für *euren* peinlichen Auftritt entschuldigt, obwohl der nicht auf *meinem* Mist gewachsen ist.«

»Und was soll das Gerede darüber, dass du eine Wohnung in New York gekauft hast? Darüber ist noch nicht das letzte Wort gefallen …«

»Ich werde ab September dort studieren, also brauche ich wohl eine Unterkunft.«

Sie öffnete den Mund, um ihre Schimpftirade fortzusetzen, aber ich gab ihr keine Zeit zu antworten. Ich ließ sie einfach stehen. Mein Haar peitschte hinter mir her, als ich mit großen, sicheren Schritten aus dem Restaurant stolzierte. Es war kein Walk-of-Shame, sondern ein Walk-of-Dignity. Denn ich fühlte mich so frei wie noch nie.

Meine Eltern hatten mir heute Abend einmal mehr ihren Willen aufzwingen wollen, aber ich hatte es satt, mich von ihnen manipulieren zu lassen. Mir ein schlechtes Gewissen einflüstern zu lassen und am Ende nachzugeben. Ich hatte es satt, ihre Träume zu leben statt meine.

Endlich hatte ich mir meine Würde zurückgeholt. In den letzten Monaten hatte ich einen großen Schritt nach vorn gemacht und würde keinen Rückzieher mehr zulassen.

Diesmal nicht.

2 Blake

Gleißende Lichter. Tosender Applaus. Donnernder Jubel aus vielen Tausend Kehlen.

Ich lasse alles über mich hinwegbranden, spüre dem Kribbeln nach, das durch meinen Körper jagt wie eine Million Volt.

Meine Nerven sind zum Zerreißen gespannt, ich bin hoch konzentriert. Bereit. Am liebsten würde ich auf der Stelle tänzeln, um meine überschüssige Energie loszuwerden. Nur noch wenige Minuten, bis ich sie auf dem Feld loswerden kann.

Ich mache einen Schritt, die Noppen unter meinen Sohlen versinken im kurz getrimmten Rasen. Der Brustpanzer liegt schwer auf meinen Schultern. Das Gitter meines Helms schränkt meine Sicht ein, sodass ich mich nur auf das Wesentliche konzentriere. Ich blende den Lärm und die Lichter aus, das Brüllen unseres Coaches, die letzten guten Wünsche meiner Mannschaftskameraden, die mir im Vorbeigehen auf den Rücken klopfen.

Das Leder unter meinen Fingern fühlt sich rau und vertraut an. Es wölbt sich mir entgegen, flüstert mir zu: »Du und ich, wir werden heute Großes vollbringen. Dein letztes Spiel auf diesem Rasen wird unvergesslich werden. Du wirst in die Geschichte eingehen.«

Grinsend schiebe ich mir den Mundschutz zwischen die Zähne, dann gebe ich den Ball ab und gehe in Position. Meine Jungs stellen sich vor mir auf. Ich mustere unsere Gegner, stelle mir vor, wie sie vor Angst zittern. Mein Ruf eilt mir voraus.

»Down!«, brülle ich. *Meine Teamkollegen bücken sich in ihre Start-*
stellung.

»Set!« *Die erwartungsvolle Spannung ist in der Luft zu spüren.*

»Hut!«

Es geht los.

Kiloweise Muskeln treffen mit einem ohrenbetäubenden Krachen auf-
einander – Musik in meinen Ohren. Danach nehme ich kaum noch etwas
wahr. Das Spiel zieht wie im Rausch an mir vorbei. Ich renne, springe,
fange und werfe den Ball, laufe zur Höchstform auf. Unser Score auf der
Anzeigetafel wächst und wächst. Die Gegenspieler grunzen frustriert, ver-
suchen immer wieder, mich zu erwischen. Aber ich bin zu schnell. Mein
Hochgefühl wächst ins Unermessliche.

Ich sehe ihn nicht kommen. Er rast aus meinem toten Winkel auf mich
zu. Ich halte den Ball in der Hand, hole gerade zum Wurf aus. Meine
Offensive ist nicht schnell genug, um mich zu schützen. Der Aufprall reißt
mich von den Füßen. Ich fliege meterweit durch die Luft, lande hart auf
dem Boden. Etwas reißt, etwas knackt, etwas bricht. Ich höre nichts als
dieses Geräusch. Es hallt laut in meinen Ohren, übertönt das erschrockene
Brüllen meiner Jungs, das triumphierende Jubeln der gegnerischen Fans.
Ein scharfer Schmerz zuckt durch mein Knie. Und ich weiß, dass jetzt alles
aus ist.

Keuchend schrak ich auf, schoss kerzengerade in die Höhe. Mein
Atem klang viel zu laut in der nächtlichen Stille meines Zimmers.
Ich riss die Augen auf, starrte in die Dunkelheit, nur erhellt vom
Sternenhimmel vor dem Fenster. Es war stickig, obwohl sich die
Gardinen im Nachtwind bewegten. Ich wischte mir den Schweiß
von der Stirn, lauschte auf meinen rasselnden Atem, das wild
pochende Herz.

Beruhige dich, Mann. Es war nur ein Traum. Nur der Traum. Wie
jede Nacht. Seit vier Jahren.

Ich warf einen Blick auf meine Nachttischuhr. 03:10.

Seufzend zog ich die Beine an, stützte die Ellbogen auf die Knie und vergrub mein Gesicht in den Handflächen. »Verdammte Scheiße.«

Obwohl ich nur enge Boxer-Briefs trug, schwitzte ich am ganzen Körper, also schlug ich die Bettdecke zurück. Doch als mein Blick auf die nicht mehr ganz so definierten Muskeln meines Bauchs und meiner Brust fiel, wurde mir schlecht.

Mein Körper schien mich zu verhöhnen. Je mehr ich mich in den letzten Jahren bemüht hatte, meine Gesundheit und Fitness zu untergraben, desto mehr hatte mein Körper mir gezeigt, dass er weitermachen wollte. Aber was für einen Sinn ergab das, wenn der Teil, den ich am dringendsten brauchte, nicht mehr wie früher funktionierte? Es war vorbei. Mein Körper war nutzlos geworden, und ich verfluchte ihn jeden Tag dafür.

Frustriert griff ich nach der Wasserflasche neben meinem Bett, doch auch das half nicht. Denn darauf prangte das Logo der Mannschaft, zu der ich nie gestoßen war. Ein großes gelbblaues M – das Symbol meiner verlorenen Zukunft. Es sprang mir ins Gesicht, schien mich laut auszulachen. Tief in meinem Schrank vergraben lag ein Kapuzenpulli mit demselben Logo und noch tiefer in meiner Schreibtischschublade der Brief, der mir ein Stipendium an der University of Michigan versprach.

Meine Augen brannten, und ich zwang mich, einen Schluck zu trinken. Das Wasser schmeckte warm und abgestanden, fast hätte ich es wieder ausgespuckt.

Ich ließ mich zurück in die Kissen sinken, wartete darauf, dass sich meine Atmung endlich beruhigte. Doch als ich statt meines Herzschlags schließlich die Geräusche der nicht allzu fernen Straße hörte, als ich tief Luft holte und endlich die Überreste des Albtraums abschüttelte, war da nichts als Leere. Dort, wo früher das Wichtigste der Welt mein Herz erfüllt hatte. Die Lichter. Der

Jubel. Der Rasen. Das Leder. Mein Körper. Meine Leistung. Jetzt war da nur noch ein klaffendes Loch.

Wer war ich ohne diese Dinge?

Als ich drei Stunden später von meinem Wecker aus einem glücklicherweise traumlosen Schlaf gerissen wurde, fühlte ich mich wie zerschlagen. Das war jedoch nichts Neues. Ich konnte mich nicht erinnern, seit meinem Unfall auch nur eine Nacht durchgeschlafen zu haben. In den Wochen im Krankenhaus war es zwischen all den piependen Maschinen und den umhereilenden Pflegekräften unmöglich gewesen. Und als ich Wochen später endlich wieder in meinem eigenen Bett gelegen hatte, hatten mich die Scham- und Schuldgefühle überwältigt. Außerdem war es nicht leicht gewesen, mit dem Gips eine bequeme Position zu finden. Und jedes Mal, wenn ich die Augen schloss, sah ich wieder diesen einen verhängnisvollen Moment vor mir. Zu sagen, ich hätte mich mittlerweile mit dem Schlafmangel abgefunden, wäre gelogen. Es war eher so, dass ich jeden Tag wie ein Zombie durch die Gegend tapste – und das seit vier Jahren.

Mühsam setzte ich mich auf und schob die Beine über die Bettkante. Dabei fiel mein Blick auf die lange Narbe an meinem rechten Knie. Rötlich und wulstig hob sie sich von meiner umbrabraunen Haut ab.

Ich seufzte, fuhr mir mit der Hand über das Gesicht, versuchte, die Kraft aufzubringen, mich aus dem Bett zu hieven.

Ein weiterer ereignisloser Tag lag vor mir. Die Hölle, die ich seit Jahren mein Leben nannte, bestand hauptsächlich aus einer Aneinanderreihung des immer gleichen Ablaufs: aufstehen, wenn der Wecker klingelte, arbeiten im einzigen Supermarkt von St. Andrews, auf der Couch gammeln und Trash-TV schauen, schlafen – oder es zumindest versuchen – und dann alles wieder von vorn. Unterbrochen wurde die Eintönigkeit nur von kleinen Lichtblicken wie meinen Geschwistern, Treffen mit meinen Freunden oder dem regelmäßigen Work-out mit Jack – auch wenn ich vor ihm nie zugeben würde, wie wichtig mir diese gemeinsame Zeit war.

Grummelnd erhob ich mich, öffnete das Fenster so weit wie möglich und ließ die Morgenluft herein. Ich hatte kein Ohr für die zwitschernden Vögel im Baum vor dem Haus und kein Auge für den glitzernd blauen Streifen Meer, den ich hier im vierten Stock gerade noch hinter einigen Hausdächern erkennen konnte.

Gähnend schlurfte ich aus meinem Zimmer. Den Weg in die Küche hätte ich mit verbundenen Augen gefunden, da mir bereits ein starker Geruch nach Kaffee und Rührei entgegenwehte.

»Morgen.«

»Guten Morgen, Blake«, begrüßten mich meine beiden kleinen Geschwister im Chor. Ich zuckte anhand ihrer lauten, fröhlichen Stimmen zusammen. Sie waren zehn und zwölf – ein Alter, in dem man anscheinend jeden Morgen nervtötend gut gelaunt war. Trotzdem gab ich beiden einen Kuss auf die Stirn.

Mom musterte mich mit hochgezogenen Augenbrauen, während sie meiner Schwester Lou einen Teller Rührei mit Toast reichte. Sie hatte sich einen bunten Seidenschal um den Kopf geschlungen, worunter sich ihre Bantu Knots abzeichneten. »Würde es dich umbringen, dir was überzuziehen?«, fragte sie. Ihre Stimme klang nach dem Aufwachen immer rau, wie Schmirgelpapier, bevor sie ihren ersten Kaffee intus hatte.

Ich zuckte mit den Schultern. »Ist zu heiß.« Ich kratzte mich am nackten Bauch und ließ mich auf den Stuhl neben Lou plumpsen. »Reich mir mal die Froot Loops, Davie.« Mein kleiner Bruder grinste mich an und schob die bunte Packung zu mir rüber.

Als die bunten Kringel klirrend in die Schüssel purzelten und mir der chemieartige Duft in die Nase stieg, wäre ich fast zurückgewichen. Vor einigen Jahren, als ich noch streng auf meine Ernährung geachtet und keinen industriellen Zucker zu mir genommen hatte, wäre ein solches Frühstück undenkbar gewesen. Doch der Mixer für meine allmorgendlichen Smoothies und Protein-Shakes stand schon lange unbenutzt in der Ecke neben dem Herd und setzte Staub an. Mittlerweile hätte ich mir am liebsten Tequila statt Milch über die Froot Loops gekippt. Wozu sollte ich mir noch die Mühe machen, auf meine Gesundheit zu achten?

»Guten Morgen, Daddy!«, krakeelten Davie und Lou im Chor.

»Guten Morgen!« Moms zweiter Ehemann Darrol kam in Jogginghose und weitem T-Shirt aus dem Bad. Die mahagonibraune Haut seines kahl rasierten Schädels glänzte feucht vom Duschen, seine nackten Füße tapsten laut auf den Fliesen. Er gab Mom einen Kuss auf die Wange, wuschelte meinen Geschwistern durchs Haar und klopfte mir auf die Schulter.

Mom sah ihn verliebt an. »Ich habe die besten Inserate schon markiert, und es gibt noch Rührei in der Pfanne.« Sie deutete erst auf die heutige Tageszeitung auf dem Küchentisch, dann zum Herd. Als ihr Blick daraufhin auf die Wanduhr fiel, eilte sie leise fluchend aus der Küche.

»Danke, mein Schatz«, rief Darrol ihr hinterher.

Ich betrachtete die Zeitung vor mir. Ganz oben lag die Seite mit den Immobilienanzeigen, auf der Mom sich mit pinkem Textmarker ausgelassen hatte. Die beiden suchten seit ein paar Wochen nach einem Haus in der Gegend. Mir war klar, was das bedeutete: Spätestens wenn sie eins gefunden hatten, wäre das mein Stichwort, mir endlich eine eigene Bleibe zu suchen. Wahrscheinlich wollten sie ein Haus mit nur drei Schlafzimmern, um noch deutlicher zu machen, dass ich ausziehen sollte. Die Mühe brauchten sie sich allerdings nicht zu machen. Ich wusste, wenn ich nicht erwünscht war.

Geräuschvoll kaute ich meine Froot Loops und stierte auf die Tischplatte. Auf die kleine Kerbe am Rand, die ich als Kind mit meinem Spielzeug-Power-Ranger aus Versehen hineingeschlagen hatte. Am liebsten wäre ich aufgesprungen, hätte den Tisch gepackt und ihn durch die Küche geschleudert, sodass die Müslischalen klirrend an der Wand zerschellten, die Milch auf den Boden tropfte und alle mich erschrocken ansähen. Irgendetwas, um diese ewig gleiche Routine zu durchbrechen. Irgendetwas, um meinem Schmerz Ausdruck zu verleihen. Stattdessen schluckte ich meine Wut hinunter, wie ich es immer tat. Hielt den Kopf gesenkt. Sagte nichts. Ertrug alles schweigend. Wie lange würde ich das noch schaffen?

»Spielst du das Spiel mit mir, Blake?« Lou legte ihren Kopf an meinen nackten Arm und blickte mit großen braunen Augen zu mir auf. Mit ihren beiden vom Kopf abstehenden Zöpfen sah sie beinahe aus wie eine Schwarze Pippi Langstrumpf. Sie deutete auf die Rückseite der Froot-Loops-Packung.

»Finde alle Papageien«, las ich laut vor. »Okay, hast du schon einen entdeckt?«

Konzentriert kniff sie die Augen zusammen, dann hellte sich ihre Miene auf. »Da ist einer!«

»Pah!« Ich stemmte die Hände in die Hüften und sah sie herausfordernd an. »Du musst dich ein bisschen mehr ins Zeug legen, ich hab schon drei gefunden!«

Sie quietschte vergnügt und riss die Packung an sich, sodass ich das Bild mit den in einem Dschungel versteckten Papageien nicht mehr sehen konnte. Wenn es eins gab, was Lou hatte, dann war es Ehrgeiz. So wie ich – früher mal.

Spielerisch versuchte ich, ihr die Packung abzunehmen, doch sie sprang auf und lief auf die andere Seite des Tisches. Ich schmunzelte in meine Müslischale, während sie lautstark jeden einzelnen Papagei aufzählte, den sie entdeckte.

Mom kam zurück in die Küche. Nun trug sie ihre Arbeitskleidung, eine weiße Hose, einen hellblauen Kittel und bequeme Sneakers. Rasch trug sie vor dem Spiegel im Flur etwas Wimperntusche auf. »Ich muss los, meine Babys!« Sie rauschte durch die Küche, nahm sich ihre Tupperdose mit Mittagessen aus dem Kühlschrank und stellte Lous und Davies auf den Tisch. »Ich hab euch lieb!«

Zuerst gab sie Darrol, dann meinen Geschwistern und schließlich auch mir einen Kuss auf den Scheitel, obwohl ich mich wegzuducken versuchte. Eigentlich war ich viel zu alt für solche Dinge. Nie hätte ich offen zugegeben, dass diese kurzen Momente mit meiner Familie die Highlights meines öden Lebens waren.

»Grüß Ellie von mir«, rief ich Mom hinterher. Ich wusste, dass sie heute im Krankenhaus eine gemeinsame Schicht mit der Frau meiner besten Freundin hatte.

»Mach ich, mein Schatz. Hab einen schönen Tag auf der Arbeit!«

Beinahe hätte ich laut geschnaubt, wenn ich mir damit keinen Klaps auf den Hinterkopf eingehandelt hätte. »Arbeit« war ein zu hochgestochenes Wort dafür, dass ich dreimal die Woche die Regale im Joey's einräumte und sonst an der Kasse aushalf.

»Ach, und Blake!« Mom steckte noch mal ihren Kopf zur Küchentür herein. »Gestern hat Devon angerufen, weil er dich auf dem Handy nicht erreicht hat. Er freut sich so auf seine Hochzeit im Oktober. Ruf ihn doch mal zurück. Er will dich bestimmt über den Junggesellenabschied ausquetschen.«

»Hm.«

Mom eilte davon, während ich es mir verkniff, die Augen zu verdrehen. Lieber hätte ich ein zweistündiges Cardio-Workout durchgezogen, als meinen Cousin und erfolgreichen Investmentbanker zurückzurufen. Es war schon schlimm genug, dass er mich auf seinen Junggesellenabschied eingeladen hatte. Aus der Nummer kam ich leider nicht mehr raus.

Darrol lehnte sich mit einem Teller Rührei an die Küchentheke. Er musterte mich einen Moment und deutete dann mit dem Kinn in Richtung des Fensters. »Alles in Ordnung mit deinem Knie?«

Ich wusste sofort, dass er nicht den allgemeinen Zustand meines Beins meinte, das mittlerweile wieder in Ordnung war, sondern die dunklen Wolken, die sich in der Ferne zusammenbrauten. Seit meiner Verletzung war ich wetterempfindlich, sodass ich solche Umschwünge teils schon Tage zuvor als unangenehmes Ziehen im Knie spürte.

Ich schüttelte den Kopf, fühlte mich plötzlich zu nackt in meiner Unterhose. Die lange Narbe an meinem Bein war unübersehbar. »Das zieht bestimmt vorbei. Ich habe länger nichts gespürt.«

Er nickte nachdenklich und schenkte mir eins seiner warmen Darrol-Lächeln, von denen Mom meinte, sie könnten alles heilen. Das bezweifelte ich zwar, aber ich lächelte trotzdem leicht schief zurück. Ich hatte ein gutes Verhältnis zu Darrol und damals kein Problem damit gehabt, nach der Scheidung meiner Eltern einen zweiten Vater zu bekommen. Allerdings erinnerte mich Darrols Anwesenheit regelmäßig daran, wie lange ich mich nicht mehr bei meinem leiblichen Dad gemeldet hatte, der auf der anderen Seite des Landes lebte.

»Du musst dir keine Sorgen um mich machen, Coach.«

Von allen meinen Freunden wurde Darrol nur liebevoll »Coach« genannt, da er Footballtrainer und Sportlehrer an unserer alten Highschool war. Ich hatte ihn allerdings schon sehr lange nicht mehr so genannt. Schließlich war meine Karriere vorbei. Er würde nie wieder mein Trainer sein. Sein Lächeln wurde sofort noch strahlender, und ich verspürte einen leisen Anflug von schlechtem Gewissen.

Ich wusste sehr wohl, dass ich in den letzten Jahren viele Leute vor den Kopf gestoßen hatte. Dass ich mich in mich selbst zurückgezogen und mit meinem schroffen Verhalten jene verletzt hatte, die ich am meisten liebte. Trotzdem konnte ich nicht anders. Der Schmerz und die Enttäuschung saßen einfach zu tief. Also trank ich die bunt gefärbte Milch in meiner Schüssel in einem Zug aus und stand auf, um so schnell wie möglich dieser neuen Nähe zwischen Darrol und mir zu entkommen. Es fühlte sich gut an und erinnerte mich gleichzeitig nur wieder an alles, was ich verloren hatte.

Fast wäre ich gegen Lou geprallt, die stolz verkündete, alle Papageien gefunden zu haben. Ich hörte sie kaum. Einmal mehr steckte ich in meinem eigenen Kopf fest. In dem zähen Nebel, der alles grau färbte, Farben und Geräusche dämpfte, sodass mein Leben einem Schwarz-Weiß-Film glich. So war es besser. So konnte ich nicht wieder verletzt werden.

»Das wird schon«, rief Darrol mir hinterher.

Hätte man mir in den letzten Jahren jedes Mal einen Loonie geschenkt, wenn jemand diesen Satz zu mir gesagt hatte, wäre ich jetzt Millionär. Ich drehte mich nicht um, sah und hörte nichts als den zähen Nebel, der zum Glück auch meine aufsteigende Traurigkeit verschluckte.

Als ich kurze Zeit später frisch geduscht aus der Haustür trat, seufzte ich tief. Ein weiterer belangloser Tag lag vor mir.

Nach meiner Schicht öffnete ich gerade meinen Spind im Pausenraum des Supermarkts, als ich mein Handy darin vibrieren hörte. Ich bückte mich, musste kurz in meiner Sporttasche herumkramen, bis ich es gefunden hatte. Der Name meines besten Freundes leuchtete auf dem Bildschirm auf. Ich sah auf die Uhr und runzelte die Stirn. Dann nahm ich den Anruf an. »Hey, Jack, was gibt's?«

»Hey, Mann!« Jack klang weit entfernt, im Hintergrund knirschte und knackte es. Er musste sich auf Ministers Island befinden, einer Insel, die nur bei Ebbe zu erreichen war. Dort lebte er in einer Blockhütte. »Hörst du mich?« Er klang aufgewühlt, leicht außer Atem.

»Die Verbindung ist schlecht, aber es geht schon.«

»Ich weiß nicht, ob du dich erinnerst, aber heute kommt Marlys beste Freundin Rachel mit dem Flugzeug in St. John an. Ich wollte Marly eigentlich zum Flughafen begleiten, aber ...« Wieder knackte es, sodass ich seine nächsten Worte nur halb verstand. »Auf der Insel ist ein Baum umgestürzt ... direkt auf die Straße, die nach Covenhoven führt ... Niemand kommt mehr durch. Ich soll ihn mit meinem Pick-up wegziehen ... werde ein paar Stunden beschäftigt sein.«

»Wurde jemand verletzt?«

»Nein, zum Glück ist es passiert, bevor die Ebbe eingesetzt hat. Niemand war auf der Insel unterwegs.«

»Puh, ist ja noch mal gut gegangen.«

»Ja. Also, ich wollte fragen, ob du an meiner Stelle mit Marly zum Flughafen fahren kannst. Will muss arbeiten, Fiona auch, und da dachte ich ... Deine Schicht ist doch gerade zu Ende, oder?«

Natürlich hatte er zunächst alle anderen gefragt und sich erst als letzten Ausweg an mich gewandt. Obwohl mir seine Worte einen Stich versetzten, konnte ich es Jack nicht verübeln. Schließlich war ich in den letzten Monaten nicht gerade zuverlässig gewesen.

»Klar, Mann«, antwortete ich eine Spur zu unbeschwert. »Ich begleite Marly. Gar kein Problem.«

Ich hörte Jack erleichtert seufzen. »Danke, du rettest mir echt den Hintern, Blake. Ich möchte sie nicht gern allein fahren lassen. Sie war noch nie am Flughafen in St. John und kennt sich in der Gegend nicht aus.«

»Kein Ding, ist ja nicht so, als hätte ich etwas Besseres vor-gehabt.«

Jack überging meine sarkastische Bemerkung. »Ich sage Marly Bescheid. Sie kommt dich in einer halben Stunde zu Hause ab-holen, okay?«

»Geht klar.«

»Und Blake?«

»Ja?«

Jack zögerte. Ich konnte mir lebhaft vorstellen, wie er sich ver-legen über den Nacken rieb. »Du hast doch heute noch nichts getrunken, oder?«

Ich stockte, während meine Wangen heiß wurden. Ob vor Scham oder vor Wut, konnte ich nicht sagen. »Was ist das denn für eine Frage? Natürlich nicht. Auf der Arbeit würden sie mich sofort feuern.«

Jack schwieg so lange, dass ich mir das Handy vors Gesicht hielt, um nachzusehen, ob die Verbindung unterbrochen wor-den war. »Okay, Mann. Danke, dass du so kurzfristig einspringst«, sagte er schließlich und legte auf.

Ich starrte das Handy einen Moment stirnrunzelnd an. In mir brodelte eine Mischung aus gefährlichen Gefühlen. Wut, Empörung, Scham, Enttäuschung. Mein Atem ging zu schnell, ich umklammerte das Handy so fest, dass es knirschte. Grun-zend stopfte ich es in meine Hosentasche. Mein Blick fiel auf eine Dose, die in der Sporttasche lag. Ein Energydrink. Pure Chemie. Früher hätte ich so etwas niemals angerührt. Jetzt kam es mir gerade recht.

Mit fliegenden Fingern öffnete ich die Dose und nahm einen großen Schluck. Ich keuchte, als sich der eklig süße Geschmack in meinem Mund ausbreitete. Dann trank ich die Dose in einem Zug aus. Auf dem Tisch fand ich einen Schokokaramellriegel, den ich direkt hinterherfutterte.

Als ich mir danach über den klebrigen Mund wischte, war meine Wut verflogen. Ersetzt von dem Nebel, der sich wie Watte über mich legte und all meine Gefühle abschwächte. Seufzend schloss ich den Reißverschluss der Sporttasche, schlug den Spind zu und flüchtete durch die Tür nach draußen.

3 *Rachel*

Ich lehnte mich auf dem Sitz zurück, nippte an meinem Tomatensaft und blickte aus dem kleinen Flugzeugfenster. Wir befanden uns im Landeanflug auf St. John. Unter mir war nichts als Grün. Dicht bewaldete Hügel, so weit das Auge reichte, hier und da durchzogen von einzelnen Straßen mit sehr wenigen Häusern und einem Fluss, der sich als glitzerndes Band durch die Landschaft zog. Die Landebahn lag mitten im Nirgendwo. Fast erwartete ich, einen Elch oder Grizzlybären zwischen den Bäumen hervortreten zu sehen.

Ich zog die Beine an und schlang die Arme darum. Mein Gurt schnitt mir in den Bauch, sodass ich ihn ein wenig lockerte. Ich trug bequeme Lederleggings und einen großmaschigen silbergrauen Strickpulli, der mir fast bis zu den Knien reichte. Darunter ein schwarzes Top. Meine silbernen Riemchensandalen hatte ich gegen Kuschelsocken getauscht, weil ich in Flugzeugen schnell fror.

Die Reise nach St. John war abenteuerlich gewesen. Anstatt den Flug auf den bequemen Ledersitzen der ersten Klasse wie von New York nach Toronto zu genießen, saß ich nun eingezwängt in einer kleinen klapprigen Maschine mit nur etwa zwanzig weiteren Fluggästen. Außerdem gab es keinen Direktflug zu dem winzigen Flughafen im Osten des Landes, weshalb ich über

Ottawa geflogen und dort in den kleineren Flieger umgestiegen war.

Ich hatte gerade noch Zeit, einer vorbeieilenden Flugbegleiterin meinen leeren Plastikbecher zu reichen, da rumpelte und holperte es auch schon so heftig, dass ich fast mit dem Kopf an die niedrige Decke gestoßen wäre. Ein paar weitere Hüpfer später hatten wir es geschafft. Nun hoppelte der kleine Flieger über die Landebahn, die auf beiden Seiten von einer saftig grünen Wiese umgeben war. Unwillkürlich veranstaltete mein Magen eine Konfettiparty. Es sah aus, als wäre ich in eine Landschafts-Doku oder den Anfang eines Abenteuerfilms geraten. Noch nie war ich so fernab jeglicher Zivilisation gewesen. Doch irgendwie war es genau das, was ich nach dem Desaster mit meinen Eltern gestern Abend brauchte.

Nach dem Aussteigen wurde ich gemeinsam mit den wenigen anderen Passagieren in das winzige Flughafengebäude gelotst. Bei keinem Flug hatte ich mein Gepäck nach einer Landung bisher so schnell wiedergefunden – denn es gab hier nur ein einziges Gepäckband. Ich hievte meinen Koffer herunter und verfluchte mich dafür, so viel eingepackt zu haben. Aber schließlich würde ich einen ganzen Monat bleiben, bevor mein Studium in New York im September begann. Frau brauchte eben gewisse Dinge, um zu überleben. Ich konnte nicht ohne meinen heiß geliebten Lockenstab, verschiedene Lipgloss- und Lippenstiftfarben, alle meine Lieblingsoutfits und mehrere Paar Schuhe sein.

Vor mich hin grummelnd zerrte ich das Monstrum von einem Koffer hinter mir her in Richtung der Doppeltüren, die zum Glück automatisch aufschwangen.

Als ich aufblickte, entdeckte ich Marly sofort im Wartebereich. Sie war nicht zu übersehen. Ihre schwarzen Locken wippten, während sie aufgeregt auf und ab hüpfte und ein Schild über dem Kopf schwang. Darauf stand in riesigen bunten Lettern: *Willkommen in St. Andrews, Rachel!*

Augenblicklich verzogen sich meine Mundwinkel zu einem breiten Grinsen. Ich ließ den Koffer los, der scheppernd hinter mir zu Boden fiel, und rannte auf sie zu. Wir fielen uns laut quietschend in die Arme und verbrachten gefühlt mehrere Minuten damit, lachend herumzuhüpfen.

Schließlich schob Marly mich von sich, um mich eingehend zu betrachten. Ich stemmte die Hände in die Hüften und drehte mich einmal um mich selbst, als befände ich mich auf einem Laufsteg. »Gefällt dir, was du siehst?«

Sie grinste so breit, dass ihre weißen Zähne einen starken Kontrast zu ihrer rotbraunen Haut bildeten. »Du wirkst vielleicht nur ein klitzekleines bisschen fehl am Platz.« Mit dem Kinn deutete sie auf die anderen Fluggäste, die hinter mir durch die Türen kamen. Es handelte sich hauptsächlich um Leute mittleren Alters in Flanellhemden und praktischer Reisekleidung, die von ihren Familien abgeholt wurden.

»Tja, wenn das nicht so wäre, würde ich mir ernsthafte Sorgen machen.« Ich zwinkerte Marly zu, die sich lachend bei mir unterhakte.

»Du bist hier!« Meine beste Freundin aus Kindertagen strahlte über das ganze Gesicht, sodass sich ihre grauen Augen zu winzigen Schlitzen verzogen. »Ich kann es noch nicht ganz glauben. Wann haben wir uns das letzte Mal gesehen?«

Ich schürzte die Lippen. »Hm. Das war, kurz bevor ich nach New York und du zu deinem Roadtrip aufgebrochen bist. Ende Mai?«

Marly runzelte erschrocken die Stirn. »Das ist eindeutig zu lange her.«

»Eindeutig. Aber es ist ja nicht so, als hätten wir nicht mindestens dreimal die Woche telefoniert.«

Sie wollte mich mit sich in Richtung Ausgang ziehen, doch ich drehte mich noch einmal um. »Warte kurz, ich hole noch meinen Koffer.«

Marly lachte. »Wie hatte ich glauben können, du wärst nur mit einer Handtasche angereist?«

In gespieltem Entsetzen griff ich mir an die Brust. »Undenkbar!«

Kurz darauf folgte ich Marly zum Ausgang. »Erzähl, wie lief es gestern mit deinen Eltern?«, fragte sie mit besorgter Miene. Sie wusste, dass die meisten Zusammentreffen mit mir und meinen Erzeugern bestenfalls frostig und schlimmstenfalls explosiv ausfielen.

Ich verdrehte die Augen. »Du wirst mir nicht glauben, was sie diesmal für eine Shitshow abgezogen haben.«

Marly sah mich halb gespannt, halb entsetzt an. »Schlimmer als das eine Mal, als sie dir verboten haben, zu dem Billie-Eilish-Konzert zu gehen und ich dich durch den Dienstboteneingang eurer Wohnung rausschleusen musste?«

»Ich glaube, ich hatte noch nie so lange Hausarrest wie nach dieser Aktion«, gluckste ich. »Aber nein, diesmal ist es tatsächlich schlimmer.«

Marlys Augen weiteten sich. »Erzähl schon!«

Meine Kehle war plötzlich wie zugeschnürt, und ich schluckte ärgerlich. Der Abend hatte noch eine weitere böse Überraschung für mich bereitgehalten. Das Ganze ging mir tatsächlich näher als gedacht. Näher, als ich es mir bis zu Marlys Frage eingestanden hatte. Doch das hätte ich nie offen zugegeben, denn mein Motto war: aufstehen, Krönchen richten und weitermachen.

»Sie haben mir den Geldhahn zugedreht.« Meine Stimme klang leiser als sonst, ich hauchte die Worte eher, als dass ich sie aussprach.

Marly blieb so abrupt stehen, dass ein älteres Pärchen, das hinter uns kam, beinahe in uns hineingelaufen wäre. Sie entschuldigte sich und zog mich zu ein paar Sitzen in einer Ecke der Ankunftshalle. »Was hast du gerade gesagt?«

Ich seufzte. Natürlich machte sie ein Riesending daraus, während ich die Sache einfach nur vergessen wollte. »Sie haben mich gestern Abend in ein Edelrestaurant eingeladen, um mir dort die Dekanin der Jurafakultät der University of Toronto vorzustellen. Ich hatte keine Ahnung. Sie haben mich einfach so vor vollendete Tatsachen gestellt.«

Marly zog die Brauen vor Verwirrung zusammen. »Aber dein Semester an der NYU beginnt doch im September.«

»Genau! Wer hätte denn erwartet, dass sie jetzt noch versuchen würden, mich zum Bleiben zu zwingen?«

Marly hob eine Augenbraue, ihre Mundwinkel zuckten. »*Wer hätte es erwartet?*« Sie sah mich zweifelnd an.

Ich warf die Arme in die Luft, sodass meine Armbänder klirrten. »Okay, okay, wir sprechen hier von meinen Eltern. Ich hätte es vorhersehen müssen.«

»Und wie hast du reagiert?«, fragte Marly nun mit unheilschwangerem Tonfall.

»Du hättest mich sehen sollen! Ich bin total ruhig geblieben und habe mich bei der Dekanin und ihrem Mann dafür entschuldigt, dass meine Eltern sie umsonst herbestellt haben.«

Marly lachte. »Genial!«

»Dann habe ich erklärt, dass ich auf gar keinen Fall in Toronto studieren werde, weil ich an der NYU angenommen wurde und sowieso nach New York ziehen werde, weil ich schon eine Wohnung gekauft habe, und dann bin ich einfach gegangen. Stell es dir bildlich vor, Marly! Ich habe mich umgedreht und bin davonstolziert, so richtig Samantha-Jones-mäßig. Vielleicht hätte ich meiner Mom vorher noch ihren Drink ins Gesicht schütten sollen.«

Marly starrte mich mit offenem Mund an.

»Ziemlich cool, ich weiß. War so eine Art Kurzschlussreaktion. Ich war einfach so wütend auf sie und ...«

»Du hast was gekauft?«, unterbrach sie mich mit schriller Stimme. Einen Moment sah ich sie verblüfft an. Ihre Reaktion erinnerte mich so sehr an die meiner Mutter, dass ich laut losprustete. »So ähnlich hat Mom auch reagiert. Etwa mit demselben Gesichtsausdruck.«

Marly verschränkte die Arme vor der Brust. »Rachel Montgomery, du hast dir eine Wohnung gekauft und mir nichts davon erzählt?«

Ich zuckte mit den Schultern. »Ist noch ganz frisch. Den Vertrag habe ich an meinem letzten Tag in New York unterschrieben, also vorgestern. Vorher hatte ich mir schon ein paar Bleiben in Manhattan angeschaut, aber die war es. Ich musste sofort zuschlagen. Sie ist einfach atemberaubend, Marly. Ich zeig dir nachher Fotos.«

Marlys Miene hellte sich auf, aber sie nahm die Arme noch nicht herunter. »Und ich nehme an, das hat deinen Eltern gar nicht gefallen?«

»Ganz und gar nicht.« Ich lächelte selbstzufrieden, viel selbstzufriedener, als ich mich fühlte. »Zum Glück war ich so geistesgegenwärtig, die Wohnung zu kaufen und nicht zu mieten. Meine Eltern haben mir nach meinem Abgang gestern Abend nämlich verkündet, dass sie mir jetzt endgültig den Geldhahn zudrehen. Per SMS. Ich habe in einem Hotel übernachtet, weil ich nicht nach Hause wollte, um mir noch mehr Vorwürfe von ihnen anzuhören.«

»Oh, Rach.« Marly zog mich in eine feste Umarmung. Als ich mein Gesicht in ihre weichen schwarzen Locken drückte und ihren vertrauten Duft einatmete, kratzte meine Kehle auf einmal verräterisch. Ich blinzelte mehrmals, während ich versuchte, meinen Körper wieder unter Kontrolle zu bekommen. Verdammt! Ich weinte nicht. Niemals. Ich richtete mein Krönchen und ...

Hastig atmete ich mehrmals tief durch. Nachdem ich mich wieder gesammelt hatte, zuckte ich leichtfertig mit den Schultern. »Wenigstens habe ich jetzt, da sie mich auf die Straße setzen, ein Dach über dem Kopf.«

Ich spürte, wie Marly an meinem Hals lächelte. »Aber, Rach, du wirst nie auf der Straße sitzen. Du weißt doch, dass du immer zu mir kommen kannst. Zur Not würden dich auch meine Großeltern in Toronto aufnehmen.«

»Tja, aber das wird nicht nötig sein«, trällerte ich eine Spur zu fröhlich. »Schließlich bin ich jetzt stolze Immobilienbesitzerin.«

Marly löste sich von mir und sah zu mir auf. Nur wenn ich wie heute meine höchsten Absätze trug, war ich größer als sie. »Und was ist mit all den Nebenkosten der Wohnung, Studiengebühren, Essen, Trinken und so weiter?«

»Ich werde mir einen Job suchen. Ist ja nicht so, als hätte ich plötzlich gar kein Geld mehr. Das, was ich schon auf dem Konto habe, können meine Eltern nicht anrühren. Sie haben nur den Zugang zu meinem Trust Fund eingefroren.«

»Und dein Sommerpraktikum in der Kanzlei war auch bezahlt, oder?«

Ich nickte. »Mach dir um mich keine Sorgen.«

Sie lächelte, sah allerdings nur mäßig überzeugt aus. »Ich weiß nur, dass du dir in den letzten Jahren einen ziemlich teuren Lebensstil angeeignet hast.«

»Ja, ich werde ein bisschen kürzertreten müssen. Gut, dass ich mir gerade letzte Woche erst einen riesigen Vorrat Oreos angelegt habe, was?« Mit meinem halbherzigen Versuch, einen Witz zu reißen, traf ich ins Schwarze.

Marly lachte und drückte noch einmal meinen Arm. »Wow, das sind riesige News, Rach. Muss ich erst mal verarbeiten.«

»Frag mich mal.« Ich hakte mich bei ihr unter, und wir gingen gemeinsam nach draußen.

Als wir aus der klimatisierten Luft der Eingangshalle ins Freie traten, keuchte ich überrascht auf. Es war warm, fast schon heiß. Doch es war eine ganz andere Hitze als in Toronto oder New York. Hier, wo ich nicht von Asphalt und Wolkenkratzern eingeschlossen wurde, war es wirklich erträglich. Ich zog mir den Wollpulli über den Kopf, sodass meine Haare kurz elektrisch knisterten und mir wahrscheinlich vom Kopf abstanden. Mein Top wurde von einer sanften Brise bewegt, und die Anhänger der Ketten um meinen Hals klirrten leise aneinander. Ich atmete tief durch, genoss die frische Luft und die Stille. Selbst hier vor dem Flughafen gab es keinen Verkehrs- oder Baustellenlärm, kein ungeduldiges Hupen und keine lauten Beleidigungen aus heruntergelassenen Scheiben. Das war also diese Idylle, von der immer alle sprachen.

»Brauchst du Hilfe mit deinem Koffer?«, fragte Marly. »Grandpas Auto steht gleich da drüben.« Sie winkte einem Typen, der an dem alten Chevrolet ihres Grandpas lehnte.

»Ach, geht schon.« Meine Absätze klickten laut auf dem Bürgersteig, als ich loslief und den Koffer hinter mir herzog. »Ich will deinen armen Jack ja nicht gleich mit diesem Monstrum in die Flucht schlagen. Außerdem: Selbst ist die Frau.«

Marly verdrehte die Augen. »Ich weiß nicht, wie oft ich dir das schon gesagt habe, aber es ist okay, sich helfen zu lassen, Rach. Ab und zu brauchen wir alle mal etwas Unterstützung.«

»Ach, Quatsch. *Ich* nicht.« Ich knuffte sie in die Seite und wollte schon etwas erwidern, doch da fiel mein Blick auf den Mann, der nun auf uns zueilte. Ich blieb abrupt stehen. Er trug tief hängende Jeans und ein enges, graues T-Shirt, unter dem seine Brust- und Armmuskeln perfekt zur Geltung kamen. Die Sonne brachte seine umbrabraune Haut zum Glänzen. Sein Lächeln war breit und strahlend. Hatte ich schon jemals so schöne Lippen gesehen?

»*Das* ist Jack?«, platzte es aus mir heraus. »Du hast nie erwähnt, dass er *so* heiß ist!«

Verblüfft sah Marly erst mich und dann den Typen an. Oder sollte ich eher sagen, den feuchten Traum einer jeden an Männern interessierten Person?

»Nein, das ist nicht Jack.« Marly riss mich aus meiner Starre. »Das ist Blake. Jack hatte einen Notfall auf der Insel und konnte nicht mitkommen. Blake ist netterweise eingesprungen.«

Ich schluckte meine Verwirrung herunter und ignorierte die Hitze, die mir in die Wangen stieg, als besagter feuchter Traum vor uns stehen blieb.

»Hi, ich bin Blake«, sagte er mit tiefer, rauer Stimme, und plötzlich nahm der Sommer in St. Andrews in meiner Vorstellung eine ganz neue Gestalt an.

4 Blake

Ich blickte in Augen, die wie flüssiger Bernstein wirkten, und wusste plötzlich nicht mehr, wie man einen zusammenhängenden Satz formulierte.

Das war Marlys Freundin Rachel? Niemand hatte mir gesagt, wie heiß sie war.

Ich hielt mitten in der Bewegung inne und strich mir verwirrt über die kurzen Stoppeln meines Buzz Cuts.

Reiß dich zusammen!

Mein Gehirn war immer noch wie leer gefegt. Lag es an ihren langen braunen Haaren mit den dezenten Highlights, den beerenfarbenen, leicht geöffneten Lippen oder daran, dass sie mich musterte, als wollte sie mich hier und jetzt mit Blicken ausziehen? Vielleicht war es das Zusammenspiel von alldem.

Wenn du das jetzt nicht vermasselst, kannst du demnächst vielleicht mal wieder ein bisschen Spaß haben.

Ich erinnerte mich, dass Rachel einen ganzen Monat bleiben würde. *Ziemlich viel Spaß,* verbesserte ich mich in Gedanken.

Endlich hatte ich meine Fassung wiedererlangt und setzte mein Schlafzimmerlächeln auf. »Hi, ich bin Blake.«

»Rachel.« Sie reichte mir eine manikürte Hand, an deren Fingern mehrere dünne Goldringe funkelten. Ich drückte sie, ohne unseren Augenkontakt zu unterbrechen.

Rachel beugte sich so dicht zu mir vor, dass ich ihren frischen Duft nach Orangenblüten und Jasmin riechen konnte. So verharrten wir eine Weile, ihre Hand in meiner, während sich unser Atem mischte und wir uns tief in die Augen sahen. Wenn ich eben noch sprachlos gewesen war, war ich jetzt geradezu bezaubert.

»Sehen etwa alle Männer in St. Andrews aus wie du?«, raunte Rachel, während ein sexy Lächeln ihre Mundwinkel umspielte.

Mein Herz trommelte gegen meine Rippen, mein Grinsen wurde breiter, siegessicherer. »Ich würde sagen, ich bin das Vorzeigeexemplar.«

Rachels Augen funkelten – herausfordernd und verwegen. Es war, als stünden wir abgeschirmt vom Rest der Welt. Da waren nur sie und ich, ihre Augen, ihre Lippen, ihr Duft. *Ja, es würde definitiv ein guter Monat werden.*

»Warum hat mir das denn vorher keiner gesagt?« Ihr Lächeln wurde breiter, verheißungsvoller. Ich hatte sie genau da, wo ich sie haben wollte. Wie hatte sich dieser Tag so schnell in einen verdammten Glückstag verwandelt?

Ich zögerte den Moment genüsslich hinaus, bevor ich ihr eine volle Dosis meines unwiderstehlichen Charmes gab. »Und warum hat mir keiner gesagt, dass ich heute einen Engel vom Flughafen abholen würde?«

Rachel blinzelte mehrmals. *Volltreffer!* Dieser Spruch hatte schon immer funktioniert. »Kann ich dir deinen Koffer abnehmen, Babe?«, fragte ich mit meinem gewinnendsten Lächeln.

Im selben Moment verdüsterte sich Rachels Miene, und eine steile Falte zeigte sich zwischen ihren Augenbrauen.

5 Rachel

»Und warum hat mir keiner gesagt, dass ich heute einen Engel vom Flughafen abholen würde?«

Ich wurde jäh aus meiner Betrachtung der beiden Grübchen gerissen, die sich an Blakes Mundwinkeln zeigten, wenn er lächelte. Verdutzt blinzelte ich ihn an.

Hatte der Kerl gerade wirklich den schlechtesten Anmachspruch aller Zeiten losgelassen? Bis eben hatten wir diese unglaubliche Chemie zwischen uns gehabt. Ich sah uns bereits schwitzend und keuchend in seinem Bett. Seine Haut an meiner, seine Finger in meinen Haaren, zwischen meinen Beinen ... Er hätte mir genauso gut einen Eimer Eiswasser über den Kopf schütten können. Seine Stimme war tief und leicht rau, was etwas in mir zum Klingen brachte, doch seine Worte standen in krassem Kontrast dazu.

Gerade wollte ich den Mund öffnen, um ihm eine passende Antwort zu geben, doch da sprach er schon weiter. »Kann ich dir deinen Koffer abnehmen, Babe?«

Bitte was? Damit törnte er mich endgültig ab. Nun stellte ich mir nicht mehr vor, wie wir uns auf seinen Laken rekelten, sondern wie ich ihm eine schallende Ohrfeige verpasste. Wenn ich eins nicht leiden konnte, dann war es, wenn Leute sich verstellten. Und dieser Aufreißerspruch war das Falscheste, was ich seit

Langem gehört hatte. Ganz zu schweigen davon, dass Blake den Macho spielte und davon ausging, dass ich nicht allein mit meinem Koffer zurechtkam.

Schade. Ich stand zwar auf keinen bestimmten Typ Mann oder Frau, doch Blake strahlte diese lässige, selbstbewusste Aura aus, die ich besonders sexy fand. Und diese Grübchen …

Doch jetzt würde ich allein aus Prinzip nichts mit ihm anfangen, um ihm nicht die Genugtuung zu verschaffen. Hatte dieser Spruch etwa schon mal bei irgendeiner Frau funktioniert? Ich durfte ihn auf keinen Fall in dem Glauben lassen, dass sein plumper Flirtversuch bei mir ankam. Das war ich allen Frauen dieser Welt schuldig.

»Ach, komm schon«, sagte ich. »Das kannst du doch bestimmt besser.«

Blake starrte mich kurz verwirrt an, dann schlich sich das selbstsichere Grinsen wieder auf sein Gesicht. »Alles, was du willst, Prinzessin. Was soll ich besser machen?«

Ich schnaubte. »Dir fällt echt nichts Schlagfertigeres ein? Wie wär's denn mit: ›Hat es wehgetan, als du vom Himmel gefallen bist?‹ Oder: ›Du musst der Grund für die globale Erderwärmung sein‹?«

Blakes Lächeln gefror ihm auf dem Gesicht. Ich verkniff es mir, seine Grübchen anzusehen. Oder seine tiefbraunen Augen. Oder die dichten Wimpern. Die vollen Lippen.

Marly musste meinen schneidenden Tonfall mitbekommen haben, denn sie räusperte sich hinter mir. »Okay, ihr habt euch einander vorgestellt, damit wäre das also abgehakt. Blake reißt gerne semilustige Sprüche, und Rachel hat einen beißend sarkastischen Humor. Jetzt kennt ihr euch, und wir können endlich losfahren.«

Unbemerkt hatte sie meinen Koffer an Blake und mir vorbeigeschoben und war bereits dabei, ihn in den Kofferraum zu hieven. Blake sah mich noch einen Wimpernschlag länger an, dann fuhr er zu Marly herum. »Lass mich das doch machen.«

Natürlich ... wie sollte es auch möglich sein, dass eine Frau ganz allein ein Gepäckstück anhob? Eine Schande! Ein Skandal! Marly hatte es bereits geschafft, den gigantischen Koffer in dem begrenzten Stauraum unterzubringen. Ganz ohne männliche Hilfe.

»Danke, Marly«, sagte ich zu ihr, sah dabei allerdings demonstrativ Blake an. Ich ging an ihm vorbei zum Auto, während mir sein Blick folgte. Blake gefiel, was er sah. Das war offensichtlich. Ich konnte nicht leugnen, dass ich mich körperlich ebenso zu ihm hingezogen fühlte, aber das musste er ja nicht erfahren.

»Wollt ihr beiden hinten sitzen?« Er beeilte sich, die Tür für mich zu öffnen, wollte plötzlich den perfekten Gentleman geben, nachdem sein Macho-Alter-Ego abgeblitzt war. »Dann könnt ihr euch in Ruhe unterhalten.«

Ich starrte einen Moment mit gerunzelter Stirn auf die geöffnete Autotür, als wäre sie der Eingang zu einem lebensbedrohlichen schwarzen Loch. Er hatte es wirklich immer noch nicht kapiert. Über das Autodach warf ich Marly einen entnervten Blick zu, doch sie formte mit dem Mund die Worte »Sei nett«. Also verkniff ich mir einen Kommentar und stieg ein. Es war nicht die beste Idee, den allerersten von Marlys neuen Freunden zu vergraulen, den ich zu Gesicht bekam.

Als Blake mir allerdings daraufhin den Anschnallgurt reichte, konnte ich nicht mehr an mich halten. »Dein Ernst?« Ich sah ihn entgeistert an.

»Äh ... wie bitte?« Er hatte tatsächlich keine Ahnung, wie sehr er mich mit seinem Getue zur Weißglut trieb.

Ich seufzte schwer und blickte zu ihm auf. »Blake, richtig?«

Er nickte, musterte mich mit nachdenklich zusammengezogenen Brauen, als wäre ich ein besonders kniffeliges Sudoku.

»Warum bist du hier, Blake? Warum hast du Marly zum Flughafen begleitet?«

»Na ja, weil …« Er zögerte kurz und setzte dann erneut sein Gewinnerlächeln auf. *Nicht die Grübchen ansehen*, ermahnte ich mich. »Natürlich, um euch beiden hübschen Ladys mit dem Gepäck unter die Arme zu greifen.«

»Das dachte ich mir.« Ich schenkte ihm ein zuckersüßes Lächeln. »Und wer hat behauptet, dass wir armen, schwachen *Ladys*« – ich malte Anführungszeichen in die Luft – »das nicht selbst schaffen?«

Blake warf Marly einen irritierten Blick zu. Sie hob jedoch nur entschuldigend die Schultern, bevor sie auf der anderen Seite in den Wagen stieg.

»Niemand«, beantwortete ich meine eigene Frage. »Also warum tust du uns nicht allen einen Gefallen und hörst auf, dich wie ein aufgeplustertes Alphamännchen aufzuspielen?«

Blake starrte mich mit offenem Mund an. Ich nahm ihm den Gurt aus der Hand. »Danke, das schaffe ich gerade noch selbst.«

6 Blake

Meine Gedanken rasten, als ich um Marlys Wagen herumging und hinter dem Steuer einstieg. Was hatte ich falsch gemacht? Gerade eben hatte es noch zwischen uns geknistert, aber nun war es, als hätte sich die Luft um Rachel abgekühlt. Es passierte nicht alle Tage, dass ich mit meinen erprobten Flirtkünsten auf Granit stieß. Dabei hatte ich doch bloß besonders zuvorkommend sein wollen. Ich hatte es mir nicht eingebildet, dass Rachel mich am Anfang ebenso ausgecheckt hatte wie ich sie, oder? Nur standen ihre bissigen Kommentare plötzlich in krassem Kontrast dazu. Grübelnd ließ ich den Motor an und lenkte den uralten Chevrolet aus der Parkbucht.

Marly und Rachel unterhielten sich zunächst über Rachels Flug von Toronto über Ottawa nach St. John. Ich hätte ihrer Stimme stundenlang lauschen können. Sie klang voll und weich, unglaublich sexy. Unwillkürlich stellte ich mir vor, wie ich Schlagsahne aus ihrem Bauchnabel leckte. Wow, was war bloß in mich gefahren? Ich kannte diese Frau erst seit zehn Minuten, und sie brachte mich bereits um den Verstand. Wenn ich uns alle drei heil nach St. Andrews bringen wollte, musste ich mich unbedingt zusammenreißen. Ich schluckte und heftete meinen Blick fest auf die Straße.

Marly sprach nun von all den Dingen, die sie Rachel in

St. Andrews zeigen wollte. Die Water Street, den Pier, die Tierarztpraxis, in der sie arbeitete, sämtliche Strände, den Leuchtturm und natürlich die Wale und Robben in der Passamaquoddy-Bucht. Es war nicht zu überhören, dass Marly unser kleines Städtchen ins Herz geschlossen hatte und wie sehr sie sich darauf freute, ihre neue Heimat mit ihrer besten Freundin zu teilen. Blieb nur die Frage, was ihrer Freundin so plötzlich die Laune verdorben hatte.

»Übers Wochenende sind wir übrigens bei Will eingeladen«, sagte Marly gerade. Ich horchte auf. Mein Kumpel Will hatte mich ebenfalls eingeladen, und die Vorstellung, ein ganzes Wochenende mit Rachel zu verbringen, ließ mein Herz auf lästige Weise schneller schlagen.

»Anscheinend haben seine Eltern eine Hütte in einem Naturreservat nicht weit von hier«, fuhr Marly fort. »Die perfekte Gelegenheit für dich, die ganze Crew kennenzulernen. Aber es geht schon morgen los, und du bist gerade erst angekommen. Hast du Lust?«

Rachel zögerte kurz, sodass ich schon fürchtete, sie würde absagen, doch dann grinste sie. »Party in einer Hütte im Wald? Und da fragst du noch? Für genau so was bin ich doch hergekommen.«

»Hütte ist vielleicht ein kleines bisschen untertrieben«, sagte ich lachend, um mich ins Gespräch einzubringen. Doch ich handelte mir prompt einen weiteren Todesblick von Rachel ein. Rasch wandte ich mich vom Rückspiegel ab und sah wieder auf die Straße. Ich hatte sie eindeutig irgendwie verärgert. Aber warum musste sie gleich so einen Aufriss machen?

Schweigen senkte sich über das Auto, und ich spielte mit dem Gedanken, das Radio einzuschalten. Ich konnte es mir jedoch nicht verkneifen, Rachel im Rückspiegel zu beobachten. Ihre Züge waren so markant, dass ich einfach nicht wegsehen konnte.

Gerade blickte sie aus dem Fenster. Die von breiten, perfekt gezupften Brauen eingerahmten Augen zuckten rasend schnell hin und her, als könnte sie alles nicht zügig genug in sich aufnehmen. Die sattgrüne Landschaft zog an uns vorbei. Ich war hier bereits unzählige Male entlanggefahren, doch nun versuchte ich, die Umgebung durch Rachels Augen zu sehen. Die breite, wenig befahrene Straße war von Bäumen gesäumt, die hier und da den Blick auf den Fluss freigaben. Am blauen Sommerhimmel kreiste ein Falke. Wenn wir Glück hatten, würden wir ein paar Rehe zu sehen bekommen. Auf einmal wünschte ich mir, ich könnte Rachel welche zeigen, nur um ihr ein Lächeln zu entlocken.

»Warum steht hier eigentlich so viel auf Französisch?«, fragte sie, als wir eine Ausfahrt passierten. Ihr musste aufgefallen sein, dass bei uns alle Straßenschilder zweisprachig waren und manche Orte sogar rein französische Namen trugen. Vielleicht konnte ich mit meinem Wissen punkten. »New Brunswick ist die einzige kanadische Provinz, die offiziell zweisprachig ist«, erklärte ich mit einem Blick in den Rückspiegel. »Das heißt, dass alle Straßenschilder oder offiziellen Dokumente in beiden Sprachen verfasst sein müssen.«

»Ach, das heißt es also, wenn eine Provinz zweisprachig ist?« Durch den Rückspiegel sah sie mich mit herausfordernd funkelnden Augen an.

Okay, dieses Spiel konnte ich auch spielen. Ich wandte mich an Marly. »Ist sie immer so drauf?«

Rachel schnaubte, doch Marlys Mundwinkel zuckten. »Nur wenn man sie lange nicht mit Schokolade gefüttert hat.«

»Ach so, dann hätte ich vielleicht ein Snickers mitbringen sollen. Gibt es noch etwas, was ich wissen sollte?«

Rachel funkelte ihre beste Freundin an, schien das Ganze jedoch zu genießen.

»Eigentlich hat Rachel einen starken moralischen Kompass«,

erklärte Marly. »Ab September studiert sie Jura in New York, um sich später als Anwältin für Frauenrechte einzusetzen und gegen Ungerechtigkeiten wie die Lohnlücke und häusliche Gewalt zu kämpfen.«

Überrascht musterte ich Rachel, sah sie plötzlich mit neuen Augen. »Wow, das ist …«

»Ich will einfach nur, dass Frauen und nichtbinäre Menschen keine Nachteile aufgrund ihres bei der Geburt zugewiesenen Geschlechts erfahren«, unterbrach Rachel mich. »Genauso wenig sollten Menschen wegen ihrer Herkunft diskriminiert werden. Die gleichen Rechte, derselbe respektvolle Umgang. Diese ständige Diskriminierung und das Bevormunden ist doch einfach lächerlich.«

Meine Bewunderung schlug erneut in Irritation um. »Bevormunden? Ich wusste nicht, dass es ein Verbrechen ist, einer Frau die Autotür aufzuhalten oder ihren Koffer zu tragen.«

Rachel verdrehte die Augen. »Als ob wir nicht allein dazu in der Lage wären.«

»Manche Frauen möchten diese Dinge eben selbst tun«, wandte Marly um einiges diplomatischer ein. »Vielleicht sollten Männer nicht immer davon ausgehen, dass wir schwächer sind oder Hilfe brauchen.«

»Es ist zwecklos, Marly«, sagte Rachel zu ihr. »Er würde es selbst dann nicht begreifen, wenn du es ihm haarklein erklärst. Seinen Anmachsprüchen nach zu urteilen, ist er in den Neunzigern hängen geblieben.«

»Ach ja?« Ich sah sie herausfordernd im Rückspiegel an. »Warum versuchst du nicht, es mir zu erklären? Dann werden wir es ja sehen.«

»Weil du wahrscheinlich dein Leben lang Sexismus internalisiert hast, ohne es zu merken. Das ist nicht mal deine Schuld, sondern ein allgemeines Problem unserer Gesellschaft.«

»Meinst du wirklich? Liegt es nicht vielleicht daran, dass du dich für schlauer als alle anderen hältst, Ms Jurastudentin?«

Rachel schnaubte. »Das hast *du* gesagt, nicht ich.«

Doch ich konnte ihrem überlegenen Gesichtsausdruck ansehen, dass sie genau das dachte. Während meiner gesamten Schulzeit hatte ich unzählige solcher Blicke von anderen abbekommen. Das Klischee des verblödeten Footballspielers, der zu nichts anderem taugte. Nun tat es besonders weh, da ich in den letzten Jahren mutwillig zu diesem Bild beigetragen hatte. Was hatte ich schon aus meinem Leben gemacht? Doch Rachel wusste nicht, dass ich im örtlichen Supermarkt jobbte und keinerlei Zukunftsperspektiven hatte, und ich würde ihr meinen Schmerz auf keinen Fall zeigen. Angriff war immer noch die beste Verteidigung. »Wow!« Ich lachte verächtlich. »Ich wusste nicht, dass man eine so vorhersehbare Großstadttussi sein kann.«

Täuschte ich mich oder zuckten Rachels Mundwinkel vor Belustigung? Machte ihr das hier wirklich Spaß? Sie wandte sich an Marly, die uns mittlerweile entsetzt anstarrte. »Hat er mich gerade wirklich Tussi genannt?« Sie bedachte mich mit einem gelangweilten Grinsen. »Was Originelleres ist dir wohl nicht eingefallen, was?«

»Wenn der Schuh nun mal passt.«

Sie schnaubte. »Und du glaubst, dass mir das etwas ausmacht? Ich wurde schon ganz anders betitelt.«

»Warum überrascht mich das nicht?«

»Bist du etwa einer dieser Player der alten Schule, die glauben, man könnte eine Frau mit Beleidigungen rumkriegen? Dieses Machogehabe ist wirklich …«

»Ooookay. So hatte ich mir die Heimfahrt nicht vorgestellt«, fuhr Marly dazwischen.

Wir ignorierten sie beide.

»Honey, du spielst weit außerhalb deiner Liga.« Rachel funkelte mich durch den Rückspiegel an.

»Ich glaube eher, *Honey*, dass du fälschlicherweise annimmst, ich wäre an dir interessiert«, konterte ich.

»Autsch«, murmelte Marly kleinlaut.

»Das liegt vielleicht daran, dass du mich auf so plumpe Weise anzugraben versuchst«, sagte Rachel.

»Da liegst du ganz falsch. Ich stehe nicht auf Frauen wie dich.«

»Frauen wie *mich?*« Ihre Stimme schraubte sich gefährlich in die Höhe. Ich kannte diesen Tonfall. Von meiner Mom und meinen Tanten. Meine nächsten Worte sollte ich mit Bedacht wählen, wenn mir mein Leben lieb war.

Marly musste das ebenfalls erkannt haben. »Okay, fassen wir einfach zusammen, dass du nicht auf sie und sie nicht auf dich steht. Dann wäre das ja jetzt auch geklärt, und wir können das Thema wechseln.«

Ich sah, wie sie eine Hand auf Rachels Schulter legte, um sie zu beruhigen. Rachels Blick bohrte sich im Rückspiegel noch ein paar Sekunden länger in meinen. Keiner von uns wollte zuerst wegsehen.

In mir kämpften zwei völlig gegensätzliche Gefühle gegeneinander. Am liebsten hätte ich Rachel ins Gesicht geschrien, dass sie arrogant und verzogen war und ich niemals jemanden wie sie daten würde. Gleichzeitig hätte ich sie nur zu gern an mich gezogen, um sie zu küssen. Hitze stieg mir in die Wangen. Was machte diese Frau nur mit mir? Wir kannten uns erst seit einer halben Stunde, und sie hatte mich bereits mehrfach aus der Fassung gebracht. Ich musste mich dringend beruhigen.

Ein letztes Mal funkelte ich Rachel im Rückspiegel an, und sie erwiderte meinen feurigen Blick. Gut, dass zwischen uns nichts weiter passiert war, bevor ich herausgefunden hatte, wie sie wirklich drauf war. Rachel war zwar unfassbar heiß, doch das hieß noch lange nicht, dass wir kompatibel waren.

Ich schüttelte meine Finger aus, mit denen ich das Lenkrad zu fest umklammert hatte. Sie hinterließen feuchte Streifen auf dem Kunststoff. Stur blickte ich auf die Straße, die zum Glück größtenteils geradeaus führte, und konzentrierte mich darauf, mein wild schlagendes Herz zu beruhigen. Den Rest der Fahrt mischte ich mich nicht mehr in das Gespräch der beiden ein.

7 Rachel

»Wow, *das* ist unser Haus?« Ich drückte mir die Nase an der Autoscheibe platt.

Blake, der aufgeblasene Arsch, hielt vor einem süßen holzverkleideten Häuschen mit mintgrünem Anstrich und weißen Fensterrahmen. Es war zwar klein, hatte aber zwei Etagen und eine Gaube mit Fenstern, die sich beinahe über die gesamte Breite des zweiten Stocks zog. Es gab eine von dünnen Holzsäulen getragene Veranda, die ebenfalls weiß gestrichen war. Darauf standen ein kleiner Tisch und Stühle. Das alte Häuschen war von blühenden Büschen umringt und erinnerte mich an die Farm aus *Anne of Green Gables*, als wäre es einem Buch aus dem neunzehnten Jahrhundert entsprungen.

Marly nickte freudestrahlend, als wir beide aus dem Wagen stiegen. »Unser Heim für die nächsten vier Wochen.«

»Wie hast du das denn gefunden?«

»Freu dich nicht zu früh, es ist ziemlich alt und hätte dringend eine Renovierung nötig, deshalb war es nicht so teuer wie die meisten Immobilien in St. Andrews.« Marly grinste. »Ich habe es über einen Bekannten von meiner Chefin Dr. Sue gemietet. Hier in der Kleinstadt muss man nur die richtigen Leute kennen.« Sie zwinkerte mir verschwörerisch zu. Marly arbeitete seit einigen Wochen in der Tierarztpraxis des Ortes, wo es ihr so gut gefiel, dass sie demnächst ein Tiermedizinstudium beginnen wollte. Allerdings hatte sie bis jetzt noch keine eigene Bleibe gefunden.

»Das alte Mason-Haus steht schon länger leer«, erklärte Blake, der ebenfalls ausgestiegen war. »Die Familie vermietet es über die Sommermonate an Touristen. Wahrscheinlich warten sie darauf, dass ihre Tochter alt genug ist, um es zu erben und selbst einzuziehen.«

»Es sei denn, die Tochter hat keine Lust, hier zu versauern, und zieht lieber in die Zivilisation«, entgegnete ich grinsend.

Marly warf mir einen warnenden Blick zu und musterte Blake besorgt. Wahrscheinlich fürchtete sie, wir würden uns ein weiteres Wortgefecht liefern. Blake ignorierte mich allerdings geflissentlich und machte sich daran, den Kofferraum zu öffnen. Offenbar war er nicht daran interessiert, sich ein zweites Mal von mir den Hintern versohlen zu lassen.

»Warum guckst du mich so an, Marly?«, sagte ich. »Es bleiben doch bestimmt nicht alle ihr Leben lang hier in St. Andrews. Dafür gibt es in so einer Kleinstadt doch viel zu wenige Jobs. Ich bin nur realistisch.«

»Ja, aber kannst du auch ein bisschen netter realistisch sein?«

»Klar.« Ich lächelte zuckersüß. »Du kennst mich doch.«

»Leider viel zu gut.« Sie stöhnte theatralisch, konnte sich ein Lachen aber nicht verkneifen.

Nachdem Blake meinen Koffer ausgeladen hatte, wollte er ihn mir demonstrativ die drei Stufen zur Veranda hochtragen, doch ich war schneller. »Ich mache das schon. Du weißt doch: Wir brauchen keinen Mann. Schließlich ist das hier eine reine Frauen-WG.«

»Aber zum Fahren war ich gut genug, was?«

Ich schenkte ihm ein süffisantes Lächeln. »Ganz genau.«

Marly warf ihm einen entschuldigenden Blick zu und umarmte ihn zum Abschied. »Danke für deine Hilfe. Wirklich lieb von dir, dass du so kurzfristig eingesprungen bist.«

Er zuckte mit den Achseln. »Ist ja nicht so, als hätte ich etwas Besseres vorgehabt.«

Ich horchte auf. Was stellte Blake wohl in diesem verschlafenen Kaff mit seiner Zeit an? Ich fühlte mich ertappt, da ich mich plötzlich für sein Leben interessierte. Eigentlich hatte ich mit dem Player mit den schlechten Aufreißersprüchen und veralteten Vorstellungen doch längst abgeschlossen. Ich konnte zwar nicht leugnen, dass er unheimlich heiß war, aber das änderte nichts an seinem Charakter.

Ich konzentrierte mich darauf, meinen – zugegeben – viel zu schweren Koffer die Treppe hochzuhieven, ohne mir meine Anstrengung anmerken zu lassen. Ich würde es ihm schon zeigen.

Als ich es geschafft hatte und mich triumphierend zu ihm umsah, bog Blake allerdings gerade um die Ecke am Ende der Straße. Er hatte sich nicht einmal von mir verabschiedet.

Marly war mir auf die Veranda gefolgt und ertappte mich dabei, wie ich ihm nachdenklich hinterherblickte.

»Willst du ihn nicht nach Hause fahren?«, fragte ich eilig, um mein Starren zu überspielen.

Sie schüttelte den Kopf. »Kleinstadt, schon vergessen? Er wohnt gleich um die Ecke. Hier ist so ziemlich alles in maximal fünfzehn Minuten zu Fuß zu erreichen.«

»Ich erkenne langsam die ungeahnten Vorteile des Kleinstadtlebens. Vielleicht sollte ich mal eine Liste anlegen.«

Sie lachte, wurde allerdings schnell wieder ernst. »Versprichst du mir, die Finger von Blake zu lassen?«

Ich sah sie empört an. »Warst du gerade nicht mit uns im Auto? Ich glaube, da musst du dir keine Sorgen machen.«

Marly ignorierte meinen schneidenden Tonfall. »Er war mal

der Star-Quarterback hier im Ort. Vor ein paar Jahren hatte er einen schlimmen Sportunfall und hat seitdem schwer damit zu kämpfen, dass seine professionelle Footballkarriere von einem Tag auf den anderen vorbei war.«

»Echt? So kam er gar nicht rüber.«

Marly bedachte mich mit einem strengen Blick. »Blake mimt zwar gern den Clown, aber ... nicht jeder trägt seinen Schmerz wie ein offenes Buch vor sich her.«

Ich nickte stumm. Davon konnte ich ein Lied singen.

»Blake sollte sich ganz auf seine Zukunft konzentrieren«, fuhr Marly fort. »Die Perspektivlosigkeit ist nicht gut für ihn. Das Letzte, was er jetzt gebrauchen kann, ist bedeutungsloser Sex mit einer Person, die sowieso bald wieder abreist.«

Ich hob beide Augenbrauen. »Auch wenn es sich bei dieser Person um *mich* handelt?«

»*Besonders* wenn es sich um dich handelt.« Sie knuffte mich in die Seite.

»Und was hast du dann bitte mit Jack getan? Ist das nicht dasselbe?«

Marly kaute kurz nachdenklich auf ihrer vollen Unterlippe und schüttelte dann den Kopf. »Nein, bei Jack und mir war es irgendwie von Anfang an alles oder nichts. Auch wenn ich das nicht sofort begriffen habe.«

Ich grinste sie an. »Es hat dich echt erwischt. Ich freu mich so für dich.« Ich umarmte sie fest und drückte ihr einen Kuss auf die Wange, wobei ich einen beerenfarbenen Lippenstiftabdruck hinterließ. Marly wischte ihn nicht weg, sondern lächelte zurück.

»Und Jack hat kein Problem damit, dass ich dich für ein paar Wochen ausleihe?«

»Nein, er hat in nächster Zeit viel zu tun. Außerdem ist seine Hütte auf Ministers Island ein bisschen zu klein für zwei, geschweige denn drei Personen.«

»Aber ich werde ihn doch bald kennenlernen, oder?«

»Na klar. Schon morgen, wenn wir das Wochenende mit den anderen verbringen. Aber du versprichst mir, dass du die Finger von Blake lässt?«

»Du tust ja gerade so, als wäre ich ein wildes Biest, das sich jedem Nächstbesten an den Hals wirft.«

»Bist du das nicht?«

Ich wackelte mit den Augenbrauen. »Nur ausgewählte Personen dürfen die Vorteile meiner Gesellschaft genießen. Und dazu gehört dieser aufgeblasene Macho ganz bestimmt nicht.«

»Dann fühle ich mich besonders geehrt.«

»Du sowieso! Ich bin immer noch traurig, dass ich dich nicht mit nach New York nehmen kann.« Ich schniefte übertrieben laut, und Marly kicherte. Doch in Wahrheit wusste ich, dass sie genau hierhergehörte. Sie hatte ihre Heimat gefunden – an dem Ort, von dem wir beide es am wenigsten erwartet hätten. Es rührte mich, dass sie sich so schnell in der Community hier eingelebt hatte, dass sie Menschen gefunden hatte, die ihr am Herzen lagen. Und vor allem Menschen, die ihr die Kultur des kanadischen First-Nation-Stammes näherbringen konnten, in den sie mütterlicherseits hineingeboren war, von dem sie aber bis vor Kurzem nicht viel gewusst hatte. Denn Marly hatte ihre Mom kaum gekannt, bevor diese die Familie verlassen hatte. Ich war hier, um ihre neue Welt kennenzulernen und ihr beizustehen – und ein bisschen auch, um meiner eigenen Welt zu entfliehen –, bevor es nach New York ging. Bei dem Gedanken an meine Eltern wurde mir ganz flau im Magen.

»Bereit für eine kleine Haustour?«, fragte Marly mit funkelnden Augen.

Ich nickte, dankbar für die Ablenkung. »Zeig mir unser Reich!«

Feierlich steckte sie den Schlüssel ins Schloss der Tür, deren weißer Anstrich bereits leicht abblätterte. »Willkommen in St. Andrews!« Sie ließ mir mit einer ausladenden Handbewegung den Vortritt.

Gerade wollte ich meinen Koffer über die Schwelle zerren, da packte sie mich am Arm. »Warte mal. Kannst du bitte die Schuhe ausziehen? Du weißt ja, wie hoch die Kaution war. Nicht dass du mit deinen Absätzen noch das Parkett verkratzt.« Solidarisch schlüpfte sie aus ihren bunten Adidas-Sneakern und stellte sie sorgfältig neben die Tür.

»Okay.« Mit einem Ruck stieß ich den schweren Koffer ins Innere, wo er sich auf seinen Rollen ein paarmal um sich selbst drehte wie R2D2. Dann kam ich Marlys Aufforderung nach. Ein unbehagliches Gefühl kroch meine Wirbelsäule hinauf, während ich die Schnallen meiner Riemchensandalen löste. Nur widerwillig schlüpfte ich aus den Schuhen.

Als meine nackten Füße das raue Holz der Veranda berührten, wäre ich fast zurückgezuckt. Wenn ich barfuß lief, fühlten sich meine Füße immer so flach und platt an, meine Schritte so ungraziös. Ohne meine Heels war ich ein ganzes Stück kleiner und fühlte mich auch so. Es war ein Gefühl, das ich überhaupt nicht mochte. Selbst in meiner eigenen Wohnung trug ich immer pelzige Hausschuhe mit einem gemütlich breiten Absatz. Doch Marly war die Person in meinem Leben, für die ich alles tun würde, also stellte ich meine Sandaletten neben ihre Schuhe und betrat endlich das Haus.

Der Holzboden knarzte leicht unter meinem Gewicht, etwas knirschte in der Wand, als Marly die Tür hinter uns schloss. Die Gardinen vor einem der offenen Fenster wurden leise raschelnd von der Sommerbrise bewegt. Verzückt sah ich mich um. Ich war zwar Penthouse-Wohnungen und teure Hotelzimmer gewohnt, doch das hier war kein Vergleich damit. Dieses Häuschen hatte Charakter, eine Seele. Es hieß uns mit seinen knarzenden Dielen und dem Geruch nach Holz, frisch gewaschenen Gardinen und dem Lavendelpflänzchen in einem Topf beim Eingang willkommen. Als ich den schmalen Flur entlanglief, hatte ich das Gefühl, dass mein Urlaub nun endlich so richtig begann.

Ich drehte mich zu Marly um, die mich gespannt beobachtete.

»Zeigst du mir alles?«

Ihre grauen Augen funkelten, als sie mich am Arm ins erste Zimmer zog. Es war eine Küche im Stil der Achtziger inklusive schwarz-weiß karierter Bodenfliesen. Ich sah mich skeptisch um und tippte mit einem Finger gegen mein Kinn. »Okay, ich sehe, was du vorhast. Du beginnst also mit dem Raum, in dem ich mich am wenigsten aufhalten werde, und arbeitest dich langsam vor.«

Marly ignorierte den Kommentar über meine nicht vorhandenen Kochkünste, lief zum Gefrierfach über dem Kühlschrank und riss es auf. »Einkaufen war ich auch schon!«

Das winzige Eisfach war so mit Ben-&-Jerry's-Eis vollgestopft, dass eine Packung herausfiel. Marly konnte sie gerade noch auffangen.

Ich riss die Augen auf. »Du bist die Beste!«

Marly zwinkerte mir zu. »Natürlich alles Cookie Dough.«

»Du kennst mich einfach zu gut.« Ich hauchte ihr eine Kusshand zu. »Aber bitte sag mir, dass es in St. Andrews auch guten Lieferservice gibt.«

Marly stopfte die Packung zurück ins Gefrierfach und runzelte angestrengt die Stirn. »Na ja, natürlich nicht so viele wie in Toronto, aber so zwei bis drei Restaurants bieten Lieferservice an.«

Ich schluckte eine sarkastische Bemerkung herunter und schenkte ihr stattdessen ein Lächeln. Marly liebte diesen Ort, und ich würde mir Mühe geben, ihn ebenfalls lieben zu lernen. »Damit kann ich leben.«

Als Nächstes führte sie mich in den großen Wohn- und Essbereich, der den Rest des Erdgeschosses ausmachte. Bunt durcheinandergewürfelte Polstermöbel versprühten einen Boho-Charme. Keiner der Stühle um den kleinen Esstisch passte zum anderen. Der Fernseher musste aus den späten Neunzigern stammen. Ich war so fasziniert davon, dass ich ihn eingehend inspizierte. »Als hätten wir eine Zeitreise gemacht.«

»Leider haben wir kein Netflix«, sagte Marly. »Das Internet funktioniert aber meistens ganz gut …«

Ich sah sie mit hochgezogenen Augenbrauen an.

»Aber wir haben einen Blu-Ray-Player, und im Ort gibt es eine Videothek«, fügte sie eilig hinzu.

»Eine *Videothek?* Also bin ich tatsächlich in einem anderen Jahrzehnt gelandet.«

Marly hob entschuldigend die Schultern. »Sie haben wirklich eine große Auswahl.«

»Das wird schon. Gehört alles zum Abenteuerurlaub dazu.«

Ich winkte ab und folgte ihr die knarzende, mit einem ausgetretenen Teppich bezogene Treppe hinauf. Die Wände waren mit einer bunt gepunkteten Tapete verziert. Ich fühlte mich mehr und mehr wie in einer Folge *Friends.*

»Das ist dein Schlafzimmer. Meins ist daneben.« Marly deutete auf die erste der zwei Türen auf der rechten Seite des Flurs. »Ich habe dir das mit einem angrenzenden Bad überlassen. Mein Bad ist gegenüber von meinem Zimmer.«

»Danke!«

Meine Tür stand offen, sodass ich einen Blick auf ein lichtdurchflutetes Zimmer mit einer altmodischen Blumentapete, Rüschengardinen und einem schmiedeeisernen Bett erhaschte. Mein Reich für die nächsten vier Wochen.

Ich nahm Anlauf, rannte in den Raum und sprang auf das Bett. Dabei versank ich zwar tief in der alten Matratze, ließ mich aber nicht davon abhalten, aufzuspringen. »Komm! Ich glaube, ich kann das Meer von hier aus sehen!« Durch die breite Fensterfront der Gaube erkannte ich hinter einigen Häuserreihen und Gärten einen langen Steg, der aufs glitzernde Wasser hinausführte. In der Bucht lagen mehrere Boote vor Anker, die aus dieser Entfernung wie bunte Murmeln wirkten.

Marly sprang zu mir aufs Bett. Wir hielten uns lachend an den Händen und hüpften auf und ab, um einen besseren Blick zu erhaschen.

»Das ... ist ... der ... Pier«, keuchte Marly mit jedem Sprung. »Im ... Herzen ... der ... Stadt. Zeige ... ich ... dir ... nachher.«

Wir hüpften weiter, bis das eiserne Bettgestell so gefährlich quietschte, dass wir kreischend übereinanderkugelten und schwer atmend liegen blieben. Der blumige Geruch der frisch gewaschenen Bettdecke stieg mir in die Nase und vermischte sich mit Marlys vertrautem Duft.

»Also, bis jetzt zeigt sich St. Andrews von seiner besten Seite«, sagte ich, als ich wieder Luft bekam. »Und das liegt nicht nur daran, dass wir zwei endlich wieder vereint sind.«

»Ach, du.« Marly legte ihren Kopf auf meine Schulter. »Ich hab dich auch vermisst, Rach.« Sie pustete sich eine schwarze Locke aus dem Gesicht. »Ich kann es kaum erwarten, dir alles zu zeigen.«

»Worauf warten wir dann noch? Auspacken kann ich später.« Ich sprang auf und zog sie mit mir aus dem Bett. Ein Sommertag – nein, ein ganzer Monat – ohne jegliche Verpflichtungen lag vor uns.

8 Blake

Am Samstagvormittag war in Joey's Supermarkt immer am meisten los. Jetzt, mitten im Sommer, gingen nicht nur die Einheimischen im einzigen Supermarkt von St. Andrews einkaufen, sondern auch die Touristen. Und von denen gab es Unmengen in unserem malerischen Küstenstädtchen. Während der wenigen warmen Monate fluteten sie den Ort, sodass die unzähligen Bed & Breakfasts und Campingplätze ausgebucht waren und die Preise der kleinen Läden in die Höhe schossen. Für uns Mitarbeiter im Joey's bedeutete das mehr Arbeit als sonst. Und unser Boss achtete vor allem darauf, dass wir immer außergewöhnlich freundlich waren. So glich er die Google-Bewertungen, die sich über das überschaubare Sortiment beschwerten, mit denen aus, die das hilfsbereite Personal lobten. Die Kundschaft hatte allerdings sowieso keine Wahl, denn der nächste Supermarkt lag nicht gerade um die Ecke. Joey hatte neben dieser noch weitere Filialen in Bayside, Chamcook und Bocabec und es damit geschafft, sich ein kleines Imperium in der Gegend aufzubauen.

Meine Bezahlung war nicht schlecht, die Kollegen nett, und ich wurde aufgrund meiner Muskeln meistens zum Einräumen der Waren verdonnert, was mir recht war. So wenig Kundenkontakt wie möglich, war meine Devise. Ich konnte die mitleidigen Blicke, mit denen mich viele Hausfrauen, Sportler und die meisten meiner ehemaligen Lehrer bedachten, nicht ertragen. Sie wurden nur von Fragen nach meiner Gesundheit und danach, ob ich denn bald wieder spielen würde, übertroffen. Nein, das würde ich nicht. Nie wieder. Zumindest nicht auf dem Level, das ich gewohnt war. Und wenn ich nicht professionell spielen konnte, wollte ich es lieber gar nicht tun.

Wenn man mal davon absah, dass mein ursprünglicher Lebensplan vorgesehen hatte, dass ich mit Anfang zwanzig in der amerikanischen Profiliga spielte, hatte ich es mit diesem Job ganz gut getroffen. Auch wenn ich wusste, dass ich hier keine Zukunft hatte. Aber warum sollte ich mir Gedanken über die Zukunft machen, wenn sie an jenem Tag auf dem Feld mit einem Reißen und einem Knacken für immer zerbrochen war?

Seufzend hievte ich einen weiteren Pappkarton voller Erbsendosen ins oberste Regal. Im Gegensatz zu den meisten meiner Kolleginnen und Kollegen musste ich mich dabei nicht auf die Zehenspitzen stellen. Nachdem ich die Dosen in der vordersten Reihe ordentlich angeordnet hatte, warf ich einen Blick auf meine Handyuhr. Mist, seit dem letzten Mal waren erst zwei Minuten vergangen. Es war immer noch eine knappe Stunde bis zum Feierabend. Die Zeit schien heute noch langsamer voranzukriechen als sonst, denn im Pausenraum stand meine für das Wochenende gepackte Tasche bereit. Sobald ich mit der Arbeit fertig war, würde ich Ellie am Pier treffen, wo Liv uns abholen kommen und zum Ferienhaus von Wills Eltern fahren würde.

Endlich mal wieder ein Wochenende mit der alten Crew. Wir kannten uns schon seit dem Kindergarten und hatten viel zu lange nichts mehr zusammen unternommen. Was nicht zuletzt daran lag, dass Liv in Europa gewesen war, Ellie und Fiona nun verheiratet waren und Jack alle Hände voll damit zu tun gehabt hatte, Marly anzuschmachten.

Der Gedanke an Marly führte mich unweigerlich zu Rachel. Mein Magen verkrampfte sich, als ich einmal mehr an unsere gestrige Begegnung erinnert wurde. Dabei war so unheimlich viel schiefgelaufen, dass ich im Nachhinein gar nicht alles aufzählen konnte. Da wir nun ein ganzes Wochenende miteinander verbringen würden, hatte ich fest vor, es wieder geradezubiegen. Vielleicht hatte ich Rachel bloß auf dem falschen Fuß erwischt. Ich war mir sicher, dass ich sie noch für mich gewinnen würde. So schnell gab ich sonst nicht auf. Wenn ich sie schon nicht ins Bett bekam, würde ich mich ihr gegenüber zumindest höflich verhalten – Marly zuliebe. Hoffentlich würde Rachel dasselbe tun. Sonst würde es für uns alle in dem abgeschiedenen Haus im Wald ziemlich unangenehm werden.

»Hey, Blake, kannst du mir mal kurz mit der Bolognesesoße helfen?« Meine Kollegin Bethany riss mich aus meinen Gedanken. Sie hatte den hochroten Kopf um die Ecke des Gangs gestreckt und pustete sich eine blondierte Strähne aus der Stirn.

»Klar, ich komme sofort.« Während ich zu ihr joggte, warf ich erneut einen Blick auf die Uhr. Wieder drei Minuten geschafft.

Zwei Gänge weiter lag ein zerbrochenes Glas auf dem Boden. Die rötlich braune Fertigsoße hatte sich überall verteilt.

Bethany hob entschuldigend die Arme. »Ich wollte die Gläser einräumen, und dabei ist mir eins runtergefallen. Die Palette ist einfach zu schwer für mich.« Sie wollte sich bücken, um die Scherben einzusammeln, doch ich hielt sie zurück.

»Warte, rühr dich nicht vom Fleck. Ich hole den Mopp, um das aufzuwischen. Nicht dass du dich noch schneidest.«

Mit ihrem beachtlichen Leibesumfang fiel es Bethany nicht leicht, sich zu bücken, außerdem war sie schon über sechzig, sodass ich auf keinen Fall wollte, dass sie sich übernahm. »Willst du vielleicht derweil mit den Tütensuppen weitermachen?« Ich deutete auf die nächste Palette.

Bethany schenkte mir ein erschöpftes Lächeln. »Danke, Blake, du bist mein Held.«

»Für dich immer, Sweetie.«

Ich eilte in den Pausenraum, um Mopp und Wassereimer zu holen. Mein Blick fiel auf meinen Spind, in dem meine ehemalige Sporttasche auf mich wartete. »Nur noch eine knappe Stunde«, raunte ich ihr zu. Dann schnappte ich mir das gelbe Plastikschild, auf dem *Vorsicht, frisch gewischt* stand, und joggte zurück in Gang drei.

Bethany hatte bereits die Tütensuppen eingeräumt und lächelte mir nochmals zu, als ich anfing, die Sauerei am Boden aufzuwischen.

Der Mopp blieb immer wieder an den Scherben hängen. Ich fluchte. Wahrscheinlich hätte ich einen Mülleimer dafür mitbringen sollen. Als ich mich wieder auf den Weg machte, hörte ich eine Stimme im Nebengang. Ich war mit Schwung um die Ecke gelaufen und hielt abrupt inne. Diese Stimme kannte ich. Die Person, zu der sie gehörte, stand keine zwei Meter von mir entfernt und betrachtete die Kuchenbackmischungen. Wie erstarrt stand ich dort und konnte mich nicht rühren.

»Ja, Andy, kein Problem. Gib ihm einfach meine Nummer und sag seinem Coach, er soll sich mit mir in Verbindung setzen. Ich komme dann bei einem der nächsten Spiele vorbei.«

Meine Wange brannten, und ich sprang so abrupt zurück, als wäre ich gegen eine Wand gerannt.

Diese Stimme hatte mir vor ein paar Jahren auch zugesichert, zu meinen Spielen zu kommen. Sie hatte mir eine große Karriere prophezeit. Mich über alle Maßen gelobt. Mir versprochen, die Sterne für mich vom Himmel zu holen.

Andrew Phillips. Einer der besten Scouts Kanadas. Der Mann, der mich mit sechzehn entdeckt und dafür gesorgt hatte, dass mich zuerst die kanadischen Talentförderer und später auch die amerikanischen auf dem Schirm hatten. Der Mann, der an mich geglaubt hatte. Der mir das Stipendium an der University of Michigan besorgt hatte – fast.

Schwer atmend presste ich meinen Rücken an das Regal in Gang drei. Mein Herz hämmerte schmerzhaft in der Brust, meine Wangen waren so heiß, dass ich jedem Fieberpatienten Konkurrenz gemacht hätte. Alles drehte sich. Ich schloss die Augen, umklammerte den Besenstiel, um mich an irgendetwas festzuhalten.

Warum war Andrew wieder in der Stadt? Natürlich, um neue Talente zu sichten. Er durfte mich auf gar keinen Fall so sehen. Plötzlich schämte ich mich für den Mitarbeiterkittel, den ich trug. Für die Bolognesesoße an meinen Schuhen. Für den Mopp in meiner Hand. Wenn Andrew sah, was aus mir geworden war …

Wenn mich die mitleidigen Blicke der anderen schon runterzogen, dann würde mich seiner umbringen. Ich war nicht stark genug, um mich ihm zu stellen. Er durfte mich nicht entdecken!

»Blake, ist alles in Ordnung?« Panisch öffnete ich die Augen und sah in Bethanys Gesicht. »Geht es dir nicht gut?«

»Äh …«

Sie musterte meine Finger, mit denen ich den Besenstiel krampfhaft umklammerte. Wie sollte ich aus dieser Nummer rauskommen? Niemand durfte mich so aufgelöst sehen. Ich hatte mich doch sonst immer unter Kontrolle. Doch meine Priorität war im Moment, dass Andrew mich nicht zu Gesicht bekam.

Ich atmete einmal tief durch. »Nein, Bethany … Du hast recht. Es geht mir nicht gut.«

Ihre Augen weiteten sich, ihr Blick fiel natürlich sofort auf mein Knie. Am liebsten hätte ich sie angeschrien: »*Das ist längst verheilt!*« Nur die Narben auf meiner Seele, die waren es nicht. Und würden es nie sein.

»Brauchst du einen Arzt?«

»Nein, nein. Ich muss mich nur kurz ausruhen.« Hastig sah ich den Gang hinunter. Andrew könnte jeden Augenblick hier vorbeikommen. So leise wie möglich schob ich mich mit dem Rücken am Regal entlang. Dann packte ich die Kante mit den Händen und streckte meinen Kopf um die Ecke. Mit angehaltenem Atem spähte ich in den Nebengang.

Andrew hatte mir den Rücken zugewandt. Er sprach immer noch in das Headset an seinem Ohr, während er die Anleitung auf dem Rücken einer Muffin-Packung las.

Rasch zog ich meinen Kopf wieder zurück. »Glaubst du, du kommst alleine klar?« Ich warf Bethany einen zweifelnden Blick zu.

Sie nickte. »Du hast ja schon fast alles aufgewischt. Geh dich ausruhen.«

Ich schenkte ihr ein dankbares Lächeln. »Danke, Beth, du bist die Beste.«

»Na, hör mal, Blake!«, rief sie viel zu laut, sodass ich ihr fast beide Hände auf den Mund gepresst hätte. »Du hast mir schon so oft ausgeholfen, da kann ich doch auch mal deine Heldin sein.«

Ich rang mir ein Lächeln ab. »Ja, du bist meine Heldin. Und, äh, bitte sag dem Boss nichts.«

»Keine Sorge.« Sie zwinkerte mir verschwörerisch zu.

Vorsichtig spähte ich ein weiteres Mal um die Ecke. Doch sofort riss ich meinen Kopf zurück. Das war knapp gewesen! Andrew kam direkt auf uns zu, noch immer in sein Gespräch vertieft. Er würde mich jeden Moment entdecken.

»Bis später, Beth!« Ich sprintete an ihr vorbei. Wahrscheinlich hätte ich überzeugender spielen müssen, dass es mir nicht gut ging, doch das war mir in diesem Moment egal. Andrews Stimme kam näher, und ich flüchtete den Gang entlang. Am anderen Ende bog ich so schnell um die Ecke, dass die Gummisohlen meiner Sneakers auf dem Boden quietschten.

Ich warf einen Blick über die Schulter, gerade als Andrew am anderen Ende in Gang drei einbog. Geschafft! Ich flitzte zum Pausenraum, schlüpfte hinein und warf die Tür hinter mir zu. Keuchend ließ ich mich mit dem Rücken dagegen sinken. Weiße Punkte explodierten vor meinen Augen. Das durfte alles nicht wahr sein. Versteckte ich mich gerade wirklich vor meinem früheren Scout wie ein absoluter Loser? Wie tief konnte ich noch sinken?

Doch genau das war das Problem. Ich war bereits am Tiefpunkt meines Lebens angekommen. Von hier gab es kein Zurück. Warum sollte ich mich überhaupt noch für irgendetwas schämen?

Mit einem dicken Kloß im Hals sah ich mich im Pausenraum um, musterte die abgewetzten Spinde, die uralte Kaffeemaschine, die nur einen ekligen Brei produzierte, die Namensschilder, die an der Wand darauf warteten, von den Kollegen der nächsten Schicht angesteckt zu werden. Das war jetzt mein Leben. Weit entfernt von grölenden Fans, gleißenden Scheinwerfern und einem Team, das mir den Rücken stärkte. Weit entfernt von einer Version meiner selbst, die vielleicht immer nur ein Traum gewesen war. Wie hatte ich glauben können, dass ich es je schaffen würde, von hier zu verschwinden? Nach Amerika zu ziehen. Eine große Karriere zu haben. Plötzlich kam mir der Gedanke lächerlich vor. Genauso lächerlich, wie sich hinter Erbsen- und Bohnendosen vor meinem ehemaligen Scout zu verstecken.

Mit schweren Schritten ging ich zu meinem Spind und gab die Zahlenkombination ein. Sofort fiel mein Blick auf meine Sporttasche. Ich ignorierte das Déjà-vu-Gefühl, das mich dabei übermannte. Als stünde ich in der Umkleide meiner alten Highschool und bereitete mich auf ein Spiel vor. Es würde keine Spiele mehr geben. Nur noch knallharte, düstere Realität.

Wer war ich abseits des Footballfelds? Ein Niemand ohne Zukunft.

Verstohlen warf ich einen Blick zur Tür. Ich hatte noch nie früher Schluss gemacht. Was, wenn mich jemand sah?

Wenn ich diesen Job verlor, würde Mom mich bestimmt rausschmeißen. Dann hätte ich auch das letzte Gute in meinem Leben versaut. Doch in diesem Moment war mir alles egal. Ich musste dringend hier weg.

Ich wandte mich ab, stieß die Hintertür auf und trat ins gleißende Sonnenlicht. Vielleicht würde mich ein Wochenende mit meinen Freunden von meinen finsteren Gedanken abbringen.

9 Rachel

Marly und Jack saßen mir gegenüber auf dem Sofa in unserem Wohnzimmer. Die beiden sahen so verliebt aus wie Julia Roberts und Richard Gere in *Pretty Woman*. Sie hatte ihren Kopf auf seine Schulter gelegt, während er wie beiläufig mit einer ihrer Locken spielte. Am liebsten hätte ich ein Foto von den beiden gemacht und es mit der Caption »*So sieht wahre Liebe aus, bitches*« auf Instagram gepostet. Aber dann hätte Marly mich umgebracht. In den letzten vierundzwanzig Stunden hatte ich bereits alle Zimmer unseres Hauses neben Beispielfotos von Sitcoms aus den Neunzigern sowie den Inhalt unseres Gefrierfachs gepostet.

»Tja und als der Baum auf die Straße nach Covenhoven gekracht ist, haben sie mich angerufen, damit ich ihn mit meinem Truck wegziehe. Sonst hätten keine Besucher mehr auf die Insel gekonnt. Während der Hochsaison ist das unvorstellbar.« Jack schloss gerade seinen Bericht, warum er Marly nicht hatte zum Flughafen begleiten können.

Ich kannte ihn erst seit fünfzehn Minuten und mochte ihn bereits. Er hatte mein strenges Verhör bestanden, und – was noch viel wichtiger war – er hatte mir Oreo-Kekse als Willkommensgeschenk mitgebracht. Marly musste ihm verraten haben, wie man mich bestechen konnte.

Ich wusste, wie wichtig es ihr war, dass ich mich mit Jack verstand. Nach dem gestrigen Desaster mit Blake hatte sie sich wahrscheinlich bereits Sorgen gemacht. Unnötigerweise, denn Jack war ungefähr der netteste Typ von nebenan, der mir je begegnet war. Außerdem hatte er mich mit Keksen geködert – dafür gebührte ihm eine Eins mit Sternchen. Ich schob mir einen der besagten Bestechungs-Oreos in den Mund.

»Es ist ja trotzdem alles gut gegangen«, sagte Marly zu Jack. »Blake ist für dich eingesprungen, und du hast die Insel gerettet.« Sie gab ihm einen zärtlichen Kuss auf die sonnengebräunte Wange, und Jack fuhr sich leicht verlegen durchs blonde Haar.

»Boah, ihr zwei verursacht bei mir so ein richtiges Glücksflattern«, kommentierte ich mit vollem Mund.

»Glücksflattern, was soll das denn sein?«, fragte Jack.

»Na, dieses Gefühl, wenn man auf stille Weise happy ist. Wenn das Herz tanzt. So wie meins gerade, wenn ich euch zwei Turteltauben ansehe.«

Jack lachte leise und rieb sich den Nacken.

»Rachel erfindet gern ihre eigenen Worte.« Marly schob sich ebenfalls einen Keks in den Mund. »Ist das nicht cool?«

»Aber warum?« Jack sah mich verdutzt mit zusammengezogenen Brauen an.

»Willst du etwa sagen, dass die existierenden Worte unserer Sprache ausreichen, um alles auszudrücken, was du fühlst?« Ich schüttelte den Kopf, sodass meine Ohrringe klimperten, und beantwortete meine eigene Frage. »Nicht mal annähernd. Anstatt mich mit etwas zufriedenzugeben, was nur halb passt, denke ich mir lieber etwas Eigenes aus.«

»Das ergibt wohl Sinn«, sagte Jack. »Glücksflattern …« Er sprach es langsam aus, als wollte er sich das Wort auf der Zunge zergehen lassen, und sah dabei Marly an. »Gefällt mir.«

Sie quietschte leise auf, als er ihr einen Kuss gab und ihr dabei einen Oreo-Krümel aus dem Mundwinkel leckte.

Da klingelte es an der Tür. Das Geräusch war so durchdringend, dass wir alle drei zusammenzuckten. Marly und ich hatten uns nach nur einer Nacht im neuen Haus noch nicht daran gewöhnt.

»Das muss Will sein.« Marly sprang vom Sofa auf und zog Jack mit sich hoch. Sie eilte zur Tür, riss sie auf und fiel einem breitschultrigen Mann mit Dreitagebart, braun gebrannter Haut und kurzen braunen Locken um den Hals. Wow! Noch so ein gut aussehender kanadischer Lumberjack-Typ. Was war denn in dieser Stadt los?

Will spähte über Marlys Schulter. »Seid ihr bereit?«, fragte er.

»Alles gepackt?«

»Aber klar doch.« Ich war ebenfalls vom Sofa aufgestanden und deutete auf unsere Taschen, die im Flur bereitstanden.

»Das ist Rachel«, stellte Marly mich vor. Anstatt mir die Hand zu geben, umarmte Will mich sofort herzlich. Da ich ihm ohne meine Absätze kaum bis zum Schlüsselbein reichte, versank ich förmlich in seinen Armen. Ein schönes Gefühl. Bereits das zweite Glücksflattern heute.

Eilig schlüpfte ich in bequeme Heels. Marly hatte ihre beachtliche Sneaker-Sammlung an der linken und ich meine Schuhe an der rechten Flurwand aufgereiht. Nicht einmal ein Drittel davon hatte in den kleinen Schrank unter der Treppe gepasst. Unsere Liebe für Schuhe hatte uns schon immer verbunden.

Als Nächstes schnappte ich mir meine Reisetasche, Marly sich ihren Rucksack, und wir folgten Will zu seinem Auto. Jack schloss sorgfältig die Haustür hinter uns ab und warf Marly den Schlüssel zu.

Als ich Wills silbernen Pick-up-Truck sah, konnte ich mir ein Grinsen nicht verkneifen. Nach Marlys und meinem gestrigen Rundgang durch St. Andrews war mir klar geworden, dass die meisten Bewohner entweder so einen Truck, einen Jeep oder einen anderen typischen Geländewagen fuhren. Es war, als steckte ich in einer klischeehaften Kleinstadt-Rom-Com à la *Sweet Home Alabama* fest. Und ich musste zugeben, dass es mir gefiel. Nur hatte ich mittlerweile Lust auf ein bisschen mehr Action bekommen, wofür hoffentlich das Wochenende mit Marlys neuen Freunden sorgen würde.

Wir warfen unser Gepäck auf die Ladefläche des Trucks und stiegen ein. Jack setzte sich vorne neben Will, während Marly und ich uns auf die Rückbank zu einer jungen Frau gesellten, die Marly mir als Fiona vorstellte. Ich wusste, dass Fiona nicht nur Marlys Kollegin in der Tierarztpraxis, sondern mittlerweile auch ihre engste Freundin hier in St. Andrews war.

»Du musst Rachel sein. Ich habe schon so viel von dir gehört.« Als Fiona mir zur Begrüßung zwei Wangenküsschen gab, umhüllte mich ein Duft nach Kokosnussöl und Zitronengras. Sie trug eine Jeans-Latzhose und hielt sich ihre langen Braids mit einem auf dem Kopf geknoteten Bandana aus dem Gesicht, das sich leuchtend gelb von ihrer umbrabraunen Haut abhob.

»Und du bist die berühmte Fiona. Ich kann dir gar nicht genug dafür danken, dass du hier so gut auf mein Homegirl aufpasst.«

Fionas Grinsen war so breit, dass ich ihre strahlend weißen Zähne sehen konnte. »Ist doch Ehrensache.«

»He!«, rief Marly, die hinter mir in den Wagen kletterte. »Das klingt ja, als bräuchte ich ein Kindermädchen.«

Fiona und ich sahen uns einen Augenblick mit vielsagend hochgezogenen Augenbrauen an und brachen dann beide in schallendes Gelächter aus.

»Ist das euer Ernst?« Marly zog einen Schmollmund.

»Oh, Honey, du wärst ohne uns verloren.« Ich gab ihr einen Kuss auf die Wange, doch sie biss spielerisch nach mir.

»Jedenfalls bin ich froh, dass ihr jetzt beide hier seid«, grummelte sie, während sie sich anschnallte.

»Ja, das wird ein legendäres Wochenende«, verkündete Fiona.
»Will, wo bleibt die Musik?«

Will, der sich vorne mit Jack unterhalten hatte, warf ihr einen Blick im Rückspiegel zu. »Kommt sofort.«

Sein Blick streifte meinen, und ich lächelte ihm zu. Seine braunen Augen waren wirklich einnehmend, so dunkel und warm. Er sah hastig weg und ließ den Motor an. War er etwa schüchtern? Sanfte Gitarrenklänge ertönten aus den Boxen. Hektisch tippte Will auf dem Touchscreen herum und änderte den Song zu etwas mit einer fröhlicheren Melodie.

Ich grinste in mich hinein und schnallte mich ebenfalls an. Im selben Moment fiel mir auf, dass das große Auto nicht voll besetzt war. »Kommt Blake nicht?«, entfuhr es mir, bevor ich mich zurückhalten konnte.

»Blake und meine Frau Ellie fahren mit Liv«, erklärte Fiona. »In Wills Auto ist kein Platz für alle.«

Ich versuchte, mir meine Enttäuschung nicht anmerken zu lassen. Aus irgendeinem Grund hatte ich mich auf ein weiteres Wortgefecht mit Blake gefreut.

»Warum fragst du? Hast du Blake schon kennengelernt?« Fiona musterte mich aufmerksam.

»Ach, wir haben da so eine Tradition, was Autofahrten angeht.« Ich grinste verschlagen.

Marly schnaubte. »Du willst nicht wissen, wovon sie spricht«, sagte sie zu Fiona, die misstrauisch die Brauen zusammenzog.

Sofort ärgerte ich mich darüber, dass ich Blake zur Sprache gebracht hatte. Dass ich meine Gedanken an ihn verschwendete. Wie absurd, wenn Will mir doch bereits weitere verstohlene Blicke im Rückspiegel zugeworfen hatte. Ich lehnte mich zurück und sah aus dem Fenster. St. Andrews' bunte Häuser mit gepflegten Vorgärten und spielenden Kindern zogen an uns vorbei. In der Ferne hörte ich einen Rasenmäher und Möwengeschrei.

Durchs offene Fenster wehte die frische Meeresbrise herein. Ja, ich war definitiv in einem Kleinstadt-Film gelandet. Lächelnd klinkte ich mich in Marlys und Fionas Gespräch ein, die sich gerade der Frage widmeten, was der Sommerhit des Jahres war.

»Das nennst du eine Hütte?« Ich pfiff durch die Zähne. »Leicht untertrieben, was?«

Will schlug die Autotür hinter sich zu und zuckte mit den Schultern. »Na ja, das Haus ist aus Holz und ... steht im Wald. Ich dachte, das reicht, um es als Hütte zu qualifizieren.«

Vor uns ragte ein großes Holzhaus auf, dessen Vorderfront fast ausschließlich aus Glas bestand. Es stand leicht erhöht auf einer hölzernen Plattform, und eine Treppe führte zu einer breiten Terrasse hinauf, von der aus man einen tollen Ausblick haben musste. Dieses Anwesen hatte in etwa so viel mit einer Hütte gemeinsam wie ich mit einem Mauerblümchen.

Hinter uns fuhr ein gelber Oldtimer in die breite Einfahrt, der aussah, als würde er jeden Moment den Geist aufgeben. Am Steuer saß eine Frau mit langer blonder Mähne. Das musste Liv sein. Und daneben ... Ich wandte mich schnell ab, um Blake nicht anzustarren. Mein Magen kribbelte unangenehm, und ich fühlte mich plötzlich nicht mehr bereit für eine weitere Konfrontation mit ihm.

Eilig folgte ich Will und Marly die Stufen zur Veranda hinauf. Zu uns gesellte sich eine junge Frau mit braunen Augen, dunklem Haar, bronzefarbener Haut und abgefahrenen Sneakers. Marly stellte sie mir als Ellie, Fionas Frau, vor.

Die ausgetretenen Holzstufen knarzten unter uns. Mit jedem Schritt bekam ich einen besseren Blick auf das Haus, das den Anwesen der Reichen und Schönen in den Hamptons Konkurrenz machte. Durch die breite Glasfront entdeckte ich im Untergeschoss einladende Polstermöbel vor einem Kamin und weiter hinten eine großzügige Küchenzeile. Und im oberen Stockwerk … war das etwa eine frei stehende Badewanne direkt vor dem Fenster? Meine Kinnlade fiel herab.

»Wenn euch *das* gefällt, dann dreht euch doch mal um«, lachte Will.

Marly entwich ein verzückter Laut, während ich nur starren konnte. Von hier oben blickte man über die vielen Baumwipfel des Wäldchens hinweg und bekam einen atemberaubenden Ausblick auf das in der Sonne funkelnde Meer, das dahinter lag. Die raue Schönheit der kanadischen Natur, das Rauschen der Baumwipfel im Wind und das Donnern der Wellen, die sich an der nahen Küste brachen, raubten mir den Atem. Der Horizont schien endlos weit entfernt. Es war, als würden Welten aufeinandertreffen. Wald und Meer. Himmel und Wasser. Hier gab es so viel von allem.

Ich atmete tief ein, sog den salzigen Duft der See und den herben Geruch des feuchten Waldbodens in mich auf. Das Holz des Verandageländers fühlte sich warm unter meinen Fingern an. So stand ich eine Weile dort, ließ den Wind durch meine Haare fahren und auch noch den letzten Rest des Großstadtschmutzes aus meinen Poren pusten.

Da fiel mein Blick auf Blake, der gerade erst aus dem gelben VW Käfer stieg. Fast hätte ich die Augen verdreht. Mit seinen Timberlands, der Pilotensonnenbrille, dem engen weißen T-Shirt, das seine Muskeln perfekt in Szene setzte, und dem locker wirkenden, aber sicher über Jahre antrainierten Gang war er der absolut offensichtlichste Player, der mir seit Langem begegnet war. Das genaue Gegenteil von Will und Jack. Ich seufzte. Wäre es nicht vielleicht am besten, es einfach hinter mich zu bringen? Ein unbedeutender One-Night-Stand – das war's? Es wäre einfach, es wäre unkompliziert und würde mit Sicherheit Spaß machen.

Andererseits wollte ich Blake immer noch nicht die Genugtuung verschaffen, mich ins Bett zu kriegen. Nicht, nachdem ich ihm so offensichtlich gezeigt hatte, dass er mich mit seinem Machogehabe nicht um den Finger wickeln konnte. Mein Stolz erlaubte es mir nicht.

Außerdem kam erschwerend hinzu, dass Blake laut Marly tabu war. Auch wenn er mir nicht so zerbrechlich vorkam, wie sie ihn beschrieben hatte. Wahrscheinlich sollte ich ihn einfach vergessen. Allerdings hatte ich Marly theoretisch nie versprochen, die Finger von ihm zu lassen. Am Vortag war ich ihr jedes Mal geschickt ausgewichen, wenn sie das Thema zur Sprache gebracht hatte ...

Zu allem Überfluss fiel es mir schwer, meinen Blick von Blakes Hintern abzuwenden, der in seinen tief auf der Hüfte sitzenden Jeans einfach umwerfend aussah. Verdammt! Ich musste mich dringend ablenken, wenn ich dieses Wochenende überstehen wollte, ohne in seinem Bett zu landen.

Eilig drehte ich mich zu Will um. Er hatte mich von der Seite gemustert und sah nun rasch weg, während sich seine Wangen unter dem sexy Dreitagebart röteten. Ja, Will war eindeutig die bessere Wahl für einen harmlosen Flirt.

Ich überlegte, was ich von Marly über ihn wusste. Er hatte eine Vergangenheit mit Liv, der hübschen Blonden mit dem gelben Käfer. Anscheinend hatte sie ihm das Herz gebrochen und ihn sitzen lassen, war gerade erst nach vier Jahren Studium im Ausland wiedergekommen. Ob Will wohl noch Gefühle für sie hatte? Die Blicke, die er mir zuwarf, waren jedenfalls eindeutig. Er war ein erwachsener Mann und konnte seine eigenen Entscheidungen treffen.

Marly schien unser Blickwechsel aufgefallen zu sein, denn sie trat zwischen Will und mich an die Brüstung. Ich tat so, als würde ich es nicht bemerken, und widmete mich wieder dem grandiosen Ausblick. Wollte Marly nicht, dass ich etwas mit Will anfing? Waren etwa sämtliche Männer und Frauen in St. Andrews tabu? Es war nicht Marlys Aufgabe, ständig alle Leute zu beschützen. Und schon gar nicht meine. Ich hatte schließlich alle Hände voll damit zu tun, mich vor mir selbst zu schützen.

10 Blake

Ich lag lediglich in dunkelrote Schwimmshorts gekleidet in der Sonne. Wir hatten unsere Handtücher am Strand in einer langen, bunten Reihe ausgebreitet. Gerade cremte Marly neben mir Jack den Rücken ein, sodass mir der süßliche Geruch der Lotion in die Nase stieg.

Will war dabei, einen alten klapprigen Sonnenschirm aufzustellen, der jedoch immer wieder umfiel, wenn eine Brise vom Wasser heranwehte. Ellie und Fiona stimmten in sein Fluchen mit ein, weil der Federball, mit dem sie Badminton spielten, ständig davongeweht wurde.

Liv lag auf dem Handtuch auf meiner anderen Seite. Ich schenkte ihr ein Lächeln, das sie dankbar erwiderte. Fast konnte ich all die unausgesprochenen Dinge zwischen ihr und Will in der Luft schmecken. Ich hoffte so sehr, dass die beiden sich bald aussprechen und vielleicht sogar wieder zusammenkommen würden. Doch momentan sah es nicht danach aus. Es war eindeutig, dass Liv angestrengt versuchte, überall hinzuschauen, nur nicht zu Will.

Ich wusste, wie sich das anfühlte, denn ich verbot mir verbissen, Rachel zu beobachten, die gerade allein aufs Meer zuging. Das war allerdings leichter gesagt als getan, denn Rachel machte mich völlig fertig. Sie war so sexy in ihrem knappen neonpinken

Bikini und der sonnengeküssten Haut, dass ich kaum wusste, wo ich sonst hinsehen sollte. Nur nicht auf ihre Brüste, ihren Hintern, ihre definierten Oberschenkel und langen, schlanken Finger. Bei jeder anderen Frau, die ich attraktiv fand, hätte ich längst den nächsten Schritt getan. Ich hätte ihr angeboten, ihr den Rücken einzucremen, sie mit frischem Obst aus der Kühltasche gefüttert oder ihr ein kaltes Getränk gebracht.

Es war die Hölle, Rachel so nahe und doch so fern zu sein. Trotzdem genoss ich ihre Gegenwart – aus sicherer Entfernung. Seit unserer ersten Begegnung am Flughafen war da ein Knistern zwischen uns – aber kein positives. Sie hatte mich bisher seit unserer Ankunft im Haus von Wills Eltern weitgehend ignoriert, was ich als gutes Zeichen wertete. Immerhin waren wir uns noch nicht vor den anderen an die Gurgel gegangen.

Fast hätte ich sie gewarnt, bevor sie das Wasser erreichte. Wir befanden uns zwar in einer kleinen, geschützten Bucht im New River Beach Provincial Park, wo die Wellen nicht so hoch und gefährlich waren, doch dies war immer noch die Atlantikküste. Selbst im Sommer erreichten die Wassertemperaturen kaum je achtzehn Grad. Gleichzeitig wollte ich unbedingt Rachels Reaktion auf das kühle Nass sehen.

Vorsichtig steckte sie ihren großen Zeh ins Wasser und sprang daraufhin laut kreischend zurück. Ich prustete so laut los, dass alle mich ansahen.

Alle inklusive Rachel.

Mit hochrotem Kopf warf sie mir einen bitterbösen Blick zu und stolzierte zurück zu ihrem Handtuch. Dabei fiel mir auf, wie klein sie ohne ihre High Heels war. Leise gluckste ich vor mich hin. Ich hatte zwar nichts getan, doch es fühlte sich so an, als stünde es an diesem Wochenende nun eins zu null für mich.

Zufrieden lehnte ich mich zurück und genoss die warmen Sonnenstrahlen auf meinem Gesicht. Es war fast wie früher. In unserer Jugend waren wir so gut wie jedes zweite Wochenende hergekommen, wenn das Haus frei gewesen war, doch mittlerweile waren wir schon länger nicht mehr alle zusammen hier gewesen. Es tat gut, das Lachen meiner Freunde zu hören, die lauten Rufe, das spielerische Necken. Es tat gut, endlich mal wieder etwas abzuschalten. Mal nicht denken zu müssen. Die Begegnung mit meinem ehemaligen Scout vor ein paar Stunden saß mir noch in den Knochen. Selbst jetzt zog sich mein Magen wieder unangenehm zusammen, wenn ich an meine Reaktion dachte. Daran, wie feige ich davongelaufen war.

Ich schüttelte den Kopf und blickte auf das glitzernde Meer hinaus. Solche Gedanken durften an diesem wunderschönen Ort keinen Platz haben. Ich seufzte schwer und nahm einen Schluck von der eisgekühlten Bierflasche, die neben mir im Sand steckte. Das hier war genau das, was ich gebraucht hatte. Es war fast wie Urlaub.

»Weißt du noch, wie wir früher immer Reiterkämpfe im Wasser ausgefochten haben?« Liv riss mich aus meinen Gedanken.

Ich wandte mich ihr grinsend zu. »Ja, das war phänomenal! Fiona und ich haben immer gewonnen.«

Livs Blick glitt zu Will, auf dessen Schultern sie bei besagten Kämpfen stets gesessen hatte. Die Unsicherheit in ihren Augen zerriss mir fast das Herz. Am liebsten hätte ich die beiden in einen Raum gesperrt, damit sie sich aussprechen konnten.

Da kam mir ein Gedanke. Vielleicht würden sich die beiden im Wasser annähern? »Aber das muss keine Tradition aus der Vergangenheit sein. Was spricht dagegen, heute ein paar Kämpfchen auszufechten?«

Liv senkte den Blick. »Na ja … ich schaue lieber erst mal zu.« Sie schob sich eine Haarsträhne hinters Ohr. »Aber mach du nur, ich feuere dich an.«

Ich wollte schon protestieren, doch da fiel mein Blick einmal mehr auf Rachel. Vielleicht war mein Plan für Will und Liv auch auf Rachel und mich anzuwenden. Ich würde mich allerdings langsam vortasten müssen und durfte Rachel nicht sofort herausfordern.

Mit klopfendem Herzen sprang ich auf, wobei ich ein wenig Bier über meine Shorts schüttete. »Reiterkampf wie früher«, rief ich übermütig. »Marly und Jack? Fiona und ich fordern euch heraus!« Ich trank die Flasche in einem Zug aus und deutete aufs Meer.

Fiona stieß einen grölenden Kampfschrei aus und reckte ihren Badminton-Schläger in die Luft. Marly blickte erschrocken hin und her, weil sie nicht verstand, was ich meinte. Doch da packte Jack sie auch schon und trug sie in Richtung Meer. Marly kreischte und wand sich auf seinen Armen.

»Ist schon gut, wir spielen bloß ein Spiel«, erklärte Jack lachend. »Du musst nur ins Wasser, wenn du verlierst.«

Ich zwinkerte Liv zu und rannte dann ebenfalls in Richtung Meer. »Und gegen Fiona und mich hat bis jetzt noch niemand gewonnen.«

Fiona schloss sich mir an. »Glaubst du, du hast es noch drauf, Blake?«

»Na klar, und du?«

»Das fragst du die amtierende Reiterkampf-Rekordhalterin?«

Als Antwort grinste ich sie an. Am Wasser angekommen, kniete ich mich vor sie, sodass Fiona auf meine Schultern steigen konnte. Jack bedeutete Marly, dasselbe zu tun.

»Wer zuerst runtergestoßen wird, verliert«, sagte Fiona. »Mach dich auf einen harten Kampf gefasst, Marly.«

Marly, die kaum wusste, wie ihr geschah, schluckte geräuschvoll. »Im Wasser?«, fragte sie mit gerümpfter Nase.

»Und ob!«

Schon wateten Jack und ich ins kühle Meer. Ich hielt Fionas

Knöchel fest umklammert, damit sie nicht herunterfiel. In dem Moment, als meine Füße ins Wasser patschten, war ich dankbar für ihre um meine Schultern geschlungenen Oberschenkel, die zumindest meinen Oberkörper wärmten.

Ich hielt die Luft an, als die Gischt an meine Beine spritzte, als das Wasser immer höher stieg, sodass es mir kurz darauf fast bis zum Bauchnabel reichte. Hier war es tief genug, sodass die Mädels sich nicht verletzen konnten, wenn sie hineinfielen. Und ich würde keinen Schritt weitergehen. Selbst jetzt hatte ich bereits das Gefühl, dass meine Eier schrumpften. Mein ganzer Körper war von einer Gänsehaut bedeckt. Doch das würde nicht lange so bleiben, wenn wir uns erst einmal ins Gefecht stürzten.

Während Jack Marly die Regeln erklärte, warf ich einen raschen Blick zum Strand zurück. Rachel beobachtete uns neugierig. Sie hatte sich zwischen Liv und Ellie auf die Handtücher gesetzt und beugte sich nun interessiert vor.

Marly quietschte, als Fiona mit ihrem nackten Fuß austrat und sie und Jack mit Wasser bespritzte. »Hey!«

Ich war nur für einen Moment abgelenkt gewesen, doch als ich abermals zurück zum Strand sah, war Rachel aufgestanden. Sie packte Wills Hand, der von dem Sonnenschirm abließ und sichtlich verblüfft hinter ihr her in Richtung Meer stolperte. »Die Gewinner kämpfen gegen Will und mich«, verkündete Rachel mit einem siegessicheren Lächeln.

Verdammt! Hatte sie meinen Plan durchschaut? Der Anblick ihrer Hand in Wills versetzte mir einen unerwarteten Stich. Ich hatte ihre ineinander verschlungenen Finger wohl zu lange gemustert, denn als ich aufsah, hob Rachel beide Augenbrauen und grinste mich herausfordernd an.

Na warte …

»Fertig?«, rief ich und spähte zu Fiona hoch. Sie reckte einen Daumen in die Höhe. »Los!«

Ich machte einen Schritt auf Jack zu und stemmte meine Füße in den weichen Meeresboden. Mit leicht gebeugten Knien hatte ich einen festen Stand. Fiona streckte über mir die Arme aus, und ich umklammerte ihre Knöchel fester. Jack überbrückte die letzte Distanz zwischen uns, sodass das aufgewirbelte Wasser bis an meine Brust schwappte. Dann ging es los.

Fiona brüllte, und Marly kreischte, während die beiden miteinander rangelten. Ich hielt Fiona so fest, wie ich konnte, duckte mich ein paarmal unter Marlys austretenden Füßen weg und bekam dann und wann Fionas Knie ins Gesicht. Jack und ich lieferten uns ein Blickduell, bis wir beide losprusteten. Wasser spritzte auf, als Jack beinahe den Halt verlor. Diesmal war es eine willkommene Erfrischung, da ich bereits zu schwitzen begonnen hatte. Jack fand sein Gleichgewicht wieder. Er und Marly griffen erneut an. Ich krähte wie ein Kampfhahn und brachte Fiona noch näher heran.

»Nimm das!« Sie beugte sich so weit vor, dass ich strauchelte, doch ich grub die Zehen tiefer in den Sand. Durch den Schwung gelang es Fiona, Marly einen kräftigen Stoß zu versetzen. Sie schrie auf, ruderte wild mit den Armen und rutschte von Jacks Rücken. Er versuchte noch, sie festzuhalten, fiel aber rückwärts, sodass beide platschend im Meer landeten.

»Sieg!« Fiona reckte ihre Fäuste in die Luft.

Ich blickte lachend zu ihr auf. »Wir haben es beide noch drauf, Fi.« Sie schlug in meine nach oben gereckte Hand ein.

Keuchend tauchte Marly auf und schlang bibbernd beide Arme um ihren Oberkörper. »Scheiße, ist das kalt!«

»Man gewöhnt sich dran.« Jack lachte und gab ihr einen Kuss auf die Wange. »Komm, ich bring dich raus.« Er hob sie auf seine Arme und watete mit ihr zum Strand, während Fiona einen kleinen Siegestanz aufführte, so gut es auf meinen Schultern ging.

Als ich Marly und Jack hinterhersah, fiel mein Blick auf Rachel.

Sie hielt nach wie vor Wills Hand und stand gerade weit genug vom Wasser entfernt, dass die sanften Wellen ihre Zehen nicht berührten. Einen Moment war ich von ihrem Anblick abgelenkt, von dem in der Sonne glänzenden Haar und ihrem Körper in diesem vermaledeiten Bikini. Doch dann erinnerte ich mich daran, dass sie das Gewinnerteam des ersten Kampfes herausgefordert hatte. Ein Grinsen breitete sich auf meinem Gesicht aus. »Seid ihr bereit zu verlieren?«

Rachel verdrehte die Augen. »Als ob ihr eine Chance gegen uns hättet.«

»Das werden wir gleich sehen.«

Will, der wie Marly vor ihm so aussah, als wüsste er kaum, wie ihm geschah, ging auf die Knie, damit Rachel auf seine Schultern steigen konnte.

Ich schluckte, als sich Rachels Schenkel eng an seinen Hals schmiegten. Will packte ihre Knöchel und stand auf. Wie weich musste ihre Haut sein? Wie gut roch sie wohl? Nach Sonne, Sand und ihrem Parfüm? Wie fühlte es sich an, ihr so nahe zu sein? Mir war bewusst, dass ich sie anstarrte, doch ich konnte nicht anders.

Rachel war es ebenfalls aufgefallen. »Wow, du hast so schöne Haare.« Sie fuhr mit den Fingernägeln durch Wills Locken und ließ mich dabei nicht aus den Augen.

»Danke«, murmelte Will. Er war leicht errötet und stakste etwas unsicher ins Wasser. Wahrscheinlich konnte er genauso wenig glauben, was hier gerade passierte, wie ich.

Ich spähte zu Liv hinüber, die reglos auf ihrem Handtuch saß. Mein Plan war nach hinten losgegangen. Wie musste sie sich gerade fühlen? Ob es Will wohl etwas ausmachte, dass Liv ihn mit Rachel sah? Oder war es vielleicht sogar sein Plan, seine Ex-Freundin eifersüchtig zu machen? Fast wünschte ich mir, dass es so wäre. Dass da nichts zwischen Will und Rachel lief.

Doch dafür kannte ich Will zu gut, und auch Rachels Verhalten belehrte mich eines Besseren. »Und dieser Bizeps«, schwärmte sie lautstark.

Ich wandte mich eilig ab. *Konzentrier dich!*

Ich wollte Rachel unbedingt schlagen. Wollte ihr Gesicht sehen, wenn sie ins Wasser plumpste. Und danach wollte ich es sein, der sie zurück zum Strand trug, wie Jack es mit Marly getan hatte.

»Erde an Blake.« Fiona zog an meinem Ohr.

»Autsch. Was soll das?«

»Ich rede mit dir und du reagierst überhaupt nicht.«

»Ach so, 'tschuldige.« Ich rieb mir zerknirscht über das Ohr.

»Ich glaube, wir können es zu unserem Vorteil nutzen, dass Rachel so klein ist. Ihre Beine reichen Will kaum bis zum Bauchnabel, also hat sie weniger Halt …« Ich hörte Fiona nur mit halbem Ohr zu.

Will hatte vor uns im Wasser Stellung bezogen. Rachel, die Hände an seinen bärtigen Wangen, warf uns einen triumphierenden Blick zu. Es war eindeutig, dass sie gerne spielte. Und gerne gewann. Das hatten wir gemeinsam.

Ich packte Fionas Knöchel fester und trat auf Will zu. Dabei sah ich ihm starr in die Augen, nicht auf Rachels Schenkel. Oder ihre Brüste, die nicht besonders weit von Wills Kopf entfernt waren. Oder ihr langes Haar, das seine Stirn streifte, wenn sie sich vorbeugte.

»Fertig?«

Will nickte, Fiona spannte sich auf meinen Schultern an.

»Los!«

Wieder stemmte ich die Füße in den Boden, machte mich so schwer wie möglich, um Fionas Anker zu sein. Mit wildem Kampfgebrüll gingen sie und Rachel aufeinander los.

Der Kampf war erbittert. Fingernägel, Füße und Ellbogen

kamen zum Einsatz, doch die beiden lachten und kreischten dabei. Sie schienen sich köstlich zu amüsieren.

Ich beugte mich leicht vor, brachte Fiona so weit wie möglich an Rachel heran. Ich wollte unbedingt gewinnen. Rachels Oberschenkel waren mir nun so nah. Ich erkannte, dass sie ein filigranes Goldkettchen um einen Knöchel trug, einen Ring an einem ihrer Zehen.

Ich biss die Zähne zusammen, versuchte, mich ganz auf den Kampf zu konzentrieren. »Komm schon, Fiona!«

Langsam wurde sie immer schwerer, und meine Schultern schmerzten. Schließlich war dies bereits unser zweiter Kampf, während Rachel und Will noch frisch und ausgeruht waren. Mein Nacken war steif wie ein Brett, doch ich wollte nicht aufgeben, würde Rachel diese Genugtuung nicht verschaffen.

Da rutschte Fiona an Rachels Oberarm ab. Sie wedelte wild mit den Armen, als sie den Halt verlor und nach vorne fiel. Ihr ganzes Gewicht zog mich mit sich. Ich stolperte, versuchte, das Gleichgewicht wiederzuerlangen, doch es war zu spät. Fiona kippte über meinen Kopf. Da ihre Beine weiterhin fest um meinen Oberkörper geschlungen waren, fiel ich unaufhaltsam mit ihr.

Fiona krachte gegen Rachel, ich bekam ein Knie ins Gesicht, hörte Will grunzen, als ich auf ihn stürzte. Dann gab auch seine feste Präsenz unter mir nach, und wir vier fielen in einem Chaos aus ineinander verknoteten Beinen und Armen ins tiefere Wasser.

Eisige Wogen schlugen über meinem Kopf zusammen. Rasch ließ ich Fiona los, die sich mit einigen Paddelbewegungen von mir entfernte. Über mir glitzerte die Sonne durch die Wasseroberfläche. Dann waren da plötzlich dunkle, im Wasser wogende Haare. Rachel schien vor mir zu schweben. Lautlos. Schwerelos.

Für einen Moment trafen sich unsere Blicke inmitten des dämmrigen Zwielichts. Es war, als bliebe die Zeit stehen. Ihr

Haar umgab sie wie ein Fächer. Sie hielt meinen Blick fest, während sie langsam nach unten driftete. Ich sank ebenfalls wie ein Stein, hatte vergessen, wie man schwamm, wie man atmete, wie man dachte. Mit einer kräftigen Paddelbewegung schoss Rachel dicht an mich ran. Plötzlich war sie direkt vor mir, ihr Gesicht nur Millimeter von meinem entfernt, die Lippen leicht geöffnet. Ihre dunklen Augen wirkten hier unten tiefschwarz. Wie Obsidianperlen. Sie zwinkerte mir zu, stieß sich vom Boden ab und glitt so dicht an mir vorbei nach oben, dass mich ihre Haare streiften. Weich wie Seegras.

Ich sank noch ein wenig weiter, bis ich mit dem Rücken auf dem sandigen Meeresboden auftraf, völlig verzaubert von diesem Moment. Dann stieß ich mich mit den Händen ab und folgte Rachel an die Oberfläche. Raus aus dem Traum, zurück in die Wirklichkeit.

11 *Rachel*

Als ich nach dem Nachmittag am Strand meinen inzwischen trockenen Bikini auszog, rieselten Unmengen Sand auf den Badezimmerboden. Ich hatte Sand an Stellen, an denen man keinen haben sollte. Bei einem Blick in den Spiegel entdeckte ich sogar einige Körner in meinen Augenbrauen und am Scheitel. Ich wischte mir über das Gesicht und lächelte meinem Spiegelbild zu, bevor ich meinen Schmuck ablegte. Nach mehreren Stunden in der Sonne war mein Gesicht hübsch gebräunt, und es zeichnete sich ein leichter Bikiniabdruck an Brüsten und Po ab. Für mich war es ein besonderes Erlebnis gewesen, an einem wilden Strand zu baden, wo es weder Rettungsschwimmer noch Sonnenliegen oder Cocktails von der Strandbar gab. An das eisige Meer hatte ich mich schnell gewöhnt. Bei den Kämpfchen im Wasser war es eine angenehme Abkühlung gewesen.

Ich schob den Duschvorhang beiseite und kletterte in die altmodische Badewanne mit Duschkopf. Wenn ich an die Rangeleien im Meer dachte, wanderten meine Gedanken automatisch zu Blake. Zu seinen Grübchen, durch die er immer so schelmisch aussah. Zu den Muskeln in seinen Armen und dem Rücken, die sich beim Kampf angespannt hatten. Zu seinem verbissenen Gesichtsausdruck, als er Fiona davon hatte abhalten wollen, auf Will und mich zu stürzen. Die Bilder in meinem Kopf entlockten mir ein Schmunzeln. Ich wollte ihn unbedingt besiegen, doch am Ende hatte keiner von uns gewonnen.

Ich drehte den Hahn auf und ließ das angenehm warme Wasser über mein Gesicht strömen. Weitere Sandkörner sammelten sich zu meinen Füßen und wurden schnell in den Abfluss gespült. Unter dem sanften Prasseln entspannte sich mein ganzer Körper, meine Schultern sackten herab, und ich schloss wohlig seufzend die Augen.

Da stieg ein weiteres Bild aus meinem Unterbewusstsein auf. Dieser Moment unter Wasser … als ich Blake fast geküsst hätte. Oder hatte ich das? Zumindest waren wir uns verdammt nahe gekommen. Wieder sah ich, wie wir alle zusammen ins Wasser stürzten. Wie ich einen Moment orientierungslos war, bis mein Blick auf Blake fiel. Wie die Sonne uns gerade genug funkelndes Licht schickte, damit ich seine braunen Augen sehen konnte. Wie sie sich weiteten, als ich zu ihm schwamm. Als zöge er mich magisch an. Meine Haare umgaben uns wogend, schirmten uns von der Außenwelt ab. Es wäre der perfekte Moment gewesen, um …

Ich riss die Augen auf. Nein, nein, nein! Ich musste dringend damit aufhören, über diesen Mann zu fantasieren. Was war denn mit Will? Der war doch auch heiß. Und single. Und wirklich nett. Höflich. Zuvorkommend. Nicht großmäulig und plump und laut.

Ich schnappte mir das Duschgel und begann, meinen Körper einzuseifen. Doch Blake wollte mir einfach nicht aus dem Kopf gehen. Ich war wieder unter Wasser, kam ihm immer näher. Diesmal packte er meine Schultern und zog mich an sich. Küsste mich, bis uns beiden die Luft ausging. Eng umschlungen stiegen wir zur Oberfläche auf, um das weiterzuführen, was wir begonnen hatten. Seine Hände waren überall, sein Atem an meinen Lippen.

Ich hielt mit dem Einschäumen inne und stellte das Duschgel weg. Da war dieses drängende Pochen zwischen meinen Beinen. Ein eindeutiges Zeichen. Ich durfte es nicht ignorieren.

Wie selbstverständlich wanderte meine Hand zwischen meinen Brüsten nach unten, über meinen Bauch, immer tiefer. Ich schloss die Augen, war wieder unter Wasser mit Blake und gab mich ganz der Berührung zwischen meinen Schenkeln hin.

Als ich die Treppe von der Galerie hinunterstieg, war ich tiefenentspannt, wenn meine Knie auch ein wenig zitterten. *Wackelpuddingbeine*, dachte ich schmunzelnd.

Vielleicht hatte ich einfach mal wieder so einen intimen Moment mit mir selbst gebraucht. Vielleicht war das der einzige Grund, warum mein Duscherlebnis länger und besser als sonst gewesen war. Vielleicht würde ich Blake jetzt endlich vergessen können. Doch irgendwie beschlich mich die Vorahnung, dass er mich von nun an häufiger unter der Dusche besuchen würde.

Vorsichtig sah ich mich um, bevor ich in das geschmackvoll eingerichtete Wohnzimmer trat. Ich wollte jetzt auf keinen Fall in Blake hineinlaufen. Doch von ihm war keine Spur zu sehen. Aus der Küche drangen Fionas und Ellies Stimmen. Sie bereiteten einen Salat zu. Ich warf einen Blick durch die Glasfront auf die Veranda. Dort warf Will gerade den Grill an. Es war wohl besser, mich abzulenken. Schnurstracks steuerte ich auf die offene Terrassentür zu.

Als ich ins Freie trat, wehte der Wind den Geruch von Holzkohle und Spiritus heran. Ich legte eine Hand auf Wills unteren Rücken, als ich neben ihn an den Grill trat. Warm und fest. Er blickte auf und lächelte mir zu. Seine Locken waren noch feucht vom Duschen.

»Hattest du einen schönen Tag?«, fragte er. »Unser Kampf im

Wasser hat ja spektakulär geendet. Sorry, dass wir nicht gewonnen haben.«

Ich winkte ab. »Ich hatte trotzdem Spaß. Es war … mal etwas Neues.«

Will lachte leise. »Du bist sicher anderes gewöhnt, was?«

»Anders ist nicht zwangsläufig besser.«

»Was hast du denn bisher für einen Eindruck von unserer schönen Gegend?«

»Ich verstehe, warum es Marly bei euch so gut gefällt«, antwortete ich diplomatisch.

Will sah vom Grill auf, sein Blick wurde weich. »Ich glaube, sie hat hier wirklich ihr zweites Zuhause gefunden.«

»Und wie es scheint, auch ihre bessere Hälfte.«

Wir sahen beide nach drinnen, wo Marly und Jack gerade Arm in Arm die Treppe herunterkamen. Mir fiel auf, dass Wills Blick danach an Liv hängen blieb, die sich mittlerweile ebenfalls zu Ellie und Fiona in die Küche gesellt hatte. Nach einer kurzen Weile wandte er sich ab und räusperte sich. »Kann ich dir etwas zu trinken anbieten?« Er deutete auf seine angebrochene Bierflasche.

»Habt ihr auch Wein?«

»Aber klar doch. Sogar aus der Region.«

»Beeindruckend.« Ich grinste in mich hinein. Alle, die ich bisher in St. Andrews kennengelernt hatte, waren unglaublich stolz auf ihre Heimat, ihre Wurzeln. Dasselbe konnte ich von mir nicht behaupten. Ich hatte immer nur von meinen Eltern weggewollt, von dem gläsernen Turm, in dem sie mich eingesperrt hatten. Eine Karriere um jeden Preis, egal wo, solange es weit entfernt von ihnen war – das war immer mein Ziel gewesen.

»Schau mal drinnen im Weinkühlschrank nach«, sagte Will. »Ich kann hier gerade nicht weg.« Mit einer Zange drehte er einen Maiskolben auf dem Grillrost.

»Wow, sogar einen Weinkühlschrank habt ihr?«

»Mein Dad macht keine halben Sachen.«

»Dann würde er sich gut mit meinen Eltern verstehen.«

Will lachte.

»Ich schaue mal, was ihr so zu bieten habt. Bin gleich wieder da.« Ich ließ Will auf der Veranda zurück und machte mich auf die Suche nach Gläsern. So gern ich ihn auch hatte, mit ihm kam einfach nicht dieses Flirtgefühl auf. Außerdem hatte er immer wieder Blicke durch die Fensterfront in die Küche geworfen, seit Liv sich zu den anderen gesellt hatte. Vielleicht würde ich den beiden ja ein bisschen auf die Sprünge helfen können, wenn ich an diesem Wochenende schon selbst nicht zum Zug kam. Ja, das war eine gute Idee. Auf diese Weise hätte ich wenigstens etwas zu tun. Denn so schön es hier auch war, ich langweilte mich bereits. Es war Zeit für ein bisschen Action.

In diesem Moment trat Blake in mein Blickfeld. Apropos Action … Mir wurde klar, dass ich womöglich bald noch mal unter die Dusche verschwinden musste – denn das Pochen zwischen meinen Beinen war mit einem Schlag zurück.

12 Blake

Verdammt, warum musste Rachel so verboten heiß sein? Als ich die Treppe hinunterstieg, wäre ich beinahe die letzte Stufe heruntergefallen, als ich sie aus der Terrassentür ins Wohnzimmer kommen sah. Sie trug kurze rosafarbene Satinshorts und ein enges schwarzes Top mit weitem Ausschnitt. Diverser Goldschmuck zierte Ohren, Handgelenke und Hals, darunter leuchtete ihre leicht gebräunte Haut. Ihre Haare waren noch feucht vom Duschen, doch wie immer trug sie High Heels. Meine Wangen wurden heiß, als ich an die Dusche dachte, aus der ich gerade erst gestiegen war. Rachel war mit mir dort gewesen. Wir hatten uns gegenseitig eingeschäumt und ... den Rest hatte meine eigene Hand erledigt, als meine Sehnsucht nach ihren Fingern auf meiner Haut zu groß geworden war.

Jetzt fühlte ich mich schäbig, aber was sollte ich schon tun? Sie war hier, sie war umwerfend – und sie hatte keinerlei Interesse an mir.

Rachels Bernsteinaugen blitzten, als sie den Kopf hob und mich ansah. Beinahe wäre ich ertappt zusammengezuckt, als hätte sie meine Gedanken gelesen. Täuschte ich mich, oder wanderte ihr Blick seelenruhig an meinem Körper herab? Zugegeben, ich hatte mir mit voller Absicht kein T-Shirt angezogen, sondern hielt es noch in der Hand. Schließlich war es heiß und ... na ja, bei den meisten Frauen kam mein Körper gut an – auch wenn er längst nicht mehr so gut trainiert war wie noch vor ein paar Jahren. Mit Genugtuung erkannte ich, dass sich Rachels Augen kaum merklich weiteten, bevor sie den Blick demonstrativ auf mein Gesicht heftete. Ich grinste ihr zu und ließ die Brustmuskeln auf beiden Seiten kurz spielen. Rachel quittierte es mit einem entnervten Schnauben, woraufhin mein Grinsen nur noch breiter wurde.

»Weißt du, wo ich Weingläser finde?«, fragte sie widerwillig, als wäre ich die letzte Person, die sie um Hilfe bitten wollte.

»Ich … äh. Was?« Damit hatte ich als Letztes gerechnet.

Sie verdrehte die Augen. »Weißt. Du. Wo. Ich. Weingläser. Finde?«

Statt mich über ihren herablassenden Tonfall aufzuregen, zuckte ich nur lässig mit den Schultern. »Probier's doch mal im Geschirrschrank. Du weißt schon, das ist der Schrank, in dem man normalerweise Geschirr aufbewahrt.« Ich deutete auf die Glasvitrine, die in der Nähe des Eingangs stand. Um dorthin zu gelangen, musste Rachel unweigerlich an mir vorbei, wenn sie nicht um das Sofa herumgehen wollte. Ich machte ihr jedoch keinen Platz, sodass sie sich dicht an mir vorbeischieben musste.

Sie blickte zu mir auf, ihr frischer Orangenblütenduft stieg mir in die Nase, ihre Bernsteinaugen raubten mir einmal mehr den Atem. Der kurze Moment währte eine gefühlte Ewigkeit, während wir uns in die Augen sahen und nichts anderes mehr existierte. Kein Geräusch, kein Gefühl, kein Gedanke. Nur mein dumpf pochendes Herz.

Dann war Rachel an mir vorbei, und die Realität prasselte wieder auf mich ein. Das Klappern von Geschirr und das Gelächter der anderen aus der Küche, der Duft des Fleisches auf dem Grill, das Knarzen der Dielen, als Rachel sich von mir entfernte. Ich blinzelte verdutzt. Verdammt, ich konnte sie doch eigentlich nicht leiden, aber sie machte es mir nicht leicht, mich von ihr fernzuhalten. Und wenn sie mich von jetzt an öfter in der Dusche besuchte … dann war ich verloren.

»Steh nicht rum. Komm und hilf mir, den Tisch zu decken«, rief Rachel mir über die Schulter zu und riss mich aus dem inneren Kampf mit mir selbst.

»*Yes, ma'am.*« Meine Mundwinkel verzogen sich leicht, als ich ihr zur Vitrine folgte.

Nachdem wir gemeinsam mit Marly, Ellie, Fiona und Liv den Tisch gedeckt hatten, halfen Rachel und ich Will und Jack beim Grillen. Ich bemühte mich, Rachel so wenig wie möglich zu beachten, während sie mit einem Glas Wein in der Hand neben dem Grill stand, über etwas lachte, was Jack sagte, oder gedankenverloren über die Baumwipfel zum nahen Meer starrte. Was sie wohl dachte? Was sie wohl von diesem Wochenende hielt? Von dem Haus? Von St. Andrews? Von unserer Crew? Von *mir*?

Sie war keine Person, die mit ihrer Meinung hinter dem Berg hielt, doch ich hatte von Anfang an Schwierigkeiten gehabt, sie einzuschätzen. Was, wenn ihre Kratzbürstigkeit nur eine Fassade war? Wenn sich darunter etwas versteckte, das ganz und gar umwerfend war? Tief, tief unten. Wäre es mir wert, mir die Finger zu verbrennen, um einen Blick unter ihre vielen Schichten zu werfen?

Ich wurde von Will aus meinen Gedanken gerissen, der verkündete, dass das Essen fertig war.

Gemeinsam mit Jack trug ich die Platten mit den Steaks und dem gegrillten Gemüse zum Tisch, und alle nahmen Platz. Hinter den Bäumen war das Rauschen der Brandung zu hören, ein paar Grillen zirpten, und die Luft war angenehm warm. Der Himmel hatte sich rosarot gefärbt. Es würde noch eine Weile dauern, bevor die Sonne als glühender Feuerball im Meer versank.

Niemand sprach, während Besteck klapperte, Wein in Gläser geschenkt, Servietten entfaltet und Brot gebrochen wurde.

»Mann, hab ich einen Hunger«, verkündete ich, bevor ich mir die erste Gabel mit einem Stück saftigem Steak in den Mund schob.

»Wie schön, dass du in den letzten Monaten wieder einen gesunden Appetit entwickelt hast«, sagte Jack. »Eine Weile haben wir uns alle Sorgen um dich gemacht, Mann.«

Beinahe wäre ich zusammengefahren. Musste er gerade jetzt die dunkelste Zeit meines Lebens erwähnen? An einem perfekten Abend an diesem friedlichen Ort? Ich fing Rachels Blick auf. War sie überrascht? Interessiert? Besorgt? Ich konnte es nicht deuten.

Ich lachte und winkte ab. »Ach, ich wollte euch doch bloß ein bisschen auf Trab halten.« Kam es mir nur so vor oder klang meine Stimme dünn und zittrig? »Du weißt doch, dass ich einem guten Steak niemals widerstehen könnte.«

»Und anscheinend auch keinem Glas Wodka«, murmelte Fiona neben mir so leise, dass ich nicht wusste, ob es jemand gehört hatte. Mein Blick glitt kurz zu Rachel, die allerdings scheinbar unbeteiligt an einem Maiskolben nagte. Ich musste an mich halten, um nicht aus der Haut zu fahren, doch ich wollte keine Szene machen. Immer diese Anspielungen … Dachten meine Freunde etwa, sie könnten mich auf diese Weise dazu bewegen, wieder mehr auf mich zu achten? Da lagen sie falsch.

Demonstrativ hob ich meine Bierflasche und nahm einen Schluck, bevor ich das Thema wechselte. »Ist es nicht schön, dass wir alle mal wieder zusammen hier sind? Ich meine, wir hatten hier einige unserer besten Partys. Sollten wir demnächst mal wieder tun.«

Fiona wechselte einen Blick mit Jack. Marly rutschte unbehaglich auf ihrem Stuhl hin und her, bis Jack ihr eine Hand auf den

Oberschenkel legte. Will und Liv, die es sowieso bereits den ganzen Abend vermieden, einander anzusehen, starrten beide auf ihre Teller.

»Wir hatten doch gerade erst die Strandparty am ersten Juli«, sagte Ellie diplomatisch. »Die war grandios, Blake.«

Ich lächelte ihr dankbar zu. »Ja, die war echt nicht übel.«

Schweigen setzte ein, alle aßen und tranken mit undurchsichtigen Mienen. Ich wollte auf keinen Fall, dass die Stimmung kippte. Das konnte ich einfach nicht ertragen. Allein war ich schon deprimiert genug. Jeden Tag. Aber nicht hier. Nicht mit meinen Freunden. In meinem Safe Space. Ein Grund, warum ich so oft den Entertainer spielte, stets versuchte, lauter, lustiger, besser gelaunt zu sein.

»Ich meine ja nur, dass wir uns glücklich schätzen können, dass Wills Eltern uns nach unseren jugendlichen Eskapaden noch ins Haus lassen. Wisst ihr noch, als wir uns ausgesperrt haben und Wills Mom mitten in der Nacht kommen musste?«

Jack prustete los. »Wir waren so betrunken und hatten solche Angst, dass deine Mom es merkt und wir richtig Ärger kriegen.«

»Ja!« Wills Miene hatte sich aufgehellt, und er grinste von einem Ohr zum anderen. »Oder als Jack das Fenster im Obergeschoss mit dem Football eingeworfen hat und wir meinem Dad erzählt haben, ein Vogel wäre dagegen geflogen?«

Nun brüllte ich vor Lachen. Mein Ablenkungsmanöver war geglückt. »Oder als wir sehen wollten, wer mehr Marshmallows auf einmal in den Mund bekommt, und du das ganze Sofa vollgekotzt hast.«

Wills Wangen röteten sich unter seinem Bart, und er murmelte etwas von wegen Zuckerschock und Atemnot.

»Oder als Liv und ich zum ersten Mal mitdurften und ihr euch voll aufgeregt habt, weil wir nicht mit euch Strip-Poker spielen wollten.« Fiona verdrehte die Augen, hob aber gleichzeitig ihr Glas und prostete jedem von uns einzeln zu.

Nur Liv sah leicht abwesend aus, als hörte sie gar nicht, worüber wir sprachen. Das wollte ich ändern, also hob ich ebenfalls mein Weinglas. »Auf Wills Eltern, die uns jeden Sommer hier feiern lassen.«

Alle stimmten mit ein, diesmal auch Liv. »Auf Will.«

Unsere Gläser klirrten in der Mitte des Tischs aneinander, und ich nahm einen großen Schluck. Vielleicht war es nicht die beste Idee, Bier und Wein zu mischen, doch das war mir egal. Nach dem Beinahe-Debakel gerade eben brauchte ich dringend ein bisschen alkoholische Unterstützung, um meine Stimmung oben zu halten.

»Feiern?«, sagte Rachel. »*Das* nennt ihr feiern?«

»Wir fangen doch gerade erst an«, antwortete ich breit grinsend. »Lass uns erst mal warm werden, Baby.«

Rachel bedachte mich mit einem finsteren Blick. »Irgendwie bezweifle ich das, *Baby*.« Das letzte Wort betonte sie sarkastisch. »Also, was ist denn noch für heute Abend geplant?«

»Äh …« Will ließ den Blick über den Tisch schweifen.

Ich kam ihm zu Hilfe. »Auf der Veranda sitzen, den Wein leer machen, vielleicht die eine oder andere Runde Strip-Poker …« Ich ließ meine Fingerknöchel knacken. »Darin bin ich wirklich gut.« Ich wollte mein T-Shirt hochziehen, das ich mir vor dem Essen noch schnell übergezogen hatte, doch da stöhnten alle laut auf und hielten sich die Augen zu.

»Nein, danke«, rief Fiona. »Heute genauso wenig wie damals.«

Rachel warf mir ein süffisantes Lächeln zu. »Ach ja, warum überrascht mich das nicht?«

Ich ignorierte ihre Stichelei und konzentrierte mich darauf, die Stimmung etwas weiter anzufachen. »Wir haben doch auch Tequila dabei, oder nicht?«, wandte ich mich an Will.

»Warum muss es denn unbedingt mit Trinken verbunden sein?«, fragte Jack, der Marlys Hand tätschelte. »Können wir nicht auch ohne Alkohol einen schönen Abend genießen?«

Rachel tat so, als würde sie gähnen. »Langweilig! Bin ich denn hier von Rentnern umgeben?«

»Vielleicht können wir einfach nicht mit euch Stadtfrauen mithalten«, sagte Fiona. »Aber musst du nicht zugeben, dass das Landleben seinen ganz eigenen Charme hat?« Sie bettete ihren Kopf auf Ellies Schulter. »Hör doch mal den Grillen beim Zirpen zu, dem Wellenrauschen, der Stille.«

»Ja, Stille …« Rachel schauderte. »Genau das ist es. Wir sind hier doch mitten im Nirgendwo. So beginnt jeder gute Horrorfilm. Eine Gruppe Freunde in einem Haus im Wald. Und dann gibt es hier auch noch Bären. Wer würde uns schon schreien hören?«

»Wir sind hier nicht im Nirgendwo, sondern im New River Beach Provincial Park«, entgegnete Will. Er leitete eine Tourismusfirma und war sofort voll in seinem Element, sodass Rachel einen kleinen Vortrag über die Gegend über sich ergehen lassen musste. »Außerdem ist St. John nur vierzig Minuten mit dem Auto entfernt«, schloss er.

»Oh, wir sind der Zivilisation so nahe?« Beinahe wäre Rachel aufgesprungen. »Und warum hocken wir dann an einem Samstagabend in dieser *Hütte*? Ich bin dafür, dass wir ausgehen. Gibt es in St. John gute Clubs?«

»Klar gibt's da Clubs«, sagte ich hastig. Ich witterte meine Chance, dass aus diesem Abend doch noch mehr werden konnte. »Ziemlich gute sogar.« Das war eine glatte Lüge, und ich hoffte, die anderen würden sie nicht enttarnen.

»Das glaube ich erst, wenn ich es sehe.« Rachel warf mir einen skeptischen Blick zu. »Zeigt sie mir! Los, gehen wir aus. Auf der Veranda sitzen und die Grillen zirpen hören könnt ihr noch, wenn ihr sechzig seid.«

Während die anderen sich untereinander absprachen, wer mit tanzen gehen wollte, beobachtete ich Rachel unauffällig. Ihre Augen funkelten, und sie sah aus, als plante sie bereits ihr Outfit für den Club. Sie war eindeutig nicht der Typ dafür, den ganzen Abend auf einer Veranda zu sitzen und Wein zu trinken. Von ihr ging eine rastlose Energie aus, die sich auf mich übertrug. Und wenn wir erst mal auf einer Tanzfläche stünden und ich meine Moves auspackte … Wer wusste schon, ob dann nicht doch etwas zwischen uns passieren würde.

Hoffnung stieg in mir auf. Würde ich Rachel vielleicht schon heute Nacht näherkommen? Und wollte ich das überhaupt? Hin- und hergerissen von meinen widersprüchlichen Gefühlen, hörte ich kaum, was die anderen besprachen. Verbissen versuchte ich, mich wieder auf das Gespräch zu konzentrieren. Ellie und Fiona würden hierbleiben, der Rest mit nach St. John kommen. Nur Liv war noch unentschlossen. Dabei war dies doch die große Chance, sie wieder mit Will zu versöhnen. Mir gefielen die Blicke nicht, die Rachel Will zuwarf. Ich hatte längst verstanden, dass sie eine Frau war, die sich nahm, was sie wollte. Die wahrscheinlich viel Sex hatte und das mit wechselnden Partnern. Aber sie und Will … Das passte einfach nicht. Will und Liv waren füreinander geschaffen. Ich würde diese Dreierkonstellation heute Abend im Auge behalten müssen.

»Komm schon, Liv«, warf ich ein. »Lass uns doch mal wieder so richtig einen draufmachen. Wie früher.« *Und halte doch bitte deinen Ex davon ab, von Rachel um den Finger gewickelt zu werden. Dieser Fehler sollte mir vorbehalten sein*, fügte ich grimmig in Gedanken hinzu.

Alle musterten Liv gespannt. Sie hatte die helle, sommersprossige Stirn gerunzelt. Ich hielt den Atem an.

»Klar, warum nicht?«, sagte sie schließlich. Alle brachen in Jubel aus.

Und so war es beschlossen. Wir gingen uns umziehen, tranken noch ein wenig vor – alle außer Will, der sich als Fahrer zur Verfügung gestellt hatte – und machten uns dann auf den Weg nach St. John, wo eine Nacht mit ungewissem Ausgang auf uns wartete.

13 Rachel

Noch bevor ich die Augen aufschlug, wusste ich, wo ich mich befand. In einem fremden Bett. Neben einem nicht mehr ganz so fremden Mann. Es war tatsächlich passiert. Mein erster Gedanke war, was Marly wohl sagen würde. Mist, Mist, Mist. Ich kniff die Augen fest zusammen, wollte noch ein wenig länger unbemerkt in diesem Bett liegen bleiben, bevor ich mich der Realität stellen musste. Doch sofort stürzten die Eindrücke der letzten Nacht auf mich ein.

Laute Musik. Wummernde Bässe. Zuckende Laser über einer wimmelnden Masse tanzender Leiber. Hände an meinen Hüften. Ein Kuss in der Dunkelheit. Meine schwarze Spitzenunterwäsche auf dem Fußboden. Sie musste noch immer dort liegen.

Bereute ich es? Nein. Würde ich mich vor Marly verantworten müssen? Eindeutig.

Ich öffnete die Augen, hörte leises Atmen neben mir. Ich vermied es, den Kopf zu drehen, starrte an die holzverkleidete Decke. Vielleicht könnte ich mich unbemerkt rausschleichen. Doch ich trug nur mein Höschen. Ich müsste mich vorher anziehen, um niemandem halb nackt auf dem Gang zu begegnen. Resigniert schloss ich die Augen. Noch ein bisschen schlafen. Letzte Nacht war es wirklich spät geworden. Und dieses Bett war so bequem. Ich kuschelte mich tiefer unter die Decke.

Vielleicht würde *er* versuchen, sich rauszuschleichen. Der »Morgen danach« war jedes Mal eine lästige Angelegenheit. In meiner eigenen Wohnung hatte ich ihn perfektioniert. *»Hier sind deine Klamotten, war 'ne tolle Nacht, da ist die Tür. Kaffee zum Mitnehmen steht auf der Küchentheke.«*

Aber hier war ich nicht in meinem Reich. Sondern in *seinem*.

Ich seufzte leise. Der letzte Abend zog wie ein Film an mir vorbei.

Meine Haare rochen noch leicht nach der Grillkohle vom Barbecue. Ich schmeckte förmlich den Wodka auf der Zunge. Den ganzen Abend hatte ich die Gruppendynamik studiert. Ellie und Fiona, die unglaublich liebevoll miteinander umgingen – Relationship-Goals. Blake, dem ich unter Wasser so nahe gekommen war, dass die Erinnerung daran einen Blitz durch meinen Unterleib jagte.

Jack und Marly – pures Glücksflattern. Und dann war da diese aufgeladene Spannung zwischen Will und Liv, die alle zu spüren schienen. Es war ja kaum mit anzusehen, wie sie sich aus der Ferne anschmachteten.

Also hatte ich meiner Zimmergenossin Liv ein Outfit geliehen, das hochgradig sexy war, um zu sehen, ob die Beziehung zwischen Will und der in sich gekehrten Blonden noch zu retten war. Natürlich war auch mein eigenes Outfit phänomenal gewesen. Der sogenannte *Club* hatte die Bezeichnung zwar nicht verdient, aber der Alkohol war geflossen, und wir hatten Spaß gehabt.

Heiße Rhythmen.

Seine Haut an meiner.

Mein Po an seinem Schritt.

Wildes Knutschen.

Meine Hand unter seinem T-Shirt.

Und dann, als wir wieder im Haus angekommen waren … hatte ich mich in sein Zimmer geschlichen.

»Du glaubst doch wohl nicht, dass ich mir ein quietschendes Bett mit Liv teile, wenn ich in einer Mastersuite mit diesem Ausblick übernachten kann.«

Meine Mundwinkel zuckten, während ich mich an seinen Gesichtsausdruck erinnerte, als ich mich vor ihm ausgezogen hatte. Das Verlangen in seinem Blick. Und dann ...

Genüsslich reckte ich mich. Komme, was wolle, es war ein cooler Abend gewesen. Sehr aufschlussreich. Wenn auch weit entfernt von meinen üblichen Partyeskapaden. Eine andere Art von Kick. Plötzlich konnte ich es kaum erwarten aufzustehen, um zu sehen, was der neue Tag bereithielt.

Ich gähnte, reckte mich nochmals, öffnete die Augen und drehte endlich den Kopf.

Neben mir lag Will.

14 Blake

Barfuß tapste ich über die knarzenden Dielen der Galerie. Von unten wehte mir der Duft von frischem Kaffee, gebratenem Speck und Rührei entgegen. Der Magen drehte sich mir um. Am Treppenabsatz angekommen hörte ich leise Stimmen. Die anderen waren also schon wach. Grummelnd schob ich mein Achselshirt hoch und kratzte mich am Bauch. Ich hatte keine Lust auf Gespräche. Nicht, wenn ich den Kater des Jahrhunderts hatte. Und besonders nicht, wenn ich die Frau, die mir nicht mehr aus dem Kopf ging, am Abend zuvor mit einem anderen hatte knutschen sehen. Selbst wenn dieser andere einer meiner besten Freunde war.

Will und Rachel. Das klang doch völlig falsch. Es waren schon immer Will und Liv gewesen. Liv war eine meiner besten Freundinnen, und ich hatte sie gestern Abend leiden sehen. Es war eindeutig, dass sie noch etwas für Will empfand. Und Rachel ... Verdammt, ich konnte sie einfach nicht durchschauen. Ich dachte, wir hätten im Wasser einen Moment gehabt. Genau wie bei unserer ersten Begegnung. Aber die meiste Zeit beachtete sie mich kaum, wenn wir uns nicht gerade mal wieder einen Schlagabtausch lieferten. War das alles, wofür ich gut war?

Nun wünschte ich, wir wären nie in diesen Club gegangen, um Rachel zu beweisen, dass es auf dem Land nicht langweilig war. Dann hätte ich sie nie mit Will knutschen sehen. Hätte mich daraufhin nicht sinnlos allein an der Bar betrunken. Dann wäre mir jetzt nicht schwindelig, während ich die Treppe ins Wohnzimmer hinunterwankte.

Die anderen deckten gerade den Tisch, als ich um die Ecke bog. Rachel kam mir mit einem Teller mit vor Fett triefendem Speck aus der Küche entgegen. Beinahe wäre ich in sie hineingelaufen. Als ich direkt vor ihr stehen blieb, stockte mir der Atem. Sie trug einen seidenen Morgenmantel und offensichtlich nicht viel mehr. Ich versuchte, den Blick von ihren unter dem dünnen Stoff aufgestellten Brustwarzen abzuwenden, doch es wollte mir nicht ganz gelingen.

»Pass auf, wo du hingehst, sonst gieße ich dir noch heißes Öl in den Schritt. Ganz aus Versehen natürlich.« Schon war sie an mir vorbei, der leichte Stoff wehte hinter ihr her. »Habe gehört, dass das gegen eine Morgenlatte helfen soll.« Sie grinste mir über die Schulter zu und stellte den Teller auf dem Tisch ab.

Ich starrte ihr hinterher. Ihr Gesicht war frei von Make-up, sie war barfuß und reichte mir gerade so bis zum Schlüsselbein. In diesem Aufzug gefiel sie mir noch besser als sonst. Unwillkürlich stellte ich mir vor, wie es wohl wäre, neben ihr aufzuwachen. Ihr das Haar aus dem Gesicht zu streichen. In ihre verschlafenen Augen zu blicken. Ihren Hals zu küssen, langsam tiefer zu wandern …

Ich schluckte. Vielleicht sollte ich einfach Will fragen, schließlich wusste er es jetzt. Der verbitterte Gedanke katapultierte mich jäh in die Realität zurück, und ich riss mich von Rachels Anblick los.

Vor mich hin grummelnd rieb ich mir über die schweren Lider und winkte den anderen zu. Müde Gesichter und raue Stimmen begrüßten mich. Nur Fiona und Ellie waren hellwach, da sie nicht mit uns feiern gegangen waren. Will fehlte als Einziger noch. Er musste nach seiner Nacht mit Rachel wie ein Stein schlafen.

Ich tapste schnurstracks zur Küchenzeile und begab mich auf die Suche nach den Zutaten für meinen Anti-Hangover-Trunk: Mango, Limettensaft, Ingwer und Honig. Dann warf ich alles in den Smoothie-Maker und stellte ihn an. Das ratternde Geräusch bohrte sich in meinen Schädel. Doch es musste sein. Ich brauchte dringend einen klaren Kopf, um über den gestrigen Abend hinwegzukommen.

Die anderen fluchten laut, ich hörte sie kaum über das Dröhnen. Fiona erdolchte mich mit Blicken, und Jack kam schließlich mit großen Schritten auf mich zu und zog den Stecker.

»Hey, Mann! Ich mach doch was für euch alle mit.«

Jack funkelte mich an. »Ich glaube nicht, dass wir anderen es so nötig haben wie du. Das war echt grenzwertig gestern Abend, Blake.«

Unter seinem strengen Blick sackte ich in mich zusammen. Ich wusste ganz genau, dass ich über die Stränge geschlagen hatte. Mal wieder. In letzter Zeit war das zu oft passiert. Meine Freunde waren mittlerweile davon überzeugt, ich hätte ein Alkoholproblem. Ich wusste, dass sie mir nur helfen wollten, aber es versetzte mir jedes Mal einen Stich, dass sie meistens nur hinter meinem Rücken tuschelten und nicht einfach offen mit mir darüber sprachen. Dann könnte ich ihnen erklären, dass es keinen Grund zur Sorge gab.

Es war nur logisch, dass ich den Schmerz über meine zerstörte Karriere ab und zu in Hochprozentigem ertränkte. Schließlich hatte ich mich auch auf alle anderen erdenklichen Arten gehen lassen. Ich stopfte lauter ungesundes Zeug in mich hinein, mied jegliches Obst und Gemüse und machte nur Sport, wenn ich dazu gezwungen wurde. Einzig Jacks regelmäßigen Joggingrunden mit anschließendem Fitnessprogramm hatte ich zu verdanken, dass ich noch einigermaßen in Form war. Ich nörgelte zwar immer lautstark herum, wenn Jack mich samstags abholen kam. Aber in Wahrheit war er es, der meine Wochenenden rettete.

Der Alkohol war eine ebenso willkommene Abwechslung von meinem tristen Alltag. Ein Mittel, um den Schmerz zu betäuben. Ich kannte die Risiken. Wo war schon das Problem, wenn ich dann und wann beim Feiern etwas über die Stränge schlug? Schließlich trank ich ja nicht tagsüber. Oder allein in meinem Zimmer. Ich hatte es im Griff.

Ich füllte die dickflüssige Smoothie-Masse in eine Glaskaraffe und trug sie zum Tisch.

»Sollen wir nicht vielleicht draußen frühstücken?«, fragte Liv.

Draußen? Ich starrte sie entsetzt an. Sie wirkte gar nicht so, als verspürte sie wegen letzter Nacht eine Abneigung gegen Rachel, obwohl sie sie mit Will hatte knutschen sehen. Ich erinnerte mich an ihren schockierten Gesichtsausdruck im Club, wenn auch alles andere im Nebel meines verkaterten Kopfs unscharf war. Hatten sich die beiden ausgesprochen? Es sah aus, als hätten sie zusammen Frühstück gemacht.

Liv hob die Schultern und deutete durch die hohe Glasfront nach draußen. »Das Wetter ist so schön.«

»Die verdammten Vögel zwitschern zu laut«, erwiderte Marly.

»Es ist schon viel zu heiß für diese Uhrzeit«, stöhnte Jack.

»Wenn ich in die Sonne gehe, zerfalle ich ganz sicher zu Staub«, fügte ich hinzu, goss den Smoothie in ein Glas und nippte daran. Das Wundermittel war so sauer, dass ich den Mund verzog, doch der frische Geschmack breitete sich in meinem Mund aus, und die Magie schien augenblicklich zu wirken.

Ich setzte mich so weit entfernt von Rachel wie möglich an den Tisch, konnte aber nicht umhin, ihr verstohlene Blicke zuzuwerfen. Sie bestrich eine Scheibe Vollkorntoastbrot so dick mit Nuss-Nugat-Creme, dass mir bereits beim Anblick schlecht wurde. Dann roch sie daran und schloss genießerisch die Augen. Als sie hineinbiss, entwich ihr ein verzücktes Stöhnen. »Schokogasmus«, murmelte sie und biss ein zweites Mal ab. Ich musste schmunzeln, weil ich dieses Wort nie zuvor gehört hatte, es aber Rachels Reaktion auf die Schokoüberdosis perfekt zusammenfasste. Unsere Blicke trafen sich. An ihrem linken Mundwinkel klebte ein wenig Nuss-Nugat-Creme, was mich zum Lachen brachte. Rachel hob herausfordernd die Brauen. »Was starrst du so?«

Ich deutete grinsend auf den braunen Fleck. Seelenruhig nahm sie sich eine Serviette vom Tisch und wischte sich über den Mund. Nichts konnte diese Frau aus der Fassung bringen. Ich nickte und reckte meinen Daumen in die Höhe. Täuschte ich mich, oder verzogen sich ihre Lippen daraufhin zu dem Hauch eines Lächelns? Doch bevor ich zurücklächeln, bevor ich den Moment auskosten konnte, knarzte die Treppe.

Rachel wandte sich ab und sah Will entgegen, der sich verschlafen zu uns gesellte. Ich beobachtete ihn genau. Sein Haar war feucht von der Dusche, und er war barfuß.

»Morgen.«

»Guten Morgen, Sonnenschein«, flötete Fiona. »Na, anstrengende Nacht?« Sie wackelte vielsagend mit den Augenbrauen.

Will verschluckte sich an dem Stück Bacon, das er sich vom Tisch stibitzt hatte. Auch mir wäre mein Smoothie fast im Hals stecken geblieben. Wusste Fiona etwa mehr? Warum hätte sie sonst eine dermaßen offensichtliche Anspielung gemacht?

Will warf Rachel einen scheuen Blick zu, was meine Vermutung bestätigte. Die beiden hatten die Nacht zusammen verbracht. Plötzlich war mir so schlecht, dass ich glaubte, zur Toilette rennen zu müssen. Und das lag nicht an meinem Kater.

Ich konnte es nicht fassen. Will hatte doch tatsächlich mit

Rachel geschlafen. Man sah es an seiner Körpersprache, dem peinlich berührten Blick, den er Fiona zuwarf, wie er Liv auswich.

Ich spähte unauffällig zu Liv hinüber ... Hatte sie es etwa auch mitbekommen? Wie musste sie sich jetzt fühlen?

Und Will ... Das war eine ganz neue Seite an ihm. Er war sonst immer so brav, höflich, fast schon schüchtern und ganz der Gentleman. Bisher war ich derjenige gewesen, der in diesem Haus Frauen mit aufs Zimmer genommen hatte. Und zwar jedes Wochenende eine andere. Das tat Wills Selbstbewusstsein sicher gut. Er hatte es nach den letzten harten Jahren verdient, endlich mal ein bisschen Spaß zu haben. Aber ich konnte nicht leugnen, dass es an meinem Ego kratzte, dass Rachel sich für ihn entschieden hatte. Dass sie mich überhaupt nicht in Betracht zu ziehen schien, während sie mir nicht aus dem Kopf ging.

Will war in die Küche gegangen, wo er der Kaffeekanne einen argwöhnischen Blick zuwarf. Da trat Liv vor und deutete auf die Mikrowelle. »Ich hab dir Schwarztee gekocht.«

Will sah sie verblüfft an. »Äh ... danke, Liv. Das ist ... wirklich sehr aufmerksam von dir.«

»Hab mich nur erinnert, dass du keinen Kaffee magst.«

Die Blicke aller um den Tisch Versammelten lagen auf den beiden. Was war denn da los? Ich verstand gar nichts mehr. Wie viel hatte ich in meinem zugedröhnten Zustand letzte Nacht verpasst? Hatten die beiden sich etwa wieder angenähert?

Will und Liv gesellten sich zu uns an den Tisch. Alle Blicke folgten ihnen. Fiona hatte beide Augenbrauen gehoben, Marly und Jack wechselten einen Blick, und Rachel ... Ich traute meinen Augen kaum. Rachel zwinkerte Will selbstgefällig zu, als wollte sie sagen: »*Siehst du. Ich habe es dir ja gesagt.*«

Die Anspannung, die vorher zwischen Will und Liv in der Luft gelegen hatte, war eindeutig verflogen. Sie hatte ihm Tee gekocht. Ein Friedensangebot?

Ich war so verwirrt, dass ich meinen Smoothie vergaß. Für einen Augenblick ergab nichts mehr Sinn. Hatten Rachel und Will also nicht ...? Nein, plötzlich bezweifelte ich, dass die beiden miteinander geschlafen hatten. Aber was war dann letzte Nacht passiert? Ich zermarterte mir das Hirn, konnte mich aber lediglich an Bruchstücke erinnern. Denn ich hatte mir die Kante gegeben, nachdem ich die beiden im Club knutschen gesehen hatte. Der Rückweg zum Haus bestand nur aus Fragmenten. Ich wusste kaum, wie ich ins Bett gekommen war.

Ich warf Rachel einen verstohlenen Blick zu. Sie hatte sich bereits wieder ihrem Toastbrot gewidmet. Erleichterung überkam mich, als ich erkannte, dass ihr Verhalten keinerlei Hinweis darauf gab, dass mehr zwischen ihr und Will vorgefallen war. War es möglich, dass ich mich komplett in ihr getäuscht hatte?

Wie um meine Vermutung zu bestätigen, fing Rachel meinen Blick auf und sah mir tief in die Augen. Etwas funkelte in ihren, was zuvor nicht da gewesen war. Etwas Verheißungsvolles.

Plötzlich fühlte ich mich, als könnte ich Bäume ausreißen, einmal die gesamte Passamaquoddy-Bucht durchschwimmen. Unbesiegbar. Wie früher, kurz vor einem Spiel, wenn die Zuschauer grölten, mein Herz kräftig pumpte, sich all meine Muskeln anspannten ... Ein scharfer Schmerz zuckte durch mich hindurch. Dieses Gefühl. Ich hatte es seit meinem Unfall nicht mehr gespürt. Hatte geglaubt, es für immer verloren zu haben. Nie wieder unbesiegbar zu sein. Und doch reichte ein einziger Blick in Rachels Richtung und es überkam mich erneut. Diese Kraft und Zuversicht. Das war Hoffnung.

Es war noch nicht vorbei.

Ich trank meinen Smoothie in einem Zug aus. Vielleicht gab es ja doch noch einen Grund, mich nicht völlig gehen zu lassen. Und vielleicht saß dieser Grund direkt vor mir. Mit zerzaustem Haar und einem schokoverschmierten Mund.

15 Rachel

Nachdem ich mir beim Frühstück den Bauch vollgeschlagen hatte, fühlte ich mich bereit, einen weiteren sonnendurchfluteten Tag auf dem Land zu überstehen. Es war Sonntag, was wahrscheinlich bedeutete, dass noch weniger als sonst los war. Marly hatte sich die kommenden zwei Tage freigenommen, aber danach würde sie wieder in der Tierarztpraxis arbeiten müssen, sodass wir zwar zusammen zu Mittag essen und die Abende miteinander verbringen konnten, ich aber tagsüber auf mich allein gestellt wäre. Dann würde sich herausstellen, ob ich für ein Leben auf dem Land gemacht war.

Während wir alle gemeinsam den Frühstückstisch abräumten, beobachtete ich lächelnd die neue Dynamik zwischen Will und Liv. Letzte Nacht hatte offensichtlich etwas bewirkt.

Gerade schloss ich den Kühlschrank, da zog Marly mich am Arm zur Seite.

»Hey, was …?« Stolpernd folgte ich ihr um die Treppe herum, sodass wir im Eingangsbereich des Hauses standen – außer Hörweite der anderen. Ich fuhr mir durchs zerzauste Haar und sah sie fragend an.

»Was sollte das letzte Nacht mit Will?«, zischte sie. »Nachdem ich dich gebeten habe, nichts mit Blake anzufangen, dachtest du dir, du knöpfst dir den Nächstbesten vor? Hast du vielleicht mal darüber nachgedacht, was das mit Liv gemacht hat?«

Ihre Worte trafen mich, doch ich ließ mir nichts anmerken. Ich wusste, dass Marly es nicht so meinte. Da kam nur wieder ihr Beschützerinneninstinkt durch. Allerdings wünschte ich mir, sie würde mich nicht so schnell abstempeln. Sollte sie mich nicht besser kennen? Andererseits … Sie kannte mich eben wirklich gut.

»Entspann dich. Wir haben nicht miteinander geschlafen.«

»Ihr habt nicht …? Aber ich habe dich gestern Nacht in Wills Zimmer verschwinden sehen, und im Club habt ihr ziemlich heiß geknutscht.« Marly runzelte die Stirn und schob die Unterlippe vor. Ich hatte ihr den Wind aus den Segeln genommen.

»Du weißt doch: Ich fange nichts mit vergebenen Männern an.«

»Aber Will ist ja theoretisch nicht vergeben.«

»Dein Herz kann auch vergeben sein, ohne dass du in einer Beziehung bist. Wills Kopf hat es vielleicht noch nicht begriffen, aber tief drinnen weiß er es. Und Liv auch.«

Marly starrte mich mit offenem Mund an. »Du meinst, du hast es … *absichtlich* getan?«

»Es war eindeutig, dass die beiden einen kräftigen Stoß brauchten. Von allein wären sie nicht draufgekommen.«

Marly blinzelte. »Du … das hast du alles innerhalb von knapp vierundzwanzig Stunden erkannt?«

»Tja, so gut bin ich eben.« Ich zwinkerte ihr zu. »Stark ausgeprägter moralischer Kompass, schon vergessen?«

Das war zwar keine Lüge, und ich war froh, dass ich Will und Liv ein wenig auf die Sprünge geholfen hatte, doch ich hatte nicht allein aus selbstlosen Motiven mit Will geknutscht. Da war auch der egoistische Teil von mir, der sich nahm, was er wollte. Der nach Liebe lechzte und sie doch nie bekam.

Ich wusste ganz genau, dass mit mir etwas nicht stimmte. Seit ich achtzehn war, hatte ich regelmäßig bedeutungslosen Sex mit Fremden. Anonym, unkompliziert und nie zweimal mit derselben Person. An letztere Regel hielt ich mich streng. Ich brauchte die körperliche Nähe, sehnte mich immer wieder danach, aber das war alles. Da war dieses Loch in meinem Inneren, und ich konnte es einfach nicht füllen. Egal, mit wie vielen Menschen ich schlief. Egal, wie viel Schokolade ich in mich hineinstopfte oder wie oft ich feiern ging. Meine einzige feste Beziehung hatte in einem Desaster geendet. Sam ... Ich war einfach zu kaputt, zu abgefuckt, als dass ich wirklich jemanden lieben könnte. Mein Herz war gefroren und würde nie auftauen.

Ich wusste, dass Marly mein Lebensstil fremd war. Sie war die typische Ich-finde-den-einen-und-lasse-ihn-nie-wieder-gehen-Frau. Aber das war mir nicht bestimmt. Dafür war ich zu gebrochen. Mir war das schon lange klar, und ich hatte mich damit abgefunden – zumindest meistens.

Marly schien aber leider noch Hoffnung für mich zu hegen. Sie stieß erleichtert die Luft aus, sammelte sich. Ein Lächeln zupfte an ihren Mundwinkeln. »Also, was ist nach dem Club passiert?«

»Wir haben bloß geschlafen. Nebeneinander, nicht miteinander. Meine Matratze in dem anderen Zimmer ist total durchgelegen.« Ich rümpfte die Nase. »Heute Morgen bin ich noch ein bisschen bei Will liegen geblieben, und wir haben uns unterhalten. Ich wollte sichergehen, dass er kapiert, warum wir letzte Nacht nicht miteinander geschlafen haben.«

»Und hat er es verstanden?«

»Na ja, er hat mir erzählt, dass er und Liv fünf Jahre zusammen waren. Dass er sie heiraten wollte und sie seinen Antrag abgelehnt hat und nach Europa gegangen ist, um zu studieren. Also alles, was ich schon von dir wusste. Ich wollte bloß, dass er erkennt, dass da noch etwas zwischen den beiden ist. Dass er sich deshalb nicht auf etwas Neues mit einer anderen Frau einlassen kann. Er hat ziemlich lange gebraucht, aber am Ende hat er begriffen, dass er vor seinen Gefühlen nicht davonlaufen kann.« Marly musterte mich mit einer erhobenen Augenbraue. »Solltest du nicht vielleicht lieber Psychologie studieren?«

Ich lachte laut. »Nein, von Jura bringt mich nichts ab. Dafür gibt es da draußen viel zu viele Ungerechtigkeiten, die ich bekämpfen werde.« Ich gähnte und streckte mich. »Aber es hat wirklich gutgetan, Will die Augen zu öffnen. Und als Liv und ich vorhin zusammen Frühstück gemacht haben, hat sie es, glaube ich, auch eingesehen. Die beiden sind doch total ineinander verknallt. Warum dann dieses Herumgetänzel?«

»Mir ist auch aufgefallen, dass Will und Liv heute Morgen irgendwie anders miteinander umgehen. Und das alles nur, weil du ihnen mit deiner Aktion gestern die Augen geöffnet hast?« Marlys Augen wurden noch größer. »Du bist nicht mal drei Tage hier und hast schon alles durcheinandergebracht, Rach.«

»Hey!« Ich boxte sie gegen den Oberarm.

»Im positiven Sinne.«

Ich zuckte mit den Achseln. »Ich tue, was ich kann.«

Marly lachte, doch dann wurde sie ernst. Sie zog die Brauen zusammen und legte mir eine Hand auf den Unterarm. »Rach, ich … es tut mir leid, dass ich dich so angefahren habe. Ich hätte dir nicht unterstellen dürfen … Und ich sollte dir nicht vorschreiben, was du zu tun und zu lassen hast.« Sie seufzte. »Ich möchte nicht, dass du dich meinetwegen oder wegen meiner Freunde verbiegst. Du bist du, und ich hab dich lieb, so wie du bist.«

»Du meinst, schlau, erfolgreich, stilsicher und unwiderstehlich heiß?«

»Ich meine, aufdringlich, egozentrisch und viel zu neugierig, was anderer Leute Liebesleben angeht.«

»Hey!« Ich wollte sie erneut boxen, doch sie duckte sich weg.

»Aber ich liebe dich trotzdem«, beteuerte sie kichernd.

»Selbst wenn ich in den Betten deiner Freunde schlafe, weil meine Matratze total durchgelegen ist?«

Sie grinste. »Auch dann.«

»Selbst wenn ich mit einem von ihnen knutsche, damit seine Ex merkt, dass sie noch Gefühle für ihn hat?«

Marly zögerte kurz. »Auch dann. Obwohl ich zugeben muss, dass diese Methode ... gewöhnungsbedürftig ist.«

Ich schmunzelte. »Ich würde sie eher als radikal bezeichnen.«

»Das trifft es ganz gut. Vielleicht kannst du mich nächstes Mal vorher einweihen, wenn du wieder Kupplerin spielst?«

»Für dich würde ich alles tun. Wenn auch nur, um zu vermeiden, dass du noch mal einen halben Nervenzusammenbruch erleidest.«

Sie sah mich streng an, auch wenn sie weiterhin bis über beide Wangen strahlte.

Ich zog sie in eine Umarmung. »Ich hab dich doch auch lieb, so wie du bist.«

In meinem Rücken wurde die Terrassentür quietschend aufgeschoben. Jack, Fiona, Ellie, Will und Liv gingen nach draußen, während Blake sich stöhnend mit dem Gesicht voran auf eins der Sofas plumpsen ließ.

Fiona drehte sich in der Tür zu uns um. »Wir wollen noch ein bisschen Beachvolleyball spielen, bevor wir nach St. Andrews zurückfahren. Wills Eltern haben ein Netz im Schuppen. Kommt ihr mit?«

Marly nickte. »Wir kommen gleich nach.« Ihr Blick lag allerdings auf Blake, der sich nicht mehr rührte. »Ich mache mir Sorgen um ihn«, flüsterte sie.

»Wieso? Weil er einen Kater hat?«, fragte ich. »Geschieht ihm recht, so viel, wie er gestern Nacht getrunken hat.«

»Nein.« Sie beugte sich weiter zu mir vor und drehte mich mit sich um, sodass wir mit dem Rücken zu Blake standen. »Ich meine, ja, er hat sich abgeschossen, aber das ist nichts Neues. Anscheinend trinkt Blake seit seinem Unfall vor knapp vier Jahren regelmäßig zu viel.« Ihre Miene verfinsterte sich. »Ich weiß, was das mit Menschen macht.«

»Oh, Marly.« Ich schlang einen Arm um ihre Schultern, und sie legte ihren Kopf an meinen. Marlys Dad war Alkoholiker und neigte zu Gewaltausbrüchen, weshalb ihre Mom die Familie früh verlassen hatte und Marly bei ihren Großeltern aufgewachsen war. Ich wusste, wie nahe ihr dieses Thema ging. »Es ist nicht deine Aufgabe, alle Leute vor sich selbst zu retten.«

Sie zuckte mit den Schultern und wischte sich über das Gesicht. »Das Problem ist sowieso, dass es ganz danach aussieht, dass Blake nicht gerettet werden will. Von niemandem. Er hat sich und seine Zukunft aufgegeben. Das ist einfach schrecklich, Rach. Er könnte doch so viel Tolles mit seinem Leben anstellen.«

»Vielleicht muss er das erst begreifen«, murmelte ich und drehte den Kopf, um Blake zu mustern. Er lag weiterhin reglos auf der Couch, den knackigen Po ein wenig in die Höhe gereckt, und hatte leise zu schnarchen begonnen.

Es war mir ein Rätsel, warum so ein junger, gut aussehender, schlagfertiger Mann nicht mehr aus seinem Leben machen wollte. Aber wie sollte ich es auch verstehen, wenn ich genau das Gegenteil von ihm war?

Mein Leben lang hatte ich Ziele und Ambitionen gehabt. Zuerst jene, die mir meine Eltern gesteckt hatten – Klassenbeste, Jahrgangsbeste, prestigeträchtige Uni, hochtrabendes Studienfach, Karriere –, dann meine eigenen. Wer wäre ich ohne diese Dinge? Wofür würde ich morgens aufstehen, wenn nicht für meinen Traum, die Welt zu einem besseren Ort zu machen? Wie fühlte es sich wohl an, wenn man von einem Tag auf den anderen alles verlor, worauf man hingearbeitet hatte?

Zum ersten Mal sah ich Blake in einem anderen Licht. Nicht als den Clown, den er immer im Beisein seiner Freunde mimte. Den Player mit den schlechten Anmachsprüchen, den er in meiner Gegenwart rauskehrte. Sondern den tief verletzten Mann, der keine Ahnung hatte, wer er eigentlich war. Wo er hinwollte. Was er aus seinem Leben herausholen konnte.

Mein moralischer Kompass schlug weit aus. Ich war wirklich fies zu ihm gewesen. Aber so war ich nun mal. Tough Love. Ich verstellte mich für niemanden. Trotzdem pochte ein schlechtes Gewissen in meinem Hinterkopf. Oder war das nur der Alkohol von gestern Abend?

»Na komm.« Ich schob Marly eine Locke aus der Stirn und drehte sie zu mir herum. »Nehmen wir Blake mit zum Volleyball. Vielleicht wird ihm die frische Luft guttun.«

Marly nickte mir dankbar zu.

Gemeinsam schlichen wir zum Sofa. Ich nahm Anlauf und sprang mit einem wilden Schrei auf Blake. Er fuhr panisch hoch, doch ich lag bereits halb auf ihm und begann, ihn zu kitzeln. Marly sprang neben mich und griff ihn ebenfalls an. Es fühlte sich merkwürdig an, Blake so nahe zu sein. Aufregend und irgendwie ... richtig. Wie bereits gestern unter Wasser.

Blakes Muskeln waren hart unter meinen Fingern, seine Haut weich und warm. Er lachte, wehrte sich halbherzig gegen uns, obwohl er sich wahrscheinlich mühelos je eine von uns unter einen Arm klemmen und uns hätte davontragen können. Ich fiel in sein Lachen mit ein. Unsere Blicke trafen sich. Seine tiefe Stimme klang vertraut in meinen Ohren, er hatte seine wunderschönen, vollen Lippen weit aufgerissen. Eine Lachträne glitzerte in seinem Augenwinkel. Seine braunen Augen hielten mich fest, bis ich kreischend zurückrutschte, weil er mich unter dem Fuß kitzelte.

»Ich ergebe mich«, verkündete er kurz darauf glucksend, als Marly ihn in den Schwitzkasten nahm.

»Dann runter vom Sofa und raus an die frische Luft«, befahl sie.

»Aber mein Kopf.« Mit schmollend vorgeschobener Unterlippe schielte er zu ihr hoch. »Mein Magen. Einfach alles.«

»Keine Ausreden mehr«, entgegnete ich streng. »Wir brauchen dich in unserer Mannschaft.«

Er sah mich verdutzt an.

Ich zuckte leichthin mit den Schultern. »Marly hat gesagt, dass du der beste Volleyballspieler bist.«

Das war zwar eine glatte Lüge, doch auf Blakes Gesicht breitete sich trotzdem ein Grinsen aus. »Na, wenn das so ist.«

Marly gab ihn frei und warf mir einen dankbaren Blick zu.

Ich nickte ihr zu, zog meinen Morgenmantel aus, unter dem ich bereits meinen Bikini trug, und trat dann durch die offene Terassentür hinaus in den Sonnenschein.

16 Blake

Nach dem sonnendurchfluteten Wochenende im Ferienhaus von Wills Eltern fiel ich in ein Loch. Es war nicht genug, dass mein trister Alltag mich wieder einholte, ich grübelte auch ständig darüber nach, was Rachels Verhalten zu bedeuten hatte. Stand sie auf Will? Oder nicht? Hatte sie vielleicht doch ein klitzekleines bisschen Interesse an mir? Hatte ich eine Chance bei ihr? Wenn auch vielleicht nur für eine Nacht? Oder war sie womöglich an keinem von uns interessiert und bloß eine Person, die gerne und oft flirtete? Das sollte mir recht sein – dann hatten wir wenigstens etwas gemeinsam. Doch die Erinnerung an das überwältigende Glücksgefühl, das mich an dem Morgen überkommen hatte, als ich herausfand, dass Rachel nicht mit Will geschlafen hatte, ließ mich nicht los.

Seit Jahren war dies das erste Aufblitzen meiner früheren Überzeugung, unbesiegbar zu sein. Und ich wollte mehr davon. Wollte mich endlich wieder normal fühlen. Wie jemand, der sein Leben im Griff hatte. Dessen Körper weit über die Norm hinaus funktionierte. Dem eine glänzende Zukunft bevorstand. Nicht mehr wie der Loser, der im Supermarkt um die Ecke jobbte und noch bei seiner Mom wohnte. Dummerweise stand heute Ersteres auf meiner ansonsten kurzen To-do-Liste.

»Ich gehe zur Arbeit«, rief ich im Vorbeigehen ins Kinderzimmer meiner Geschwister, während ich mir mein weißes Shirt über den Kopf zog. In dieser Hitze wäre ich am liebsten oben ohne zur Arbeit gegangen, doch dann würde ich wahrscheinlich sofort gefeuert werden. Auch wenn ich mir heimlich wünschte, nie wieder in meinem Leben ein Gurkenglas einräumen zu müssen, konnte ich es mir nicht leisten, den Job zu verlieren.

»Viel Spaß«, tönte es im Chor zurück.

»Spaß?« Ich prustete los. Das Konzept von Arbeit war wohl etwas, was Davie und Lou noch nicht verstanden hatten. Sie würden den Nachmittag mit Darrol am Katy's Cove Beach verbringen, eine Art Strandbad für Familien mit Kindern. Darum beneidete ich sie mehr, als ich als Zweiundzwanzigjähriger zugeben dürfte.

Als ich die Wohnungstür hinter mir zuzog, klingelte mein Handy. Ich zuckte zusammen, weil es im Treppenhaus unnatürlich laut von den Wänden hallte. Ich hatte es noch nicht lautlos gestellt, ein weiterer Grund, wofür mich mein Boss gefeuert hätte. Eilig zog ich es aus der Tasche, stellte es stumm und nahm den Anruf an.

»Hey, Champ«, dröhnte die leicht blechern klingende Stimme meines Dads aus dem Hörer. Im selben Moment hätte ich mir am liebsten vor die Stirn geschlagen. Seit wann ging ich ans Handy, ohne nachzusehen, wer mich anrief? Ich hatte mich seit Wochen nicht bei Dad gemeldet. Mal wieder. Und das lag nicht daran, dass er nicht versuchte, mit mir zu kommunizieren. Nein, ich hatte es einmal mehr auf eigene Faust verkackt.

»Hi, Dad«, antwortete ich zähneknirschend.

»Wie geht's dir? Was gibt's Neues?« Er hatte mich wahrscheinlich kaum verstanden. Die Verbindung knackte und knirschte. Ein Ferngespräch vom anderen Ende des Landes war immer ein Abenteuer. Das altbekannte Schamgefühl überkam mich wie immer, wenn er mich nach meinem Leben fragte.

»Passt schon«, nuschelte ich in mein Handy, während ich immer zwei Treppenstufen auf einmal nach unten nahm. Kein Grund, zu spät zur Arbeit zu kommen. »Es gibt nichts Neues.«

»Genießt du den Sommer?«

»Den ... Sommer?« Ein bitteres Lachen entfuhr mir. Über so etwas Banales wie Jahreszeiten hatte ich mir schon lange keine Gedanken mehr gemacht. »Na ja, ich arbeite, Dad. Und wenn ich nicht arbeite, dann passe ich auf meine Geschwister auf.« *Und ansonsten hänge ich antriebslos rum und verschwende meine Lebenszeit mit Nichtstun, weil ich keine andere Wahl habe,* hätte ich beinahe hinzugefügt. Aber ich musste sein Bild von mir schließlich nicht noch verschlimmern.

»Ist doch großartig, dass du so viel arbeitest. Da steht bestimmt bald eine Beförderung an. Wie lange bist du jetzt schon im Supermarkt angestellt?«

Mit brennenden Wangen trat ich aus der Haustür. Eine Beförderung im Supermarkt ... was für ein großes Lebensereignis! Dads Optimismus war nicht totzukriegen.

»Ich arbeite seit knapp drei Jahren dort«, antwortete ich, um einen neutralen Tonfall bemüht.

»Siehst du, ich habe dir doch gesagt, dass es auch wieder bergauf geht ... Hey, Alison, hol deinen Bruder vom Herd weg. Das ist gefährlich!«

Und da war sie wieder: die nicht ganz so subtile Erinnerung an meine Halbgeschwister, die ich nie kennengelernt hatte. Wie meine Mom hatte Dad wieder geheiratet und jetzt eine andere Familie. Lisa, seine zweite Frau, war supernett, und ich verstand mich gut mit ihr. Die beiden hatten mich in den letzten Jahren unzählige Male zu sich nach Vancouver eingeladen. Zu Weihnachten hatte Dad mir sogar einen Gutschein für das Flugticket geschenkt. Er lag unbenutzt in meinem Schreibtisch und setzte Staub an. In der Schublade über der mit der Stipendiumszusage von der University of Michigan – unter dem Vorbehalt, dass ich mein Leistungslevel hielt. Ich hatte es nicht gehalten. Und ich konnte es seitdem nicht mehr ertragen, meinem Dad in die Augen zu sehen. Diesem Mann, der immer so sehr an mich geglaubt hatte. Der zu allen meinen Spielen gekommen war und mich aus der ersten Reihe angefeuert hatte.

Die Kinderstimmen, die nun im Hintergrund ertönten, versetzten mir einen Stich. Dad fluchte und warf sich anscheinend zwischen seinen Sohn und den Herd. Es krachte laut, sodass ich mir das Handy vom Ohr weghielt. Ein Kleinkind begann zu weinen. Mein Halbbruder ...

Ein Kloß in meinem Hals schnürte mir die Luft ab. Ich warf einen Blick zurück zu unserem Mehrfamilienhaus, von wo aus ich das offene Zimmerfenster von Davie und Lou sehen konnte. Die beiden waren die einzigen Personen in meinem Leben, die ich bisher nicht enttäuscht hatte. Die einzigen, die noch nicht erkannt hatten, was für ein erbärmlicher Loser ich war. Wenigstens das durfte ich nicht vermasseln, wie ich alles andere vermasselt hatte.

Als ich die Straße überquerte, überlegte ich, wie ich Dad abwürgen sollte. Ich konnte seinen unerschütterlichen Glauben an mich einfach nicht ertragen. Er versuchte gerade, das schreiende Kleinkind zu beruhigen.

»Champ, bist du noch dran?«

»Ja.«

»Sorry, kleine Katastrophe. Aber jetzt ist alles unter Kontrolle. Wo waren wir? Ach ja, dein Job. Erzähl mir davon.«

Wozu?, antwortete ich in Gedanken. *Damit du dir große Mühe geben kannst, die Enttäuschung in deiner Stimme zu verbergen, und mir einmal mehr versicherst, dass ein Job im Supermarkt ein guter Anfang sei?* Ein Anfang, pah! Das war von jetzt an mein Leben. Mittelteil und Ende. Weil ich den Anfang völlig versaut hatte.

Ich bog in die Water Street ein. Nur noch ein paar Schritte bis zu dem cremefarbenen, holzverkleideten Gebäude mit den weißen Säulen, das den Supermarkt beherbergte. Ich fragte mich schon lange, ob sie den Laden absichtlich wie ein Wohnhaus im Kolonialstil gebaut hatten, damit er sich in die vorherrschende Architektur unserer Hauptstraße einfügte. Denn die bunte Häuserfront der hübschen, spitzgiebeligen Häuschen, vor denen die kanadische Flagge wehte, war das Aushängeschild unseres Städtchens.

»Dad, ich würde wirklich gern weiter mit dir reden, aber ich muss jetzt arbeiten. Bin gerade zur Tür reingekommen«, log ich, als ich in den kühlen Schatten der Gasse hinter dem Laden trat. »Wir hören uns. Bis bald mal wieder.« Dann legte ich auf.

Für einen kurzen Moment lehnte ich die Stirn gegen die Hintertür des Supermarkts und atmete tief durch. Doch es half nichts. Zorn über meine eigene Unfähigkeit kroch durch meine Adern, brannte sich durch meine Brust und raubte mir die Luft zum Atmen. Ich wusste, dass es nicht in Ordnung war, Dad abzuwürgen. Ihm immer aus dem Weg zu gehen. Er hatte schließlich nichts falsch gemacht. Doch nach unseren Telefonaten überkam mich jedes Mal aufs Neue dieses vermaledeite Schamgefühl. Weil ich so abgefuckt war, dass ich nicht mal ein normales Gespräch mit meinem Vater führen konnte.

Mittlerweile bebte ich am ganzen Körper, hatte mich nur noch mühsam im Griff. Mit der Faust schlug ich so fest gegen die Blechtür, dass ich eine leichte Delle hinterließ. Erschrocken sah ich mich um, doch die Gasse war leer. Wie immer. Hier kam niemand vorbei, nur meine Kolleginnen und Kollegen auf dem Weg zur oder von der Arbeit. Genau wie ich gerade. Ich sah auf mein Handydisplay. *Mist!* Ich war spät dran.

Ich riss die Tür auf und eilte in den Pausenraum. Auf dem Tisch stand eine angeschnittene Schokoladentorte. Irgendjemand musste heute Geburtstag haben. Ich stopfte mir ein riesiges Stück in den Mund und sah mich kauend nach Sekt um. Was hätte ich jetzt für ein Glas gegeben … Während sich der Zucker in meinem Körper ausbreitete, flutete der tröstliche Nebel meinen Kopf. Wenn ich es schon nicht vor meinem Dad zugeben konnte, dann konnte ich mich wenigstens selbst dafür bestrafen, dass mein Leben so scheiße war. Dass mein nutzloser Körper all meine Träume und Hoffnungen zerstört hatte.

Ich gab die Zahlenkombination meines Spinds ein und warf die Sporttasche hinein. Mit fliegenden Fingern holte ich den Mitarbeiterkittel heraus, an dem mein Namensschild befestigt war, und zog ihn über. Mein Handy verstaute ich im Spind, schloss ihn ab und hetzte im nächsten Moment bereits durch die Tür ins Geschäft. Ich hoffte inständig, dass mich niemand zu spät kommen sah. Geduckt eilte ich auf den nächsten Gang zu. Als ich scharf um die Ecke bog, rannte ich in eine Frau hinein.

»Autsch!«, rief sie, mehr vor Schreck als vor Schmerz, denn ich hatte reflexartig einen Arm ausgestreckt, um sie aufzufangen.

»O nein, entschuldigen Sie vielmals, ich …« *Moment mal!* Die Stimme kannte ich doch.

Ich blinzelte mehrmals auf die schmale Gestalt in meinem Arm herab. »Marly?«

Sie starrte ebenso entgeistert zu mir hoch. »Oh, hi, Blake.«

»Was machst du denn hier?«

»Äh …« Sie sah sich verwirrt um. »Im Supermarkt?«

»Sorry, dumme Frage.«

»Rachel und ich sind einkaufen. Wir hatten absolut nichts Essbares mehr im Haus. Rachel bestellt eigentlich lieber Take-out, aber dann und wann koche ich schon gern mal etwas Frisches.«

Rachel? Sie war hier? In diesem Supermarkt? Wo ich mit meinem Kittel herumlief, Regale einräumte und Pfützen aufwischte?

»Marly? Ist was passiert?« Da ertönte auch schon ihre Stimme.

»Warst du das, die geschrien hat?« Rachel kam um die Ecke, blieb allerdings abrupt stehen, als sie Marly in meinen Armen liegen sah. Sie rümpfte die Nase. »Ah, ich sehe schon. *Er* ist passiert.« Marly rappelte sich auf. Ich ließ sie rasch los und trat einen Schritt zur Seite.

»Danke.« Marly schenkte mir ein Lächeln.

»Tut mir echt leid«, erwiderte ich zerknirscht. »Ich bin zu spät dran für meine Schicht, deshalb bin ich so gerannt und …«

Marly legte mir beschwichtigend eine Hand auf den Arm. »Ist ja noch mal gut gegangen.«

»Du arbeitest hier?« Rachel stellte sich neben Marly. Sie musterte mich von Kopf bis Fuß. Ihr Blick blieb an dem Namensschild an meinem weißen Kittel hängen. Natürlich würde sie jetzt wieder irgendeinen Spruch bringen. Über meinen Job. Meine Aufmachung. Meine angeblich frauenfeindlichen Anmachsprüche. Meine flachen Witze. Die Liste war lang. In meiner derzeitigen Verfassung hatte ich keine Lust darauf. Ganz zu schweigen davon, dass ich immer noch nicht angefangen hatte zu arbeiten.

Rachel hob jedoch nur eine Augenbraue, während sie mich weiter musterte. »Heiß«, sagte sie. Ihr Tonfall klang überhaupt nicht so sarkastisch wie sonst, was mich kurz stutzen ließ. Meinte sie das etwa ernst? Es frustrierte mich, dass sie mir diese gemischten Signale sendete. Was sollte ich damit anfangen? Ich war nicht in der Stimmung für einen unserer Schlagabtäusche.

»Weißt du, ich habe gerade echt keinen Bock auf deine Sprüche, und außerdem muss ich arbeiten.«

Rachels Augen wurden groß, selbst Marly sah mich überrascht an. Sie kannte mich nur als den gut gelaunten Pausenclown.

Rachel hob beide Hände. »Wow, komm mal wieder runter. Wir sind bloß zum Einkaufen hier, ich plane keinen Angriff aus dem Hinterhalt.«

Das hätte mich unter normalen Umständen zum Lachen gebracht, doch gerade wollte ich nichts lieber, als mich auf dem Absatz umzudrehen und aus diesem Gang zu verschwinden. Weit, weit weg von Rachel und ihren bernsteinbraunen Augen, den zu einem Messy Bun aufgetürmten Haaren und ihren endlos wirkenden Beinen in den mit Samt überzogenen Heels.

»Tja, dann findet ihr hoffentlich alles, was ihr sucht. Ich muss jetzt los.«

»Was für ein toller Kundenservice«, hörte ich Rachel hinter mir schnauben, doch ich hatte mich bereits umgedreht und war mit großen Schritten um die Ecke gebogen.

Erst zwei Gänge weiter blickte ich an mir herab und bemerkte, dass das Achselshirt unter meinem offenen Kittel hochgerutscht war und den Blick auf mein Sixpack – oder das, was davon übrig war – freigab. Darauf hatte Rachel gestarrt … Am liebsten hätte ich mich selbst geohrfeigt.

17 Rachel

Auf dem Bildschirm flackerte der Abspann des Films *Alles eine Frage der Zeit*. Ich hatte Marly dazu genötigt, die Blu-Ray auszuleihen und mit mir zu schauen. Die Geschichte über einen jungen Zeitreisenden, der die Liebe suchte, hatte nicht nur einen besonderen Humor, sondern vermittelte auch eine tiefsinnige Lebensweisheit: Jeden Tag so zu leben, als wäre es der letzte. Ein Motto, nach dem ich ebenfalls lebte. Marly hatte den Film allerdings gerade mal zur Hälfte geschafft, bevor sie auf dem Sofa eingeschlafen war. Das Wochenende im Haus von Wills Eltern war anstrengend gewesen, der Schlafmangel der durchfeierten Nacht machte sich auch ein paar Tage später noch bemerkbar, und morgen musste Marly zum ersten Mal seit meiner Ankunft in St. Andrews wieder in die Arbeit.

Ich wusste noch nicht recht, was ich den ganzen Tag ohne sie anstellen würde. Die Tatsache, dass es in dieser Kleinstadt nicht besonders viel zu tun gab, machte mich nervös. Von Mountainbiking über Wild-Water-Rafting bis Bungee-Jumping war ich für alles zu haben, obwohl es mir bis jetzt nicht so vorkam, als wäre ich an einem Ort gelandet, an dem Action großgeschrieben wurde. Ich sollte wohl mal googeln und mir eine Liste mit möglichen Aktivitäten zusammenstellen. Dazu war ich vor meiner Abreise neben Praktikum, Wohnungskauf und dem Law-School-

Admission-Test nicht gekommen. Allerdings wurde St. Andrews gerade von einer spätsommerlichen Hitzewelle heimgesucht, die diverse Extremsportarten unmöglich machte.

Lustlos nahm ich mein Handy vom Couchtisch. Drei verpasste Anrufe von meiner Mom. Ich ging ihr seit Tagen aus dem Weg. Sie wollte mir sowieso nur Vorhaltungen machen und mich wahrscheinlich dazu bewegen, meine Uniwahl doch noch mal zu überdenken. Wenn ich sie lange genug ignorierte, würde sie vielleicht irgendwann aufgeben.

Frustriert schob ich das Handy unter ein Sofakissen und blickte zum offenen Fenster, durch das jedoch kaum ein Lüftchen hereinkam. In dem alten Haus gab es keine Klimaanlage, sodass ich das Gefühl hatte, direkt neben dem Tor zur Hölle zu sitzen.

Heiß, heißer, St. Andrews, dachte ich schmunzelnd. Wer hätte gedacht, dass es an der Atlantikküste im Sommer so warm wurde?

Unwillkürlich brachte mich dieser Gedanke zu Blake. An seine festen Muskeln unter meinen Fingern, als Marly und ich uns am Wochenende auf ihn gestürzt hatten, um ihn vom Sofa zu scheuchen. Seine dunklen Augen und seinen hungrigen Blick, als ich ihm unter Wasser so nahe gekommen war. Seine kräftigen Schläge beim Beachvolleyball, wie er mit schweißglänzendem Oberkörper mühelos in die Luft gesprungen war, um den Ball über das Netz zu schmettern. Wie seine Stimme klang, wenn wir uns neckten – frustriert, aber mit einem unterschwelligen Hauch von Belustigung.

Wie es sich wohl anfühlen würde, wenn er mir etwas ins Ohr flüsterte? Wenn sein Atem über meinen Nacken strich. Wenn er mir mit dem Finger über die Unterlippe fuhr. Und dann tiefer wanderte. Wenn sein schwerer Körper sich an meinen presste …

Ich schreckte auf. Ich hatte das Sofakissen so fest umklammert, dass ich den feinen Stoff beinahe eingerissen hätte. Schwer atmend sah ich zu Marly, um mich zu vergewissern, dass sie meine Sexfantasie nicht mitbekommen hatte. Sie schlummerte weiterhin friedlich, ein leises Lächeln auf den Lippen.

Ich atmete erleichtert aus und presste meine Beine zusammen, um das drängende Pochen zwischen meinen Schenkeln abzuschwächen. Jetzt war mir noch heißer als vorher. Ich fächelte mir Luft zu, doch das half nichts.

Was war nur mit mir los? Ich schämte mich doch sonst nicht für meinen Körper und dessen Reaktionen auf andere Personen. Das war das Natürlichste der Welt – und es machte großen Spaß. Lag es daran, dass es sich um Blake handelte? Den Kerl, der optisch gesehen heiß war, aber dessen Art ich unausstehlich fand? Vor dem Marly mich gewarnt hatte, weil er angeblich zu zerbrechlich für bedeutungslosen Sex war?

Sein Verhalten mir gegenüber hatte bisher eher auf das Gegenteil hingedeutet. Heute Nachmittag im Supermarkt war er besonders schroff gewesen. Ich fragte mich, was ihm wohl die Laune verdorben hatte. Brauchte er womöglich auch einfach mal wieder guten Sex? Von Marly wusste ich, dass Jack und Blake früher gern die Touristinnen abgeschleppt hatten, die St. Andrews im Sommer fluteten. Was wäre also falsch daran, ein bisschen Spaß mit dem ehemaligen Quarterback zu haben? Andererseits wollte ich Marly nicht enttäuschen. Sie hatte mich schließlich darum gebeten, die Finger von ihm zu lassen.

Seufzend wischte ich mir über die schweißfeuchte Stirn. Marly regte sich leise im Schlaf, und ich schaltete den Fernseher aus. Das Pochen zwischen meinen Beinen war immer noch da, und Blakes Gesicht schwebte in der Dunkelheit vor mir. Sein freches Grinsen, bei dem sich je ein Grübchen an jedem Mundwinkel zeigte, sein kurz rasiertes Haar, der muskulöse Nacken ...

Ich schloss die Augen und schüttelte den Kopf. Es lag sicher nur daran, dass ich mich rastlos fühlte. Am liebsten wäre ich aufgesprungen und noch mal in diesen Club in St. John gefahren, um meine überschüssige Energie loszuwerden und vielleicht eine andere Person mit nach Hause zu nehmen. Doch in solchen Kleinstädten hatten Clubs meistens nur am Wochenende auf. Vielleicht würde ein wenig Abkühlung bereits helfen, mich von den Gedanken an Sex mit Blake abzulenken. Die Dusche war aber eindeutig nicht dafür geeignet.

Leise stand ich auf und tapste in die Küche. Ich ließ kaltes Wasser über meine Handgelenke laufen und spritzte es mir ins Gesicht. Die Tropfen kühlten mich kaum ab, machten mich allerdings noch wacher als zuvor. Ein Blick auf die Wanduhr sagte mir, dass es erst kurz vor neun war. Viel zu früh, um ins Bett zu gehen, obwohl ich sowieso bezweifelte, dass ich bei dieser Hitze ein Auge zumachen würde.

Vor mich hin grummelnd öffnete ich das Eisfach und erschrak. Marly und ich hatten es doch tatsächlich geschafft, fünf Packungen Ben & Jerry's in vier Tagen zu vernichten. Und wir hatten am Nachmittag völlig vergessen, neues zu kaufen. Es gelang mir gerade so, einen halben Löffel Cookie-Dough-Eis aus der letzten verbliebenen Packung zusammenzukratzen. Missmutig warf ich sie danach in den Mülleimer. Der Kühlschrank war voller gesunder Sachen, aber weit und breit war keine Schokolade in Sicht. In einem Haus ohne Süßes zu leben, war völlig inakzeptabel. Es gab nur eine Lösung: Ich musste einen Abstecher in den Supermarkt machen.

Eilig schrieb ich Marly einen Zettel und hängte ihn mit einem der bunten Magnete an den Kühlschrank für den Fall, dass sie aufwachte, während ich weg war.

Nachdem ich meinen Geldbeutel und Hausschlüssel in meine kleinste Handtasche geworfen hatte und in meine Riemchensandaletten geschlüpft war, zog ich die Haustür so leise wie möglich hinter mir zu.

Meine Absätze hallten laut auf dem Asphalt. St. Andrews war während der Woche um diese Uhrzeit wie ausgestorben. Außer den sanft rauschenden Bäumen und einer in der Ferne ratternden Klimaanlage drang kein anderer Laut an meine Ohren. Ich lief mitten auf der leeren Straße. Rechts und links von mir lagen dunkle Gärten, nur in vereinzelten Fenstern brannte noch Licht. Ich erhaschte Blicke in gemütliche Wohnzimmer mit farbenfrohen Gardinen. Auf einer Fensterbank saß eine Katze, die mir faul zublinzelte. Mit der Beleuchtung nahm man es in den Seitenstraßen nicht so genau, sodass mein Weg nur vom Mondlicht erhellt wurde.

Eine sanfte Brise zauste meine Haare, sodass ich die Arme weit ausbreitete, um meine klebrige Haut zu kühlen. Ich schmeckte Meersalz in der Luft, vermischt mit meinem salzigen Schweiß, und blickte in den Sternenhimmel auf, der wie eine Explosion von Glitzerkonfetti aussah. So viele Sterne hatte ich selten gesehen, schon gar nicht in Toronto oder New York. Bei ihrem Anblick wurde mir einmal mehr klar, dass ich nur ein winziger, unbedeutender Fleck im Universum war. Ein verschwindend geringer Teil des großen Ganzen. Ein Glitzerpartikel, der einsam durch die Straßen einer Kleinstadt schwebte. Immer rastlos, immer auf der Suche nach dem nächsten Kick, egal, wo ich mich befand. Doch hier hatte ich zumindest nicht den Eindruck, zwischen Beton- und Glaswänden eingesperrt zu sein. Es fühlte sich eher so an, als würde ich in den Himmel stürzen, mich den Sternen anschließen und mit ihnen über das Himmelszelt flitzen.

Das Gefühl von Freiheit war überwältigend. Ein wildes Lachen entwich meiner trockenen Kehle. Dieser Moment. Ich und die Sterne. Und unendlich viele Möglichkeiten. Unendlich viele Zukunftsvisionen anstatt der einen, die meine Eltern mir aufgezwungen hatten.

Wenn meine Mom mich jetzt sehen könnte, wie ich ungeschminkt, im Schlabber-Look mit High Heels durch einen verschlafenen Küstenort schlenderte, hätte sie wahrscheinlich die Hände über dem Kopf zusammengeschlagen. *Hast du nichts Besseres mit deiner Zeit anzufangen?*, hörte ich ihre Stimme in meinem Kopf.

»Nein, Mom, ich bin im Urlaub«, sagte ich laut. Zum ersten Mal in meinem Leben war ich an einen anderen Ort gefahren, um einfach nur zu chillen. Nicht, um ein Sommercamp für Hochbegabte zu besuchen oder an einem Sozialprojekt in Costa Rica mitzuwirken oder in den Schweizer Bergen Skifahren zu lernen. Einfach nur, um mit meiner besten Freundin Urlaub zu machen. Ich konnte mich tatsächlich nicht an einen einzigen Moment erinnern, in dem ich mich in den letzten sechs Jahren entspannt hatte.

»Es gibt für alles ein erstes Mal«, sagte ich fröhlich und nickte einem Hundebesitzer zu, der mich verdutzt anglotzte.

Kurz darauf bog ich in die Water Street, die Hauptstraße von St. Andrews, ein. Hier erleuchteten Straßenlaternen meinen Weg an der bunten Häuserfront vorbei. Vor einigen Restaurants und Bars saßen Leute an Tischen und tranken Wein oder Cocktails. Lachen und Gesprächsfetzen waberten durch die Luft, und der Geruch nach gebratenem Fisch, Alkohol und Sonnencreme drang mir in die Nase. Das Urlaubsfeeling wurde noch dadurch verstärkt, dass ich die Wellen an den nahen Pier schwappen hörte.

Meine Schritte wurden langsamer, gemächlicher. Ich lächelte den Leuten zu, an denen ich vorbeikam. Hier waren alle so offen und freundlich. Das genaue Gegenteil von Großstädtern, auch wenn ich zugeben musste, dass mir die Anonymität fehlte.

Nach ein paar Tagen in St. Andrews fand ich mich bereits gut zurecht. Das Städtchen war überschaubar, und so schlug ich wie von selbst den Weg zum Supermarkt ein. Draußen fiel mein Blick auf die angeschlagenen Öffnungszeiten. Ich hatte Glück, dass ich im Sommer hier war, denn außerhalb der Hauptsaison war Joey's nur bis neunzehn Uhr geöffnet, wie ich erschrocken erkannte. Sofort hatte ich Mitleid mit den Bürgerinnen und Bürgern der Stadt. Wie sollten die armen Leute dann bloß ihren nächtlichen Gelüsten nachgehen?

Ich lungerte noch eine Weile vor dem Eingang herum und spähte durch die Glasfront nach drinnen. Der Laden schien leer zu sein. Außer der Kassiererin konnte ich niemanden erkennen.

Mein Blick fiel auf mein Spiegelbild in der Scheibe. Plötzlich wünschte ich mir, ich hätte mir noch schnell etwas anderes angezogen oder wenigstens mal in den Spiegel geschaut, bevor ich das Haus verlassen hatte. Ich wirkte verschwitzt, meine Wangen waren leicht gerötet, meine Haare zerzaust. Aber war es nicht egal, wie ich aussah, wenn ich bloß ein bisschen Eis kaufen wollte? Mein spontaner Abstecher in den Supermarkt hatte natürlich überhaupt nichts damit zu tun, dass Blake hier arbeitete. Ganz und gar nicht. Zumindest versuchte ich mir das einzureden, als ich endlich durch die Tür in den klimatisierten Laden trat.

18 *Blake*

Mit dem Handrücken wischte ich mir den Schweiß von der Stirn. Im hinteren Teil des Geschäfts lief die Klimaanlage nicht so stark, da hier die Kühl- und Eisschränke standen, die ihre eigene Kälte verbreiteten. Allerdings befand ich mich zwei Gänge von ihnen entfernt, wo ich nicht viel davon abbekam. Der Transporthubwagen hatte laut meines Chefs bereits am Vormittag den Geist aufgegeben, weshalb ich die neu gelieferten Getränkekisten eigenhändig zu den Regalen schleppen musste. Natürlich hatten meine Kollegen diese Arbeit für mich, den ehemaligen Athleten, aufgehoben.

Meinen Arbeitskittel hatte ich längst ausgezogen, da mir aufgrund der schweren Arbeit viel zu heiß war. So stand ich nur in mein weißes Achselshirt gekleidet im hintersten Gang und reckte mich, um ein Sixpack Canada Dry ins Regal zu heben. Dabei spannte mein Shirt um Brust und Achseln. Jack hatte mich gestern ganz schön rangenommen, nachdem wir unser letztes Wochenend-Work-out aufgrund unseres Abstechers zu Wills Hütte hatten ausfallen lassen.

Ich bückte mich, um den nächsten Sixer aufzuheben. Meine Muskeln brannten, als ich die Kiste hochhob, mein Shirt spannte so sehr, dass ich glaubte, es würde gleich reißen.

»Aha, es gibt also doch jemanden, der in diesem Laden arbeitet.«

Beinahe hätte ich die Getränke fallen lassen, als die Stimme hinter mir ertönte. *Ihre* Stimme. Schon das zweite Mal an diesem Tag. Mein Herz machte einen aufgeregten Sprung. Ich bemühte mich, mir meinen Schock nicht anmerken zu lassen, und stellte meine Last ins Regal. Dann fuhr ich eine Spur zu schnell herum. Vor mir stand Rachel. Sie hatte die Hände in die Hüften gestemmt, den Kopf leicht schief gelegt und sah mich ungeduldig an. Ihr langes Haar war zerzaust, die Wangen gerötet, als wäre sie wild und frei durch die Nacht gerannt. Und ihr Outfit …

Ich schluckte, während mein Blick wie magisch angezogen an ihrem Körper herabglitt. Sie trug ein weites Flattertop, dessen runder Ausschnitt ihre Brüste perfekt in Szene setzte. Täuschte ich mich, oder lugte am Rand der spitzenbezogene Stoff ihres BHs hervor? Und darunter … ich schluckte erneut. Die Hotpants aus weichem Samtstoff waren so kurz, dass Rachels Beine in den High Heels einmal mehr endlos schienen. Ich blinzelte sie an, als wäre sie eine Erscheinung.

»Kannst du mir mal helfen? Die Tür der Gefriertruhe klemmt.«

Nur langsam riss ich mich von ihrem Anblick los und kehrte in die Gegenwart zurück. Verdammt, diese Frau könnte mich mit einem einzigen Wort um den Finger wickeln, und das durfte ich sie auf keinen Fall wissen lassen.

»Ich … äh …«

Entnervt hob sie die Brauen – der Blick, mit dem sie mich nur zu gern ansah. Dies sorgte dafür, dass sich das Blut, das sich in meinem Schritt gesammelt hatte, schnell wieder im Rest meines Köpers verteilte.

»Siehst du nicht, dass ich zu tun habe?« Ich nickte mit dem Kinn in Richtung der Getränkekisten.

»Also weigerst du dich, einer zahlenden Kundin zu helfen?«

»Du schiebst weder einen Einkaufswagen noch hast du ein Produkt in der Hand. Du bist eindeutig nur hergekommen, um mich zu sehen.« Ich schenkte ihr ein freches Lächeln und ließ meine Muskeln spielen, als ich die nächste Kiste ins Regal hievte.

»Bildest du dir da nicht ein bisschen sehr viel auf dich ein, Mr Regaleinräumer?«

Ich sah sie nicht an, hörte jedoch Belustigung in ihrer Stimme mitschwingen. Als ich mich ihr wieder zuwandte, ertappte ich sie dabei, wie sie meinen Bizeps beäugte. Doch sie sah mir schnell wieder in die Augen, während ihre herausfordernd blitzten.

War es möglich ...?

»Brauchst du wirklich meine Hilfe, Ms Ich-mache-alles-selbst-und-brauche-keine-Männer?«

Sie ignorierte meine Anspielung auf unsere erste Begegnung und tippte ungeduldig mit ihrer Schuhspitze auf den Boden, während sie sich suchend umsah. »Der Laden hat echt einen schlechten Kundenservice. Ich sollte mich beim Manager beschweren gehen.«

»Schon gut, schon gut.« Ich trat vom Regal weg und breitete die Hände beschwichtigend vor mir aus. »Was brauchst du denn so dringend aus der Gefriertruhe?«

Sie grinste breit und beugte sich verschwörerisch zu mir vor. »Es geht um Leben und Tod.« Sie machte eine theatralische Pause, um die Spannung zu erhöhen. Ich ertappte mich dabei, wie ich näher an sie herantrat. Sie zog mich so unaufhaltsam zu sich wie eine Naturgewalt. »Marly und ich haben kein Ben & Jerry's mehr.«

Ich sah ihr in die Augen, suchte nach einem Anzeichen darauf, dass sie scherzte, doch sie blieb todernst. Meine Mundwinkel zuckten, dann brach ein lautes Lachen aus mir hervor. »Na, das kann ich nicht verantworten. Auf meine Ehre als Regaleinräumer und als Gentleman.«

Ich erwartete, dass sie daraufhin wieder die Augen verdrehen würde, doch Rachel schenkte mir ein schelmisches Grinsen und trat zur Seite. »Nach dir, Regal einräumender Gentleman.«

»Nein, nach dir, hyperselbstständige Großstadttussi.« Ich machte eine galante Handbewegung, um ihr den Vortritt zu lassen. Sie bedachte mich mit einem finsteren Blick, doch ihre Augen funkelten amüsiert.

»Ich bestehe darauf.«

Schließlich gab sie nach und führte mich zu den Eistruhen. Während ich hinter ihr durch den Gang lief, richtete ich den Blick fest auf ihren Hinterkopf, um nicht völlig von ihrem Hintern in diesen Hotpants aus der Fassung gebracht zu werden. Doch allein bei ihrem vertrauten Duft reagierte mein Körper wie ferngesteuert. Ich wollte in ihrer Nähe sein. In ihrem Licht baden.

Als wir vor der Truhe mit Ben-&-Jerry's-Eis stehen blieben, stemmte Rachel die Hände auf die Glasscheibe und beugte sich weit vor. Als ihre Shorts dabei gefährlich hochrutschten, trat ich neben sie, um nicht schon wieder zu starren.

»Siehst du.« Sie deutete auf die beiden durchsichtigen Schiebetüren, die übereinanderlagen und jeweils in beide Richtungen bewegt werden konnten. »Sie klemmen beide. Lassen sich kein Stück aufschieben.«

»Ich weiß.«

Sie drehte sich mit zu Schlitzen verengten Augen zu mir. »Du hast es die ganze Zeit gewusst und mich trotzdem alles erklären lassen?«

Ich zuckte mit den Achseln. »Es hat großen Spaß gemacht, dir dabei zuzusehen, wie du *mich* um Hilfe bittest.«

»Wie ich bereits sagte, gibt es hier weit und breit kein anderes Personal. Glaub mir, ich habe mich umgesehen.«

»Hm, warum nehme ich dir das nicht ab?« Ich beugte mich zu ihr vor und sah ihr forschend in die Augen. Flüssiger Bernstein.

Zu meiner Überraschung wich Rachel nicht zurück. Sie sah mir ebenso tief in die Augen, als suchte sie darin nach etwas.

Ich hatte das Gefühl, dass sie mir immer näher kam, spürte bereits ihren Atem auf meinen Lippen, die Hitze, die von ihrem Körper ausging. Mein Blick wanderte wie von selbst zu ihrem Mund. Ihre Lippen öffneten sich leicht, schienen mich einzuladen. Sie befeuchtete ihre Unterlippe. Dieser kurze Blick auf ihre Zunge genügte – mein Blut schoss erneut zwischen meine Beine.

Rachel verzog die Mundwinkel zu einem triumphierenden Lächeln. »Kriege ich heute noch mein Eis, oder was?«

Ich blinzelte mehrmals, konnte den Blick nicht von ihren Lippen lassen. Feucht und glänzend. »Ich … natürlich. Kommt sofort.«

Ich sah auf unsere Finger herab, die nur Millimeter voneinander entfernt auf der Truhe lagen – ihre schlank und leicht gebräunt mit einigen goldenen Ringen und hellrosa manikürten Nägeln, meine kräftig und beinahe so dunkel und schwielig wie zerklüftetes Vulkangestein.

»Du musst einfach nur kräftig an der Ecke dort ziehen«, murmelte ich zerstreut.

»So?« Sie schob sich vor mich und beugte sich so weit vor, dass ich nicht umhinkam, einen Blick auf ihren nackten Poansatz unter dem dünnen Stoff ihrer Hose zu erhaschen. Trug sie überhaupt Unterwäsche? Machte sie das extra? Wollte sie mir so nahe sein? Oder lag ich völlig falsch und brauchte dringend eine Abkühlung, weil die Hitze mir den Verstand vernebelte?

Wie in Trance beugte ich mich ebenfalls vor, sodass meine Hüfte gegen ihren Po stieß. Als ich mich streckte, um die hintere Truhenkante zu erreichen, rutschte mein Shirt hoch. Haut traf auf Haut, beinahe brennend heiß, sodass ich aufkeuchte. Rachel versteifte sich unter mir. Ihre Hitze schien mich zu verschlingen, während die Kälte der Kühltruhe unter meinen Fingern brannte.

Schon wollte ich mich für die Berührung entschuldigen, einen Schritt zur Seite machen, um ihr Raum zu geben, obwohl sie es war, die sich so nah an mich herangeschoben hatte. Doch da drehte Rachel sich zu mir um. Ihre Augen wirkten dunkler als vorher, in ihrem Blick lag reines Verlangen, das mir den Atem raubte. Sie drehte mir ihren ganzen Körper zu, stützte sich mit den Händen hinter sich auf der Kühltruhe ab.

Becken an Becken. Haut an Haut. Ihre Lippen waren nur einen Atemzug von meinen entfernt.

Ich konnte nicht denken, konnte nur fühlen. Fühlte so viel, dass ich glaubte, jeden Moment zu explodieren, weil ich ihr so nahe war. Und sie mich so ansah. Und sie spüren musste, wie hart ich war. Wie sehr ich sie wollte.

»Rachel«, raunte ich heiser.

Da krallte sie eine Hand in meinen Nacken und zog mich zu sich. Unsere Lippen trafen so heftig aufeinander wie zwei kollidierende Sterne.

19 Rachel

Meine Lippen krachten auf Blakes, und ich zersprang in tausend Glitzerpartikel. Stob mit ihm über den Nachthimmel. Strahlte heller als jemals zuvor.

Er erwiderte meinen Kuss, erst leicht zögernd, dann ebenso dringlich wie ich. Ich verlor mich völlig in ihm. Es gab nichts mehr als seine Lippen auf meinen. Seine Zunge, die hungrig meinen Mund erkundete. Seinen heißen Atem, der sich mit meinem vermischte. Seine Hände in meinem Haar. Sein Becken, das sich gegen meins presste, sodass ich seine Erregung zwischen meinen Beinen spürte.

Ich schob mich ihm entgegen, wollte ihn noch intensiver fühlen. Wollte alles von ihm. Auf mir. In mir. Überall. Ich hob ein Bein und schlang es um seine Hüfte, zog ihn dichter an mich. Er keuchte leise an meinen Lippen, löste eine Hand aus meinem Haar, fuhr langsam über meinen Nacken, meine Halsbeuge, mein Schlüsselbein.

Mein Körper reagierte überdeutlich auf seine Berührungen. Eine Gänsehaut überzog jeden Zentimeter meiner Haut, was nicht an der Kühltruhe lag, auf die ich mich mit einer Handfläche stützte. Das fordernde Pochen in meinem Unterleib breitete sich wellenartig in meinem Körper aus, trieb mir die Hitze in die Wangen und ließ meinen Haaransatz prickeln.

Ich hatte meine Lust auf Blake so lange verdrängt, dass die Gewissheit nun gewaltsam aus mir hervorbrach und mich überwältigte: Blake war meine Droge, und ich wollte mehr, mehr, mehr. Ich hatte mir zwar vorgestellt, dass der Sex mit ihm grandios werden würde, doch nichts hätte mich darauf vorbereiten können, wie mein Körper nun auf ihn reagierte. Jede Faser meines Seins stand in Flammen. Blake hatte ein Feuer in mir entfacht, das ihn und mich gleichermaßen verschlang.

Während er mich innig küsste, wanderten seine Hände an meinem Rücken hinab zu meinem Po. Er packte ihn fest mit beiden Händen, und ich keuchte auf. Mühelos hob er mich hoch, schob mich auf die Eistruhe. Ich spürte kaum die Kälte durch den dünnen Stoff meiner Hotpants. Dafür brannten Blakes Lippen auf meinen viel zu sehr, seine Hände, die nun unter mein Top wanderten, glühten zu stark.

Ich schlang die Arme um seinen Nacken, presste meine Brüste gegen seinen festen Oberkörper. Mit den Fingernägeln fuhr ich über sein kurz rasiertes Haar. Dann ließ ich meine Hände tiefer gleiten, unter sein Shirt.

Als ich über seine nackte Haut strich, stöhnte er leise und biss mir in die Unterlippe.

Da ertönten Schritte hinter uns. Ich erstarrte, Blakes Zähne noch an meinem Mund. Er öffnete die Augen, blinzelte mehrmals. Dann fuhr sein Kopf in die Höhe, und er sah sich erschrocken um. Wir mussten ein eindeutiges Bild abgeben. Ich, halb liegend auf der Gefriertruhe, die Beine um seine Mitte geschlungen, das Haar zerzaust, die Lippen geschwollen. Er mit verklärtem Blick, hochgeschobenem Shirt und einer offensichtlichen Beule in der Hose. Fast hätte ich gelacht, wenn die Schritte nicht lauter geworden wären.

Schützend legte Blake einen Arm um mich und mein verrutschtes Top. Blanke Panik lag in seinem Blick.

»Gibt es ...? Können wir irgendwo hingehen?«, fragte ich atemlos.

Da erst erwachte er aus seiner Starre und sah mich an. Seine Augen weiteten sich kaum merklich, als er begriff, was ich ihn da fragte. Worauf meine Worte anspielten. Ich wollte mehr. Wollte jetzt noch nicht aufhören. Er war mir so nah, dass sein Geruch mich fast um den Verstand brachte. Ich schmeckte ihn noch immer auf meinen Lippen. Ich *brauchte* mehr. Und zwar sofort. Die Vorstellung, dass wir jeden Moment in unserem halb angezogenen Zustand erwischt werden könnten, machte es nur noch heißer.

Blakes Mundwinkel verzogen sich zu einem verwegenen Grinsen. Er nickte, trat einen Schritt zurück und half mir von der Gefriertruhe. Er schloss eine Hand um meine und zog mich eilig mit sich, gerade als jemand aus dem Nachbargang in unseren trat.

Ich kicherte, während Blake mich weiterzog. Keiner von uns schaute zurück. Meine Absätze hallten auf den Keramikfliesen. Jeder Schritt vibrierte durch meinen ganzen Körper. Jeder Schritt brachte mich *ihm* näher. Ich war berauscht von dem Moment, dem Verbotenen, von der Nähe zu Blake. Und der Vorstellung davon, was er gleich mit mir anstellen würde. Mein Herz flatterte wie wild in meiner Brust.

Blake öffnete eine unscheinbare Tür, auf der *Zutritt nur für Personal* stand. Vage erkannte ich einige Spinde, einen Tisch und eine Kaffeemaschine. Doch ich hatte kaum Augen für etwas anderes als Blake. Seinen von schwarzen Stoppeln bedeckten Hinterkopf, seine muskulösen Arme, seinen knackigen Po.

Er öffnete einen der Spinde, zog eine Sporttasche heraus und kramte mit fliegenden Fingern darin herum, bis er ein Kondom hervorzog. Als er sich damit zu mir umdrehte, schenkte ich ihm ein anzügliches Lächeln.

Blake erwiderte es, schob sich dicht an mir vorbei, wobei sein nackter Arm meinen streifte und bei mir eine Gänsehaut verursachte. Er öffnete eine weitere Tür und überließ mir mit einer Geste den Vortritt.

Warme Nachtluft schlug mir entgegen, als ich in eine verlassene Gasse stolperte. Auf einer Seite endete sie in einer Hauswand, auf der anderen öffnete sie sich auf einen Gehsteig, der ebenso verlassen dalag. Es war still, kein einziges Geräusch war zu hören, nur mein erregter Atem klang laut in meinen Ohren. Hohe Wände umgaben uns zu fast allen Seiten. Über uns tat sich der Sternenhimmel auf. Es war, als würden mir meine Glitzerkonfettifreunde von dort oben zuzwinkern.

»Hier wird niemand vorbeikommen«, raunte Blake. »Erst nach Feierabend.« Seine Stimme klang rau und belegt. Er sah mich mit hungrigem, wenn auch fragendem Blick an.

»Es ist perfekt«, antwortete ich, riss mir die Handtasche von der Schulter und warf sie zu Boden. Im nächsten Moment hatte ich ihn am Shirt gepackt und zu mir gezogen. »Wo waren wir?«

Er wich meinen Lippen aus und musterte mich eingehend. Mit einer hochgezogenen Braue starrte ich zurück. Wollte er jetzt etwa einen Rückzieher machen?

»Bist du dir sicher?«, fragte er.

Mir wurde noch wärmer, wenn das überhaupt möglich war. Mein Herz pochte fast schmerzhaft gegen meinen Brustkorb. Irgendwie gefiel es mir, dass er sich trotz unserer erhitzten Gemüter die Zeit nahm, mich das zu fragen. Sicherzugehen, dass ich das hier wirklich wollte. Hatte ich mich in ihm getäuscht?

Meine Finger waren immer noch in den Stoff seines Shirts gekrallt. Ich zog ihn näher zu mir, sah ihm tief in die Augen. »Ich nehme mir, was ich will. Immer. Und im Moment will ich dich.«

»Und du bekommst es wirklich immer?«, raunte Blake.

»Ja.«

Seine Mundwinkel zuckten. »Dann will ich nicht aus der Reihe tanzen.«

Ich schnaubte. »Halt den Mund und küss mich.«

Lust flackerte in seinen Augen auf, und der sanfte Moment war vorbei. Er packte meine Hüften und schob mich gegen die Hauswand des Supermarkts. Ich keuchte auf, als mein Rücken gegen die Holzverkleidung stieß, die sich durch den dünnen Stoff meines Tops kühl anfühlte. Seine Lippen trafen erneut auf meine, so fordernd, dass ich leise stöhnte. Ich öffnete leicht den Mund, hieß ihn willkommen. Meine Zungenspitze umkreiste seine neckend. Ich presste mein Becken gegen seins, spürte seine Erregung, was mich noch rasender machte. Ich rieb mich an ihm, während seine Hände unter mein Top wanderten. Sie hinterließen eine brennende Spur auf meiner nackten Haut.

Er schob seine Finger unter meinen BH. Mein ganzes Denken fokussierte sich auf diesen einen Punkt, als er über meine Brustwarze rieb. Wie von selbst hob ich ihm meine Brust entgegen, glaubte, jeden Moment vor Lust zu zerspringen.

Mit zitternden Fingern machte ich mich an seiner Jeans zu schaffen, brauchte länger als gewöhnlich, um Knopf und Reißverschluss zu öffnen. Als ich es endlich geschafft hatte, rutschte die Hose herunter, sodass er in Boxershorts vor mir stand. Ich schob meine Hand in den Bund. Blake schauderte, als ich meine Finger um seinen harten Penis schloss. Kurz zog er sich von meinen Lippen zurück, sah mir in die Augen.

»Ich will dich«, keuchte ich. »Jetzt.«

Während Blake sich bückte, um das Kondom aus seiner Hose zu fischen, schlüpfte ich aus meinen Hotpants und dem seidenen String, den ich darunter trug. Mein Atem ging schwer, mein Herz trommelte fast schmerzhaft gegen meine Rippen. Das Pochen zwischen meinen Beinen klopfte im selben Takt. Ich konnte nicht mehr warten.

Eilig riss ich Blake das offene Kondom aus der Hand und streife es ihm über. Er biss sich auf die Lippe, unterdrückte ein Stöhnen, als ich langsam mit den Fingern an ihm entlangfuhr. Wieder packte ich sein Shirt und zog ihn an mich. Ich spürte ihn zwischen meinen Schenkeln. Warm und hart. Er sah mich an und ich ihn, zwischen uns vibrierte die Luft. Dann packte er meine Hüften mit beiden Händen und hob mich hoch, presste mich mit seinem Körper gegen die Hauswand. Ich keuchte auf, spürte jedoch kaum, wie sich das Holz in meinen Rücken drückte. Ich spürte nur noch Blake. Ein Finger umkreiste meine Klitoris, drang in mich ein, sodass ich laut stöhnte.

»So feucht«, murmelte Blake dicht an meinem Hals. »So bereit für mich.«

Ich schlang meine Beine fest um seine Mitte, die Arme um seinen Nacken, und schob mich ihm entgegen. Er drang vorsichtig in mich ein, erfüllte mich ganz und gar. Ein erstickter Laut entwich mir, als ich vor Lust erzitterte.

Dann fanden meine Lippen seine, und ich küsste ihn noch drängender als zuvor. Blake stieß zum ersten Mal fester in mich. Er schob wieder eine Hand in meinen BH und spielte mit meiner linken Brustwarze, während er mich mit der anderen Hand festhielt. Wieder und wieder stieß er zu, sodass mein Rücken gegen die Wand gedrückt wurde. Am nächsten Tag wäre ich sicher wund, doch das war mir in diesem Moment egal. Ich flog hinauf zu den Glitzersternen, raste über das Himmelszelt, stieg höher und höher.

Blakes Stöße wurden schneller, sein Atem lauter. Mein Inneres zog sich um ihn zusammen, alles spannte sich an, ich schoss immer höher … bis sich meine Anspannung endlich entlud.

Ich durchbrach die Wolkendecke, verließ unsere Atmosphäre, plötzlich nicht mehr von Sternen, sondern von samtig weicher Dunkelheit umgeben, als ich die Augen schloss und völlig losließ. Mein ganzer Körper bebte.

Kurz darauf erzitterte auch Blake mit seinem letzten Stoß und sackte dann, fest an mich gepresst, ein wenig in sich zusammen. Seine schweißbedeckte Stirn senkte sich auf meine, und ich legte beide Hände Halt suchend auf seine Brust. Sein Herz donnerte unter meinen Fingern, während ich langsam in die Wirklichkeit zurückfand.

Als ich die Augen öffnete, begegnete ich seinem Blick. Darin entdeckte ich eine ebenso große Überraschung, wie sich auf meinen Zügen abzeichnen musste. Ein Glückstaumel, gepaart mit Schock, Unglauben und der Gewissheit, dass wir diesen unglaublichen Moment zusammen erlebt hatten.

Und dass wir ihn nicht zurücknehmen konnten.

20  Blake

Der Sex war schnell, heftig und heiß. Wir fielen übereinander her wie zwei Teenager, die ihre Hormone nicht im Griff hatten. Es war weit entfernt von perfekt und doch irgendwie perfekt in diesem Moment. In dem ich sie wollte. Und sie mich. In dem es nichts anderes gab außer uns beide. Die leere Gasse, die kühle Hauswand. Meine Hose, die in meinen Kniekehlen hing. Und Rachel. Überall Rachel.

Ihr Duft hüllte mich ein, machte mich rasend. Ihre Hände fuhren geschickt über meinen Körper, reizten mich bis aufs Äußerste. Ihre feuchten Lippen neckten mich, mit ihren sanften Bissen entlockte sie mir ein Stöhnen nach dem anderen. Die filigranen Goldketten, die zwischen ihren Brüsten baumelten, klirrten leise. Ihre Fingernägel gruben sich in meinen Nacken. Ihr Körper erzitterte jedes Mal vor Lust, wenn ich in sie stieß. Und dann der Moment, der Höhenflug, in dem wir einander noch stärker spürten, völlig eins wurden.

Bebend und keuchend legte ich meine Stirn an ihre, kostete das unglaubliche Gefühl aus, ihr so nahe zu sein.

Es war passiert.

Ich hatte daran gezweifelt. Es mir gewünscht. Mit mir gehadert. Es mir unter der Dusche vorgestellt. Und jetzt war sie tatsächlich hier bei mir, atmete schwer und grinste verzückt.

Ich verharrte einen langen Moment in ihr, genoss den salzigen Geschmack auf meinen Lippen, ihren Duft in meiner Nase, das Gefühl meines donnernden Herzens. Dann löste ich meine Stirn langsam von Rachels, küsste sie ein letztes Mal. Sie blinzelte mehrfach, als müsste sie erst zu sich kommen. Mit verklärtem Blick sah sie sich um. Ich wusste genau, wie sie sich fühlte. Gerade eben hatte ich noch Flaschen ins Regal geräumt und dann ...

Sanft zog ich mich aus ihr zurück, achtete dabei darauf, das Kondom an Ort und Stelle zu halten. Rachel löste ihre Beine von meiner Hüfte, und ich schlang rasch den freien Arm um ihre Mitte, damit sie nicht fiel. Vorsichtig setzte ich sie am Boden ab. Sie strauchelte kurz, das Klicken ihrer Absätze hallte laut durch die leere Gasse, dann hatte sie ihr Gleichgewicht gefunden. Sie pustete sich mehrere Strähnen aus dem geröteten Gesicht, zog ihren BH und ihr Top zurecht. Dann bückte sie sich, um ihre Hose und Unterhose vom Boden zu fischen.

Ihre Handgriffe wirkten sicher und geübt, als hätte sie das alles schon tausendmal gemacht. Während ich dort stand und offenbar vergessen hatte, wie man sich bewegte, hatte sie sich in wenigen Sekunden wieder vollständig angezogen.

Sie fuhr sich mehrmals durch die Haare, holte dann ein Taschentuch aus ihrer Tasche am Boden. Sie schob die Hand unter ihren Hosenbund und platzierte das Taschentuch in ihrem Höschen. Das alles tat sie völlig ungerührt, als wäre ich gar nicht da.

Ich blinzelte, als sie noch einmal prüfend an sich herabsah und sich dann an mir vorbeischob. Sofort fehlte mir ihre Wärme, die Nacht schien plötzlich unerwartet kühl.

Erst in diesem Moment erwachte ich aus meiner Starre, streifte mir eilig das Kondom ab und knotete es zusammen. Dann zog ich meine Boxershorts und die Hose hoch.

Als ich aufsah, hatte Rachel mir den Rücken zugedreht und sich bereits mehrere Schritte von mir entfernt. Moment mal! Wollte sie etwa einfach so gehen? Ohne ein weiteres Wort?

»Rachel?«

Sie drehte sich zu mir um. Das Haar floss ihr über den Rücken, fast spürte ich es noch samtig weich unter meinen Fingern.

»Ich ... ähm ... Wo willst du hin?«

Sie runzelte die Stirn, als läge die Antwort auf der Hand. »Nach Hause natürlich.«

Meine Brauen zogen sich wie von selbst zusammen.

Sie seufzte. »Okay, du brauchst also einen Grund?« Sie sah auf ihre filigrane Armbanduhr. »Es ist wirklich spät.«

Ich starrte sie entgeistert an.

»Okay, dann vielleicht: Ich bin echt müde?«

Ich starrte weiter, mein Mund öffnete sich leicht.

»Auch nicht? Hm. Der Laden macht bestimmt bald zu. Kommen dann nicht deine Kollegen hier vorbei?«

»Rachel, ich ...« Ich fand keine Worte, um meiner Verwirrung Ausdruck zu verleihen.

Sie seufzte erneut, kam ein paar Schritte auf mich zu. »Hör mal, du weißt doch, dass das hier eine einmalige Sache war, oder?«

Wusste ich das?

Rachel wartete nicht auf meine Antwort. »Versteh mich nicht falsch, es war wirklich ... mal was anderes.«

Mal was anderes? Meine Kinnlade fiel herab. Langsam dämmerte mir, was hier vor sich ging. Rachel war doch tatsächlich dabei, mich nach einem Quickie einfach stehen zu lassen. Ich erkannte die Anzeichen, da ich diese Masche perfektioniert hatte. Gewöhnlich war *ich* es, der sich nach dem Sex sofort verabschiedete, der sich mitten in der Nacht davonschlich oder ohne ein Wort des Abschieds aus dem Hotelzimmer, dem Auto oder der

Umkleidekabine schlüpfte. Zum ersten Mal in meinem Leben waren die Rollen vertauscht. Und es gefiel mir ganz und gar nicht. Fühlten sich die Frauen, mit denen ich sonst schlief, etwa auch so ... leer? Als wären sie nur ein netter Zeitvertreib gewesen?

Ich schluckte schwer, versuchte verzweifelt, die Fassung zu wahren. Ich durfte Rachel auf keinen Fall zeigen, dass sie mich mit ihrem Verhalten verletzte.

»Okay, klar«, sagte ich leichthin und hoffte, dass sie das Zittern in meiner Stimme nicht bemerkte. »Also, man sieht sich.«

Rachel musterte mich einen Augenblick prüfend, runzelte die Stirn, als müsste sie sich vergewissern, dass ich es wirklich ernst meinte. Doch dann lächelte sie. »Ich wusste, wir würden uns verstehen.«

Wir sahen uns einen Moment in die Augen, während sich ihre Worte wie mit Widerhaken versetzte Bolzen in mein Herz gruben. Sie hatte gewusst, dass wir uns verstehen würden? Wann hatten wir uns jemals gut verstanden? Von Anfang an war das Gegenteil der Fall gewesen. War das eine Lüge, um mich schnell abzuspeisen, oder hatte sie mich total falsch eingeschätzt? Doch wenn ich so darüber nachdachte, hatte Rachel mich durchschaut. Ich konnte mich nicht erinnern, wann ich zuletzt mehr als einmal mit einer Frau geschlafen hatte. Oder ob ich in den letzten paar Jahren je den Nachnamen meiner Sexpartnerinnen erfragt hatte. Dafür konnte ich an einer Hand abzählen, wie viele ich vorher auf ein Date ausgeführt hatte: genau eine.

Rachel hatte das geahnt. Hatte mich einen Player genannt, meine Anmachsprüche verurteilt. Am Ende waren wir uns ähnlicher, als wir gedacht hatten. Für uns beide war Sex nichts als ein spaßiger Zeitvertreib, eine Möglichkeit, unsere Lust zu befriedigen, ohne uns binden zu müssen. Sie war heute Abend nur auf eine schnelle Nummer aus gewesen – und ich war ihr gerade recht gekommen.

Ich kam mir dumm vor. Benutzt und schnell wieder weggeworfen. Doch gleichzeitig hatte ich kein Recht, mich so zu fühlen. Schließlich hatte ich Dutzende Mal dasselbe abgezogen. Dies war das erste Mal in meinem Leben, dass mich der Sex zwar körperlich befriedigt hatte, aber auf einer anderen Ebene unbefriedigt zurückließ. Ein Gefühl, das mich völlig durcheinanderbrachte. Doch ich sollte verdammt sein, wenn Rachel es bemerkte.

»Ja.« Ich setzte ein Lächeln auf. »Wir verstehen uns.«

Rachel nickte, lächelte mich ein weiteres Mal an. »Schönen Abend noch, Blake.«

Mein Name rollte genüsslich von ihrer Zunge, klang ganz anders als sonst. Etwas zog sich tief in meiner Brust zusammen.

Rachel drehte sich um und entfernte sich mit langen Schritten und schwingenden Hüften von mir. Sie ließ mich allein in der Gasse zurück. Das benutzte Kondom noch in der Hand. Ich stand reglos da, blickte ihr hinterher, bis ihre Schritte verklangen. Dann waren da nur noch ich und die Sterne und die Frage, ob das gerade wirklich passiert war.

21 Rachel

Ich fühlte mich schäbig. Nicht weil ich mit Blake geschlafen hatte – Sex hatte ich noch nie bereut. Sondern weil es zwischen Marly und mir keine Geheimnisse gab.

Bis jetzt.

Sie war heute Morgen zum ersten Mal nach meiner Ankunft wieder in die Arbeit gegangen, sodass ich allein in unserem Haus zurückblieb. Allein mit meinen Gedanken und meinem schlechten Gewissen.

Als ich gestern Abend verschwitzt und mit zittrigen Beinen nach Hause gekommen war, hatte ich Marly unverändert auf der Couch schlafend vorgefunden. Ich hatte sie sanft geweckt und ins Bett gebracht. Sie war kaum wach geworden, sodass wir nur wenige Worte gewechselt hatten. Heute hatte sie in aller Frühe das Haus verlassen.

Als ich gähnend in die Küche tapste, hing ein Zettel am Kühlschrank:

Danke, dass du mich gestern ins Bett gebracht hast, Mom. :D
Hab einen schönen Tag im aufregenden St. Andrews.
Bis heute Abend
XOXO

Beim Lesen zog sich mein Magen zusammen. Marly hatte keine Ahnung, was gestern Abend passiert war. Ich hatte keine Gelegenheit gehabt, es ihr zu erzählen. Doch das wollte ich. Unbedingt. Ich durfte keine Geheimnisse vor Marly haben, hatte noch nie zuvor den Drang verspürt, ihr etwas zu verschweigen.

Gleichzeitig wusste ich tief in mir, dass es keine gute Idee war, sie damit zu belasten. Letzte Nacht hatte nichts bedeutet. Es war schnell und heftig gewesen. Kaum der Rede wert. Blake und ich hatten bloß beide mal wieder Sex gebraucht. Eine unbedeutende Zerstreuung an einem Sommerabend. Die Hitze hatte uns kurzzeitig zu hormongesteuerten Teenagern gemacht. Es tat nichts zur Sache, dass allein bei dem Gedanken an seinen eindringlichen Blick und sein leises Stöhnen das Pochen in meinen Unterleib zurückkehrte. Ich ignorierte es und nahm mir eine Tasse aus dem Küchenschrank.

Niemand hatte uns gesehen. Niemand musste es erfahren. Schon gar nicht Marly. Es würde sie nur unnötig aufregen. Und warum sollte ich ihr das antun? Es würde schließlich nie wieder passieren. Ich hatte dringend mit Blake schlafen wollen, damit ich ihn danach endlich vergessen konnte. Damit er sich nicht mehr in meine Träume stahl oder mich unter der Dusche besuchte. Das war nun abgehakt. Problem gelöst.

Doch als ich die Kaffeemaschine anstellte, fiel mir siedend heiß auf, dass es sehr wohl ein Problem gab. Eins, das sich nicht ganz so leicht lösen ließ. Schließlich gehörten zum Sex immer zwei.

Was, wenn Blake es nicht für sich behielt? Oder viel schlimmer: Was, wenn er es bereits Jack erzählt hatte? Dann wäre es nur eine Frage der Zeit, bis Marly es herausfand. Außerdem befanden wir uns in einer Kleinstadt. Wenn Blake nicht dichthielt, würde Marly es irgendwann erfahren. Das war praktisch ein ungeschriebenes Gesetz. Und es wäre furchtbar, wenn sie es von jemand anderem als mir hörte.

Mein Herz schlug augenblicklich schneller, und mir wurde heiß. Ich musste es ihr selbst erzählen. Ja, heute Abend würde ich für Marly kochen, und wenn sie von der Arbeit nach Hause kam, würde ich ihr alles erklären. Dass es nur einmal geschehen war. Dass es nichts bedeutet hatte. Dass es nie wieder passieren würde. Dass sie sich keine Sorgen zu machen brauchte. Blake und ich waren uns schließlich einig. Oder?

Seine Worte hallten in meinen Ohren nach.

»Wir verstehen uns.«

Hatte er das wirklich so gemeint? Konnte ich ihm vertrauen?

Zerstreut schenkte ich den frisch aufgebrühten Kaffee in die Tasse und gab fünf Löffel Zucker dazu. In Gedanken versunken nahm ich einen Schluck. Dabei verbrühte ich mir die Oberlippe.

»Tommy Hilfucker!«, fluchte ich lautstark – eine Eigenkreation, auf die ich besonders stolz war.

Eilig stellte ich die Tasse auf der Küchentheke ab und beugte mich über die Spüle. Dabei protestierte mein Rücken, der von letzter Nacht ein wenig wund war.

Während ich eiskaltes Wasser über meine Lippe laufen ließ, wurde ich plötzlich zurück in die Gasse katapultiert. Ich spürte wieder, wie Blake an meiner Unterlippe saugte, dann hineinbiss und schließlich sanft mit der Zunge darüber fuhr. Verdammt, er war ein wirklich guter Küsser. Wenn nicht sogar ein überragender. Aber was tat das schon zur Sache? Überhaupt nichts!

Entnervt drehte ich den Hahn ab und richtete mich auf. Ich war noch keine halbe Stunde wach, und Blake spukte bereits ununterbrochen in meinen Gedanken herum. Ob er wohl auch ständig an letzte Nacht denken musste? An die Hitze in der Gasse? Die Kühle der Eistruhe? Das Gefühl meiner Haut unter seinen Fingern?

»Wow, Montgomery, du musst jetzt sofort damit aufhören«, sagte ich laut. Ich machte mir doch sonst nicht so viele Gedanken nach dem Sex. Was stellte St. Andrews mit mir an?

Doch vielleicht lag es gar nicht an Blake oder an dieser Stadt, sondern daran, dass es ein Geheimnis war. Ein Geheimnis, das Marly von *mir* erfahren musste und von niemandem sonst. Danach konnte ich das Ganze hoffentlich vergessen. Ich warf einen Blick auf die Wanduhr. Halb zehn. Ich musste nur noch ein paar Stunden durchhalten. Doch bei dem Gedanken daran, dass ein ganzer freier Tag vor mir lag, wurde mir flau im Magen. Ich hatte nichts zu tun. Die Minuten würden quälend langsam vergehen. Und wer wusste schon, wie schnell der Kleinstadttratsch in St. Andrews funktionierte? Womöglich würden die Neuigkeiten Marly noch vor dem Abend erreichen.

Panik stieg in mir auf. Vielleicht könnte ich ja einen kurzen Abstecher zur Tierarztpraxis machen und ihr alles beichten? Nein, das war definitiv übertrieben und würde der Sache nur noch mehr Gewicht verleihen.

Ich warf der Kaffeetasse einen bösen Blick zu, bevor ich sie abermals in die Hand nahm. Diesmal pustete ich vorsichtig, bevor ich daran nippte. Ich atmete tief durch, als sich der süßlich herbe Geschmack auf meiner Zunge ausbreitete. Koffein half mir für gewöhnlich, den Kopf freizubekommen. Ich nahm noch einen Schluck. Ja, die Lösung lag auf der Hand: Ich musste mit Blake sprechen. Wenn ich ihm begreiflich machte, dass er nichts sagen durfte, bevor ich mit Marly gesprochen hatte, war das Problem gelöst. Kein Geheimnis. Kein Gerede. Kein Vertrauensbruch.

Entschlossen zückte ich mein Handy. Ich hatte Blakes Nummer nicht, würde ihn aber höchstwahrscheinlich unter Marlys Instagram-Followern finden. Als ich die App öffnete und kurz darauf auf Blakes Profil klickte, machte mein Herz einen ungewohnten Satz. Es kam so überraschend, dass ich mir fast an die Brust gefasst hätte. In meinem Magen kribbelte es auf beunruhigende und gleichzeitig sehr angenehme Weise, als ich auf seine Fotos starrte. Dieses Lächeln. Diese verdammten Grübchen.

»Was zum Teufel geht hier vor sich?«, grummelte ich und trank den restlichen Kaffee in einem Zug aus.

22 Blake

»Komm schon, fester!«

Meine in einem Boxhandschuh steckende Faust krachte auf eine der Pratzen, die Jack vor mir hochhielt. Kurz darauf folgte die andere Faust. Ein Schweißtropfen lief meine Schläfe hinunter, mein Atem ging schnell. Erbarmungslos prügelte ich auf die Schlagpolster ein, obwohl meine Armmuskeln bereits brannten, meine Fingerknöchel pochten.

»Achte auf deine Beinarbeit!«

Ich sah Jacks Gesicht nur verschwommen, konzentrierte mich ganz auf meine Schläge. Rechts, links. Rechts, links. Rechts, rechts, links. Irgendwo hinter mir rauschte das Meer. In der Ferne kreischten ein paar Möwen, einzelne Sandkörner knirschten unter meinen Sneakers, doch ich blendete alles aus.

Nach gestern Abend hatte ich kaum geschlafen und Jack deshalb in aller Herrgottsfrühe gebeten, mit mir zu trainieren. Rachel ging mir nicht mehr aus dem Kopf. Der Sex mit ihr ging mir nicht mehr aus dem Kopf. Ich brauchte dringend Ablenkung, und es hatte mir schon immer geholfen, mich körperlich auszupowern. Leider gab es nicht mehr viele Sportarten, die ich ohne Probleme ausüben konnte. Fahrradfahren war erst seit einem Dreivierteljahr schmerzfrei möglich. Joggen würde immer ein Problem sein. Die meisten Ballsportarten hatten einen hohen Risikofaktor. Der Vorteil beim Amateurboxen war, dass die Beine nicht so sehr beansprucht wurden wie bei anderen Sportarten. Einen Football rührte ich nur noch an, um ihn mir lässig mit den Jungs zuzuwerfen – am Strand oder im Garten. Dieses Spiel war für mich für immer vorbei.

Ich biss die Zähne zusammen, blinzelte mir den Schweiß aus den Augen und schlug noch härter zu.

Glücklicherweise hatte Jack sofort zugesagt, sich an diesem Morgen mit mir zu treffen. Und wie immer hatte er keine Fragen gestellt. Das wusste ich sehr zu schätzen. Keine weitere Sekunde hätte ich tatenlos zu Hause herumsitzen können. In meinem Zimmer mit den kahlen Wänden, an denen einst Footballposter gehangen hatten. Mit dem Brief, der ein Loch in meine Schreibtischschublade zu brennen schien. Und dem Verlangen, mich zu betrinken und mit Chips vollzustopfen, was dank Jack nicht passiert war.

Ich hatte Jack noch nichts von Rachels unerwartetem Besuch im Supermarkt erzählt. Oder von dem, was danach passiert war. Schließlich wollte ich es vergessen. Wollte so lange auf etwas eindreschen, bis ich mich nicht mehr schlecht fühlte. Weil es überstürzt in einer schäbigen Gasse passiert war. Weil sie mich danach stehen gelassen hatte. Weil es sich unglaublich gut angefühlt hatte, ihr so nahe zu sein. Weil ich das alles nicht fühlen wollte. Weil ich nie wieder irgendetwas fühlen wollte.

Mein nächster Schlag rutschte vom Rand der Pratze ab, und ich hätte Jack beinahe ins Gesicht getroffen. Er duckte sich gerade rechtzeitig.

»Scheiße! Ist alles in Ordnung, Mann?«

»Nichts passiert.« Jack grinste. »Aber ich glaube, für heute sind wir fertig.«

Ich nickte und ließ die Arme sinken. »Tut mir echt leid.«

»Ist ja noch mal gut gegangen.« Jack löste den Klettverschluss der Schlagpolster und zog sie sich von den Händen.

»Hätte aber böse ins Auge gehen können … im wahrsten Sinne des Wortes.«

Jack sah mich an. Meine Mundwinkel zuckten, seine hoben sich. Dann brachen wir beide in Gelächter aus. Es war so befreiend, dass ich am liebsten nie wieder damit aufgehört hätte. Diese heiteren Momente verdrängten den Schmerz in meinem Inneren zwar nur für kurze Zeit, doch ich versuchte sie herbeizuführen, wann immer es ging. Kein Witz war mir zu abgedroschen, kein Spruch zu flach. Im Beisein meiner Freunde mimte ich den gut gelaunten Blake, der schlechte Witze riss, gerne und oft lachte und nichts wirklich ernst nahm. Eine schlechte Imitation der Person, die ich früher einmal gewesen war.

»Dann hätte ich einfach allen erzählt, dass Marly mir ein blaues Auge verpasst hat.« Japsend wischte Jack sich über das vom Lachen gerötete Gesicht. »Ich glaube, das wollte sie schon immer mal tun. Besonders nach unserer ersten Begegnung.«

Ich gluckste, während ich die Boxhandschuhe auszog und auf die Bank legte. »Würde ich zu gerne sehen.«

Wir standen auf der Promenade neben dem Celtic Cross, einem steinernen Kreuz, das majestätisch auf die Passamaquoddy-Bucht hinausblickte. An diesem Vormittag waren hier draußen weder Hundebesitzer noch Spaziergänger oder Touristen unterwegs. Spätestens nach dem Mittagessen würde der beliebte Aussichtspunkt jedoch von Einheimischen und Besuchern gleichermaßen geflutet werden. Der Wind trocknete den Schweiß auf meinem Gesicht, doch trotz der frischen Brise konnte ich bereits die Hitze des Tages in der Luft schmecken. Ich zog mir das Shirt über den Kopf, ließ den Wind über meinen verschwitzten Oberkörper pusten.

»Aber mal im Ernst«, sagte Jack. »Warum bist du heute so unkonzentriert?«

Ich zuckte mit den Achseln, wandte mich ab und rubbelte über einen ganz plötzlich aufgetretenen Fleck auf meinen Boxhandschuhen.

Ich habe letzte Nacht mit Rachel geschlafen. Es war phänomenal, und jetzt geht sie mir nicht mehr aus dem Kopf. Aber ich weiß, dass sie nicht so empfindet wie ich, weil sie das mit ihrem Verhalten unmissverständlich klargemacht hat.

Irgendwie behagte es mir nicht, die Worte auszusprechen. Würde Jack mich verurteilen? Würde er sich nur noch mehr Sorgen um mich machen? Wäre er vielleicht sogar wütend, weil Rachel Marlys beste Freundin war?

Ich holte mein Handy aus der Tasche meiner weiten Basketball-Shorts, um Jack nicht in die Augen sehen zu müssen. Zu meiner Überraschung blinkte auf dem Sperrbildschirm eine Nachricht auf. Instagram? Von einem unbekannten Account? Doch da erkannte ich den Namen: *Rachel.goes.to.NY.*

Mein Herz schlug augenblicklich schneller. War es möglich? Ich öffnete die Nachricht. Das kleine runde Foto in der linken Ecke zeigte eindeutig Rachel mit einer riesigen Sonnenbrille und kirschroten Lippen.

Ich starrte eine Weile darauf, während mein Gehirn versuchte, die Information zu verarbeiten. Rachel hatte mir eine Nachricht geschrieben. Nur ein paar Stunden nach … unserer Begegnung. Die Nachricht war erst vor ein paar Minuten bei mir eingegangen. Was zum Teufel hatte das zu bedeuten?

Ich schluckte, wappnete mich innerlich und ließ meinen Blick dann weiterwandern. Zu den drei Worten, die sie mir geschrieben hatte.

Wir müssen reden.

Beinahe hätte ich mein Handy fallen lassen.

»Hey! Alles in Ordnung?« Jack trat neben mich, und ich ließ das Smartphone erschrocken sinken. Hatte er etwas gesehen?

»Ja … äh … alles bestens. Aber … ich muss jetzt dringend los.« Jack sah mich mit gerunzelter Stirn an. »Okaaay.«

»Also dann … äh … danke für das Work-out. Hab ich echt gebraucht.«

»Jederzeit, Blake.« Jack rieb sich über den Nacken. »Sicher, dass alles in Ordnung ist?«

Ich hatte mir bereits meine Boxhandschuhe geschnappt und wandte mich zum Gehen. »Ja, keine große Sache. Bis später!« Ohne eine Antwort abzuwarten, sprintete ich davon.

Meine Gedanken rasten, mein Herz donnerte im Takt meiner Schritte. Ich konnte an nichts anderes denken als an die drei kleinen Worte. *Wir müssen reden.*

Rachel wollte mit mir reden. Grinsend beschleunigte ich meine Schritte.

Als ich keuchend vor Marlys und Rachels Haus stehen blieb, nahm ich mir nicht die Zeit, Atem zu schöpfen. Wenn ich auch nur eine Sekunde zögerte, würde mich der Mut verlassen. Ich war hier und würde das jetzt durchziehen. Entschlossen drückte ich den Klingelknopf. Im selben Moment dämmerte mir, was das für eine unüberlegte, peinliche Aktion war, doch es war zu spät. Ich hörte Schritte, und zwei Sekunden später öffnete sich die Haustür.

»Blake? Was …?« Rachels Augen wurden groß. Sie hatte eindeutig nicht damit gerechnet, dass ich sie zu Hause überfallen würde – nur wenige Minuten nachdem sie mir die Nachricht geschickt hatte. Ich hatte den Weg vom Meer zu ihrem Haus in Rekordzeit zurückgelegt.

Rachels schockierter Blick wanderte an meinem Körper

herab, und erst in diesem Moment fiel mir auf, dass ich mein Shirt immer noch in der Hand hielt. Mein nackter Oberkörper glänzte vor Schweiß, die Shorts waren durch meinen Sprint nach unten gerutscht und gaben den Blick auf die definierten Muskeln meiner Leisten frei.

Rachel öffnete mehrmals den Mund und schloss ihn wieder. Dann sah sie mir in die Augen, während sie ihre misstrauisch verengte. »Was hast du hier zu suchen?«

Sie trat einen Schritt vor und spähte die Straße hinauf, als erwartete sie, jeden Moment von einem Auftragskiller angegriffen zu werden. »Komm schnell rein!« Sie packte mich am Arm und zog mich ins Haus. Die Tür warf sie eilig hinter mir ins Schloss.

Verblüfft blinzelte ich sie an. Irgendwie hatte ich mir das alles ganz anders vorgestellt. Nein, ich hatte überhaupt nicht darüber nachgedacht, was passieren würde, wenn ich vor Rachel stand. Genau das war das Problem.

Sie stemmte die Hände in die Hüften und sah mich erwartungsvoll an.

»Du wolltest mit mir reden.« Etwas Besseres fiel mir nicht ein.

»Ach, und da dachtest du, dass du *sofort* vorbeikommen musst?«

Ich zuckte mit den Achseln und ließ dabei absichtlich meine Armmuskeln spielen. Mir entging nicht, dass Rachels Blick kurz darauf liegen blieb. Sie leckte sich über die Lippen, bevor sie wieder zu mir aufsah. Sie war barfuß, weshalb sie mir nur bis zum Schlüsselbein reichte. Außerdem trug sie einen dunkelblauen Einteiler aus dünnem Stoff, der ihre Figur umschmeichelte. Am liebsten hätte ich sie an mich gezogen und da weitergemacht, wo wir letzte Nacht aufgehört hatten.

»Ich bin eben schnell«, antwortete ich neckend. »Also wenn es sein muss. Sonst kann ich auch sehr ausdauernd sein.«

Rachels Augen weiteten sich unmerklich. Sie hob sich leicht auf die Zehenspitzen, kam mir ein wenig entgegen. Sie duftete nach ihrem Parfüm, nach Zahnpasta und Kaffee.

»Okay, im Fall eines Hausbrands oder eines Einbruchs ist das wirklich nützlich.« Ihre Mundwinkel zuckten.

»Wenn du mich rufst, bin ich zur Stelle.« Ich lehnte mich lässig gegen den Rahmen der Küchentür und verschränkte die Arme vor der Brust.

Einmal mehr glitt Rachels Blick über meinen Körper. Als er an meinen Leisten hängen blieb und sie sich daraufhin auf die Lippe biss, wurden meine Boxershorts plötzlich unangenehm eng im Schritt. Verdammt! Dabei wollte sie doch bloß mit mir reden. Über letzte Nacht? Über das, was daraus werden könnte? Gerade wollte ich den Mund aufmachen und sie danach fragen, da trat Rachel dicht an mich heran.

Sie blickte prüfend zu mir auf, schien angestrengt über etwas nachzudenken, doch dann seufzte sie ergeben. Etwas Hungriges schlich sich in ihren Blick. Ich erkannte das Funkeln in ihren Augen von gestern Abend wieder. »Ach, was soll's. Da du schon mal hier bist ...«

Ehe ich wusste, wie mir geschah, trafen ihre Lippen auf meine. Fordernd und kein bisschen unentschlossen. Ich brauchte nur eine Sekunde, um zu begreifen, was Rachel *wirklich* von mir wollte.

Eilig ließ ich die Arme sinken und zog sie fest an mich. Ein leises Stöhnen entwich ihr, als ich sie sanft in die Unterlippe biss. Genau wie gestern Nacht. Ich hatte mir gemerkt, was ihr gefiel. Diesmal würde ich ihr zeigen, wozu ich wirklich fähig war.

Ihr Körper presste sich gegen meinen, ihre Hände fuhren über meine Brust, meinen Bauch, näherten sich bereits meinem Hosenbund. Moment mal ... ein weiterer Quickie?

Ich legte meine Hände auf ihre Schultern und schob sie vorsichtig von mir. »Rachel, ich …« Plötzlich war ich mir nicht mehr sicher, was mein Einwand war. »Ich bin total verschwitzt.«

Sie leckte sich abermals über die Lippen, musste Salz schmecken. Ihre Wangen waren gerötet, ihre Augen glasig, die Lippen feucht. Mit zusammengezogenen Brauen sah sie zu mir auf, als wollte sie sagen: »Dein Ernst? Das fällt dir *jetzt* ein?«

»Ist mir egal«, murmelte sie und kam schon wieder auf mich zu. Ich hielt sie weiterhin von mir, würde stark bleiben. Nicht so. Nicht hier, mitten im Eingangsbereich.

»Okay, okay.« Rachel hob ergeben die Hände. Dann packte sie mich am Arm und zog mich durch den Flur. »Das lässt sich leicht beheben.«

Während sie mich die Treppe hinaufführte, schlug mir das Herz bis zum Hals. Ich konnte kaum einen klaren Gedanken fassen. Letzte Nacht war kein Traum gewesen. Es passierte schon wieder. Rachel führte mich gerade wirklich in ihr Schlafzimmer. Ich schob jegliche Gedanken daran, was das bedeuten könnte, von mir. Dafür war später noch Zeit.

Im oberen Stockwerk zog Rachel mich durch eine Tür und den Raum dahinter. Aus dem Augenwinkel sah ich eine breite Fensterfront, ein ungemachtes Bett, ein Tablet und Bose-Kopfhörer auf dem Nachttisch. Erst im angrenzenden Badezimmer ließ Rachel mich los.

Meine Augen wurden groß, als sie begann, ihren Einteiler aufzuknöpfen. Würden wir etwa *zusammen* duschen?

»Damit das klar ist«, sagte sie. »Das hier ist rein körperlich. Ich stehe nicht auf dich, du nicht auf mich.«

»Glasklar.« Seit unserer ersten Begegnung.

Ihre Kleidung landete am Boden, sodass sie nur noch in dunkelroter Spitzenunterwäsche vor mir stand. Während sie sprach, legte sie ihren Schmuck ab und platzierte jedes Teil ordentlich auf der Ablage unter dem Spiegel.

Meine Augenbrauen hoben sich beinahe bis an meinen perfekt rasierten Haaransatz, doch Rachel fuhr ungerührt fort: »Meine Lieblingsstellung ist Doggystyle, ich bin aber offen für so ziemlich alles andere. Wenn du meine Klitoris nicht findest, werde ich dir Anweisungen geben. Also heul nicht rum und nimm sie an.«

»Yes, Ma'am.« Ich grinste breit. Mit so einer Ansage konnte ich gut leben.

Sie warf mir einen warnenden Blick zu, ließ dann auch ihren BH zu Boden fallen. Ich bemühte mich, ihre festen kleinen Brüste nicht allzu offensichtlich anzustarren. Es gelang mir nicht.

»Die Dusche ist nicht gerade mein Lieblingsort für Sex, aber gerade kann ich nicht länger warten, also wird es jetzt und hier passieren. Irgendwelche Einwände?«

»No, Ma'am.« Meine Mundwinkel konnten gar nicht mehr aufhören, sich zu heben.

»Okay.« Sie zog ihr Höschen aus und kickte es mit einer graziösen Fußbewegung durch den Raum. »Und wenn du irgendjemandem von uns erzählst, muss ich dich leider umbringen.«

Ich nickte ungeduldig. »Bist du endlich fertig?«

Ich wollte sie, hatte das Gefühl, jeden Moment zu explodieren, wenn ich sie nicht sofort berühren durfte. Gleichzeitig genoss ich ihren Anblick in vollen Zügen. Sie war vollkommen nackt. Kein Schmuck. Kein Make-up. Keine High Heels. Einfach Rachel.

Sie sah mich an, den Kopf leicht schief gelegt. »Ich werde das hier bereuen, oder?«

»Ich glaube, in deinem ganzen Leben wirst du niemals etwas *weniger* bereuen als das hier.« Ich deutete auf meinen Körper. Ihr Blick blieb einmal mehr an meinen Leisten hängen. Eilig zog ich meine Schuhe, Hose und Boxershorts aus.

Wir standen uns nackt gegenüber und musterten einander. Rachel nickte zufrieden. »Damit kann ich arbeiten.«

Grinsend trat ich einen Schritt auf sie zu, zog sie an mich und hauchte ihr ins Ohr: »Halt den Mund und küss mich.«

23 Rachel

Nachdem wir die Duschbrause zweckentfremdet und beinahe den Duschvorhang abgerissen hatten, taumelten Blake und ich eng umschlungen zum Bett. Wir waren tropfnass und hinterließen eine feuchte Spur auf dem Boden. Seine nackte Haut klebte an meiner, seine Erektion presste sich gegen meinen Unterleib, und ich wusste, dass wir noch lange nicht fertig waren. Selten hatte ich so viel Spaß in der Dusche gehabt. Ich spürte Blakes Zunge und seine Finger noch immer auf mir, in mir. Doch nun wollte ich sehen, ob Blake und ich in der Horizontale ebenso kompatibel waren.

Kurz dachte ich an Marly, an meine geplante Beichte und meinen naiven Glauben, dass das mit Blake nur eine einmalige Sache gewesen war. Darüber waren wir nun längst hinaus. Selbst wenn ich es gewollt hätte, ich hätte mich in diesem Moment nicht anders entscheiden können. Dafür war mein Körper zu erhitzt, dafür fühlten sich Blakes Muskeln unter meinen Fingerspitzen zu gut an. Ich schob mein schlechtes Gewissen von mir, bis es nur noch ein leises Klopfen in meinem Hinterkopf war, das ich problemlos ignorieren konnte.

Vor dem Bett löste ich mich von Blake und kramte in meiner Nachttischschublade nach einem Kondom. Triumphierend hielt ich es hoch. Blake grinste und schnappte es sich. »Ich erinnere mich, dass du vorhin Doggystyle erwähnt hast?«

Ich warf mir die nassen Haare über die Schulter. »Aber wer hat denn etwas von nur einer Stellung gesagt?« Ich gab ihm einen leichten Stoß, und er fiel rückwärts auf die Matratze. Dann kletterte ich rittlings auf ihn und beugte mich zu ihm herunter, sodass meine Haare wie ein Fächer um unsere Gesichter herum fielen, uns vom Rest der Welt abschirmten. Ich nahm ihm das Kondom aus der Hand, beugte mich langsam tiefer, senkte meinen nackten Körper auf seinen herab. Tropfen fielen von meinen Haaren auf seine Stirn. »Ich hoffe doch sehr, dass wir noch ein bisschen mehr ausprobieren können.«

Ich spürte Blakes Reaktion auf meine Worte unter den Fingern meiner freien Hand, als ich sie zwischen seine Beine gleiten ließ. Mein Körper bebte vor Vorfreude, vor Lust auf ihn. Kurz streiften meine Lippen seine, dann riss ich die Kondompackung mit den Zähnen auf.

Als ich keuchend am Fußende des Betts lag und die letzten Wogen meines Orgasmus genüsslich über mich hinwegbranden ließ, bestand kein Zweifel mehr, dass sich Blakes und meine Chemie über sämtliche Orte und Stellungen erstreckte. Ich atmete tief durch, kam nur langsam von meinem Höhenflug herunter. Blake lag schwer atmend neben mir, ein verzücktes Lächeln auf dem Gesicht. Seine kurz rasierten Haare waren längst trocken, während meine weiterhin feucht waren – genau wie die Bettlaken und das Kissen. Doch zusammen mit der Meeresbrise, die durchs offene Fenster hereinwehte, war das eine willkommene Abkühlung.

Ich streckte mich wohlig seufzend, dann stemmte ich den Kopf auf eine Hand und drehte mich zu Blake um. Wir lagen uns vollkommen nackt gegenüber, ließen die Blicke übereinandergleiten, als hätten wir nicht gerade den Körper des anderen in aller Ausgiebigkeit erkundet.

Mir gefiel, was ich sah. Es war eindeutig, dass Blake früher einmal trainierter gewesen war als jetzt, allerdings konnte ich noch die leichte Abzeichnung eines Sixpacks erkennen. Bereits seit unserer ersten Begegnung hatte ich mich körperlich zu ihm hingezogen gefühlt, was nicht bedeutete, dass da mehr zwischen uns war.

Schlafzimmerchemie, dachte ich schmunzelnd und fügte das Wort in Gedanken zu meiner Liste der Eigenkreationen hinzu.

Ich seufzte und fächelte mir mit der freien Hand Luft zu. »Weißt du, was jetzt richtig perfekt wäre?«

Blake sah mich fragend an.

»Ein Frappuccino. So eine kühle, übertrieben schokoladig süße Kalorienbombe mit Sahne, Schokosirup und Streuseln.« Bei dem Gedanken an mein Lieblingsgetränk stöhnte ich sehnsüchtig. »Den besten machen sie in einem Coffeeshop in New York, *Beans & Co.* Ein richtig süßer kleiner Laden mit eigenen Kreationen, nicht so eine große seelenlose Kette wie Starbucks. Habe ich zufällig entdeckt, als ich für mein Praktikum dort war.« Ich spitzte die Lippen und schmatzte geräuschvoll. »Himmlisch! Allein bei dem Gedanken daran bekomme ich sofort einen Zuckerständer.«

Blake musterte mich aufmerksam und leicht fasziniert, als entstammte ich einer anderen Spezies, mit der er noch nie in Berührung gekommen war. »Zuckerständer?«, fragte er.

»Na, die Lust, die einen überkommt, wenn man an Süßigkeiten denkt. Wie ein unsichtbarer Ständer.«

Er blinzelte mich mehrmals an, als hätte er keine Ahnung, wovon ich sprach. Vielleicht war er nach dem Sex bloß müde. Er hatte sich wirklich ins Zeug gelegt. Seine Augenlider flatterten bereits. Nein, er durfte auf keinen Fall *hier* einschlafen. »Ich nehme an, dass ihr nichts dergleichen in St. Andrews habt?«, fragte ich.

»Du meinst, so einen pornösen Frappuccino?«

Ich nickte.

»Na ja …« Blake runzelte nachdenklich die Stirn und kuschelte sich tiefer zwischen die Laken. »Im *Lumberjacks* machen sie ziemlich gute White Chocolate Mochas. Und Debbie und Ed sind für ihre Smoothies bekannt.«

»Smoothies? Pah!« Ich schüttelte mich in gespieltem Entsetzen. »Wo ist da die Schokolade?«

»Du bist eine ziemliche Naschkatze, was?« Blake wackelte mit den Augenbrauen. Wahrscheinlich erinnerte er sich an den Morgen im Ferienhaus, als ich die Mundwinkel voller Nuss-Nugat-Creme gehabt hatte.

Ich lachte. »Das ist wahrscheinlich untertrieben. Ich bin *die* Naschkatze.«

Blake antwortete lediglich mit einem schwachen Lächeln. Seine Augen schlossen sich langsam. Er war kurz davor einzuschlafen!

»Also, du solltest jetzt besser gehen.« Schwungvoll schwang ich meine Beine über die Bettkante, sodass die alte Matratze wackelte und Blake beinahe aus dem Bett gestürzt wäre. Auch ich fiel unerwartet rückwärts, als ich aufzustehen versuchte. »Oh, Wackelpuddingbeine!«

»Wackelpuddingbeine?« Blake, der sich gerade noch gefangen hatte, blickte mich abermals fragend an. Wenigstens sah er jetzt wach aus.

»So nenne ich die zittrigen Knie nach dem Sex.«

Seine Augenbrauen hoben sich.

Ich winkte ab. »Vielleicht haben das nur Frauen.«

Blake grinste breit. »Und auch nur, nachdem sie dreimal hintereinander gekommen sind.«

»Ich bitte dich. Von wegen dreimal. Das waren wohl eher zwei…einhalb.«

»Und ob!«Blake ließ sich genüsslich zurück in die Kissen sinken.

»He! Ich hab doch gerade gesagt, dass du jetzt besser gehen solltest.«

»Wieso?« Er hob den Kopf. »Hast du heute noch was vor?«

Erwischt. Ich hatte absolut nichts zu tun. »Ich bin einfach nicht der Kuscheltyp. Du etwa?«

»Überhaupt nicht.« Er verschränkte die Arme hinter dem Kopf. Es war nur zu offensichtlich, dass er log. »Also, was machst du denn heute noch? Marly ist doch auf der Arbeit.«

»Ja, sonst wärst du jetzt nicht hier«, entgegnete ich. Er zuckte anhand meines scharfen Tonfalls zusammen, sodass er mir sofort leidtat. Wenigstens hatte ich unmissverständlich klargestellt, dass niemand von uns wissen durfte. Jetzt konnte ich ruhig ein bisschen netter zu ihm sein. »Ich … ehrlich gesagt weiß ich nicht, was ich hier tun soll. Ich bin am langweiligsten Ort der Welt gestrandet.«

Blake runzelte die Stirn. »Warum entspannst du dich nicht einfach? Dafür kommen die Leute normalerweise hierher.«

»Entspannen?« Ich verzog das Gesicht. »Nein, dafür kannst du mich nicht begeistern. Ich brauche Action.«

Blake stützte sich eifrig auf die Ellbogen. »Du willst Action? Ich zeig dir Action!«

Ich lachte. »Wie denn? St. Andrews ist ein verschlafenes Nest. Man kann hier nicht mal Wild Water Rafting machen. Ich habe es gegoogelt! Dabei sind wir doch in der *Wildnis*.«

Blake griff sich tief getroffen an die Brust. »Wildnis? Also ganz so schlimm ist es nicht. Wir haben immerhin Elektrizität. Und fließendes Wasser.« Sein frecher Blick wanderte zum Badezimmer. »Letzteres habe ich dir ausgiebig bewiesen.«

Ich verdrehte die Augen, obwohl er recht hatte. Zumindest die Leute in St. Andrews – allen voran ein gewisser Hüne, der gerade in meinem Bett lag – waren gar nicht so übel.

»Okay, okay, ich sehe, dass dich das nicht überzeugt.« Blake setzte sich auf. »Wie wäre es mit einem Deal? Du bist noch etwas über drei Wochen hier, oder?«

Ich nickte misstrauisch.

»Gib mir die Chance, dich innerhalb von zwei Wochen zu überzeugen, dass St. Andrews nicht das verschlafene Nest ist, für das du es hältst. Ich zeige dir, was die Umgebung zu bieten hat, und du musst schwören, dass du St. Andrews eine faire Chance gibst. Wenn es mir gelingt ...« Er tippte sich nachdenklich ans Kinn. »... musst du mich in New York zu deinem Lieblingsfrappuccino einladen.«

Ich konnte mir ein Grinsen nicht verkneifen. »Und was, wenn du es nicht schaffst?«

Er zwinkerte mir siegessicher zu. »Dann muss ich dich in New York zu deinem Lieblingsfrappuccino einladen.«

»Hm, irgendwie tauchst du also in beiden Szenarien in New York auf?«

»Jap.«

»Und wie willst du da hinkommen?«

»Das werden wir dann sehen.« Er krabbelte über das Bett zu mir und streckte mir seine Hand entgegen. »Deal?«

Ich sah ihm eine Weile in die Augen, entdeckte meine skeptische Miene, die darin reflektiert wurde. Doch dann zuckte ich mit den Achseln. Ich hatte schließlich nichts zu verlieren. Also schlug ich in seine Hand ein. »Deal.«

Blitzschnell zog er mich zu sich und gab mir einen Kuss. Verdutzt ließ ich es geschehen, gestand mir nicht ein, dass ich es genoss, seine Lippen so schnell wieder auf meinen zu spüren. Zum ersten Mal ein Kuss, der nichts mit Sex zu tun hatte. Leicht. Flüchtig. Und doch irgendwie mit Bedeutung aufgeladen.

Viel zu schnell löste Blake sich wieder von mir und sprang auf, sodass das Bett unter ihm knarzte und gefährlich wackelte. Auf wundersame Weise hielt Blake sein Gleichgewicht, federte leicht mit den nackten Füßen auf der Matratze. »Super, dann geht es heute los!«

Ich starrte ihn an. »Heute?«

»Natürlich.« Er grinste verschlagen. »Es sei denn, du gibst zu, dass die größte Sehenswürdigkeit von St. Andrews mein Sixpack ist. Dann ist die Tour hiermit beendet, und ich habe gewonnen.« Er versuchte sich an einer Bauchrolle, die die Schauspieler von *Magic Mike* vor Neid erblassen lassen würde. Ich lachte und warf ein Kissen nach ihm, das er mühelos auffing und sich mit einem gespielt keuschen Gesichtsausdruck vor den Schritt hielt.

Da war wieder dieses seltsame Kribbeln in meinem Magen. So ungewohnt. So beunruhigend. So verheißend. Rasch sah ich weg.

Blake ließ sich auf den Hintern plumpsen und stand vom Bett auf. »Überleg es dir. Ich warte um zwei Uhr am Pendlebury-Leuchtturm auf dich.« Er hielt kurz inne und sah mich zerknirscht an. »Aber es wäre echt cool, wenn du mir vorher absagen würdest, wenn du nicht kommst.«

Anhand seiner weit aufgerissenen Rehaugen und der vorgeschobenen Unterlippe entfuhr mir erneut ein Lachen. Beinahe hätte ich mir eine Hand vor den Mund geschlagen. Es war einfach so aus mir herausgeplatzt. Doch ich konnte nicht anders. »Okay. Versprochen.«

Blake lächelte zufrieden, während er in seine Basketball-Shorts schlüpfte. »Dann bis später.«

Der Pendlebury-Leuchtturm stand auf einer ins Meer ragenden Landzunge im Herzen von St. Andrews. Er war von einer erhöhten Aussichtsplattform aus hellem Holz umgeben, die zum Wasser hin von wellenbrechenden Felsen geschützt wurde.

Ich lief über den hölzernen Steg auf den Leuchtturm zu. Das Bauwerk war nicht besonders hoch, aber strahlend weiß, wobei der obere Rand, die Tür und das Spitzdach rot gestrichen waren. Daneben war ein alter Anker wie ein Kunstwerk ausgestellt.

Da Blake mir nichts Genaueres über sein Vorhaben verraten hatte, außer dass es sportlich werden würde, trug ich zur Abwechslung keine High Heels, sondern Nike-Sneakers, die ich mir von Marly ausgeliehen hatte, Leggings und ein weites Top.

Die Sonne brannte auf mich herab, und ich musste meine Augen mit der Hand abschirmen, als ich nach Blake Ausschau hielt. Von ihm war keine Spur zu sehen – und das, obwohl ich bereits fünf Minuten zu spät war. Vor mir erstreckte sich ein schmaler Strandabschnitt und dahinter die Passamaquoddy-Bucht mit ihrem funkelnden Wasser. Die gegenüberliegende Küste war mit Nadelbäumen gespickt, über denen mehrere Möwen kreisten. Rechts von mir befand sich in einiger Entfernung der Hafen von St. Andrews, wo ein Steg aufs Meer hinausführte. Weit draußen auf dem Wasser erkannte ich einige Boote, die aus der Ferne nicht viel mehr als weiße Punkte auf dem tiefblauen Untergrund waren. Ich atmete ein, ließ die friedliche Stimmung auf mich wirken. Ja, wenn es einen Ort gab, an dem man entspannen konnte, dann war es dieses idyllische kleine Städtchen. Aber ich war schließlich nicht zum Entspannen hergekommen.

»Hey, Rachel!« Ich hob den Kopf und sah mich um. Das war Blakes Stimme. »Hier unten!« Ich trat an die hölzerne Brüstung. Ein paar Meter unter mir stand Blake an dem kleinen Strand, neben sich zwei voll ausgestattete Mountainbikes. Ich hatte keine Ahnung, wo er die so schnell aufgetrieben hatte.

Blake deutete auf die Treppe, die zur Plattform hochführte. »Ich wollte sie nicht da hochschleppen.« Er warf sich in die Brust. »Obwohl ich das natürlich ohne Probleme geschafft hätte.«

Ich wollte die Augen verdrehen, doch meine Mundwinkel machten mir einen Strich durch die Rechnung, als sie sich ohne

Vorwarnung hoben. Die seltsamen Dinge, die mein Körper in seiner Gegenwart anstellte, waren mir äußerst suspekt.

Blake winkte mich zu sich, und ich ließ mich nicht zweimal bitten. Eilig lief ich den Steg entlang und die Treppe hinunter. Blake kam mir über den Strand entgegen. Der Untergrund bestand mehr aus Kies als aus Sand, was das Gehen erleichterte. Und anscheinend auch das Fahren, denn Blake schob die beiden Mountainbikes mühelos je rechts und links neben sich her. Als er vor mir stand, deutete er mit dem Kinn in Richtung des Leuchtturms. »Pendlebury ist der älteste noch erhaltene Leuchtturm auf dem Festland von New Brunswick.«

Ich verschränkte die Arme vor der Brust. »Das hast du doch gerade erst von der Infotafel gelesen, gib's zu.«

»Welche Infotafel? Wir lernen so was in der Schule.«

Blake sah mich so empört an, dass ich abermals lachen musste. »Nun sag schon, wo es heute Nachmittag hingeht. Anscheinend hast du doch vor, mich in die Wildnis zu entführen?«

Er nickte stolz. »Jap. Wir machen eine Fahrradtour.«

»Eine Fahrradtour? Gähn!«

»Ach ja?« Blake hob beide Augenbrauen. »Also bist du schon mal mit dem Fahrrad über den Meeresboden gefahren?«

»Über den Meeresboden? Meinst du etwa unter Wasser?«

Blake lachte. »Nein. Wir fahren nach Ministers Island. Die Insel ist nur bei Ebbe zu erreichen. Dann kann man über eine lange Sandbank fahren, die bei Flut unter der Wasseroberfläche liegt.«

Er sah so selbstzufrieden aus, dass ich ihm den kleinen Sieg gönnte. »Klingt cool.« Ich schnappte mir einen der Helme, der von einem Lenker baumelte.

»Dann machen wir eine Tour um die Insel herum«, fuhr Blake fort. »Man hat von überall einen schönen Ausblick, und wenn wir Glück haben, sehen wir ein paar Rehe und Seevögel. Ich hab uns ein Picknick eingepackt.« Er deutete auf den Rucksack auf seinem Rücken.

Mein Magen zog sich zusammen. Das klang verdächtig nach einem Date. Musste ich wirklich nochmals klarstellen, dass ich kein romantisches Interesse an Blake hatte, auch wenn wir mittlerweile mehrmals miteinander geschlafen hatten?

Blake musste meinen inneren Konflikt bemerkt haben. »Und es gibt da diese Lichtung, die nicht viele Leute kennen ...« Er hob vielsagend die Augenbrauen.

Ich setzte mir den Helm auf. »Warum hast du das nicht gleich gesagt? Wann geht's los?«

Wir fuhren zunächst durch die Stadt, vorbei an bunt gestrichenen Häusern, Pick-up-Trucks und einem Kinderspielplatz, bis es schließlich immer grüner um uns herum wurde.

»Es geht jetzt ein Stück durch das Pagan-Point-Naturreservat, den Van Horne Trail entlang, und dann kommen wir über die Sandbank nach Ministers Island«, erklärte Blake. Er fuhr neben mir, schien keine Probleme mit seinem schneidigen Mountainbike zu haben, während ich mich an meins erst gewöhnen musste. Ich konnte mich nicht daran erinnern, wann ich das letzte Mal auf einem Fahrrad gesessen hatte.

»Ist Ministers Island nicht die Insel, auf der Jack wohnt?«, fragte ich.

Blake nickte. »Ja, warum?«

»Ach, nur so.« Ich hatte keine Lust darauf, Jack über den Weg zu laufen. Dann würden wir erklären müssen, warum wir zusammen unterwegs waren. Und er würde es ganz sicher Marly erzählen. Andererseits war es kein Verbrechen, wenn ich Zeit mit ihren neuen Freunden verbrachte und die Gegend erkundete.

Wir fuhren nah an der Küste entlang, sodass mein Blick immer wieder nach rechts wanderte. Neben Bäumen, Büschen und einigen Bänken hatten wir einen größtenteils ungetrübten

Blick auf das Meer. Das Wasser hatte sich zurückgezogen und glitzerte weit draußen beinahe unbewegt in der Sonne. Ich konnte es kaum erwarten, über den entblößten Meeresboden zu fahren. Bisher befanden wir uns jedoch auf einem gut befestigten Weg. Wir kamen an Spaziergängern und anderen Fahrradfahrern vorbei, die Blake alle grüßte. Ich hatte mich nach meinem Aufenthalt in New York immer noch nicht an die Freundlichkeit der Leute hier gewöhnt. Wenn man im Big Apple fremde Personen ansprach, handelte man sich je nach Stadtviertel bestenfalls ein paar Beleidigungen, schlimmstenfalls ein Messer an der Kehle ein. Doch ich tat es Blake nach und freute mich über die vielen lächelnden Gesichter. Meine Haare flatterten unter dem Helm, und die salzige Luft erfrischte mich trotz der Sommerhitze.

Schließlich endete die Straße in einem Kiesweg, der uns mitten ins Meer geführt hätte, wenn sich das Wasser nicht so weit zurückgezogen hätte, dass eine sich windende Sandbank sichtbar wurde. Sie führte zu einer bewaldeten Insel.

Ich bremste und hielt so abrupt an, dass Blake, der hinter mir kam, mich beinahe über den Haufen gefahren hätte. Er fluchte leise, doch ich beachtete ihn kaum.

»*Da* sollen wir rüberfahren?«, fragte ich mit einem skeptischen Blick auf das Wasser zu beiden Seiten des sandigen Übergangs. »Mit den Fahrrädern?«

»Natürlich«, antwortete Blake. »Hier in der Gegend ist das ein beliebter Familienausflug. Kleine Kinder schaffen es täglich mit dem Fahrrad über die Sandbank.« Er deutete auf ein altmodisches blaues Holzschild rechts von uns, das uns mit fröhlich gelben Lettern den Weg nach Ministers Island wies.

»Okay.« Ich klang wenig überzeugt. Mit Höhe oder Geschwindigkeit hatte ich keine Probleme, aber das hier war eine ganz andere Nummer. »Und die Flut setzt ganz sicher nicht ein, während wir auf dem Weg sind?«

Blake stieß sich vom Boden ab und lenkte sein Fahrrad dicht an meins heran. »Hast du etwa Angst?«

»Ich? Niemals!«

Er lachte leise. »Keine Sorge. Die Insel ist bei Ebbe fünf Stunden lang zu erreichen. Wenn man zu spät kommt, sitzt man dort bis zu sechs Stunden fest, aber mehr kann nicht passieren. Na ja, also die Gezeiten ändern sich täglich, also muss man vor jeder Überquerung sichergehen, dass man genug Zeit eingeplant hat.«

Blake grinste, als er meine schockierte Miene sah. »Das hab ich natürlich beachtet. Uns bleiben gute drei Stunden.« Er stellte einen Fuß auf das obere Pedal. »Na komm, es wird Spaß machen. Ich versprech's dir.« Schon fuhr er los, sodass ich mich beeilen musste, um ihn einzuholen.

»Na los, du bist doch sonst nicht so eine Mimose«, raunte ich mir zu, bevor ich das Mountainbike auf die Sandbank lenkte. Mein Herz machte einen Satz, als der feuchte Untergrund unter mir knirschte. Das Rad sank ein wenig ein, doch sonst geschah nichts. Das Wasser befand sich rechts und links von mir, sodass ich mit einigen wenigen Pedalstößen hätte ins Meer fahren können. Zu meiner Erleichterung kam es tatsächlich nicht näher.

Der Geruch von Meersalz, Algen und etwas Fischigem drang mir in die Nase. Ich entdeckte einzelne Muscheln, Seegras und kleine Lebewesen am Boden, denen ich auszuweichen versuchte.

»Fahr am besten mittig, wo es am trockensten ist, und möglichst nicht über besonders sandige Stellen oder durch Pfützen. Die können tiefer sein, als sie aussehen«, rief Blake mir über die Schulter zu.

Anfangs fühlte ich mich noch ein wenig unsicher. Ich umklammerte den Lenker fest und wich jeder noch so kleinen Pfütze aus. Doch dann wurde ich mutiger, trat kräftiger in die Pedale und schloss zu Blake auf.

»Cooles Gefühl, oder?«, fragte er grinsend.

Als Antwort gab ich Gas, zog an ihm vorbei und fuhr mit dem Hinterrad durch eine flache Pfütze, sodass ich Blake mit Meerwasser bespritzte.

»Hey! Na warte!«

Lachend jagte er mich vor sich her, während ich mir ein Ausweichmanöver nach dem anderen einfallen ließ. Meine Beinmuskeln brannten, mein Haar flatterte unter dem Helm hinter mir her, und meine Poren sogen Salz und Sonne in sich auf. Das Gefühl war nicht mit Bungee-Jumping oder Paragliding zu vergleichen – es war neu und völlig anders. Lag das vielleicht daran, dass ich Blake an meiner Seite hatte? Im Moment wollte ich mich mit diesem Gedanken lieber nicht näher befassen.

Bevor ich michs versah, kamen wir an einer befestigten Straße an. Wir hatten die Insel erreicht.

Blake hielt vor einem kleinen Holzhäuschen und holte eine Geldbörse aus seinem Rucksack. »Wir müssen nichts bezahlen, weil wir nicht zu den Sehenswürdigkeiten wie dem Van Horne Estate wollen«, erklärte er. »Aber sie freuen sich immer über eine Spende.«

Ich hatte kein Portemonnaie dabei, obwohl ich meine Kreditkarte meistens in meinem BH bei mir trug. Doch der betagte Herr in dem Häuschen, mit dem Blake sich unterhielt, als wäre er ein alter Freund, beäugte mich und meine engen Leggings bereits so eingehend, dass ich ihm nicht auch noch meine Brüste zeigen wollte.

Kurz darauf winkte Blake mich hinter sich her, und wir schwangen uns einmal mehr auf unsere Räder. Es ging um die Insel herum. Weg von den Autos, die nach und nach hinter uns über die Sandbank kamen, weg von den Touristen, die laut Blake das geschichtsträchtige Herrenhaus Covenhoven aus dem neunzehnten Jahrhundert besuchen wollten.

Die Zeit verging wie im Flug, während wir dem mal gut, mal

weniger gut befestigten Weg folgten. Die meiste Zeit über hatten wir einen atemberaubenden Ausblick auf das Meer, das durch die sich verändernden Gezeiten ständig anders aussah. Wie ein Tourguide deutete Blake auf besonders schöne Buchten, hohe Klippen sowie Zedernwäldchen. Er erklärte, dass die Passamaquoddy, die indigene Bevölkerung der Region, bereits vor über tausend Jahren auf dieser wunderschönen Insel gelebt hatten, da die Umgebung hervorragende Jagd- und Fischereigelegenheiten bot.

Irgendwann verließen wir den Weg, und Blake führte mich über Stock und Stein in den Wald hinein. Die kühle Frische empfing uns mit einem angenehmen Duft nach Moos und Tannennadeln.

Endlich kamen unsere Mountainbikes wirklich zum Einsatz. Bald jauchzte ich vor Freude, als ich an Blake vorbeizog und einen Hang hinabraste. Frei! Endlich fühlte ich mich mal wieder völlig frei und ungebunden. Ein Gefühl, dem ich zeit meines Lebens nachjagte, doch das ich seit dem kurzen Hochgefühl nach dem Streit mit meinen Eltern kaum noch gespürt hatte. Nun verdrängte ich den Gedanken an die unbeantworteten Anrufe meiner Mom und an meine ungewisse finanzielle Zukunft, um es vollkommen zu genießen.

Vor uns lichteten sich die Bäume, an denen ich im Slalom vorbeifuhr.

»Zeit für ein Picknick«, rief Blake hinter mir.

Ich trat auf die Bremse, riss das Hinterrad herum und kam quer auf einer Wiese zum Stehen.

Keuchend nahm ich den Helm ab und blickte mich mit großen Augen um. Blake hatte mich ins Paradies geführt.

24 Blake

Ich konnte nicht glauben, dass wir gemeinsam hier waren. Dass Rachel an diesem Ort neben mir stand. Umgeben von den hohen Bäumen wirkte sie wie eine Erscheinung. Mit ihren schwarzen Leggings und den pinken Sneakers schien sie einerseits nicht hierher zu passen. Andererseits war es, als wäre sie schon immer hier gewesen. In St. Andrews. Auf Ministers Island. Auf dieser Lichtung. An meiner Seite.

Mein Herz schlug schnell, und mein Atem ging keuchend von der rasanten Abfahrt. Rachels Orangenblütenduft hüllte mich ein, vermischte sich mit dem moosig frischen Aroma des Waldes. Die Bäume wiegten sich im Wind und warfen ihre Schatten auf uns, sodass Sonnenflecken über Rachels Gesicht tanzten.

Sie hatte sich mit leicht geöffnetem Mund umgesehen. Nun fiel ihr Blick auf mich, und sie ertappte mich dabei, wie ich sie anstarrte. Ihre Brauen zogen sich zusammen, doch es folgte kein zynischer Kommentar.

Ich wandte mich rasch ab und zog mir den Helm vom Kopf. »Hast du Hunger?«

Als ich mein Bein über den Sattel schwang, zuckte Schmerz durch mein Knie. Ich unterdrückte einen Fluch und stolperte zur Seite. Das einst verletzte Bein konnte mein Gewicht nicht tragen. Das Mountainbike fiel um, und ich landete auf dem Hintern.

»Blake!« Rachel war sofort bei mir. »Alles in Ordnung?«

Mit brennenden Wangen massierte ich mein Knie, hätte Rachel am liebsten mit barschem Tonfall fortgeschickt. »Geht schon«, grummelte ich stattdessen missmutig. Ich wollte auf keinen Fall, dass Rachel mich so sah. Verletzt. Unfähig. Hilflos. Doch es war bereits zu spät.

Sie legte ihren Helm neben mich ins Gras, musterte mich besorgt. »Es ist deine Sportverletzung, oder?«

Ich zog eine Grimasse – mehr vor Scham als vor Schmerz – und nickte. Natürlich hatte ihr jemand davon erzählt. Wahrscheinlich Marly.

Rachels Blick fiel auf die lange wulstige Narbe an meinem Knie. Ich widerstand dem Drang, mein Hosenbein herunterzuziehen, um sie schnell zu verdecken. Dafür war es sowieso zu spät. Seit Jahren trug ich im Sommer lange, weite Basketball-Shorts, um meine Schande vor der Welt zu verbergen. Es war mir immer erfolgreich gelungen. Bis jetzt. Doch Rachel hatte mich bereits nackt gesehen. Und sie war nicht davongelaufen.

Ich hielt den Blick gesenkt, während ich weiter vorsichtig die schmerzende Stelle über dem Knie massierte.

Rachel nahm mir behutsam den Rucksack ab und kramte darin herum. »Hier, trink erst mal was.« Sie hielt mir meine Wasserflasche hin, und ich nahm sie dankend entgegen.

Während ich trank, verebbte der stechende Schmerz langsam, bis nur noch ein dumpfes Pochen in meinem Knie zurückblieb.

Ich reichte Rachel die Flasche, und sie trank ebenfalls ausgiebig. Danach goss sie sich ein bisschen Wasser über ihre Unterarme, wobei sie wohlig seufzte.

Nachdem sie die Flasche wieder im Rucksack verstaut hatte, sah sie mich ernst an. »Geht es wieder?«

Ich nickte, traute meiner Stimme noch nicht. Die Scham fraß sich weiterhin brennend heiß durch meinen Körper, und ich verspürte den starken Drang, mich Rachel zu erklären. Ihr begreiflich zu machen, dass ich nicht immer so eine erbärmliche Niete war, die nicht mal eine kleine Fahrradtour überstehen konnte.

»Du hattest einen ziemlich schlimmen Unfall, oder?«

Überrascht sah ich zu ihr auf. Rachel kniete neben mir, ihre Gesichtszüge waren unbewegt, doch in ihren Augen funkelte etwas. Darin erkannte ich nicht das altbekannte Mitleid, mit dem mich die meisten Leute ansahen. In Rachels Blick lag nichts als die offene, aufrichtige Frage, was mit mir passiert war. Ich hatte das Gefühl, dass ich ihr eine Antwort schuldig war. Schließich hatte ich Rachel hierhergebracht, und nun saß sie mitten im Wald mit einem Invaliden fest.

»Das ist … eine lange Geschichte.« Zähneknirschend streckte ich das Bein aus.

Rachel grinste. »Tja, dann ist es ja gut, dass uns noch etwa zwei Stunden bleiben, bevor wir von dieser Insel runtermüssen.«

Ich rang mir ein Lächeln ab, spürte jedoch, wie gequält es aussehen musste. Rachel zog den Rucksack heran und deutete auf mein Knie. »Würde es helfen, wenn du es hochlegst?«

»Ja … das würde es tatsächlich.« Sie schob den Rucksack unter mein Bein, sodass ich mein Knie darauf betten konnte. »Danke.«

Wir schwiegen eine Weile, während Rachels Frage wie ein Nebelschleier zwischen uns hing. Meine unausgesprochene Antwort legte sich schwer über alles, dämpfte das Vogelgezwitscher und das Rauschen der Baumwipfel.

»Es ist bei meinem letzten Footballspiel an der Highschool passiert«, sagte ich schließlich. Meine Stimme war nicht viel mehr als ein heiseres Flüstern.

Rachel machte es sich bequem, streckte die Beine neben meinen aus und lehnte sich auf die Ellbogen zurück. Erwartungsvoll sah sie mich an.

Nun, da ich begonnen hatte, gab es kein Zurück mehr. Die Worte, die ich jahrelang tief in mir begraben hatte, stiegen zwar langsam und träge in mir auf, bahnten sich jedoch unaufhaltsam einen Weg an die Oberfläche. Der schicksalhafte Tag vor vier Jahren nahm vor meinem inneren Auge Gestalt an. Ich erinnerte mich nur zu gut. Schließlich durchlebte ich das letzte aller Spiele jede Nacht in meinen Albträumen. Wieder und wieder. Egal, wie sehr ich versuchte, es ungeschehen zu machen, dem Gegenspieler auszuweichen, mich diesmal in eine andere Position zu bringen – das Ergebnis war immer dasselbe.

Ich seufzte, fuhr mir mit der Hand über das Gesicht und ließ die Worte aus mir herausströmen. »Ich habe den Gegenspieler nicht kommen sehen. Er ist aus dem Nichts gegen mich gekracht. Kurz vor Schluss. Wir hätten gewonnen …«

Rachel sah mich mit großen Augen an. Sie sagte kein Wort, ließ mir die Zeit, die ich brauchte.

»Ich kann mich kaum daran erinnern, was danach kam. Nur an den Schmerz. Weiße Krankenhauswände. Meine Mom, die schreit und weint und verlangt, zu mir zu dürfen. Und dieses Gefühl der Leere. Ich wusste, dass alles vorbei war. Schon bevor die Ärzte zu mir kamen.«

Ich ballte eine Hand zur Faust, kämpfte gegen den Kloß in meinem Hals an. Meine Stimme klang belegt, rau und kratzig. »Meine Kniescheibe war gebrochen, die Patellasehne und beide Menisken gerissen. Das ist für einen Profisportler schon ein vernichtendes Urteil, auch wenn man es danach zurück aufs Feld schaffen kann. Aber für mich …« Ich schluckte. »Ich hatte ein Stipendium, eine große Zukunft in der amerikanischen College-Liga und dann hoffentlich der NFL. Aber welches College steckt schon so viel Geld in einen verletzten Spieler, der ein Jahr ausfällt, bevor er überhaupt richtig angefangen hat?«

Ich schüttelte den Kopf. »Die Ärzte sagten, ich hätte Glück

gehabt. Es hätte auch meinen Kopf oder mein Gehirn treffen können, ich hätte sterben können. Tödliche Unfälle gibt es beim Highschool-Football in jeder Saison.« Ich lachte freudlos. »Aber wie soll ich das Ende meiner Karriere als *Glück* sehen?« Letzteres sprach ich mit so viel bitterer Reue aus, wie ich es selten vor anderen Leuten zuließ.

Ich warf Rachel einen Seitenblick zu, glaubte, sie würde sich angewidert abwenden. Doch sie sagte nichts, zeigte keine Regung. Sie legte mir lediglich stumm eine Hand auf den Arm und fuhr langsam über meine Haut. Die Berührung war tröstlich und gleichzeitig fremd. Von Rachel hatte ich bisher keine Zärtlichkeit erfahren. Wir waren uns zwar nahegekommen, aber nur rein körperlich.

»Wie lange ist das jetzt her?«, fragte sie nach einer Weile.

»Vier Jahre.«

Sie hob die Brauen. »Und du hast immer noch Schmerzen?«

»Ab und zu«, gab ich zerknirscht zu. »Bei gewissen Bewegungen oder zu starker Belastung.«

Rachel wollte aufbrausen, doch ich fiel ihr ins Wort: »Es hat ziemlich lange gedauert, bis ich wieder einigermaßen fit war. Einerseits, weil es Komplikationen gab, eine Abrissfraktur, andererseits, weil … Na ja, ich war nicht gerade kooperativ.« Ich seufzte erneut. »Ich meine, wenn du gerade erfahren hast, dass dir dein größter Traum, dein kompletter Lebenssinn, genommen wurde, hast du keine große Lust darauf, das zu retten, was noch zu retten ist. Wozu auch?«

Rachel nickte gedankenverloren. »Wie lange?«, fragte sie.

»Bis du wieder laufen, wieder Sport machen konntest?« Auch sie klang nun irgendwie erstickt. Ihre Augen wiesen einen feuchten Schimmer auf. Die Reaktion überraschte mich und verriet mir gleichzeitig mehr über sie, obwohl sie sich sonst immer so bedeckt hielt. Rachel hatte auch einen Traum, und gerade stellte sie sich vor, wie es sich anfühlen würde zu erfahren, dass er für immer geplatzt war.

»Nach der OP und dem zweiwöchigen Krankenhausaufenthalt ging es erst richtig los«, antwortete ich. »Krankengymnastik, Physiotherapie, ständige Arztbesuche. Ich habe es gehasst. Durch die Komplikationen durfte ich ein Jahr keinen Sport machen. Wie du siehst, gehen gewisse Dinge heute noch nicht komplett schmerzfrei.«

Rachel biss sich auf die Lippe. »Und du kannst wirklich nie wieder Football spielen?«

»Nicht auf dem Level, das ich bräuchte, um in den großen Ligen mitzumischen. Bei starker Belastung steigt das Risiko auf Folgeerkrankungen. Es könnte also immer wieder passieren, dass beispielsweise meine Kniesehne reißt. Damit war klar, dass meine Karriere vorbei ist. Welcher Verein würde mich unter solchen Bedingungen schon haben wollen?«

»Aber du hast es nie versucht? Ich meine, wieder auf dein vorheriges Level zu kommen? Trotzdem aufs College zu gehen?«

»Wozu? Mein Stipendium an der University of Michigan wurde mir entzogen, und ich hätte es mir nie leisten können, selbst fürs College zu bezahlen.«

Rachel schwieg wieder. Tief in Gedanken versunken zog sie die Brauen zusammen. Anscheinend waren ihr finanzielle Probleme fremd. *Tja, manche von uns sind eben nicht mit einem goldenen Löffel im Mund geboren worden,* dachte ich.

»Das ist …« Sie stockte, überlegte sich ihre Worte genau. »Ich kann mir kaum vorstellen, wie sehr dich das runtergezogen haben muss.«

Ich zuckte mit den Schultern. »Meine Freunde und meine Familie haben mir durch die schwere Zeit geholfen.« Ich sah Rachel in die Augen. »Aber ich würde lügen, wenn ich behaupten würde, dass ich darüber hinweg bin.«

Rachel nickte erneut, als wüsste sie genau, wovon ich sprach. Also war es mir nicht gelungen, meine Zerbrochenheit vor ihr zu verbergen. Die Erkenntnis schmerzte, doch im selben Moment fiel mir auf, dass ich mich gar nicht mehr verstecken wollte. Es fühlte sich richtig an, mich Rachel anzuvertrauen. Überraschend gut und irgendwie befreiend. So lange hatte ich vor den anderen den Clown raushängen lassen, dass sich mein wahres Ich nun an die Oberfläche drängte und verlangte, gehört zu werden.

»Hast du denn … mal mit jemandem darüber gesprochen?«, fragte Rachel. »Ich meine, mit einem Experten? Über deinen seelischen Schmerz?«

»Ach.« Ich winkte ab. Plötzlich nahm das Gespräch eine Wendung, die mir gar nicht gefiel. »Was sollen die schon tun? Ist ja nicht so, als könnten sie ungeschehen machen, was passiert ist, und mich wieder aufs Feld schicken.«

»Nein, aber sie könnten dir helfen, mit der Zeit damit klarzukommen. Mit *dir selbst* klarzukommen. Hast du das nie in Erwägung gezogen?«

»Nein. Eine Ärztin hat mir nach meinem Krankenhausaufenthalt eine Nummer zugesteckt, bei der ich mich melden kann, falls ich … Hilfe dieser Art brauche. Aber ich habe da nie angerufen. Ich bin nicht psychisch krank. Nur mein Körper ist kaputt. Reicht das nicht?«

Rachel blieb ruhig, ging nicht auf meinen plötzlich angriffslustigen Tonfall ein. »Ich meine nur, dass physische und psychische Leiden manchmal Hand in Hand auftreten. Es muss ziemlich hart für dich gewesen sein, deine neue Lebenssituation anzunehmen.«

»Ist es immer noch. Wahrscheinlich werde ich mich nie damit abfinden können.«

Sie schob die Unterlippe vor, als würde sie mir widersprechen, es aber nicht aussprechen wollen. Schweigen breitete sich zwischen uns aus. »Ich glaube, du bist stärker, als du denkst«, sagte sie schließlich.

Wärme flutete meine Brust, als ich ihr überrascht in die Augen sah. Ihr Blick war fest. Sie glaubte wirklich an ihre Worte. Ihre Zuversicht verlieh mir die Kraft, meine Hand auf ihre zu legen, die unverändert über meinen Arm strich.

Sie erstarrte unmerklich, blickte auf unsere ineinander verschlungenen Finger.

»Tut es«, Rachel räusperte sich, »gerade noch weh?« Sie entzog mir ihre Hand und deutete auf mein Knie.

»Nein, gar nicht mehr«, antwortete ich leichthin, um mir nicht anmerken zu lassen, wie sehr mir ihre Berührung jetzt schon fehlte. »So etwas wie eben passiert nur noch selten, wenn ich das Knie zu stark belaste.« Ich grinste sie an. »Oder wenn es bald regnet.«

Rachel sah mich so verblüfft an, dass ich lachen musste. »Ich bin wetterempfindlich.«

»Na, wenn ich gewusst hätte, dass ich mit einem wandelnden Meteorografen unterwegs bin ...« Sie lachte ebenfalls und stieß mich mit dem Ellbogen in die Seite. Dabei verlor sie das Gleichgewicht und fiel gegen mich. Ich schlang einen Arm um sie, damit sie nicht ganz umkippte.

Mit ihrem Kopf an meiner Schulter sah sie aus bernsteinbraunen Augen zu mir auf. Sie war mir so nah, dass ich den Himbeerduft ihres Lipgloss roch. Ihr Blick war so intensiv, dass es mir kurz den Atem verschlug. So hatte Rachel mich noch nie angesehen. Da war etwas zwischen uns, was zuvor nicht da gewesen war. Eine Tiefe. Ein Verständnis. Eine Vertrautheit.

Wir sahen uns einen Moment an, in dem weder das Zwitschern der Vögel noch das Rauschen der Baumwipfel zu mir durchdrang. Es gab nur noch Rachel und mich. Nur noch ihren Blick, der sich so verständnisvoll in meinen bohrte, tief in mich drang und etwas in meinem Herzen berührte, das sehr lange geschlummert hatte.

Wie von allein näherte ich mich ihr, wurde beinahe magisch von ihr angezogen. Mein Blick wanderte zu ihren Lippen. Ich musste sie jetzt unbedingt küssen. So richtig. Dieser Drang wurde nicht aus dem Verlangen nach ihrem Körper, sondern aus etwas Tieferem geboren. Etwas, das ein Kribbeln durch meinen Körper jagte und dafür sorgte, dass sich mein Herz auf wundersame Weise endlich wieder wach anfühlte.

Rachel kam mir entgegen, ihre Lippen waren nur noch Millimeter von meinen entfernt. Ihr Atem strich über meinen Mund. Doch da blinzelte sie, als würde ihr erst in diesem Augenblick bewusst, was wir im Begriff zu tun waren.

Sie wich zurück und strich sich das Haar hinter die Ohren. »Also, ähm … Wenn dein Knie nicht mehr wehtut.« Sie wackelte vielsagend mit den Augenbrauen. »Du hast erwähnt, dass das hier eine versteckte Lichtung ist. Soll das heißen, dass wir hier völlig ungestört sind?« Ihre Augen funkelten verheißungsvoll, der intime Moment war vorüber.

»So ziemlich«, antwortete ich. »Es sei denn, Jack entscheidet sich spontan für einen seeehr langen Spaziergang mit seinem Hund.«

Sie grinste frech. »Bereit für die nächste Runde?«

»Für dich bin ich immer bereit.« Beinahe hätte ich mir anhand meines plumpen Spruchs auf die Zunge gebissen, doch diesmal schien es Rachel nichts auszumachen. Im nächsten Moment saß sie bereits rittlings auf mir und beugte sich über mich. Ihr Kuss war hungrig, hatte jedoch nichts mit dem gemein, den wir vor wenigen Augenblicken hätten haben können.

Mein Körper reagierte trotzdem überdeutlich auf ihre Berührungen, und ich ließ mich von meiner Lust auf Rachel übermannen. Wenn ich sie nur auf diese Weise haben konnte, dann war das besser als gar nicht.

25 Rachel

Als ich am frühen Abend erschöpft und verschwitzt, aber breit grinsend nach Hause kam, blieb mir eine knappe Dreiviertelstunde, bevor Marly von der Arbeit kommen würde. Ich duschte mich nur schnell ab, bevor ich mich ans Kochen machte. Schließlich hatte ich mir für diesen Abend etwas Besonderes vorgenommen. Nachdem ich mittlerweile mehr als einmal mit Blake geschlafen hatte, musste ich mich doppelt ins Zeug legen, um Marly zu besänftigen.

»Kochen« bedeutete in meinem Fall ein paar Hähnchenbruststreifen anzubraten und Toastbrotwürfel zu rösten, Salat zu waschen und Parmesan zu raspeln. Von einer Küchenfee war ich etwa so weit entfernt wie Carrie Bradshaw. Hätte ich jemals Platzprobleme in meiner Wohnung gehabt, dann hätte ich meine High Heels wohl auch im Backofen untergebracht. Also würde es zum Abendessen einen Caesar Salad geben – dabei konnte selbst ich nicht viel falsch machen.

Gerade schenkte ich Limonade in zwei Gläser, als Marly sich die Stufen zur Veranda hinaufschleppte. »Wow!«, rief sie entzückt. »Du hast dich ja richtig ins Zeug gelegt.«

Ich hatte den kleinen Tisch auf der Veranda mit unserem wild durcheinandergewürfelten Geschirr gedeckt und sogar eine alte rosa Wachstischdecke sowie geblümte Servietten gefunden. Das

Chaos wurde von einer hölzernen Salatschüssel mit nicht zueinanderpassendem Salatbesteck abgerundet.

Marly schien es zu gefallen. Sie gab mir einen Kuss auf die Wange, warf ihre Tasche in die Ecke und ließ sich auf einen der Stühle fallen.

»Puh, es ist so heiß.« Sie kickte sich die bunten Puma-Sneakers von den Füßen.

Eilig reichte ich ihr ein Glas. »Hattest du einen schönen Tag?«

»Geht so. Es war total viel los. Fiona und ich mussten Dr. Sue mehrmals assistieren, sodass die Schlange vor der Rezeption immer länger wurde.« Sie nahm einen großen Schluck von der eisgekühlten Limonade und hielt sich dann das Glas an die Stirn. »Und du? Was hast du heute gemacht?«

Ich erschrak. Viel zu schnell waren wir zu dem Moment der Wahrheit gekommen. Obwohl ich mir ein paar Worte zurechtgelegt hatte, fühlte ich mich überrumpelt. War es wirklich die richtige Entscheidung, Marly von mir und Blake zu erzählen?

»Tja, also, ich war den ganzen Nachmittag unterwegs. Habe die Umgebung erkundet.«

Marlys Augen weiteten sich. »Wirklich?«

Ich nickte. »Du tust ja gerade so, als wäre das etwas völlig Unglaubliches.«

»Ich dachte nur nicht, dass du dich für St. Andrews interessierst.« Sie grinste. »Wenn ich mich recht erinnere, hast du unlängst behauptet, dass wir uns hier fernab jeglicher Zivilisation befänden.«

»Ich habe eben beschlossen, das Beste draus zu machen. Ein bisschen Natur hat noch niemandem geschadet.«

Marly musterte mich skeptisch, nickte dann aber. »Schön, dass du dich auf das Abenteuer Kleinstadt einlässt. Wenn St. Andrews mich rumgekriegt hat, wird der Ort auch dich irgendwann erweichen.«

Ich winkte ab, sodass meine Armbänder klirrten. »Dein neues Zuhause ist wirklich gar nicht so übel. Ich hoffe, es ist okay, dass ich mir Schuhe von dir ausgeliehen hab?«

»Welche?« Einen kurzen Moment sah Marly besorgt aus. Wahrscheinlich fürchtete sie, ich hätte ihre blendend weißen Air Jordans im Wald ruiniert.

»Die pinken Nikes.«

»Ach, gar kein Problem.« Sie seufzte erleichtert auf. »Mit denen und den blauen Adidas kannst du tun, was du willst.«

Ich lächelte zufrieden. Marlys Schuhe waren ihr Heiligtum, und ich wusste genau, welche ich anrühren durfte und welche nicht. »Hast du Hunger?«

»Bin geradezu ausgehungert!«

Ich schaufelte ihr Salat auf den Teller, und Marly machte sich darüber her. »Wo warst du denn heute unterwegs?«, fragte sie mit vollem Mund.

»Ich habe eine Fahrradtour gemacht. Nach Ministers Island.« Ich zögerte kurz, zwang mich jedoch dazu, die nächsten beiden Worte auszusprechen. »Mit Blake.«

Marly schob sich ungerührt eine weitere Gabel in den Mund. »Das ist ja cool. Seid ihr über die Sandbank gefahren?«

Verdutzt sah ich sie an. Die erwartete heftige Reaktion blieb aus. »Ja, er hat uns Mountainbikes besorgt, und wir sind einmal um die Insel gefahren.«

»Wie nett, dass er dich rumgeführt hat.« Marly schenkte sich Limonade nach. »Wenn er nicht im Supermarkt arbeitet, hat Blake nicht viel zu tun, also könnt ihr euch gegenseitig Gesellschaft leisten. Eigentlich ist Will ja hier der offizielle Tourguide, aber Blake hat sich bestimmt einiges von ihm abgeguckt.«

Ich nickte. Der Moment war gekommen. Wenn es Marly nichts ausmachte, dass Blake und ich den Tag zusammen verbracht hatten, hatte sie womöglich auch ihre Meinung geändert, was …

andere gemeinsame Aktivitäten anging. Vielleicht schien in meinem Kopf alles schlimmer, als es in Wahrheit sein würde. Vielleicht hatte ich mir umsonst Sorgen gemacht. Und warum machte ich mir überhaupt welche? Sonst war mir egal, was andere Leute von mir hielten. Doch die Antwort lag auf der Hand: weil es Marly war – die einzige Person, die mir wirklich etwas bedeutete. Die mich wirklich gut kannte. Die ich niemals verletzen wollte.

Ich musste es ihr sagen.

Mein Herz schlug schneller, ich umklammerte mein Glas fester. Jetzt oder nie. Aber als ich den Mund öffnete, kam Marly mir zuvor. »Bevor ich es vergesse: Will hat uns auf sein altes Segelboot eingeladen. Er will es eigenhändig wieder auf Vordermann bringen und braucht Hilfe beim Streichen. Blake und die anderen kommen auch. Hast du Lust?«

»Äh, klar.« Ich stellte mein Glas ab, schob die zitternden Hände unter meine Oberschenkel. Mein Herz hämmerte nach wie vor in meiner Brust, doch Marly sprach schon weiter. »Und du glaubst nicht, was ich heute von Debbie und Ed erfahren habe. Du weißt schon, die beiden, denen der Coffeeshop und der *Whale Store* in der Hauptstraße gehören?«

Ich nickte zerstreut.

»Eds Grandma Annabeth hat ein paar Nachforschungen angestellt und glaubt, meine Mom in Maine ausfindig gemacht zu haben.«

Ich riss die Augen auf, meine eigenen Probleme waren schlagartig vergessen. »Was? Marly, das ist ja großartig!«

Marly lächelte zaghaft und legte ihr Besteck neben dem Teller ab. »Es ist noch nichts Konkretes, nur die Aussage von jemandem, der glaubt, meine Mom vor einigen Monaten dort gesehen zu haben. Jetzt ist die Frage, ob ich dieser Spur folgen will …« Sie sah zu Boden, plötzlich zitterte ihre Unterlippe.

Die Suche nach ihrer Mom war der Grund, warum es sie vor

zwei Monaten nach St. Andrews verschlagen hatte. Doch hier war die Spur zunächst im Sand verlaufen. »Aber auf einmal weiß ich nicht mehr, ob ich das wirklich möchte«, fuhr Marly mit belegter Stimme fort.

»Oh, Honey, nicht doch.« Mit einem Satz war ich bei ihr und zog sie in meine Arme.

»Was, wenn sie es nicht ist?«, raunte Marly. »Was, wenn ich mir Hoffnungen mache, nur um wieder enttäuscht zu werden? Ich … ich habe Angst, Rachel.«

»Ich bin ja hier.« Ich wiegte Marly sanft. »Du musst das nicht allein durchstehen.«

Marly schniefte nur leise.

»Und du musst auch nicht sofort eine Entscheidung treffen. Nimm dir Zeit, es dir gut zu überlegen.« Sie wischte sich über die Augen, und ich hielt sie von mir weg, um ihr ins Gesicht zu sehen. »Aber du möchtest deine Mom doch immer noch finden, oder? Ich meine, irgendwann. Zu einem Zeitpunkt, den du bestimmen kannst?«

Aus unserer Kindheit hatte ich wenige Erinnerungen an Marlys Mom. Wenn ich mich konzentrierte, sah ich eine hochgewachsene Frau mit breitem Lächeln und seidig schwarzem Haar vor mir, deren rotbraune Haut Marlys ähnelte.

Marly blinzelte Tränen aus ihren Wimpern. »Ich denke schon, ja. Hier in St. Andrews bin ich meinen Wurzeln nähergekommen und damit auch ihr. Es wäre so schön, sie endlich wiederzusehen. Ihr zu sagen, dass ich jetzt besser verstehe, warum sie damals gegangen ist. Und dass ich mich endlich selbst kenne und akzeptiere. Vielleicht werden wir nie eine richtige Mutter-Tochter-Beziehung haben, aber das würde ich ihr trotzdem gern sagen.«

Ich wischte ihr die letzte Träne von der Wange. »Und das wirst du. Vielleicht kann diese Annabeth ja weiter nachforschen und dir erst Bescheid geben, wenn sie etwas Konkretes hat. Eine

Adresse oder so. Dann musst du dich nicht weiter quälen, sollte nichts aus der Spur werden. Und wenn du etwas Handfestes hast, kannst du dir immer noch überlegen, ob du Kontakt aufnehmen möchtest.«

»Das klingt gut.« Marly putzte sich die Nase mit der Serviette. »Ach, Rach, was würde ich nur ohne dich tun? Ich bin so froh, dass du hier bist.«

»Das bin ich auch. Und du weißt: Selbst wenn ich ab September in New York studiere, bin ich nie weiter als einen kurzen Flug entfernt. Du musst das nicht allein tun. Solltest du deine Mom finden, komme ich auf jeden Fall mit dir. Wenn du das möchtest.«

»Ja.« Marly nahm meine Hand und drückte sie fest. »Das würde mir viel bedeuten.«

Wir lächelten uns an, waren uns so nah wie bereits unser ganzes Leben lang. Ich wusste, dass sie es schaffen würde. Marly konnte alles schaffen, was sie sich vornahm.

Ihr Blick fiel auf meinen Teller, und sie runzelte die Stirn. »Aber jetzt iss doch erst mal was, du hast ja deinen Salat noch gar nicht probiert.«

Ich sah ebenso verdattert auf meinen leeren Teller. »Ich wollte erst sehen, ob er genießbar ist. Du warst mein Versuchskaninchen.«

Marly griff sich an die Kehle. »Jetzt, da du es sagst. Mir ist wirklich ein bisschen schlecht.«

»Von wegen.« Ich warf meine Serviette nach ihr. »Ich habe meine ganze Liebe für dich in dieses Gericht gesteckt.«

»Gericht? Das ist jetzt wirklich ein bisschen übertrieben, findest du nicht?«

Wir funkelten uns einen Moment an und brachen dann in lautes Lachen aus. Marly schaufelte mir Salat auf den Teller und schenkte uns Limonade nach. Ich entspannte mich und lehnte mich zurück, während ich aß und wir uns unterhielten.

Es fühlte sich wie früher an, hier mit Marly zu sitzen. Wie damals, auf der Veranda ihrer Großeltern, als wir noch Nachbarinnen gewesen waren. Als unser ganzes Leben noch vor uns gelegen hatte. Als mich meine Eltern noch nicht aus unserem bescheidenen Zuhause mit den Löchern im Dach fortgezerrt und in einen gläsernen Turm im Stadtzentrum gesperrt hatten.

Marly sprach von ihren Erkenntnissen über ihr Erbe als Tochter einer Passamaquoddy. Über alles, was sie von den Mitgliedern des in St. Andrews ansässigen Stammes bereits gelernt hatte, und über ihre Hoffnungen, künftig noch mehr über ihre Herkunft mütterlicherseits zu erfahren. Ich bestärkte sie, und wir stießen gemeinsam auf die Zukunft an. Der Moment, ihr von Blake und mir zu erzählen, war verstrichen. Ich musste jetzt für sie da sein und durfte sie nicht noch mehr belasten. Marly würde für mich immer an erster Stelle stehen. Also schwieg ich, hörte ihr zu, aß meinen Caesar Salad und zündete schließlich Kerzen an, als es dunkel wurde und die Grillen zu zirpen begannen.

Meine Oberschenkelmuskeln waren angenehm schwer von der Fahrradtour – und den anderen sportlichen Aktivitäten der letzten vierundzwanzig Stunden. Mein Rücken war nach wie vor ein wenig wund von der Wand in einer gewissen Gasse. Doch das alles rückte an diesem friedlichen Sommerabend an Marlys Seite in den Hintergrund.

Erst am nächsten Tag wurde ich erneut mit meinem schlechten Gewissen konfrontiert. Blake fragte mich über Instagram, ob ich Lust auf mehr Action hätte. Und verdammt, das hatte ich!

Ich schob meine Vorbehalte weit von mir und sagte mir, dass Marly nichts dagegen hatte, wenn ich Zeit mit Blake verbrachte. Sie hatte sogar gesagt, dass sie es guthieß. Vielleicht war es besser, ihr erst einmal nicht zu beichten, was zwischen uns passiert war. In ein paar Wochen wäre das alles sowieso Geschichte, wenn ich abreisen würde, um mein Studium in New York zu beginnen. Nichts weiter als eine flüchtige Sommeraffäre.

So kam es, dass Blake und ich auch in den darauffolgenden Tagen zusammen unterwegs waren. Die Abende und einige Mittagspausen waren zwar für Marly reserviert, doch tagsüber war Action angesagt. Mit Kajaks paddelten wir durch die Passamaquoddy-Bucht und hatten phänomenalen Sex an einem versteckten Strand. Wir wanderten zu einem Wasserfall namens St. Paddy's Falls, wo wir halb nackt im Gebüsch von einer Gruppe Wanderer überrascht wurden und danach eine halbe Stunde nicht mehr aufhören konnten zu lachen. Wir tauchten in der Passamaquoddy-Bucht und fielen danach, halb in unsere Neoprenanzüge verknotet, übereinander her.

Ich genoss die Zeit mit Blake. Die ungeteilte Aufmerksamkeit, die er mir schenkte. Den Sex. Und ja, sogar die Touren durch die *Wildnis*.

Es passierte schleichend. Ein gemeinsamer Lachanfall hier, ein schiefes Grinsen dort. Bald hatten wir Insiderwitze und kannten den Körper des anderen so gut, dass der Sex immer besser wurde, da wir stetig neue Dinge ausprobierten. Ich musste zugeben, dass ich lange nicht mehr so viel Spaß gehabt hatte – und dass Blake überhaupt nicht so war, wie ich ihn am Anfang eingeschätzt hatte.

Doch genau darin lag das Problem.

Denn nach einigen Tagen begann ich, abends vor dem Einschlafen an ihn zu denken. Mich beim Aufwachen auf ihn zu freuen. Ich sehnte mich nicht nur nach seinen Küssen, sondern auch nach seinem Lachen, seinen verschmitzt funkelnden Augen und der Art, wie er mich oft verstohlen von der Seite beobachtete, wenn er glaubte, ich würde es nicht sehen. Ich ließ mich fallen, ohne mir zu viele Gedanken darüber zu machen. Und es fühlte sich gut an.

26 Blake

Rachel brachte mich um den Verstand. Nicht auf die Art, wie sie es am Anfang getan hatte, sondern auf noch viel schlimmere Weise. Wir verbrachten jede freie Minute zusammen. Vor und nach meinen Schichten im Supermarkt, wenn Marly arbeiten musste oder sich mit Jack traf. Nach nur wenigen Tagen konnte ich mich kaum noch daran erinnern, wie ich es morgens aus dem Bett geschafft hatte, bevor Rachel nach St. Andrews gekommen war. Sie machte mein Leben bunter, aufregender, heißer.

Ich legte mich ins Zeug, um ihr die Gegend schmackhaft zu machen, ihr Action und die besten Orgasmen ihres Lebens zu bieten. Ihrer Reaktion nach zu urteilen, gelang mir Letzteres besonders gut. Wir konnten die Finger nicht voneinander lassen, hatten Sex an Orten, an denen selbst ich noch nie die Hüllen hatte fallen lassen. Ich liebte es, sie ganz für mich allein zu haben, sie zum Lachen zu bringen, ihr dieses sexy Stöhnen zu entlocken. Und seitdem ich ihr von meinem Unfall erzählt hatte, war da diese Vertrautheit zwischen uns, die es uns erlaubte, einander über den Sex hinaus kennenzulernen. Nur sie und ich und die Natur und mein Herz, das mit jedem Tag ein bisschen leichter wurde.

Als ich erfuhr, dass Rachel am Wochenende ebenfalls auf die *Giulia*, Wills altes Segelboot, kommen würde, um beim Streichen zu helfen, war ich hin- und hergerissen. Einerseits freute ich mich, sie zu sehen. Andererseits wusste bisher niemand, wie nahe wir uns gekommen waren. Ich hatte selbst Jack und Will nichts davon erzählt, da Rachel mich gebeten hatte zu schweigen. Sie nun im Beisein der anderen zu sehen und sie nicht berühren zu können, schien mir beinahe unmöglich. Es würde ein langer Tag werden.

Ich bewegte mich mühelos über die von der Sonne gewärmten Holzplanken der *Giulia*. Das Segelboot war seit Generationen im Besitz von Wills Familie und sein ganzer Stolz. Obwohl einige Renovierungsarbeiten nötig waren, war er fest entschlossen, es zu retten. Dabei würde ich ihm unter die Arme greifen, wo ich nur konnte, denn auch ich hatte mit meinen Freunden viele schöne Stunden auf der alten Lady verbracht.

Die ganze Crew war gekommen, um zu helfen. Fiona, Ellie, Jack, Marly, Rachel und ich schufteten in der Sommerhitze. Im Hintergrund lief meine Spotify-Playlist, die fast ausschließlich Lieder enthielt, die mich an Rachel erinnerten – doch das wusste außer mir niemand. Der Geruch von Bootslack, Sonnencreme und Meer lag in der Luft, immer wieder durchdrungen von Rachels Parfümduft, wenn der Wind ihn an meine Nase trug.

Wir hatten bisher kaum ein Wort gewechselt. Ich hatte mich, so gut es ging, von ihr ferngehalten, sie genauso behandelt wie alle anderen, auch wenn es mir unglaublich schwerfiel. Sie sah heiß aus in ihrem knappen Einteiler, durch den ihr neonfarbener Bikini schimmerte. Doch sie gab mir kaum Gelegenheit, mit ihr zu interagieren.

Mit einem Pinsel bewaffnet stand ich zwischen Ellie und Fiona an der Reling und wischte mir mit der freien Hand den Schweiß von der Stirn. »Was für eine Hitze!«

Fiona hielt beim Streichen inne. »Du machst doch nicht schon schlapp, Blakey-Boy, oder?«

»Ich? Niemals!« Ich griff mir theatralisch an die Brust. »Ich werde erst ruhen, wenn die *Giulia* wieder majestätisch über das Meer gleitet.«

»Da hast du dir aber viel vorgenommen.«

»Wieso? Wir sind doch fast fertig.« Ich ließ den Blick über das Boot schweifen. Nach einigen Stunden hatten wir bereits den Großteil des Decks gestrichen. Dank der Hitze war das Holz beinahe vollständig getrocknet.

»Tja, aber Wills Arbeit ist noch lange nicht getan.« Fiona deutete mit ihrem Pinsel auf die Klappe im Boden, die unter Deck führte. »Innen gibt es noch viel zu reparieren.«

»Ach so«, sagte ich kleinlaut.

»Bist du denn handwerklich begabt, Blake?«, fragte Ellie schmunzelnd.

»Ich … äh … was heißt begabt? Ich bin eher so der Denker. Das Gehirn, das im Hintergrund arbeitet.«

»Das Gehirn, was?« Fiona lachte. »Lass dich von ihm nicht täuschen, Babe«, raunte sie Ellie zu. »Blake hat zwei linke Hände.«

»Hey! Von wegen linke Hände.« Ich riss meinen Pinsel in die Höhe, sodass Fiona ein paar Tropfen ins Gesicht bekam.

Quietschend riss sie die Augen auf. »Das hast du gerade nicht wirklich getan.« In Zeitlupe wischte sie sich einen weißen Tropfen von ihrer tiefbraunen Haut. »Na warte, Blake. Meine Rache wird schrecklich sein.« Ihr vernichtender Blick bohrte sich in meinen.

Ohne sie aus den Augen zu lassen, wich ich vor ihr zurück und grinste sie an. »Dafür musst du mich erst mal kriegen.«

Fiona kam mit drohend erhobenem Pinsel hinterher. »Du wirst mir nicht entkommen.« Blitzschnell sprang sie vor und stieß mir ihren Pinsel gegen das Schlüsselbein. Er hinterließ einen strahlend weißen Tupfen. »Treffer!«

»Genieß den Moment, ein weiterer wird dir nicht gelingen.«

Ich wedelte mit meinem Pinsel durch die Luft, sodass weitere Farbspritzer umherflogen.

Fiona duckte sich darunter weg und ging grölend zum nächsten Angriff über. Ich fuhr herum und rannte über das Deck davon. Wir lieferten uns ein erbittertes Pinselgefecht, bis wir beide von Kopf bis Fuß bespritzt waren. Als schließlich keine Farbe mehr übrig war, sanken wir auf die sonnengewärmten Planken.

»Waffenstillstand«, japste Fiona. »Ich … brauche … eine Pause.«

Die Klappe im Boden öffnete sich, und Will trug ein Tablett mit eisgekühltem Bier und Zitronenlimonade an Deck, als hätte er Fiona gehört. Er bedankte sich nochmals bei allen für die Hilfe und reichte die Getränke herum. Ich rappelte mich schwerfällig auf, um uns etwas zu trinken zu besorgen. Mit zwei gekühlten Flaschen Bier im Schlepptau ließ ich mich dann wieder stöhnend neben Fiona auf die Holzbohlen fallen. »Ich bin am Ende. Morgen habe ich bestimmt überall Muskelkater.«

»Das kommt nur, weil du nicht mehr in Form bist.« Jack trat neben mich und nahm mir das Bier aus der Hand. Stattdessen reichte er mir eine Limonade. Ich wusste, dass er es nur gut meinte, doch sein Verhalten ärgerte mich. Ich konnte auf mich selbst aufpassen. Warum gönnte er mir nicht mal ein einziges kühles Bier nach getaner Arbeit? Doch ich hatte keine Lust auf Stress, also schluckte ich meine Erwiderung herunter.

Als ich mich an die Reling lehnte und einen Schluck Limo nahm, huschte mein Blick einmal mehr zu Rachel. Gerade half sie Marly mit den letzten Pinselstrichen am Bug. Wenn sie sich beim Streichen bückte, kam ihr Po so gut zur Geltung, dass ich im Vorbeigehen am liebsten reingekniffen hatte. Wie ich Rachel kannte, hätte sie mir dann wahrscheinlich einen ganzen Eimer Farbe über den Kopf geschüttelt. Der Gedanke brachte mich zum Schmunzeln.

Mit halbem Ohr lauschte ich Ellies und Fionas Gespräch, während ich mir das Hirn zermarterte, wie ich unauffällig Rachels Aufmerksamkeit erregen, ihr ein Lächeln entlocken könnte.

Als sie und Marly fertig waren, legten sie die Pinsel weg und tranken ebenfalls einen Schluck. Ich versuchte, nicht zu offensichtlich zu starren, musterte den strahlend blauen Himmel, die frisch gestrichenen Planken, eine Möwe, die sich auf den Mast gesetzt hatte. Als mein Blick kurz darauf wie magisch angezogen zurück zu Rachel wanderte, wären mir beinahe die Augen aus dem Kopf gefallen.

Knöpfte sie etwa gerade ihren Kragen auf?

Ich blinzelte mehrmals verdutzt.

Zog sie sich etwa aus? Hier vor allen anderen?

Sofort lief mein Kopfkino auf Hochtouren. Ich hatte ganz genaue Vorstellungen davon, was Rachel und ich auf diesem Boot anstellen könnten, wenn wir allein wären. Schon zog sie sich ihren Einteiler über den Po. Ich hatte sie zwar schon in ihrem knappen Bikini gesehen, doch ihr Anblick verschlug mir einmal mehr den Atem. Die sonnengebräunte Haut, akzentuiert von ihrem Goldschmuck, die knackigen Oberschenkel und kleinen festen Brüste, deren Brustwarzen unter meinen Berührungen jedes Mal so hart wurden … Als mir auffiel, dass ich schon wieder starrte, sah ich eilig weg.

»Ich geh mich mal ein bisschen abkühlen«, verkündete Rachel. »Kommst du mit schwimmen, Marly?«

»Komme gleich nach!« Marly gab Jack einen Kuss und verschwand mit ihren Schwimmsachen unter Deck, um sich umzuziehen.

Als Rachel ein Bein über die Reling schwang, um die Leiter an der Außenwand der *Giulia* hinunterzuklettern, musste ich doch wieder hinsehen. Die anderen beachteten sie kaum. Nur Will sah ihr hinterher. Jedoch lag sein Blick nicht – wie meiner –

auf ihrem Hintern, sondern er hatte seine Tourguide-Miene aufgesetzt. »Hier ist das Wasser nicht ganz so sauber«, sagte er. »Zu viele Boote.«

»Macht nichts«, antwortete Rachel. »Wir schwimmen einfach weiter raus.« Ein Platschen ertönte. Sie musste von der Leiter ins Wasser gesprungen sein.

Als Will sich abwandte, nahm ich einen großen Schluck Limonade, stand auf und schlenderte wie beiläufig zur Leiter. Ich konnte mich nicht länger fernhalten. Nein, ich wollte es nicht. Rachel und ich waren im Laufe der letzten Woche so etwas wie Freunde geworden – mit gewissen Vorzügen. Es war nicht verboten, mich mit ihr zu unterhalten. Außerdem war ich voller Farbkleckse und hatte mir eine Abkühlung verdient.

Ich reckte den Kopf über die Reling und spähte zu ihr hinunter. Rachel paddelte auf der Stelle. Sie hatte die Augen geschlossen und das Gesicht der Sonne zugewandt. Unter Wasser konnte ich die Silhouette ihres mittlerweile so vertrauten Körpers leicht verzerrt ausmachen. Ich wollte zu ihr ins Wasser springen, sie an mich ziehen, sodass sie ihre Beine um meine Taille schlang, und sie so leidenschaftlich küssen, dass sie nicht anders konnte, als den Kuss zu erwidern. »Hey! Wie ist das Wasser? Kann ich auch reinkommen?«

Rachel riss die Augen auf und spähte zu mir hoch. »Hi, Blake.« Mit den Beinen paddelnd warf sie einen Blick in Richtung Deck. »Ich glaube … lieber nicht.«

»Nur ganz kurz, um mich abzukühlen.« Ich schenkte ihr mein breitestes Lächeln. »Und die Farbe abzuwaschen.« Vielsagend deutete ich auf die weißen Farbtupfer, die meinen Körper sprenkelten.

Rachel sah mich an, ihre Miene war unergründlich. Ein Muskel zuckte in ihrem Kiefer.

»Und vielleicht«, ich sah mich verstohlen um und senkte die Stimme, »um mir einen Kuss zu stehlen?«

»Blake«, zischte Rachel. Sie kam zum Boot geschwommen und legte eine Hand auf die unterste Leitersprosse. »Ich sagte doch gerade, dass das keine gute Idee ist.«

»Warum denn? Da unten kann uns doch niemand sehen.« Ich stellte einen nackten Fuß auf die Leiter, forderte sie heraus. Ich wollte sehen, wie weit sie gehen würde, um unsere Liaison geheim zu halten.

Rachels Miene verfinsterte sich. Sie wollte zu einer Antwort ansetzen, doch da richtete sich ihr Blick auf jemanden hinter mir. »Oh, hi, Marly. Das Wasser ist echt erfrischend.« Sie warf mir einen letzten wütenden Blick zu, bevor sie sich abwandte.

Ihre Abfuhr versetzte mir einen Stich, viel mehr noch als all unsere vorherigen Wortgefechte. Warum war es ihr so wichtig, das zwischen uns vor den anderen zu verbergen? War ich ihr peinlich? Nicht gut genug? Wirklich nur ein netter Zeitvertreib? Die Gedanken schmerzten mehr, als ich mir eingestehen wollte. In den letzten Tagen hatte es sich angefühlt, als wäre da mehr.

Rasch nahm ich den Fuß von der Leiter, um Marly Platz zu machen. Sie schien nichts von der Spannung zwischen uns zu bemerken. »Warte auf mich, Rach!« Auf halbem Weg nach unten sah sie zu mir hoch. »Willst du auch mit schwimmen gehen, Blake?«

»Nein, nein.« *Ich bin nicht erwünscht,* hätte ich am liebsten hinzugefügt, denn so fühlte es sich an. Stattdessen rang ich mir ein Lächeln ab. »Macht ihr nur, ich trinke lieber noch was.«

Ich wandte mich ab und steuerte schnurstracks auf das Tablett mit den Getränken zu. Die Limonade ließ ich links liegen und griff nach einer Flasche Bier.

Nachdem sich am frühen Abend alle verabschiedet hatten, wanderte ich ziellos durch St. Andrews. Ich wollte noch nicht nach Hause, hatte keine Energie dafür, mit meinen Geschwistern zu spielen, Mom beim Kochen zu helfen oder in meinem Zimmer zu hocken, wo der Brief in der Schreibtischschublade mich höhnisch auslachte. Ich musste dringend allein sein und mich mit meinen Gefühlen auseinandersetzen. Die waren völlig durcheinandergeraten, seit Rachel mir am Nachmittag einen Korb gegeben hatte. Warum war es mir so wichtig, was sie von mir hielt? Wie sie mich behandelte? Warum konnten wir nicht einfach ungezwungenen Sex haben und dann unserer Wege gehen? Das war doch sonst kein Problem für mich.

Doch es war nicht nur der Sex mit Rachel, der mich in letzter Zeit aus meinem Loch geholt hatte. Wenn wir zusammen waren, gab sie mir das Gefühl, dass da mehr war. Dass *ich* mehr war. Dann war mein Leben nicht ganz so sinnlos. Doch heute war es das genaue Gegenteil gewesen. Jetzt fühlte es sich an, als würde ich aus großer Höhe fallen. Ich war zwar noch nicht aufgeschlagen, raste aber unaufhaltsam auf den Boden zu. Und ich musste unbedingt verhindern, dass mich der Aufprall zerschmetterte.

Frustriert fuhr ich mir durch die noch feuchten Bartstoppeln. Mit den anderen war ich am Ende doch noch ins Meer gesprungen und hatte mir die gröbsten Farbkleckse abgewaschen. Nur nicht mit Rachel. *Sie* hatte mich schließlich nicht gewollt.

St. Andrews sah im Licht der untergehenden Sonne am schönsten aus. Alle Farben wirkten weicher. Ein rötlicher Schimmer legte sich über die Gärten, Dächer und bunt gestrichenen Hauswände wie ein Filter, der alles Hässliche schluckte. Nur nicht meine hässlichen Gedanken.

Wie von selbst trugen mich meine Füße zum Liquor Store in der Water Street. Ich kaufte mir ein weiteres Sixpack Bier und lief dann mit der braunen Papiertüte weit auf den Pier hinaus. Weg von all den gaffenden Leuten, den verurteilenden Blicken.

Hier draußen war die Luft kühler, die Wellen schwappten leise an den Holzsteg. Ich setzte mich an den Rand, ließ die Beine baumeln und öffnete das erste Bier mit einem Plopp.

Es wurde langsam dunkel, die Straßenlaternen erhellten die Water Street in meinem Rücken und warfen ihren Schein bis aufs Meer hinaus, sodass es funkelte. Die ersten blassen Sterne zeigten sich am Himmel.

Mein Zuhause war mir früher immer als der schönste Ort auf Erden erschienen. Ich hatte das Privileg genossen, in einem Städtchen zu leben, in dem andere Menschen Urlaub machten. Und ich war der Star dieser Stadt gewesen. Die Leute hatten mich auf der Straße gegrüßt, mir stolz auf die Schulter geklopft, mir zu meinen Siegen gratuliert. Die ganze Community hatte hinter mir und meiner Mannschaft gestanden. Doch das war längst vorbei. Jetzt war ich beinahe unsichtbar, wenn ich nicht gerade mitleidige Blicke erntete. St. Andrews hatte seinen Charme für mich verloren, egal, wie schön die Passamaquoddy-Bucht im Licht der untergehenden Sonne aussah. Egal, dass es hier weiterhin Leute wie meine Freunde und Familie gab, die mich liebten. Diese Stadt würde immer mit dem Makel meines Versagens behaftet sein. Mit den Erinnerungen an das, was ich einmal hätte haben können. Und was nun für immer unerreichbar für mich war.

Ich erkannte, dass ich mir in den letzten Tagen selbst etwas vorgemacht hatte, als ich den Deal mit Rachel eingegangen war. Ich war nicht der Richtige, um ihr die Schönheit unserer Region zu zeigen. Schließlich wusste ich sie selbst nicht zu schätzen.

Hart lachte ich auf und stellte die nun leere Flasche zurück in die Tüte. Sofort öffnete ich das nächste Bier. Rachel hatte wirklich etwas Besseres verdient. Nicht so ein erbärmliches Würstchen wie mich. Kein Wunder, dass sie unsere Affäre geheim halten wollte. Sobald sie abreiste, würde sie mich vergessen. Der Gedanke traf mich wie ein Schlag vor die Brust, sodass ich nach Luft schnappte. Ich wollte nicht, dass Rachel mich vergaß. Ich wollte nicht, dass sie mich vor den anderen verleugnete. Nein, ich wollte mitten auf der Water Street ihre Hand halten. Wollte sie vor allen Leuten küssen, sie auf Händen tragen und ihr alles geben, was ich hatte. Noch nie hatte ich mich so sehr danach gesehnt, einer Frau zu gefallen. Es machte mir Angst, doch je mehr sich die Wärme des Alkohols in meinem Magen ausbreitete, desto weniger Furcht einflößend wurde der Gedanke.

Was, wenn dies meine Gelegenheit war, um endlich mal etwas richtig zu machen? Meine eine Chance auf das große Glück? In den letzten Jahren hatte ich so vieles versaut. Meine Beziehung zu Rachel war etwas, das ich auf keinen Fall in den Sand setzen wollte. Lange hatte ich nicht mehr das Gefühl gehabt, dass mir etwas so wichtig war. Sonst war immer alles grau und trostlos. Unbedeutend und sinnlos. Versunken in dem Nebel in meinem Kopf. Ich wollte dieses Gefühl nicht wieder verlieren.

Entschlossen öffnete ich das dritte Bier und nahm einen großen Schluck. Ich musste Rachel sagen, was ich für sie empfand. Dass ich mehr wollte als bedeutungslosen Sex. Eine Beziehung? Vielleicht war es dafür zu früh, aber ich konnte sie wenigstens um ein Date bitten. Um eine Chance. Ich konnte verlangen, dass sie mich ernst genug nahm, um mehr als nur ihren Fuckbuddy in mir zu sehen. Ja, das würde ich tun. Jetzt sofort!

Schwankend erhob ich mich und stützte mich am Geländer ab, während ich den Rest des Biers in einem Zug austrank. Ich steckte die leeren Flaschen zurück in die braune Papiertüte und öffnete die vierte, um mir auf dem Weg zu Rachels und Marlys Haus noch etwas Mut anzutrinken.

27 Rachel

Mit einer Schale Ben & Jerry's in der Hand saß ich direkt vor dem tragbaren Ventilator, den ich uns gekauft hatte. Das Gerät lief auf höchster Stufe, sodass meine Haare um mich herumwirbelten. Sie waren noch feucht vom Duschen, und ich hoffte, ich würde mir keine Erkältung einfangen. Die Abkühlung war mir das Risiko allerdings wert. Heute hatte die Hitze ihren Höhepunkt erreicht. Natürlich an dem Tag, den wir ungeschützt an Deck eines Bootes verbracht hatten. Trotz der Sonnencreme hatte ich mir ein wenig die Schultern verbrannt, die ich bereits mit Kokosöl eingerieben hatte.

Alle sprachen davon, dass die Hitze bald brechen würde. Ein Gewitter war jetzt genau das, was St. Andrews brauchte. Ich lehnte mich auf der Couch zurück, schob mir einen Löffel Eis in den Mund und schlug die Beine übereinander. Marly verbrachte die Nacht mit Jack auf seiner Insel. Die beiden hatten seit meiner Ankunft wenig Zweisamkeit genossen. Deshalb hatte ich Marly förmlich aus dem Haus geworfen. Ich wollte ihrer frischen Beziehung nicht im Weg stehen.

Gerade wollte ich nach der Fernbedienung greifen, als es an der Tür klingelte. Ich schreckte auf, sodass mir das Eis beinahe vom Löffel ins Dekolleté getropft wäre. Es war nach zehn. Wer wollte uns denn so spät noch besuchen?

Eilig kam ich auf die Beine, stellte die Schale auf dem Couchtisch ab und ging zur Haustür. In New York hätte ich so spät niemandem aufgemacht, doch ich nahm nicht an, dass in St. Andrews ein Serienkiller sein Unwesen trieb.

Ohne einen Türspion blieb mir nichts anderes übrig, als zu öffnen, ohne mich vorher zu vergewissern, dass es niemand Fremdes war.

Auf der Veranda stand Blake. Sofort machte mein Herz einen flatternden Sprung. In letzter Zeit reagierte ich immer so auf ihn. Heute beim Streichen war es schwer gewesen, ihn nicht ständig anzusehen, die Muskeln seiner Arme zu bewundern, während er das Boot gestrichen oder sich einen Pinselkampf mit Fiona geliefert hatte. Wir waren uns in der letzten Woche so vertraut geworden, dass es mir heute nicht leichtgefallen war, mich in seiner Nähe aufzuhalten, ohne ihn zu berühren. Als er nun direkt vor mir stand, hätte ich ihn am liebsten sofort an mich gezogen und geküsst. Doch mir war bewusst, dass ich ihn mit meinem Verhalten am Nachmittag von mir gestoßen haben musste. War er hier, um darüber zu reden? Um mir Vorwürfe zu machen?

Instinktiv verschränkte ich die Arme vor der Brust und stählte mein Herz – ein Abwehrmechanismus, den ich bereits vor Jahren perfektioniert hatte.

Da erst fiel mein Blick auf die braune Tüte, die auf den Verandadielen stand. Darin erkannte ich einige Bierflaschen. Die meisten waren leer. Blake hatte bereits am Nachmittag auf dem Boot getrunken. Als er nun den Mund öffnete, wehte mir seine Fahne entgegen. Meine Mundwinkel, die sich bei seinem Anblick gehoben hatten, fielen herab. Ich trat einen Schritt zurück.

»Blake.«

»Hi, Rachel …« Er bemühte sich, klar und deutlich zu sprechen, hatte die Papiertüte halb hinter einem Stuhl zu verbergen versucht. »Ich dachte, wir könnten vielleicht reden.«

Ich runzelte die Stirn, unsicher, wie ich ihm am besten verklickern sollte, dass sein betrunkener Auftritt hier ganz und gar unerwünscht war. Ich wollte nicht, dass er sich zum Narren machte, sowohl um seinetwillen als auch um meinetwillen.

»Blake, es ist schon spät, und ich glaube, dass du nicht ganz nüchtern bist. Kann das sein?«

Er zuckte mit den Achseln. »Hatte nur ein paar Bier.«

»Es wäre trotzdem besser, wenn wir dieses Gespräch auf morgen verschieben. Wir wollten doch auf einen Berg steigen. Chamcook Mountain oder so?«

Seine Miene hellte sich auf, als er nickte. »Ja, morgen ist Wandern angesagt. Ich habe einen Plan für die ganze Woche. Willst du mal sehen?« Er zog sein Handy aus der hinteren Hosentasche und wollte es entsperren, doch es fiel ihm aus der Hand. Laut polterte es auf die Holzdielen der Veranda, sodass ich zusammenzuckte.

»Oh, 'tschuldige«, nuschelte er und bückte sich schwerfällig, um es aufzuheben. Dabei wäre er beinahe vornübergekippt. Ich konnte ihn gerade noch stützen.

Er blickte mit glasigen Augen zu mir auf, als ich ihn auf die Beine hievte. Mein Herz fühlte sich auf einmal zentnerschwer an. »Alles klar?«

»Hm.«

»Du kannst mir deinen Plan morgen zeigen, okay?«

»Hm.«

»Super.« Ich lächelte, trat wieder ein Stück zurück und legte eine Hand an die Tür. »Dann sehen wir uns morgen.«

»Warte!« Seine Stimme klang flehend, überhaupt nicht so tief und selbstsicher wie sonst.

»Blake, ich glaube, du solltest jetzt wirklich nach Hause gehen.«

»Ich kann nicht. Nicht, bevor ich … bevor wir uns unterhalten haben.«

»Ist was passiert? Soll ich jemanden für dich anrufen?« Sorge wallte in mir auf. Plötzlich war ich nicht mehr so sicher, was ihn hierhergeführt hatte.

»Nein.« Er sah zu Boden, schwankte leicht und stützte sich am Türrahmen ab, sein Gesicht war nur Zentimeter von meinem entfernt. »Ich wollte dich einfach sehen. Ich *muss* dir etwas sagen.«

Ich spähte die Straße entlang in der Hoffnung, dass niemand vorbeikäme und wir am nächsten Tag das Stadtgespräch wären. Marly wusste immer noch nichts von uns, und ich wollte, dass es so blieb. »Na schön, was ist denn?«

»Rachel, ich ...« Er fuhr sich mit der Hand über das Gesicht. »Ich möchte dich auf ein Date ausführen. Wirst du mit mir ausgehen? Wenigstens ein einziges Mal?«

Okay, das Gespräch entwickelte sich in eine gefährliche Richtung. Ich ignorierte meinen Magen, der aufgrund seiner Worte aufgeregt zu kribbeln begann. Die Idee, mit Blake auf ein Date zu gehen, erschien mir nicht mehr so abwegig wie noch vor einigen Tagen. Schließlich hatten wir in der letzten Woche jede freie Minute miteinander verbracht. Doch ich durfte Blake auf keinen Fall Hoffnungen darauf machen, dass da mehr zwischen uns sein könnte. In weniger als drei Wochen würde ich wieder abreisen. Das musste er endlich kapieren. Gleichzeitig wollte ich nicht, dass er in seinem Zustand eine Szene veranstaltete.

»Wir haben das doch schon besprochen«, sagte ich so sanft wie möglich. »Ich *date* nicht. Nach dem Sex *kuschele* ich nicht. Normalerweise habe ich sogar keine zweimal Sex mit derselben Person.«

Blake grinste. »Ha! Also gibst du zu, dass das mit uns etwas Besonderes ist.«

Etwas Besonderes ... Die Worte stachen in mein Herz. *Vielleicht ist es das, aber du bist gerade dabei, es völlig zu ruinieren*, dachte ich.

»Blake, ich will jetzt nicht mit dir darüber reden. Nicht, wenn du in diesem Zustand bist.«

»Was denn für ein Zustand?«

»Betrunken.« Ich sagte es eine Spur zu laut, wurde langsam ungeduldig.

»Das ist doch nicht ... Ich bin völlig klar. Und außerdem: Gibt es nicht dieses Sprichwort, dass Betrunkene immer die Wahrheit sagen?« Er beugte sich noch weiter zu mir vor, sodass ich wieder das Bier in seinem Atem roch.

»Genau das ist das Problem«, murmelte ich mehr zu mir selbst als zu ihm.

»Was?«

»Nichts. Du musst jetzt gehen, Blake. Wir sehen uns morgen.«

Ich wollte die Tür schließen, ihm begreiflich machen, dass das Gespräch beendet war, doch gleichzeitig tat er mir leid. Sollte ich ihn nach Hause begleiten?

Er lehnte seinen Kopf an den Türrahmen, sah mich mit großen braunen Augen an. »Rachel, ich mag dich. Ich stehe hier mitten in der Nacht vor deiner Tür und bitte dich, mir diese eine Chance zu geben. Ein einfaches Date. Ist das zu viel verlangt?«

Ich mag dich.

Ein einfaches Date.

Es erschreckte mich, wie stark der Drang war, Ja zu sagen. Wie sehr ich nachgeben und mit ihm auf ein blödes Rendezvous gehen wollte. Doch er würde mich nicht mit seinen großen Augen, den Grübchen, seinem Charme und seinem Humor um den Finger wickeln. Nicht schon wieder.

Die Wand in meinem Kopf wuchs in die Höhe, mein Herz war purer Stahl. Eiskalter Stahl. »Ja, um ehrlich zu sein, ist es das«, antwortete ich hitzig. »Ich habe dich nicht hergebeten. Tatsächlich habe ich dir gesagt, dass du nicht mehr zu unserem Haus kommen sollst. Was, wenn Marly hier wäre? Dann wäre jetzt alles aufgeflogen. Du hast Glück, dass sie die Nacht bei Jack verbringt.« Ich redete mich in Rage, wurde immer wütender. Was bildete er sich eigentlich ein, betrunken hier aufzutauchen?

»Aufgeflogen?« Er lachte hart. »Warum müssen wir es überhaupt geheim halten? Gib doch einfach zu, dass ich dir nicht gut genug bin.«

Ich schüttelte den Kopf, obwohl seine Worte mir einen Stich versetzten. »Blake, du bist nicht du selbst. Geh nach Hause, schlaf deinen Rausch aus. Wir können das morgen besprechen.« Wenn er nicht bald ging, würde ich explodieren.

»Du willst mir doch gar keine Chance geben«, antwortete er aufgebracht. »Warum bis morgen warten? Du hattest sowieso nie vor, dass das mit uns irgendwohin führt. Sprich es doch endlich aus und bring es hinter dich. Dann werde ich dich nicht mehr behelligen.«

Ich schnaubte. »Ich habe von Anfang an klargemacht, dass das zwischen uns nur Sex ist. Ich stehe nicht auf dich und du nicht auf mich, schon vergessen?«

»Tja, ich stehe aber auf dich, Rachel. Sogar sehr!« Er hob die Stimme, brüllte die Worte beinahe heraus.

Erschrocken sah ich mich um, hoffte, dass sich keine Fenster öffnen, keine Hunde zu bellen beginnen würden.

»Und es ist nicht zu viel verlangt zuzugeben, dass du unsere gemeinsame Zeit auch genießt.«

Seine Worte trafen zwar voll ins Schwarze, doch ich wäre verdammt, wenn ich mir das anmerken ließe. »Tja, da liegst du falsch. Gerade genieße ich es ganz und gar nicht, dass du betrunken vor meiner Tür stehst und mich zulallst. Und da wir jetzt schon so ehrlich miteinander sind: Mach dir gar nicht erst die Mühe, morgen zum Treffpunkt zu kommen. Nach diesem Auftritt ist mir die Lust vergangen.«

»Aber … aber …« Er blinzelte mehrmals, hatte das nicht kommen sehen. »Unsere Wette. Wir hatten einen Deal.«

»Scheiß auf den Deal, Blake. Scheiß auf das alles. Ich brauche nicht noch mehr Drama in meinem Leben. Ich hätte mich gar nicht erst auf dich einlassen sollen. Und jetzt verschwinde!« Sobald ich die Worte aussprach, taten sie mir schon wieder leid, doch die Wut brodelte so heiß durch meine Adern, dass ich sie nicht zurücknehmen konnte.

Blake starrte mich noch einen Moment fassungslos an, das Gesicht vor Enttäuschung verzerrt. »Das … Meinst du das ernst?«

»Gute Nacht, Blake.« Ich schlug ihm die Tür vor der Nase zu. Direkt dahinter blieb ich stehen, lauschte auf seinen schweren Atem. Nach einer Weile hörte ich die Verandadielen knarzen. Die Bierflaschen klirrten aneinander, als er die Tüte vom Boden aufhob. Dann erklangen seine schweren Schritte auf der Treppe.

Ich ließ mich mit dem Rücken gegen die Tür sinken und rutschte langsam daran herab. Meine Augen brannten, meine Kehle war wie zugeschnürt.

»Verdammt!« Ich schluckte schwer, blinzelte mehrmals heftig. Dieses Gefühl war völlig neu. Seit sehr langer Zeit hatte ich mich nicht mehr so schwach gefühlt. So erbärmlich.

»Reiß dich zusammen«, knurrte ich. Ich hatte seit zehn Jahren nicht geweint und würde jetzt nicht damit anfangen.

Lange saß ich da und starrte in den dunklen Flur, während der Ventilator im Wohnzimmer brummte. Ich wartete auf das Gefühl der Freiheit, das mich jeden Moment überkommen müsste. Auf die Erleichterung, endlich frei von Blake und unserem dämlichen Deal zu sein. Doch da war nichts als ein dumpfer Schmerz in meiner Brust und dieses Brennen in meinen Augen, das einfach nicht verschwinden wollte.

28 Blake

»*Down! Set! Hut!*«
Das Publikum brüllt, meine Muskeln spannen sich an. Ich sprinte los,
werde eins mit meinem Team. Das Spiel zieht wie im Rausch an mir vorbei.
Gleißende Lichter. Lautes Keuchen. Schweiß in meinen Augen. Ich
fühle mich so lebendig. Unbesiegbar. Der Score auf der Anzeigetafel zeigt
unseren Triumph. Gleich ist das Spiel vorbei. Gleich haben wir gewonnen.
Raues Leder in meiner Hand. Ein letzter Wurf. Als ich aushole, werde
ich von den Füßen gerissen. Es gibt keine Schwerkraft mehr – bis ich hart
auf den Boden pralle. Die Luft entweicht mir zischend. Etwas reißt, knackt,
bricht. Ich schreie vor Schmerz, höre nichts als dieses Geräusch und meinen
donnernden Herzschlag. Jetzt ist alles aus.

Als ich keuchend die Augen aufschlug, wusste ich, dass ich es
vermasselt hatte. Mein Schädel brummte, meine Zunge fühlte
sich pelzig an, und ich hatte einen schalen Geschmack im Mund.
Der Geschmack des Versagens, dachte ich bitter, während ich mich
schwerfällig aufsetzte.

Nur langsam verschwanden die letzten Fetzen des Albtraums
aus meinem Kopf. Diesmal war er intensiver gewesen. Alles hatte
sich so real angefühlt. Sogar der Schmerz.

Abwesend rieb ich mir das Knie, meine Finger fuhren über die
wulstige Narbe. Viel schlimmer als der Nachhall des Traums war

allerdings die Erinnerung an gestern Abend, die mich mit einem Schlag überkam. Schlimmer und leider wirklich real.

Blinzelnd sah ich mich um. Im Zimmer war es so dunkel, dass ich kaum etwas erkennen konnte. Nur ein dünner Streifen Sonnenlicht fiel durch einen Schlitz zwischen den Gardinen. Trotzdem drehte sich alles. Ich verfluchte den Alkohol, verfluchte den gestrigen Tag, verfluchte mich selbst. Am liebsten hätte ich die Zeit zurückgedreht und alles ungeschehen gemacht.

Ich bereute alles. Mein Verhalten auf dem Boot, dass ich bereits nachmittags zu trinken begonnen hatte, wie ich am Pier in Selbstmitleid versunken war und schließlich mein überstürzter Besuch bei Rachel. Stöhnend stützte ich den Kopf in die Hände, als unsere Konversation bruchstückhaft zu mir zurückkam.

Ich habe von Anfang an klargemacht, dass das zwischen uns nur Sex ist.

Ich brauche nicht noch mehr Drama in meinem Leben.

Ich hätte mich gar nicht erst auf dich einlassen sollen.

Verschwinde!

Vielleicht wäre es in diesem Fall besser gewesen, wenn der Alkohol meine Erinnerungen gelöscht hätte, dann würde ich mich jetzt nicht so beschissen fühlen. Wie ein bemitleidenswertes Würmchen war ich vor Rachel im Staub gekrochen. Was hatte ich mir nur dabei gedacht? Aber das war genau das Problem: Ich hatte überhaupt nicht nachgedacht, dafür hatte das Bier gesorgt.

Ich musste mich bei Rachel entschuldigen, musste retten, was zu retten war. Wenn es überhaupt noch etwas zu retten gab. Wahrscheinich wollte sie nichts mehr mit mir zu tun haben. Mit dem Kerl, dem sein Leben völlig entglitten war. Dem Versager. Dem Typen ohne Zukunft.

Was, wenn sie nicht mehr mit mir sprechen wollte? Der Gedanke, Rachel nie wiederzusehen, war so schmerzhaft wie ein

Hammerschlag auf meine Brust. In ihrer Gegenwart war es mir wirklich besser gegangen. Ich hatte mich ein bisschen weniger wie ein Loser gefühlt. Selbst bei meinen Freunden hatte ich in letzter Zeit nicht so unbeschwert sein können wie mit Rachel. Sie machten sich einfach zu große Sorgen um mich – was wiederum meine Schuld war.

Wie ich es auch drehte und wendete, ich war die Wurzel aller aktuellen Übel in meinem Leben. Ich stand mir selbst im Weg. Schon seit Jahren. Der Alkohol war keine Ausrede für mein Verhalten.

Langsam schob ich die Beine aus dem Bett. Eine kalte Dusche und mein Katerwundermittel waren jetzt genau das Richtige. Ich brauchte einen klaren Kopf, um mir zu überlegen, wie ich mich bei Rachel entschuldigen sollte. Wie ich *alles* wieder geradebiegen sollte.

Mit dem großen Zeh stieß ich gegen etwas am Boden. Es fiel klirrend um. Glasflaschen? Erschrocken knipste ich meine Nachttischlampe an ... und starrte auf den Boden vor dem Bett.

Zwischen meinen Füßen lagen leere Bierflaschen, daneben vier kleine Schnäpse und eine braune Papiertüte. Der schale Alkoholgeruch stieg mir in die Nase. Plötzlich saß ein dicker Kloß in meinem Hals. Tränen der Wut brannten in meinen Augen. Wie war das möglich? Nicht nur Bier, sondern sogar Schnaps? Die Erinnerung kam bruchstückhaft zurück. Nach dem katastrophalen Besuch bei Rachel hatte ich mir die Kurzen besorgt. Aber wie hatte ich den Alkohol nur mit nach Hause bringen können?

Meine strengste Regel war, alles dafür zu tun, dass meine kleinen Geschwister nicht mitbekamen, wie kaputt ich war. Sie niemals meinem Drang zur Selbstzerstörung auszusetzen. Und dazu gehörte, keinen Alkohol in die Wohnung zu bringen, wo Davie und Lou ihn finden könnten. Okay, ich hatte in letzter

Zeit ein paarmal zu oft über die Stränge geschlagen. Aber nie zu Hause. Nie in der Nähe der beiden. Ich hatte meine einzige Regel, mein wichtigstes Gebot gebrochen.

Entsetzt starrte ich auf die Flaschen, konnte mich kaum erinnern, sie spät am Abend in meinem Zimmer getrunken zu haben. Doch da lagen sie, lachten mich höhnisch aus. Ich schüttelte heftig den Kopf, rieb mir über das Gesicht. Panik stieg in mir auf.

»Alter, du musst dein Leben in den Griff kriegen«, flüsterte ich. Meine Stimme klang ängstlich und erstickt. Ich erkannte die Person nicht wieder, zu der ich geworden war. Der Hass und die Wut, die ich seit vier Jahren auf die Welt empfand, richteten sich nun mit voller Wucht gegen mich selbst.

Wie konntest du nur?, sagte eine Stimme in meinem Kopf. *Du bist endgültig zu weit gegangen.*

Mit klopfendem Herzen tastete ich nach meinem Handy, fand es halb unter meinem Kopfkissen. In den Kontakten scrollte ich zu Jacks Nummer, hätte fast auf den grünen Hörer gedrückt, doch mein Finger verharrte über dem Display. Ich wusste, was mein bester Freund sagen würde. Schließlich predigte er mir schon seit Langem, dass er sich Sorgen um mich machte. Dass ich nicht so viel trinken, mich nicht mit Junkfood vollstopfen, mehr auf mich achten sollte. Und ich hatte immer nur abgewunken, ihm versichert, dass ich alles unter Kontrolle hätte. Er stand mir seit Jahren bei, riss sich ein Bein aus, um mich fit zu halten, mir meine Motivation und den Glauben an mich selbst wiederzugeben. Nun schien es mir unmöglich, ihn noch mehr zu enttäuschen. Zuzugeben, dass er recht hatte, dass er und die anderen die ganze Zeit über recht gehabt hatten.

Außerdem hatte Rachel mich gebeten, Jack nichts von uns zu erzählen. Das galt sicher auch jetzt noch, selbst wenn das mit uns vorbei war. Ich hatte mich eigenhändig in die Scheiße geritten, jetzt musste ich mich auch eigenhändig wieder herausschaufeln.

Ich leckte mir über die trockenen Lippen, während ich überlegte, was ich tun sollte. Meine Gedanken fühlten sich zäh und dickflüssig an, viel zu schwerfällig. Abermals musterte ich die Flaschen zu meinen Füßen. Zuerst musste ich sie entsorgen – und zwar so, dass mich niemand dabei sah. Das Letzte, was ich wollte, war, auch noch den Respekt meiner Geschwister zu verlieren – der einzigen Menschen, die weiterhin zu mir aufsahen. Es war an der Zeit, endlich Verantwortung für meine Taten zu übernehmen.

Schwankend stand ich auf, stützte mich am Nachttisch ab. Da fiel mein Blick auf eine Visitenkarte, die halb unter meiner Nachttischlampe hervorlugte. Jene, die die Ärztin mir nach meinem Krankenhausaufenthalt zugesteckt hatte. Darauf stand die Notfallnummer der psychotherapeutischen Beratungsstelle. Ich stutzte, erinnerte mich an Rachels Worte.

Hast du es nie in Erwägung gezogen?

Manchmal treten physische und psychische Leiden Hand in Hand auf.

Ich hatte mich immer gesträubt. Hatte es mit mir selbst ausmachen wollen. Schließlich war nicht mein Kopf krank. Nur der Rest meines Körpers taugte nichts mehr. Doch in diesem Moment wurde mir klar, dass ich mir selbst etwas vorgemacht hatte. Ich hatte es ganz und gar nicht im Griff. All die Jahre hatte ich mich für etwas bestraft, wofür ich nichts konnte. Für einen *Unfall*. Schlimmer noch: Ich hatte durch mein rücksichtsloses Verhalten die Personen verletzt, die mir am meisten bedeuteten.

Mit zitternden Fingern zog ich die Visitenkarte unter der Lampe hervor. Mit der anderen Hand nahm ich mein Handy vom Nachttisch. Ich starrte eine Weile auf die Karte in der einen und das Handy in der anderen Hand. Doch als mir der Alkoholgeruch abermals in die Nase stieg und sich mir der Magen umdrehte, fasste ich den Entschluss.

Langsam und bedächtig tippte ich die Nummer ins Handy. Es kostete mich all meine Kraft. Meine Sicht verschwamm, sodass ich mehrmals blinzeln musste. Bevor ich es mir anders überlegen konnte, drückte ich auf den grünen Hörer und presste mir das Handy ans Ohr.

Es tutete. Einmal. Zweimal. Meine Brust wurde eng. Ich fühlte mich, als würde ich jeden Moment das Bewusstsein verlieren.

»Psychotherapeutische Ambulanz und Beratungsstelle«, meldete sich eine Frauenstimme.

Ich räusperte mich, versuchte verzweifelt, genug Luft in meine Lunge aufzunehmen. Dann sprach ich flüsternd in den Hörer. »Hallo? Ich brauche Hilfe.«

29 Rachel

Nach der nächtlichen Begegnung mit Blake war meine Laune mehrere Tage lang im Keller. Es lag nicht daran, dass der sensationelle Sex abrupt aufgehört hatte, auch wenn ich mir das einzureden versuchte. Nein, in mir drin tobte seit jener Nacht ein Sturm.

Marly schien es zu bemerken, auch wenn sie den Grund nicht kannte. Sie gab sich alle Mühe, mich zu unterhalten. Oft machte sie in der Praxis früher Schluss und nahm mich auf kleine Ausflüge mit, auf denen uns auch Jack dann und wann begleitete.

Wenn ich tagsüber allein war, verbrachte ich meine Zeit hauptsächlich mit Lernen, um mich abzulenken. Mit Laptop, Tablet und Ventilator bewaffnet, hatte ich das Sofa zu meinem Jurastudium-Vorbereitungscamp auserkoren. Ab und zu ging ich mich im Meer abkühlen, schließlich war ich im Urlaub. Allerdings machte ich jedes Mal einen weiten Bogen um die Water Street und vor allem den Supermarkt.

Doch sosehr ich mich auch abzulenken versuchte, Blake ging mir nicht aus dem Kopf. Wenn er mich nun unter der Dusche besuchte, spürte ich jedoch nicht mehr seine Finger auf meiner Haut, sondern sah seinen verletzten Blick. Beim Einschlafen stellte ich mir nicht mehr vor, wie er zwischen meinen gespreizten Beinen kniete, sondern hörte seine anklagende Stimme.

*Warum müssen wir es überhaupt geheim halten? Gib doch einfach zu,
dass ich dir nicht gut genug bin.*

*Du hattest sowieso nie vor, dass das mit uns irgendwohin führt. Sprich
es doch endlich aus und bring es hinter dich. Dann werde ich dich nicht
mehr behelligen.*

Es schmerzte mich, dass er glaubte, er wäre nicht gut genug
für mich. Ich hatte zwar zu erklären versucht, dass es nicht an
ihm, sondern an meinem frostigen Herzen lag, doch das war völlig misslungen. Er konnte ja nicht wissen, dass ich einfach nicht
in der Lage war, eine Beziehung zu führen. Oder über meine
Gefühle zu sprechen. Ich hatte es nie gelernt. Von meinen Eltern
hatte ich, wenn überhaupt, nur kühlen Zuspruch erhalten, wenn
ich etwas gut gemacht hatte. Es war stets nur um Leistung gegangen. Während meiner Beziehung mit Sam hatte ich zum ersten
Mal in meinem Leben das Gefühl gehabt, bedingungslos geliebt
zu werden, nicht aufgrund meiner Taten oder Errungenschaften.
Aber das war mir schnell über den Kopf gewachsen. Ich konnte
mit dem Konzept Liebe schlicht nichts anfangen. Es machte mir
Angst. Was, wenn ich einfach nicht fähig war, mich fallen zu lassen, mich jemandem ganz und gar hinzugeben, mich derart verletzlich zu machen?

Blake hatte mich in die Ecke gedrängt, mich vor die Wahl
gestellt. Und genau wie beim Treffen mit Dekanin Hamilton
und meinen Eltern hatte ich auf die einzige Art reagiert, die ich
kannte: Rebellion.

Es nervte mich, dass die ganze Sache mir nun so naheging,
dass ich nach Tagen immer noch an Blake dachte, mich schlecht
fühlte, mich sogar nach ihm sehnte. Ich war tough. Ich brauchte
keine anderen Menschen. Mein Leben lang war ich allein zurechtgekommen. Und das würde auch so bleiben. Auch wenn ich nun
alle fünfzehn Minuten auf mein Handy sah, obwohl ich seit unserem desaströsen letzten Treffen kein Wort von Blake gehört hatte.

Mein Verhalten war einfach lächerlich. Ich musste mich dringend zusammenreißen und mit der Gefühlsduselei aufhören. Es war ein großer Fehler gewesen, mich auf Blake einzulassen. Aber warum vermisste ich ihn dann so?

Eine ereignislose Woche voller Gewissensbisse und missglückter Ablenkungsversuche zog ins Land. Schließlich traf ich mich mit Marly in einem Restaurant namens The Gables zum Mittagessen. Wir saßen auf einer Terrasse im Freien mit einem fabelhaften Blick auf die Passamaquoddy-Bucht, eingerahmt von bewaldeten Hügeln. Der Duft von gebratenem Fisch lag in der Luft und mischte sich mit dem salzigen Wind, der vom Meer heranwehte.

»Dann ist der Gecko blitzschnell unter den Schrank gehuscht, und wir haben ihn nicht mehr rausbekommen. Der kleine Georgie Miller hat so geweint, dass ich ihn nur mit einem Lutscher besänftigen konnte.« Marly gestikulierte wild mit den Armen, während sie mir von ihrem Vormittag in der Tierarztpraxis berichtete. »Zum Glück konnten Sue, Fiona und ich zu dritt den Schrank verschieben und den kleinen Kerl bergen.«

Ich nahm einen Schluck von meinem Ginger Ale der Marke Canada Dry und rückte meine Sonnenbrille zurecht. Das Meer funkelte so stark in der Mittagssonne, dass ich trotz der getönten Gläser die Augen zusammenkneifen musste, als ich meinen Blick über die Bucht schweifen ließ.

»Ich kann es wirklich kaum erwarten, dass mein Studium losgeht«, fuhr Marly fort. Sie würde ihr Tiermedizinstudium fast zeitgleich mit mir im September an der University of New Brunswick in St. John beginnen. Ihre Chefin Dr. Sue hatte ein paar Beziehungen spielen lassen, sodass Marly angenommen worden war, obwohl sie die Einschreibefrist verpasst hatte. »Dann werde ich Sue viel besser unter die Arme greifen können.«

»Ich bin total gespannt, wie es dir gefallen wird«, antwortete ich. »Sieh uns nur einer an. In ein paar Jahren bist du Tierärztin und ich Anwältin, wenn alles gut geht, sogar Richterin. Hätte uns das früher jemand erzählt, hätten wir es nicht geglaubt.«

»Aber echt.« Marly lachte. »Du wolltest immer Pilotin und ich Managerin von Pharrell Williams werden.«

Die Erinnerung an die simplen Tage unserer Kindheit, als wir unbeschwert im Garten von Marlys Großeltern gespielt hatten, zauberte mir wie immer ein Lächeln aufs Gesicht. Auch wenn es schmerzte, mich daran zu erinnern, warum ich Pilotin hatte werden wollen: um weit wegzufliegen und dem Einfluss meiner Eltern zu entkommen.

Die Kellnerin brachte unser Mittagessen. Wir hatten beide Fish and Chips bestellt. Beim Duft des frittierten Fischfilets lief mir das Wasser im Mund zusammen. Auch Marly machte sich gierig über ihr Essen her.

»Ach ja, vorhin ist Liv in der Praxis vorbeigekommen«, sagte sie mit vollem Mund, kaute dann eilig weiter und schluckte. »Sie hat erzählt, dass sie eine Benefizveranstaltung auf die Beine stellt, um Will bei der Restauration seines Segelbootes unter die Arme zu greifen. Dafür braucht sie unsere Hilfe. Glaubst du, du könntest die Tage mal ein paar Flyer verteilen und Poster in der Stadt aufhängen? Ich würde selbst helfen, komme aber nicht vor dem Wochenende dazu.«

»Klar ich habe doch tagsüber sowieso nicht viel zu tun.« Außerdem war Will mir seit dem Wochenende im Haus seiner Eltern ans Herz gewachsen, sodass ich ihm gerne helfen wollte, sein wunderschönes Boot zu behalten.

»Super, ich frage noch Blake. Der hat bestimmt auch Zeit, und ihr könnt euch zusammentun.«

Beinahe hätte ich vor Schreck meine Gabel fallen lassen. »Blake?«

Marly biss von einer Pommes ab. »Ja, ihr habt doch in letzter Zeit öfter was zusammen unternommen, oder?«

Ich schluckte, nickte, schluckte abermals und wischte mir über die plötzlich feuchte Stirn. »Ja ... äh ... klar. Aber ich würde es auch allein schaffen, ein paar Flyer aufzuhängen.«

Marly runzelte die Stirn. »Rach, ich weiß, dass du es *schaffen* würdest, aber du musst es doch nicht alleine tun. Es ist okay, ab und an mal Hilfe anzunehmen, weißt du?«

Sie hatte meine Reaktion völlig falsch verstanden – es sollte mir recht sein.

»Ja ja«, antwortete ich grummelnd. »Ich weiß, dass ich daran arbeiten muss.«

Marly lächelte breit. »Ich bin ja hier, um dir zu *helfen*.« Sie betonte das Wort übertrieben. »Du musst da nicht allein durch. Ich bin für dich da. Immer an deiner Seite. Du hast 'n Freund in mir, zwei Seelen in einem Körper.«

»Okay, okay, ich hab's kapiert.« Ich schnaubte und warf meine Serviette nach ihr, konnte mir jedoch ein Lachen nicht verkneifen.

Marly zwinkerte mir zu. »Mich wirst du so schnell nicht los. Ich weiß, dass du bloß so tust, als wärst du eiskalt und abgebrüht.«

»Wow! Äh, danke?« Ich verschränkte die Hände vor der Brust, nicht sicher, ob ich mich geschmeichelt oder beleidigt fühlen sollte.

Marly hauchte mir über den Tisch einen Kuss zu. »Du weißt ganz genau, dass ich recht habe.«

Bevor ich etwas erwidern konnte, holte sie ihr Handy aus der Tasche. »Ich schreibe Blake gleich mal und frage, ob er morgen Zeit hat.«

Am liebsten wäre ich aufgesprungen und hätte ihr das Smartphone aus der Hand geschlagen. Stattdessen trank ich einen großen Schluck Canada Dry und sah aufs Meer hinaus, damit Marly mein Unbehagen nicht bemerkte.

Bei der Vorstellung, Blake in nicht einmal vierundzwanzig Stunden wiederzusehen, spielte die Konfettikanone in meinem Magen völlig verrückt. Wir hatten seit dem Streit nicht mehr miteinander gesprochen. Würde er überhaupt zusagen, wenn er hörte, dass ich auch kam? Wollte er noch etwas mit mir zu tun haben? Schließlich hatte ich unmissverständlich klargemacht, dass ich ihn nicht wiedersehen wollte. Doch das Glücksflattern meines verräterischen Herzens war ein eindeutiges Zeichen dafür, dass ich ihn sehr wohl sehen wollte.

Ich fächelte mir Luft zu. »Mann, ist es heute wieder heiß!«

Marly schien meine Panik nicht zu bemerken. Sie sah von ihrem Handy auf und grinste mich an. »Blake hat grade zugesagt. Ihr trefft euch morgen früh am Pier.«

Aus dieser Nummer kam ich nun nicht mehr raus.

Als ich am nächsten Morgen die Water Street entlang auf den Pier zulief, hämmerte mein Herz, als hätte ich gerade eine Bungee-Jumping-Session hinter mir. Mein Mund war trocken, und ich befeuchtete meine Lippen alle paar Sekunden. Ich war absolut nicht auf die Begegnung mit Blake vorbereitet, auch wenn ich den Großteil der Nacht wach gelegen und mir einige lockere Sätze zurechtgelegt hatte. Mein Kopf war plötzlich wie leer gefegt. Was sollte ich zu ihm sagen? Wie sollte ich mich verhalten? Wie würde *er* sich mir gegenüber geben?

Es ärgerte mich, dass ich, was ihn anging, all meine Coolness eingebüßt zu haben schien. Das war mir erst einmal zuvor passiert ... mit Sam. Und bei ihr hatte ich rechtzeitig die Reißleine gezogen.

Blake lehnte lässig an einem altmodischen Laternenpfahl und tippte auf seinem Handy herum. Im Näherkommen musterte ich ihn, sein weißes T-Shirt mit V-Ausschnitt, die tief hängenden Jeansshorts, die muskulösen Waden und Unterarme. Über einer Schulter hing ein Jutebeutel, der überhaupt nicht zu ihm passte. Oben schauten Poster heraus, also musste er die Tasche von Liv haben.

Als ich ihn fast erreicht hatte, hob er den Kopf. Sein Blick traf meinen und hielt mich sofort gefangen. Ich hätte nicht wegsehen können, wenn ich es gewollt hätte. Eilig steckte er sein Handy in die hintere Hosentasche und richtete sich auf. »Hi«, grüßte ich ihn.

»Hi.«

Stille setzte ein, durchbrochen von einigen Möwenschreien, dem Schaben von Stühlen auf dem Bürgersteig und Klirren von Geschirr, als das Personal der umliegenden Restaurants sich auf den Tag vorbereitete. Ich biss mir auf die Lippe, wusste nicht, was ich sagen oder tun sollte. Ein Gefühl, das mir völlig neu war.

Da trat Blake einen Schritt auf mich zu. »Ich wollte ... ähm ... ich wollte dir sowieso schon seit Tagen schreiben. Um mich zu entschuldigen. Es war echt nicht cool, was ich an dem Abend abgezogen habe.«

Also sprach er den Elefanten im Raum direkt an. Gut, dann hatten wir es hinter uns und konnten aufhören, verlegen umeinander herumzuscharwenzeln.

»Ach, weißt du, ist schon in Ordnung.« Ich winkte ab, überrascht, wie lässig mein Tonfall war. »Lass es uns einfach vergessen.«

Er sah mich verdutzt an. »Bist du sicher?«

»Klar. Ist ja nicht so, als wäre ich noch nie betrunken gewesen. Da macht man schon mal peinliche Dinge.«

Ein erleichtertes Lächeln breitete sich auf seinem Gesicht aus. Er schien sich sichtlich zu entspannen. »Trotzdem ist es kein Freifahrtschein, das weiß ich.«

»Nein, das ist es nicht. Sollte es noch mal vorkommen, kann ich für nichts garantieren.«

Er sah mich kurz mit erschrocken geweiteten Augen an, doch dann entdeckte er meine leicht zuckenden Mundwinkel. »Okay. Kommt nicht wieder vor. Versprochen.«

»Das wäre auf jeden Fall besser für dich.« Ich zwinkerte ihm zu. Dann war das also aus der Welt geschafft. Was allerdings immer noch zwischen uns stand, waren drei kleine Worte, die Blake nicht mehr zurücknehmen konnte.

Ich mag dich.

Unwillkürlich fragte ich mich, ob seine Einladung auf ein Date nach wie vor stand. Ich stellte mir vor, wie wir uns auf der Terrasse im *The Gables* gegenübersaßen und uns tief in die Augen sahen, während die rot glühende Sonne langsam im Meer versank. Beinahe hätte ich losgeprustet. Romantik war wirklich nicht mein Ding. Doch Blake machte keinerlei Anstalten, das Gespräch in eine solche Richtung zu lenken. Er deutete auf den Jutebeutel über seiner Schulter. »Bereit, ein paar Flyer zu verteilen?«

»Klar.« Ich trat näher und spähte in den Beutel hinein. Dabei stieg mir Blakes mittlerweile so vertrauter Duft nach seinem sportlich-herben Duschgel in die Nase. Mein Körper reagierte augenblicklich, meine Kopfhaut kribbelte, und Hitze stieg mir in die Wangen. War ich etwa … nervös?

Jetzt nur nicht schwach werden, ermahnte ich mich in Gedanken. *Wir haben uns gerade erst wieder angenähert. Freundschaftlich.*

»Sieht so aus, als hätten wir einiges vor«, sagte ich leichthin.

»Jap.« Blake fuhr sich über die kurz rasierten Haare. »Wenn du willst, können wir uns aufteilen. Du übernimmst den einen Teil der Stadt und ich den anderen.« Er deutete die Water Street entlang, als würde er sie mit den Händen zerteilen.

Es störte mich, dass er zu glauben schien, ich wollte so schnell wie möglich vor ihm flüchten. Aber das hatte ich wohl meiner scharfen Zunge zu verdanken. Schließlich hatte ich ihn bei unserer letzten Begegnung zum Teufel gejagt.

»Oooder wir könnten alles zusammen ablaufen?« Die Worte waren heraus, bevor ich sie überdenken konnte.

Blake blinzelte verdutzt, hatte sich jedoch schnell wieder gefangen. »Klar, okay.« Er griff in den Beutel und reichte mir eine Handvoll Flyer. Darauf war das Segelboot zu sehen, auf dem wir am vergangenen Wochenende geschuftet hatten. *Rettet die Giulia – Spendengala zur Erhaltung des Familienerbstücks mit Kunstauktion,* stand in großen goldenen Lettern darüber. Darunter waren die Adresse der Location, die sich in Halifax befand, sowie der Name der Künstlerin angegeben, die ihre Werke für den guten Zweck zum Verkauf stellte. Das musste Livs Mutter sein.

Ich nickte anerkennend. »Nicht schlecht. Liv hat es echt drauf, was?«

»Ja, sie hatte schon immer eine künstlerische Ader und ist anscheinend auch ein richtiges Organisationstalent. Schön, dass sie und Will die Kurve gekriegt haben.«

Ich horchte auf. »Sind sie wieder zusammen?«

»Nein, aber ich glaube, sie sind auf dem besten Weg dahin.« Mir entging nicht, dass Blake meine Reaktion beobachtete. Dachte er etwa auch, ich hätte an meinem ersten Wochenende in St. Andrews mit Will geschlafen?

»Gut, dann war meine ganze Arbeit nicht umsonst«, sagte ich selbstzufrieden. »Die beiden haben bloß mal einen kleinen Schubs gebraucht.«

Blake erstarrte. Ich zwinkerte ihm zu, fuhr auf dem Absatz herum und befestigte einen der selbstklebenden Flyer an dem Laternenpfahl, an dem er zuvor gelehnt hatte. Dann ging ich weiter die Straße entlang. »Kommst du?«, rief ich ihm über die Schulter zu.

Blake erwachte aus seiner Schockstarre und beeilte sich, mir zu folgen. »Yes, Ma'am.«

Die Worte brachten mich zum Schmunzeln. Kaum zu glauben, dass wir so kurz nach unserem Streit schon wieder Insider-witze machten. Es fühlte sich richtig an. In diesem Moment spürte ich es wieder, als wir nebeneinander die Water Street ent-langliefen. Da war diese Chemie zwischen uns. Dieses Gefühl, dass ich mich in Blakes Gegenwart wirklich wohlfühlte. Obwohl wir uns nicht berührten, obwohl kein Sex mehr in Aussicht stand, genoss ich seine Gesellschaft. Und das war etwas, was mir nicht mit vielen Menschen passierte.

Wir schlenderten in einvernehmlichem Schweigen die Straße entlang, pflasterten Laternenpfähle mit Werbung, fragten in Cafés, Restaurants und Geschäften nach, ob wir Poster auf-hängen und Flyer auslegen durften.

Nach einer Weile waren wir bereits ein eingespieltes Team. Blake kannte die meisten Leute mit Namen, und sie waren nur allzu gern bereit, ihm einen Gefallen zu tun. Mir fiel auf, wie beliebt er war. Alle hatten ein Lächeln und einen netten Gruß oder Witz für ihn übrig. Ob das an seiner früheren Football-karriere lag? Oder einfach an seinem sonnigen Wesen? Seine Augen funkelten, wenn er lachte, sein Lächeln war breit und auf-richtig. Ich ertappte mich dabei, wie ich seine Wärme in mich aufsog, mich ganz und gar davon einhüllen ließ, als hätte ich einen langen Winter hinter mir und nicht nur eine Woche ohne Blake.

Als wir schließlich die ganze Water Street und einige kleine Nebenstraßen mit Geschäften abgelaufen hatten, blieben immer noch Flyer übrig. »Puh!« Blake wischte sich über die Stirn. »Da haben wir ja gut was geschafft.«

»Ja.« Ich stemmte die Hände in die Hüften. »Ich brauche jetzt erst mal was zu trinken. Wo gibt's hier den besten Kaffee? Geht auf mich.«

Blake sah mich fassungslos an. Erst in diesem Moment wurde mir bewusst, wie mein Vorschlag in seinen Ohren klingen musste. »Das ist kein Date«, sagte ich eine Spur zu hastig. »Einfach nur ein Kaffee.«

»Okay.« Blake grinste frech. »Wenn es kein Date ist, darf ich die Location aussuchen, und ich bestimme, dass wir Smoothies im *Whale Store Café* trinken.«

Ich schnaubte »Gibt's da auch noch was anderes?«

»Na klar. Aber hast du nicht gesagt, du stehst darauf, neue Sachen auszuprobieren? Action und so?«

»Mit Action meinte ich zwar keine hypergesunden Smoothies, aber okay, warum nicht?« Ich bedachte ihn mit einem finsteren Blick, obwohl meine Mundwinkel wie von selbst nach oben wanderten.

Blake winkte mich hinter sich her zum *Whale Store*, dessen fröhlich gelbe Fassade uns bereits von Weitem begrüßte. Als wir zu dem kleinen Anbau daneben kamen, in dem sich das Café befand, war die Schlange jedoch so lang, dass die Leute bis auf die Straße standen.

Blake drehte sich feixend zu mir um. »Gutes Zeichen, was?«

»Oder eher ein Zeichen dafür, dass wir jämmerlich verdursten werden.«

»Ach, Quatsch. Es hat so seine Vorteile, wenn man mit den Besitzern befreundet ist.« Er zwinkerte mir zu und bedeutete mir mit einer Geste, draußen zu warten, bevor er im Inneren verschwand.

Durch die Glasfront beobachtete ich, wie er schnurstracks zu dem Mann mit dem langen dunklen Pferdeschwanz hinter dem Tresen ging, der ihn mit einem freudigen Handschlag begrüßte. Blake flüsterte ihm etwas ins Ohr und deutete nach draußen. Der Typ grinste und winkte mir zu. Fast hätte ich mich umgesehen, um mich zu vergewissern, ob nicht jemand hinter mir stand, doch ich schaffte es, lässig zurückzuwinken. Der Mann wandte sich an seine Kollegin, die den Drink übernahm, den er gerade zubereitet hatte, und machte sich daran, frisches Obst in einen Mixer zu geben.

Blake wartete neben der Theke, während er auf seinem Handy herumtippte. Kurz darauf präsentierte ihm sein Kumpel zwei große Becher mit Deckeln und Strohhalmen. Als Blake bezahlen wollte, schüttelte er den Kopf. Blake schlug ihm zum Abschied überschwänglich auf die Schulter, und der Typ winkte mir einmal mehr, bevor er sich wieder seinen Kunden zuwandte.

Als Blake mit den zwei Smoothies aus der Tür trat, strahlte er von einem Ohr zum anderen.

Ich legte den Kopf schief. »So viel dann zu dem ›geht auf mich‹.«

»Ach.« Er reichte mir einen der To-go-Becher. »Ed würde mich nie bezahlen lassen.«

Als ich ihn skeptisch musterte, zuckte er nur mit den Schultern. »Er ist ein alter Freund.« Sein Lächeln wurde verschlagener. »Und er hat gesagt, wenn ich schon eine so schöne Frau auf ein Date ausführe, hat sie nur das Beste verdient.«

Ich boxte ihn empört gegen den Arm. »Was hast du gerade gesagt? Das ist kein …«

»Ich weiß, ich weiß!« Ergeben hob Blake beide Hände, sodass sein Smoothie gefährlich im Becher schwappte. »Aber das Fake-Date hat uns diese Gratisdrinks beschert, also genieß es einfach.«

Ich sah ihn eine Weile prüfend an, dann entspannte ich mich. »Fake-Date? Das gefällt mir.« Ich prostete Blake mit meinem Smoothie zu, bevor ich den Deckel anhob und vorsichtig hineinspähte. Die bräunliche Pampe sah nicht gerade appetitlich aus.

»Und was hast du uns da für ein Gebräu besorgt?« Ich schnupperte skeptisch daran.

»Ich weiß doch, dass du eine Naschkatze bist«, antwortete Blake. »Also musste es etwas Süßes sein, um dich zu überzeugen, dass Smoothies gesund *und* lecker sein können. Das ist ein Bananensmoothie mit Kokosmus, Zimt und Milch.«

Ich musste zugeben, dass die matschige Pampe ziemlich gut roch. Misstrauisch sog ich an dem Bambusstrohhalm. Als das kühle Getränk meinen Mund flutete, riss ich überrascht die Augen auf. Es war süß, erfrischend und absolut köstlich. Beinahe wie ein Milchshake – nur gesünder, vermutete ich. »Nicht schlecht.«

Blake stieß eine Faust in die Luft. »Ich wusste es.« Er lächelte viel zu selbstgefällig, sodass ich ihm schnell einen Dämpfer verpassen musste.

»Also trinken wir unsere Hipster-Smoothies auf unserem Fake-Date mitten auf der Straße?«, fragte ich mit erhobenen Augenbrauen.

Blake schüttelte heftig den Kopf. »Keineswegs, wenn du mir bitte folgen würdest, unser Gefährt erwartet uns.«

»Gefährt?«

»Du wirst schon sehen.«

Er winkte mich hinter sich her, und ich folgte ihm gespannt in Richtung Hafen.

30 Blake

»Hm.« Rachel sog geräuschvoll an ihrem Strohhalm, während wir nebeneinander auf den Pier hinausliefen. »Ich muss mir merken, was da drin ist. Vielleicht hilft das ja, wenn ich mich in New York als Barista bewerbe.«

Beinahe wäre mir mein Smoothie vor Schreck aus der Nase geschossen. »*Du* willst in einem Coffeeshop arbeiten?«

Sie sah mich mit pikiert gerümpfter Nase an. »Warum denn nicht?«

»Okay, lass mich das anders formulieren: Du *musst* arbeiten?«

Von Jack wusste ich einiges über Rachels familiären Hintergrund. Außerdem sah man ihr an, dass sie es nicht unbedingt nötig hatte, anderen Leuten Kaffee zuzubereiten.

»Ich werde mir in New York einen Job suchen müssen, ja.« Sie zuckte mit den Achseln. »Und warum nicht in dem kleinen süßen Coffeeshop um die Ecke meiner neuen Wohnung? Von dem habe ich dir doch erzählt, oder? *Beans & Co.*?«

Ich nickte. »Irgendwie habe ich das Gefühl, du wärst eine schreckliche Barista.«

»Hey!« Sie stieß mit der Schulter gegen meine, was sie nur schaffte, da sie gefährlich hohe Heels trug.

»Ich meine ja nur, dass du bestimmt alle Getränke viel zu süß machen würdest.«

Sie sah mich so zufrieden grinsend an wie eine Katze, die gerade ein Leckerli verspeist hatte. »Du hast mich ertappt.« Sie nahm noch einen Schluck von ihrem Smoothie und wurde schlagartig ernst. »Nein, aber mal ehrlich. Meine Eltern werden mich nicht mehr finanziell unterstützen, wenn ich mein Studium in New York beginne. Zum Glück habe ich eine Wohnung, und mein Konto ist auch nicht gerade leer, aber früher oder später werde ich Geld verdienen müssen. Studieren ist nicht billig, und das Leben in New York ist sündhaft teuer. Neben dem Studium werde ich kaum Zeit für etwas Hochtrabenderes haben, als in einem Coffeeshop oder Klamottenladen zu jobben.«

Ich hörte ihr erstaunt zu. Rachel hatte mir bisher nie so viel Persönliches von sich erzählt. Selbst nachdem ich mich ihr geöffnet und ihr von meinem Unfall berichtet hatte, war sie verschlossen geblieben. Dieser erste Einblick in ihr Leben war wie eine kostbare Perle, die sie mir auf der offenen Handfläche präsentierte. Ich nahm sie vorsichtig entgegen und schwor mir, sie gut zu verwahren. Dann beschloss ich, mich weiter vorzuwagen. »Deine Eltern sind ziemlich streng, was?«

»Zählt übermäßig ambitioniert und leistungsorientiert als streng?«

Ich zuckte mit den Achseln. Eine solche Erfahrung hatte ich mit meinen Eltern nie gemacht. Sie hatten zwar meine Footballkarriere unterstützt, wo sie nur konnten, mir jedoch nie das Gefühl gegeben, mich allein aufgrund meiner Leistung zu beurteilen oder gar zu lieben. »Muss hart sein, so aufzuwachsen.«

Rachel winkte ab. »Man gewöhnt sich dran beziehungsweise ich kenne nichts anderes.«

»Was machen deine Eltern denn beruflich?«

»Immobilieninvestment. Sie haben ihre eigene Firma. Sie kaufen millionenschwere Hütten, renovieren sie und verkaufen sie mit Profit. Damit haben sie in kurzer Zeit sehr viel Geld verdient.«

Ich hob fragend beide Augenbrauen.

»Also, ich würde nicht sagen, dass sie superreich sind, aber …
wohlhabend.«

»Du sagst *sie* und nicht *wir*. Müsstest du dann nicht ebenso
›wohlhabend‹ sein?«

Rachel schnaubte. »Nicht wirklich. Meine Eltern haben für
meine Bildung, für meine erste Wohnung in Toronto, für so
ziemlich alles bezahlt. Aber das heißt nicht, dass sie über mein
Leben bestimmen können. Ich bin nicht käuflich.« Ihr Ton war
frostig geworden, was darauf schließen ließ, dass die Beziehung
zu ihren Eltern mehr als angespannt war. »Aber ich gebe ihr Geld
gern aus«, fügte sie mit einem verschlagenen Grinsen hinzu.
»Nur so kann ich gegen sie rebellieren, bis ich mir ein eigenes
Leben aufgebaut habe.«

»So hast du die Wohnung in New York gekauft, oder? Mit
ihrem Geld?«

Sie sah mich überrascht an, nickte dann aber. »Ja, die beste
Entscheidung meines Lebens. Jetzt habe ich wenigstens ein Dach
über dem Kopf, wenn ich schon mein Studium und alles andere
aus der eigenen Tasche bezahlen muss.«

»Ein ziemlich luxuriöses Dach, nehme ich an.«

Rachel lachte. »Ich kann dir Fotos zeigen, wenn du willst.«

»Klar, gern. Aber nicht sofort. Wir sind nämlich angekommen.«

Vor uns dümpelte ein knallrotes Tretboot im Wasser. Rachel
sah mich an, dann wieder das kleine Boot. »Dein Ernst?«

»Jap.« Ich ließ ihr mit einer ausladenden Handbewegung den
Vortritt. »Das noble Gefährt erwartet uns.«

»Und wir können da einfach so einsteigen und lospaddeln?«

Ich nickte. »Ich habe vorhin im Coffeeshop Will geschrieben. Er hat seine Schwester geschickt, um das Boot fertig zu
machen. Ihr Tourismusunternehmen ist gleich da drüben.« Ich

deutete zurück zu einem zweistöckigen Gebäude mit leuchtend roten Doppeltüren nah am Wasser, das früher mal eine Boots-scheune gewesen war. Auf einem Schild über dem Eingang wur-den Whale-Watching-Touren und andere »spaßige Aktivitäten« angeboten.

»Und wir können einfach so rauspaddeln, obwohl da Wale rumschwimmen? Die werfen so ein winziges Boot doch im Handumdrehen um.«

Anhand ihres skeptischen Tonfalls lachte ich schallend. »Glaub mir, die Wale sind so weit draußen, da würden wir mit diesem Boot selbst in drei Tagen nicht hinkommen. Und falls es dich beruhigt, wir dürfen uns sowieso nur in Küstennähe auf-halten und nur bei ruhiger See rausfahren.«

Rachel beäugte prüfend das Meer, das beinahe so ruhig wie ein Spiegel dalag. Bald musste die Ebbe einsetzen.

»Okay, dann los.« Sie reichte mir ihren halb leeren Smoothie, zog sich die High Heels aus und sprang hinunter ins Boot. Da-raufhin wackelte es gefährlich, sodass sie sich kreischend am Lenkrad festklammerte. Als ich abermals lachte, streckte sie mir die Zunge raus. Es amüsierte mich, dass ich sie mit meinen Aktivitäten immer wieder kalt erwischte. Rachel war laut ihren eigenen Erzählungen aus Flugzeugen gesprungen, hatte sich mit nur einem Seil gesichert von Brücken gestürzt und war auf Gleitschirm-Schwingen durch Bergschluchten gesegelt, aber in St. Andrews gab es immer wieder Dinge, die sie noch nie aus-probiert hatte. Auch wenn es sich dabei um knallrote Tretboote handelte, mit denen selbst Rentner fahren konnten.

Ich sprang zu ihr ins Boot, das daraufhin abermals schwankte, und setzte mich neben sie. Wir verstauten die Smoothies in den Getränkehalterungen, Rachels Schuhe daneben.

»Bereit?«

Rachel sah immer noch skeptisch aus, nickte aber. »Dann los!«

Zeitgleich begannen wir zu treten und glitten langsam in die Bucht hinaus. Hier war es friedlich und ruhig, die Kühle des Wassers stieg von unten auf und sorgte für eine angenehme Erfrischung. Ich lehnte mich entspannt zurück, während ich mit den Füßen die Pedalen bediente.

»Also, wo waren wir? Du beginnst dein Studium im September?«

Rachel zögerte gerade lange genug, dass ich glaubte, zu weit gegangen zu sein und sie mit meinen Fragen zu überfallen. Doch dann wandte sie den Blick zum Wasser, während sie antwortete.

»Genau. Dieses Jahr habe ich meine Undergraduate Studies, meinen Bachelor in Wirtschaft und Politikwissenschaft abgeschlossen.«

»Wow, Glückwünsch.«

»Danke.« Sie schenkte mir ein flüchtiges Lächeln und strich sich die vom Wind zerzausten Haare aus dem Gesicht. »Ich musste den Law-School-Admission-Test an der NYU bestehen und habe diesen Sommer ein Praktikum in einer Anwaltskanzlei absolviert. Also nach drei Jahren Uni und einem superheftigen Test bin ich jetzt endlich zum Jurastudium zugelassen. Und ich werde es nicht in den Sand setzen.«

Ich runzelte die Stirn. »Natürlich wirst du es nicht in den Sand setzen. Warum solltest du?«

»Na ja, meine Eltern werden mir Steine in den Weg legen, wo sie nur können. Sie haben mir den Geldhahn zugedreht, weil sie wollen, dass ich in Toronto studiere.«

»Wow, das ist …«

»Gemein, manipulativ, egoistisch, unfair, das Allerletzte?«

»Jap, das trifft es auf den Punkt.«

»Der Deal mit meinen Eltern war, dass sie mir einen Teil meines Treuhandfonds auszahlen, wenn ich mein Postgraduate Degree habe. Mit diesem Geld habe ich mir die Wohnung in

New York gekauft, also ist sie sozusagen nicht hundertprozentig meine eigene. Trotzdem fühlt es sich so an, als hätte ich meine Eltern mit ihren eigenen Waffen geschlagen.« Rachel grinste mich an. »In drei Jahren habe ich dann endlich mein Diplom und bin hoffentlich für immer frei von ihrem Einfluss.«

Ich schirmte meine Augen mit der Hand ab, um sie anzusehen. »Klingt gut. Die drei Jahre schaffst du locker. Ich glaube an dich.«

Ihre Augen weiteten sich überrascht, und ihre Wangen färbten sich rosa. Dabei sah sie so niedlich aus, dass ich mich zusammenreißen musste, um sie nicht zu küssen. Diese Vertrautheit zwischen uns hatte mir so gefehlt. Eine Woche lang hatte ich versucht, mir die richtigen Worte zurechtzulegen, um mich bei ihr zu entschuldigen, doch nie den Mut aufgebracht, ihr zu schreiben. Als Marly mich gefragt hatte, ob ich mit Rachel Flyer verteilen wollte, hatte ich zuerst geglaubt, sie wollte mich auf den Arm nehmen. Und doch saß ich jetzt mit ihr in diesem Boot, und es fühlte sich verdächtig nach einem Date an – wenn auch ein sehr spontanes. Ich hatte mir keinerlei Hoffnungen gemacht, war davon ausgegangen, dass das mit uns vorbei war, doch jetzt kribbelte mein Magen, als gäbe es tatsächlich noch Hoffnung.

Das war es, was Rachel mit mir anstellte: Sie gab mir Hoffnung. Von unserer ersten Begegnung an. Und ich hatte sie so sehr vermisst. Heute war es irgendwie anders zwischen uns, weniger körperlich, dafür umso intensiver. Zum ersten Mal hatte ich das Gefühl, Rachel wirklich kennenzulernen. Und ich wollte nicht, dass es aufhörte.

»Hast du immer gewusst, dass du mal Anwältin werden willst?«, fragte ich.

»Eigentlich will ich nicht nur Anwältin, sondern Richterin werden. Das ist zwar ein wirklich schwieriger und langer Weg, aber von Komplikationen habe ich mich noch nie abhalten lassen.«

Ich lachte. »Warum überrascht mich das nicht?«

Sie sah mich mit erhobenen Augenbrauen an. »Was soll das denn heißen?«

»Dass du total tough bist, dich von nichts abbringen und schon gar nicht manipulieren lässt.«

Der Anflug eines Lächelns umspielte ihre Lippen. »Sag das mal meinen Eltern. Bei denen scheint das noch nicht angekommen zu sein. Nur Marly hat schon immer daran geglaubt, dass ich alles schaffen kann, was ich mir vornehme.«

»Wie habt du und Marly euch eigentlich kennengelernt?«

»Wir waren schon immer beste Freundinnen.«

Ich nickte wissend. »Ah, eine Sandkastenfreundschaft wie bei Fiona, Jack, Will und mir.«

»Ganz genau.«

»Als wir Kinder waren, habe ich direkt neben Marly gewohnt. Wir waren schon immer unzertrennlich. Aber dann sind meine Eltern zu Geld gekommen, und wir sind aus unserem kleinen Häuschen direkt ins Penthouse gezogen.«

»Das muss schwer gewesen sein.«

Rachel nickte. Ihr Blick richtete sich in weite Ferne. »Als ich auf die Privatschule kam, habe ich mich so fehl am Platz gefühlt. Ich war die mit den Eltern, die nicht schon immer reich waren. Ich hatte keine Ahnung vom Leben dieser verzogenen Schnösel. Ich musste doppelt so hart arbeiten, um zu schaffen, was sie mit nur einem Anruf ihrer einflussreichen Eltern bekamen. Also habe ich weder dort reingepasst noch bei meiner alten Freundesgruppe, weil ich mir plötzlich Dinge leisten konnte, die sie nicht hatten. Nur Marly hat immer zu mir gehalten.«

»Marly ist ziemlich cool. Das wusste ich, seit sie Will und mich bei unserer ersten Begegnung beim Billard abgezogen hat.«

Rachels Augen funkelten vor Stolz. »Ha! Das ist mein Mädchen.«

»Ja, wir haben haushoch gegen sie verloren. Hatten keine Chance.«

»Das will ich wohl meinen. Als Kinder haben wir stundenlang am Billardtisch ihres Grandpas geübt.«

»Aha. Deshalb hat sie es so drauf.«

»Tja, du hast noch nie gegen *mich* gespielt. Bereite dich auf eine noch größere Pleite vor.«

»Das werden wir ja sehen.« Ich tauchte meine Hand ins Wasser und spritzte Rachel nass. Sie duckte sich zu spät und bekam alles ins Gesicht. Die Tropfen glitzerten in ihren Haaren und Wimpern.

»Na warte!«

Wir lieferten uns eine Wasserschlacht, bis das Boot so gefährlich schwankte, dass wir beinahe gekentert wären. Dabei trieben wir weit in die Bucht hinaus. Es war mir egal. Ich hatte ein Auge auf den Hafen und würde Rachel sicher zurückbringen, doch in diesem Moment genoss ich ihre Gesellschaft, ihre ungefilterte Freude so sehr, dass ich unser Fake-Date aus keinem Grund der Welt unterbrochen hätte.

Erst nachdem wir beide völlig durchnässt waren, fiel mir auf, dass das Wasser sich zurückzuziehen begann und es Zeit wurde, zum Pier zurückzukehren. »Die Ebbe kommt. Wenn wir nicht auf Grund laufen wollen, sollten wir jetzt zurückpaddeln.«

Rachel sah mich verdutzt an, als erinnere sie sich erst in diesem Augenblick daran, wo wir uns befanden. Ihre Wimperntusche war verlaufen, ihre Wangen gerötet, und die Haare hingen ihr in nassen Strähnen über die Schultern. »Oh, okay.« Sie sah sich nach allen Seiten um.

»Keine Sorge, wir schaffen es rechtzeitig zurück.«

»Gut. Es ist eine Sache, mit dem Fahrrad über den Meeresboden zu fahren, aber den ganzen Weg zu laufen, das ist noch mal eine andere Nummer.« Sie lächelte mich an, sodass mir plötzlich trotz meiner nassen Klamotten warm wurde. Dieses Lächeln ... ich wollte es am liebsten jeden Tag sehen, morgens neben Rachel aufwachen und abends neben ihr einschlafen. Als ich bemerkte, dass ich sie anstarrte und sie meinen Blick erwiderte, sah ich rasch weg und begann, heftig zu paddeln.

Wir schwiegen eine Weile, um uns war nichts als das Klatschen der niedrigen Wellen gegen den Bootsrumpf zu hören. Ich hatte das Gefühl, noch etwas sagen zu müssen. Irgendetwas, das diese völlig unerwartete und neue Nähe zwischen uns besiegelte, sodass Rachel mir nicht wieder entglitt, wenn wir am Pier ankamen. Etwas Aufrichtiges, Persönliches, etwas, das sie zu schätzen wissen würde.

»Um ehrlich zu sein«, begann ich vorsichtig, »als Marly mich gefragt hat, ob wir beide das hier zusammen machen wollen, habe ich zuerst gezögert. Ich dachte wirklich, ich hätte es versaut.«

Rachel schwieg einen Moment, sah mich nicht an, doch ich erkannte, dass sie sich ihre Antwort im Kopf zurechtlegte. »Ging mir genauso«, sagte sie schließlich. »Ich war nämlich auch nicht gerade fair zu dir.«

Ich blinzelte überrascht, ließ ihr jedoch Raum, um weiterzusprechen.

»Tut mir leid, dass ich so barsch war«, fügte sie nach einer Weile hinzu.

»Danke, dass du das sagst.« Ich lächelte. »Am Ende war das Fake-Date aber gar nicht so schlecht, oder?«

Rachel verdrehte die Augen, jedoch nur halbherzig. »Nein, um ehrlich zu sein, hatte ich viel Spaß.«

»Warte!« Ich tat, als wollte ich mein Handy aus der Hosentasche ziehen. »Kannst du das wiederholen? Ich muss diesen historischen Moment festhalten.«

Sie boxte mir gegen den Arm, und ich lachte.

»Und da wir gerade so ehrlich sind«, fuhr Rachel fort. »Ich dachte auch zuerst, du hättest es versaut.«

Ich erschrak, doch sie stieß mich grinsend mit der Schulter an.

»Aber?«

»Aber dann dachte ich mir, dass jeder eine zweite Chance verdient hat. Und ...« Sie wurde ernster, sah mir in die Augen. »Falls du Hilfe brauchst, um mit dem Trinken aufzuhören oder bei irgendetwas anderem, bin ich für dich da.«

Ich nickte ebenso ernst, fühlte mich seltsam ergriffen. »Das weiß ich zu schätzen, danke. Falls es dich interessiert: Ich habe seit dem Abend nichts mehr getrunken, war jeden Tag joggen und habe sogar einige Studiengänge gegoogelt. Vielleicht kriege ich ja ein anderes Stipendium.«

Ich war mir nicht sicher, warum ich Rachel nicht von dem Therapieplatz erzählte, den ich bekommen hatte. Morgen war meine erste Sitzung mit einer Psychologin. Irgendetwas hielt mich davon ab, darüber zu sprechen. Vielleicht wollte ich erst mal sehen, wie es laufen würde. Im Moment reichte es mir völlig, Rachel aufgrund der guten Neuigkeiten lächeln zu sehen.

»Wirklich?«

»Jap. Irgendwas mit Sport wäre cool. Wenn ich schon nicht spielen kann, dann kann ich meine Leidenschaft für Football eventuell anderweitig einsetzen.«

»Blake, das ist großartig!«

Meine Wangen wurden heiß, und ich fuhr mir unbeholfen mit der Hand über den stoppeligen Schädel. »Also, es ist ja noch nichts Konkretes, aber ich hatte irgendwie Lust, mal zu sehen, was es da draußen noch so gibt.«

»Das ist der erste Schritt.« Rachels Augen funkelten. »Ich bin sicher, dass noch viele weitere folgen werden. Ich glaube nämlich auch an dich, weißt du?«

Verlegen sah ich weg. »Tja, da bist du, glaube ich, im Moment die Einzige.«

»Kann ich mir nicht vorstellen. Du hast tolle Freunde, Blake. Wir glauben alle an dich.«

Mein Herz machte einen aufgeregten Hüpfer, meine Lippen verzogen sich zu einem schelmischen Grinsen. »Also sind wir jetzt so was wie Freunde?«

Rachel zögerte, doch ihre Mundwinkel wanderten nach oben, bevor sie antwortete. »So was wie Freunde, ja.«

Ich führte einen inneren Freudentanz auf, blieb äußerlich jedoch völlig cool. »Klingt gut.«

Als wir kurz darauf am Pier ankamen und ich Rachel aus dem Boot half, fühlte ich mich, als wäre ich während unseres kleinen Abstechers aufs Meer mehrere Zentimeter gewachsen. Rachels Reaktion bestärkte mich in dem Gefühl, dass ich vielleicht nur einen triftigen Grund gebraucht hatte, nicht mehr in Traurigkeit zu versinken. Wieder Licht in meine düsteren Gedanken zu lassen. Mein Leben wieder auf die Reihe zu bekommen.

Endlich etwas anderes als Wut zu empfinden, war der erste Schritt gewesen. Der zweite, mir einen Therapieplatz zu suchen. Das hatte mir die Kraft verliehen, mir meine Zukunftsoptionen anzusehen. Denn überraschenderweise gab es davon ziemlich viele.

Ich war mir selbst nicht mehr egal. Und die Leute in meinem Leben waren es mir schon gar nicht. Rachel gehörte jetzt unwiderruflich dazu.

31 Rachel

Es war geschehen.

Ich konnte nicht mehr leugnen, dass ich Blake gernhatte, dass unsere Chemie über das Schlafzimmer hinausging. Vor allem jetzt, da er sein Leben auf die Reihe bekommen wollte. Das machte ihn in meinen Augen noch attraktiver – und gefährlicher. Denn wenn er mich sowohl innerlich als auch äußerlich zum Schmelzen brachte, wie sollte ich dann mein Herz schützen? Dieses frostige Herz, von dem ich dachte, dass es nie auftauen würde. Ich hatte doch immer so gut darauf aufgepasst. Hatte immer alle auf Abstand gehalten, die versuchten, durch das Eis zu brechen. Alle außer Marly. Und jetzt? Jetzt war ich mir nicht mehr so sicher, ob ich das überhaupt noch wollte. Lag es allein an Blakes Wandlung, oder hatte ich mich auch verändert?

Gedankenverloren schlenderte ich auf dem Weg nach Hause die Water Street entlang. Die bunten Häuser und Markisen wirkten fröhlicher als sonst. Aus den Restaurants wehte mir der Duft von gegrilltem Fleisch entgegen. Es war Mittagszeit, und ich war hungrig. Hungrig auf mehr Zeit mit Blake.

Trotzdem war da nach wie vor diese leise Stimme in meinem Hinterkopf, die fragte, wohin das alles führen sollte. Schließlich würde ich bald wieder abreisen, und ich konnte mir an diesem Punkt in meinem Leben keine Ablenkungen erlauben. Nicht so kurz vor der Erfüllung meiner Träume. Ich hatte immer diesen starken Drive im Leben gehabt, stets ein Ziel vor Augen, und konnte keinen Partner oder keine Partnerin gebrauchen, die nicht ebenso stark für etwas brannten.

Am Anfang hatte ich mir noch einreden können, dass Blake und ich nicht zusammenpassten. Dass wir zu verschieden waren. Er hatte sich aufgegeben und war mir unendlich traurig und verloren vorgekommen, auch wenn er es zu überspielen versucht hatte. Doch nun war ihm endlich klar geworden, dass er Football noch immer liebte und sein Lebensziel lediglich neu definieren musste. Und heute hatte auch ich begriffen, dass Blake mehr war, als es zunächst den Anschein gemacht hatte. Er hatte die Kurve gekriegt. Und das war verdammt sexy. Das Glücksflattern in meinem Bauch sprach Bände. Sosehr mich dieses ungewohnte Gefühl überforderte, genoss ich es auch. Es war eine ganz neue Droge.

Als ich nach Hause kam, wärmte ich mir die Überreste des gestrigen Abendessens auf. Während ich den Tisch auf der Veranda deckte, grübelte ich darüber nach, wie ich Blakes und meine Beziehung nun beschreiben sollte. »Freunde« war nicht der richtige Ausdruck, denn wenn ich daran dachte, wie er sich bei mir entschuldigt hatte, wie er mir grinsend mit den Smoothies entgegengekommen war, wie nah wir uns bei der Wasserschlacht gekommen waren, war das Pochen zwischen meinen Schenkeln zurück. Stärker als je zuvor.

Es war längst nicht mehr nur Blakes Aussehen, das mich wahnsinnig machte. Es war das Gesamtpaket. Und ich wollte mehr davon.

Aus diesem Grund griff ich nach dem Mittagessen nach meinem Handy und schrieb Blake.

Lust, unser Fake-Date heute Nachmittag fortzusetzen?

Es war mir egal, ob es verzweifelt klang oder ob ich ihm zu sehr auf die Pelle rückte. Die Stimme in meinem Hinterkopf, die mich warnte, mich nicht in etwas zu verrennen, das nur schlecht ausgehen konnte, ignorierte ich ebenfalls. Ich genoss das Leben gern in vollen Zügen. Wenn ich etwas wollte, holte ich es mir.

Nun blieben mir nicht einmal mehr zwei Wochen in St. Andrews, und ich plante, sie voll auszukosten. Der beste Sex meines Lebens kam eben nicht alle Tage um die Ecke.

Blake antwortete prompt.

Sag mir, wann und wo, und ich werde da sein.

Ich dachte da an eine Indoor-Aktivität ... Matratzensport, wenn du so willst. Marly ist noch bis sechs in der Arbeit.

Bin gleich bei dir.

32 *Blake*

Als wir schwer atmend und ins Bettlaken verheddert auf dem Boden neben Rachels Bett lagen, glaubte ich, dem Himmel noch nie so nahe gewesen zu sein. Mein spontanes Fake-Date hatte funktioniert. Ich konnte es noch nicht ganz fassen. Trotz meiner peinlichen betrunkenen Aktion lag ich nun hier neben Rachel, durfte wieder ihren Duft einatmen, sie schmecken und fühlen. Warum sie noch etwas mit mir zu tun haben wollte, war mir schleierhaft, aber ich würde es nicht infrage stellen. Irgendetwas musste ich richtig gemacht haben. Vielleicht war sie doch nicht so immun, was romantische Gesten anging, wie sie immer vorgab.

Ich drehte mich zu ihr. Sie lag auf dem Rücken und starrte verzückt lächelnd an die Decke, während sich ihre Brust rasch hob und senkte.

»Weißt du, daran könnte ich mich gewöhnen«, traute ich mich zu sagen.

Ihr Lächeln verschwand. Sie drehte den Kopf zu mir, eine Augenbraue fragend erhoben. »Dass du dein Leben wieder in die Hand nimmst?«

»Äh, nein. Ich meinte eigentlich unsere Fake-Dates.«

Rachel setzte sich auf und fasste ihre wirren Haarsträhnen auf dem Kopf zu einem Knoten zusammen. »Also war das hier auch ein Fake-Date?«

»Ja, und zwar ein von dir ins Leben gerufenes.«

Sie schnaubte. »Und ich dachte, es war nur ein nachmittäglicher Quickie.«

»Quickie?« Empört riss ich die Augen auf. »*Das* nennst du einen Quickie? Allein das Vorspiel hat eine gute halbe Stunde gedauert.«

»Natürlich.« Sie zwinkerte mir zu. »Weil das Vorspiel immer das Beste ist.«

»Weil es das Beste ist oder weil *ich* besonders gut darin bin?«

»Hm.« Sie blickte zur Decke auf, als müsste sie angestrengt nachdenken. »Du bist definitiv in meinen Top drei.«

»Top drei?« Ich wollte abermals empört dreinschauen, konnte jedoch nicht verhindern, dass ich stattdessen von einem Ohr zum anderen grinste.

»Bild dir ja nichts drauf ein.« Rachel schnappte sich ein Kissen und legte sich bäuchlings darauf. Ich liebte es, wenn wir nackt nebeneinanderlagen und uns neckten. Wenn ich einen ungehinderten Blick auf ihren wunderschönen Körper hatte. Wenn sie sich mir so offen, beinahe verletzlich präsentierte. Dann bekam ich fast das Gefühl, als wäre das hier etwas Echtes.

»Aber mal im Ernst: Wo willst du dich denn überall bewerben?« Mit diesen Worten riss sie mich völlig aus meinem Glückstaumel. »Heute Morgen hast du so enthusiastisch geklungen.«

»Äh, keine Ahnung.«

»Ich dachte, du hättest online nach Unis gesucht.«

»Schon, aber bis jetzt ist das nur so eine fixe Idee. Mit meinen gerade mal passablen Highschool-Noten und einem Antrag auf finanzielle Unterstützung stehen meine Chancen sowieso nicht besonders gut.«

»Moment mal! Woher kommt das denn jetzt schon wieder?«

»Was meinst du?« Erschrocken über ihren plötzlich veränderten Tonfall riss ich die Augen auf.

»Weißt du, es würde helfen, wenn du mal anfangen würdest, an dich selbst zu glauben.«

»Hä?«

»Eben hast du noch damit geprahlt, dass du der Beste im Bett bist, aber sobald es an ein ernsteres Thema geht, denkst du dir Ausreden aus. Wenn du nicht selbst an dich glaubst, wie sollen es dann andere tun? Zum Beispiel Universitäten.«

Rachels Worte brachten mich völlig aus der Fassung, denn sie hatte recht. Auch wenn ich das in den letzten vier Jahren nicht hatte hören wollen. So oft hatten meine Freunde und Eltern mir Vorhaltungen gemacht und versucht, mich zu motivieren. Doch erst Rachels Worte drangen wirklich zu mir durch. Lag es daran, dass sie von ihr kamen, oder hatte ich mich in den letzten Wochen verändert? Meine Bereitschaft, eine Therapie anzufangen, sprach dafür.

»Von nichts kommt nichts«, fuhr Rachel fort. »Nur weil du ein bisschen googelst, heißt das nicht, dass dein Leben plötzlich besser wird. Du musst schon was dafür tun.«

So hatte ich das noch nie gesehen. Klar, Ehrgeiz und Arbeit waren mir nicht fremd. So lange ich denken konnte, hatte ich verbissen auf mein Ziel, in der Profiliga zu spielen, hingearbeitet. Ich hatte immer hart für meinen Traum gekämpft. Das Stipendium hatte ich aufgrund meiner herausragenden sportlichen Leistung erhalten. Und die war mir nicht einfach so zugeflogen, obwohl ich natürlich eine große Portion Talent mitgebracht hatte.

Was Frauen anging, galt jedoch das Gegenteil. Als Star-Quarterback meiner Highschool hatte ich laufend Dates gehabt, ohne mich groß darum bemühen zu müssen. Jede Woche hätte ich mir eine andere Freundin aussuchen können, wenn es mein strenger Trainingsplan zugelassen hätte. Jetzt hatte ich nur noch mein Aussehen, was zugegeben nicht übel war. Doch mir war klar, dass das bei Rachel nicht ausreichen würde. Um sie für mich zu gewinnen, brauchte ich etwas Großes, etwas Umwerfendes. Eine romantische Geste war nicht genug. Ich musste ihr zeigen, dass sie auf mich zählen konnte. Dass ich kein pathetischer Loser war, sondern lediglich eine notwendige Pause eingelegt hatte, bevor ich wieder durchstarten würde.

Doch Rachel hatte recht: Zuerst musste ich selbst daran glauben, dass ich es schaffen konnte. Sonst würde sie es mir nicht abnehmen.

»Du hast recht«, antwortete ich. »Aber dieses An-sich-selbstglauben ist eben leichter gesagt als getan.«

Obwohl ich vermutete, dass Rachel in dieser Hinsicht nie ein Problem gehabt hatte, nickte sie mit verständnisvoller Miene. »Aber dafür ist es ein umso schöneres Gefühl, wenn man sagen kann, man hat etwas aus eigener Kraft geschafft.«

Wieder einmal verblüffte sie mich. Diese Frau war wie eine Wundertüte. Und ich plante, jedes einzelne kleine Wunder, das sich hinter ihrer Fassade verbarg, aufzudecken.

Ich setzte ein gewinnendes Lächeln auf, als mir eine Idee kam. »Okay, neuer Deal. Abendessen, morgen Abend im *Algonquin*.«

Als Rachel überrascht die Stirn runzelte, fügte ich eilig hinzu: »Natürlich ein Fake-Date.«

»Was ist denn das *Algonquin*?«

»Du bist jetzt schon über einen halben Monat hier und kennst nicht das beste Haus am Platz?«

Sie schüttelte den Kopf.

»Das große Edelhotel am Stadtrand. Riesiges Gebäude mit roten Spitzdächern im europäischen Stil?«

Sie tippte sich nachdenklich ans Kinn, musste sich dann aber erinnern, ein paarmal an dem gigantischen Resort vorbeigekommen zu sein, als sich ihre Miene aufhellte. »*Dahin* willst du mich ausführen?« Sie klang misstrauisch. Von wegen Fake-Date. Rachel würde nicht auf meinen Trick reinfallen. An so einem öffentlichen – und vor allem romantischen – Ort wie dem hoteleigenen Restaurant würde uns jeder sehen, und bisher hatte sie das tunlichst zu vermeiden versucht.

»Ja, und im Gegenzug bewerbe ich mich an einigen der Unis, die ich mir rausgesucht habe.«

Rachel verdrehte die Augen. »Du kannst doch deine Zukunft nicht davon abhängig machen, ob ich mit dir ausgehe.«

»Warum nicht?«

»Das ist emotionale Erpressung.«

»Quatsch, ich mache einfach gern Deals.«

»Ich habe eine bessere Idee.« Rachel lächelte ihr Katzenlächeln. »Warum buche ich uns nicht gleich ein Zimmer in besagtem Hotel? Dann können wir uns Essen ins Bett bestellen und gleichzeitig zusammen College-Bewerbungen schreiben.« Sie lächelte vielsagend.

Verdammt! Mein Plan war fehlgeschlagen. Ich hatte meine Tricks, und sie hatte ihre. »Lass mal, das ist wirklich nicht nötig.« Ich winkte ab. »Schaffe ich schon allein.«

»Aha, auf einmal geht es also doch?«

Ich seufzte ergeben. »Okay, okay, du hast es mir vorher gesagt. Du hast immer recht. Du bist allwissend.«

Dafür bekam ich ihr Kissen ins Gesicht. »Na warte!«

Ich rollte mich herum und schlang meine Arme und Beine um sie. Während sie sich lachend und kreischend wehrte, drückte ich ihr einen Kuss auf das Schlüsselbein. Ihre nackte Haut an meiner rief eine eindeutige Reaktion bei mir hervor. Ich hielt inne und sah zu ihr auf. »Weißt du, was gerade noch wieder geht?« Ich deutete an meinem nackten Körper herab.

Rachels Grinsen wurde breiter, während sie ihre Finger über meinen Bauch nach unten gleiten ließ. »Darum lasse ich mich nicht zweimal bitten.«

Wir hatten unser Tief überwunden. Einmal mehr verbrachten Rachel und ich jeden Tag zusammen. Meine Hoffnungen, dass doch noch mehr aus uns werden könnte, stiegen mit jeder gemeinsam verbrachten Stunde. Rachel machte mich glücklich, und ich wollte dasselbe für sie tun.

Meine erste Therapiestunde war ein Erfolg, auch wenn ich fast nicht hingegangen wäre. Dr. Fowler, eine sanfte Frau Mitte fünfzig, machte mir klar, dass ich auf einem guten Weg war. Ich *wollte* mich verändern. Wollte, dass es mir endlich besser ging. Das war laut Dr. Fowler der erste Schritt in die richtige Richtung. Auch wenn noch viel Arbeit vor uns lag.

Schließlich kam der Tag, an dem ich zum ersten Mal über Nacht bei Rachel blieb. Marly schlief bei Jack auf der Insel, und Rachel lud mich spätabends nach meiner Schicht im Supermarkt zu sich ein. Ich hatte so lange darauf hingefiebert, dass ich es kaum glauben konnte, als wir schließlich nach dem Sex nebeneinander im Bett lagen und Rachels Atemzüge immer gleichmäßiger wurden.

Wir berührten uns nicht. Steif lag ich neben ihr und lauschte ihrem Atem, starrte an die Decke, an der die Schatten der Bäume vor dem Fenster im Mondlicht tanzten. An Schlaf war nicht zu denken. Nicht, wenn ich Rachel so nahe war, wenn sie mich endlich an sich heranließ.

Im Schlaf seufzte sie leise und drehte sich. Sie schob einen Arm über meinen nackten Oberkörper, schmiegte ihren Kopf in meine Halsbeuge. Ich hielt die Luft an, wagte nicht, auch nur den leisesten Laut von mir zu geben, um sie nicht aufzuwecken. Mein Herz hämmerte in meiner Brust. Das war es, was ich in der Zukunft für Rachel und mich sah. Nicht nur phänomenalen Sex, sondern auch die emotionale Tiefe, die unsere Beziehung in den letzten Tagen erreicht hatte. Und da war noch viel Luft nach oben. Zumindest auf meiner Seite, bei Rachel war ich mir nie hundertprozentig sicher. Sie schien gelöster als zuvor, öffnete sich immer mehr, lachte öfter und wirkte weniger unnahbar. Alles Zeichen, dass das was mit uns werden könnte.

So lag ich dort, während die Brise, die durch das offene Fenster hereinweihte, Rachels Haar zauste und ihr Atem über meinen Hals strich. Ich wünschte mir nichts sehnlicher, als dass dieser Moment ewig währte, dass wir eingeschlossen in dem warmen Kokon bleiben konnten. Doch der Morgen würde unweigerlich kommen. Rachel hatte mich zwar nicht offiziell gebeten, hier zu übernachten, doch ich glaubte auch nicht, dass sie mir am nächsten Tag die Hölle heißmachen würde. Nicht mehr.

Meiner Meinung nach war es höchste Zeit, dass Marly von uns erfuhr. Ich hatte sowieso nie verstanden, warum wir es vor unseren besten Freunden geheim hielten. Rachel und ich hatten nicht mehr darüber gesprochen, doch ich nahm mir vor, diesen Schritt demnächst mit ihr zu bereden. Wenn Marly begriff, was wir hatten, würde sie sich doch bestimmt für uns freuen, oder?

Ich seufzte leise, strich Rachel sanft übers Haar und blickte mit kribbelndem Magen aus dem Fenster zum Nachthimmel auf. Während ich die Sterne betrachtete, wusste ich, dass ich diesen Moment nie vergessen würde.

Irgendwann musste ich eingenickt sein, denn das Vibrieren meines Handys schreckte mich auf. Auch Rachel schoss in die Höhe. Mit der Stirn stieß sie gegen meine Nase, sodass ich vor Schmerz aufjaulte.

»Was zum ... wie spät ist es?« Rachel tastete orientierungslos im Bett umher. Als sie mit den Fingern über meine Brust fuhr, schien sie sich augenblicklich zu beruhigen. Mit weit aufgerissenen Augen sah sie mich an, ihre Konturen wirkten weich im blassen Sternenlicht.

»Es ist alles in Ordnung.« Ich legte beide Hände auf ihre Wangen und gab ihr einen Kuss auf die Stirn. »Wir sind eingeschlafen und mein Handy …« Ich reckte mich an ihr vorbei zum Nachttisch.

Jacks Name leuchtete auf dem Bildschirm auf, als ich das Smartphone in die Hand nahm. »Sorry, da muss ich drangehen.« »Wer ruft denn mitten in der Nacht an?«, grummelte Rachel und kuschelte sich wieder unter die Decke.

Am liebsten hätte ich den Anruf ignoriert und mich wieder zu ihr gelegt, doch Jack würde mich nicht so spät – oder früh? – anrufen, wenn es nicht wichtig wäre.

»Hallo?«

»Hey, Blake, ich bin's. Sorry, wenn ich dich wecke, aber es ist was passiert.«

Ich war sofort hellwach und rieb mir den Schlaf aus den Augen. »Was ist los?«

»Wills Dad … er hatte einen Herzinfarkt. Marly und ich sind auf dem Weg ins Krankenhaus.«

Mein Herz pochte so heftig, als wollte es meine Brust sprengen. Mir war plötzlich viel zu heiß. »Charlotte County Hospital?«

»Ja.«

»Okay, wir sind gleich da.«

Jack schwieg einen kurzen Moment. »Wir?«, fragte er dann verblüfft.

»Äh, erzähle ich dir dort. Bis gleich.«

»Ja, bis gleich.«

Rachel musste an meinem Tonfall gehört haben, dass etwas nicht stimmte, denn sie hatte sich wieder aufgesetzt und sah mich besorgt an. Ihr Haar war zerzaust, sie war nackt, und eine Gänsehaut überzog ihre Arme.

»Wills Dad ist im Krankenhaus, Herzinfarkt. Schon der zweite. Ich muss sofort los.«

Rachel strich sich die Haare aus dem Gesicht. Sie war bereits im Begriff aufzustehen. »Okay, ich fahre. Marly hat ihr Auto hiergelassen.«

Beinahe hätte ich sie an mich gezogen und fest umarmt. Sie hatte keine Sekunde gezögert. Für sie war es selbstverständlich, dass sie mich begleiten würde. Mir wurde warm ums Herz, als sie hastig aus dem Bett kletterte und sich etwas überzog. Eilig schlüpfte ich in meine Klamotten und folgte ihr nach unten.

Im Osten wurde der Himmel bereits hell, als wir auf dem Krankenhausparkplatz aus dem Auto stiegen. Wir eilten zum Haupteingang, doch als sich die Glastüren automatisch vor uns öffneten, blieb ich abrupt stehen. Der stickige Krankenhausgeruch, der mir entgegenwehte, brachte mit einem Schlag all die Erinnerungen an meinen langen Aufenthalt an diesem Ort zurück. Die Schmerzen, die Tränen, die absolute Verzweiflung, die ich damals gespürt hatte, drohten, mich in die Knie zu zwingen.

Mein Atem ging schneller, ich stützte die Hände auf die Knie. »Ich kann nicht ...«

»Blake?« Rachel hockte sich neben mich. »Ist es das Krankenhaus, in dem du ...?« Sie wusste sofort Bescheid, wofür ich sie am liebsten geküsst hätte. Doch ich nickte nur, zu etwas anderem war ich nicht fähig.

Rachel legte mir eine Hand auf den Rücken und fuhr sanfte Kreise. »Atme tief durch«, sagte sie. »Versuch, an nichts zu denken als an deinen Atem. Du schaffst das.«

Ihr Glaube an mich war rührend, auch wenn ich in diesem Moment nicht dachte, dass ich es schaffen würde, mich zu beruhigen.

Wie sollte ich dort hineingehen, nach allem, was ich da drinnen erlebt hatte? Nach allem, wofür dieses Krankenhaus für mich stand? Das Ende meiner Träume, die Beraubung meiner Freiheit, die Zerstörung meiner Zukunft.

Ich schnappte nach Luft, bekam jedoch keinen Sauerstoff in meine Lunge, weil meine Kehle brannte. Meine Brust verkrampfte sich, mein Herz schlug viel zu schnell.

»Es liegt nicht an dem Krankenhaus«, sagte Rachel, als hätte sie meine Gedanken gehört. »Da drinnen kann dir nichts passieren. Es sind deine Erinnerungen, Blake. Lass nicht zu, dass sie dich überwältigen.«

Ich nickte, atmete rasselnd, nickte wieder. Der nächste Atemzug fühlte sich bereits nicht mehr an, als würde ich Feuer schlucken. Beim übernächsten bekam ich tatsächlich Luft in meine Lunge.

Als mein Atem nach einer gefühlten Ewigkeit wieder gleichmäßig ging, blickte ich zu Rachel auf. »Danke.«

Sie lächelte schief. »Nicht dafür.«

Während ich mich langsam aufrichtete, nahm sie ihre Hand nicht von meinem unteren Rücken. »Bereit?«

Ich sah sie an, blickte in ihre Augen, die mir so viel Stärke verliehen, wie ich sie seit Jahren nicht mehr gespürt hatte.

»Ja.« Ich straffte die Schultern. Meine Erinnerungen würden mich nicht in die Knie zwingen. Ich war jetzt stärker. Hatte endlich begonnen, diesen Teil meiner Vergangenheit zu verarbeiten – auch wenn noch ein langer Weg vor mir lag. Zögernd machte ich einen Schritt, dann noch einen. Meine Knie waren weich, und ich fühlte mich etwas schwindelig, doch ich ging weiter.

Rachel lächelte aufmunternd, als ich sie unsicher ansah. »Ich gehe nirgendwohin«, sagte sie. »Ich werde die ganze Zeit an deiner Seite sein, wenn du mich brauchst.«

Das gab mir die Kraft, auch noch die letzte Distanz zu überwinden. Als wir durch die Türen traten, nahm Rachel meine Hand und hielt sie fest. Für eine Sekunde schloss ich die Augen, ließ den schalen Geruch nach Desinfektionsmittel und Krankheit über mich hinwegbranden. Er konnte mir nichts anhaben.

Laut Dr. Fowler verletzte ich mich selbst, indem ich an der Vergangenheit festhielt. Und das würde ich nicht mehr zulassen. Ich drückte Rachels Hand und öffnete die Augen.

Da standen sie alle. Liv, Fiona, Ellie, Marly und Jack waren gekommen, um für Will und seine Familie da zu sein. Sie sprangen von ihren Stühlen im Wartebereich auf, umringten uns, erzählten uns aufgeregt, was passiert war. Wills Dad war notoperiert worden und erholte sich nun auf der Intensivstation. Laut Liv waren die Ärzte zuversichtlich, dass er es schaffen würde. Sie hatte die Nacht über hier mit Will und seiner Familie ausgeharrt, die erst vor etwa zwanzig Minuten zu Wills Dad hatten gehen dürfen. Während ich tausend Fragen stellte, Liv in den Arm nahm und versuchte, meine eigene Panik im Zaum zu halten, hielt Rachel sich diskret im Hintergrund. Ihre Hand in meiner fehlte mir bereits jetzt.

Mir war der Blick nicht entgangen, mit dem Marly Rachel beim Eintreten bedacht hatte. Sie musste gesehen haben, dass wir Hand in Hand durch die Tür gekommen waren. Ich hoffte, dass Rachel nun meinetwegen keine Schwierigkeiten mit ihrer besten Freundin bekommen würde. Wenn es sein musste, würde ich mit Marly sprechen und ihr alles erklären. Doch jetzt wollte ich erst einmal für meine Freunde da sein. Ich *musste* für Will da sein, wie er es für mich gewesen war, als ich in diesem Krankenhaus gelegen und keinen Lebenswillen mehr verspürt hatte.

Erst als ich mich zu den anderen in den Wartebereich setzte, fiel mir auf, dass ich in dieser Nacht neben Rachel zum ersten Mal seit vier Jahren nicht von dem Tag geträumt hatte, an dem ich ins Charlotte County Hospital eingeliefert worden war.

33 Rachel

Ich hielt mich im Hintergrund, während die anderen Blake umringten und uns auf den neuesten Stand brachten.

Auch wenn ich nun seit drei Wochen in St. Andrews war, gehörte ich nicht zu der eingeschworenen Gemeinschaft von Blake, Will, Jack und Fiona, die sich schon von Kindesbeinen an kannten.

Ich wich Marlys Blick aus, hatte nicht erwartet, sie hier anzutreffen. Sie hatte genau gesehen, wie ich beim Eintreten Blakes Hand gehalten hatte. Vermutlich sogar, wie ich ihm vor dem Eingang über den Rücken gestreichelt hatte, als seine Angst ihn für einen Moment übermannt hatte. Komischerweise machte es mir nicht so viel aus, dass die Katze nun aus dem Sack war. Das Gespräch mit Marly stand unweigerlich bevor, doch ich verspürte Erleichterung darüber, es nicht länger für mich behalten zu müssen. Außerdem war meine Priorität gerade, für Blake da zu sein, falls er mich brauchte. Und für Will, wenn er von dem Krankenbesuch bei seinem Vater zurückkam. Es war erstaunlich, wie sehr mir diese Leute – und St. Andrews – entgegen all meiner anfänglichen Zweifel und Vorurteile in der kurzen Zeit ans Herz gewachsen waren.

Als Liv Wills Namen rief, fuhren wir alle herum. Gerade trat er durch eine Tür auf uns zu. Er sah müde und abgekämpft aus, die Augen waren rot gerändert, die braunen Locken zerzaust. Als er seine Freunde versammelt sah, löste sich eine Träne aus seinem Augenwinkel. Wir umringten ihn, und er begann, hemmungslos zu schluchzen.

Meine Kehle schnürte sich zu, als ich Wills Tränen sah. Verlegen wandte ich mich ab, schluckte mehrmals. Warum passierte das schon wieder? Verdammt, dieses Gefühl war einfach furchtbar. Ich würde jetzt keine Schwäche zeigen. Schon gar nicht vor den anderen. Eilig kniff ich mir in den Arm.

Auf Jacks Geheiß hin ließen die anderen Will ein wenig Raum, um sich zu fassen. Er winkte uns verlegen lächelnd zu. »Hey, Leute.«

»Hey, Will«, antworteten wir im Chor.

»Danke, dass ihr gekommen seid. Meinem Dad geht es den Umständen entsprechend gut. Er wird sich wieder erholen.«

Jack und Blake jubelten laut, Ellie und Fiona fielen sich um den Hals, während Marly und ich einen erleichterten Blick wechselten.

Blake legte Will eine Hand auf die Schulter. »Egal, was du brauchst, Mann, wir sind für dich da.«

Beim Anblick der beiden wurde mir warm ums Herz, und ich musste mich abwenden, als meine Augen schon wieder so seltsam brannten. Was war in letzter Zeit verdammt noch mal in mich gefahren? Ich rieb mir über das Gesicht. Sicher war ich nur müde. Schließlich war es eine kurze Nacht gewesen. Eine Nacht, die ich mit Blake verbracht hatte, wie mir siedend heiß auffiel. Das war eine neue Wendung, deren Analyse ich mich widmen musste, wenn ich ausgeschlafen war und mindestens zwei Tassen Kaffee intus hatte. Doch in diesem Moment gefiel es mir ganz und gar nicht, was diese neue Nähe zu Blake mit mir anstellte. Ich war plötzlich viel zu emotional. Und was hielt Blake wohl davon, dass wir die Nacht zusammen verbracht hatten? Hoffentlich interpretierte er nicht zu viel hinein. Andererseits hatte es sich wirklich gut angefühlt, neben ihm aufzuwachen. Ich schüttelte den Kopf, um das Chaos darin loszuwerden.

Will wollte sich anscheinend mit Liv aussprechen, denn die beiden verließen den Wartebereich des Krankenhauses, um einen Spaziergang zu machen. Ich nutzte die Gelegenheit, um mich auf die Suche nach einem Kaffeeautomaten zu begeben. Das hatte natürlich nichts damit zu tun, dass ich Marly aus dem Weg gehen wollte oder vor meinen wirren Gefühlen floh.

Als ich mit einem Tablett voll grässlich schmeckendem Automatengebräu zurückkam, versammelten sich alle dankbar um mich, und ich verteilte die Becher. Ich lächelte Marly an, als sie sich einen nahm, doch ihre Miene blieb unergründlich. *Tommy Hilfucker!* Ich hatte keine Ahnung, was sie von der ganzen Geschichte hielt.

Kurz darauf kehrten Liv und Will Hand in Hand zurück – eine weitere Wendung an diesem ereignisreichen Morgen.

Fiona, Jack, Marly, Ellie und Blake stürmten auf die beiden zu und feierten lautstark, dass sie offenbar wieder zueinandergefunden hatten.

Einmal mehr hielt ich Abstand, doch als ich Wills Blick auffing, lächelte ich und nickte ihm anerkennend zu. »*Geht doch*«, sagte ich lautlos in seine Richtung und dachte an unser Gespräch im Bett, nachdem wir die Nacht zusammen in seinem Zimmer verbracht hatten. Ob es meinen Kuppelkünsten zu verdanken war oder nicht – Will und Liv waren ein tolles Paar, und ich freute mich aufrichtig, dass sie nach all dem Drama nun wieder zusammen waren. Will zwinkerte mir lachend zu, bevor die anderen erneut seine Aufmerksamkeit forderten.

Nach einer Weile fiel mir auf, dass Blake meine Nähe suchte. Er rückte immer weiter an mich ran und warf mir fragende Blicke zu. War er ebenso durcheinander wie ich?

»Alles klar?«, fragte ich, als er sich schließlich neben mich stellte.

»Ja ... jetzt schon.« Er verzog die perfekt geformten Lippen zu dem Lächeln, das jedes Mal die Konfettikanone in meinem Magen befeuerte. »Danke, dass du da bist.«

»Gerade wäre ich nirgendwo lieber als hier«, sagte ich. Es machte mir Angst, dass dies der Wahrheit entsprach. »Ist ja fast wie in einer Seifenoper hier bei euch auf dem Land.«

Blake lachte, doch sein Blick huschte zu Marly, die uns beobachtete. Ich las die Frage in seinen Augen. Er wollte wissen, ob wir es den anderen erzählen sollten, nun, da es sowieso offensichtlich war. Aber was gab es da schon zu sagen? Dass wir die Nacht zusammen verbracht hatten? Dass wir schon seit Wochen miteinander schliefen? Dass allein sein Anblick etwas in mir auslöste, was ich mir nicht erklären konnte? Und dass mir dieses Etwas so große Angst einjagte, dass ich ständig hin- und hergerissen war, ob ich schreiend aus St. Andrews flüchten oder Blake noch näher an mich ranlassen sollte?

Bevor ich etwas sagen konnte, stand Marly plötzlich vor uns. »Ich fahre uns nach Hause«, sagte sie zu mir und wandte sich dann an Blake. »Jack nimmt dich mit, Blake.«

Ich nickte knapp. Anhand ihres kühlen Tonfalls rutschte mir das Herz in die Hose.

»Oh, okay«, sagte Blake. »Dann ... äh ... man sieht sich.« Ich war ihm dankbar dafür, dass er nicht versuchte, mich zum Abschied zu küssen. Er warf mir nur einen langen Blick zu, bevor er sich abwandte.

Marly und ich verabschiedeten uns von den anderen und liefen zu ihrem alten Chevrolet. Ich reichte ihr den Schlüssel, und wir stiegen schweigend ein. In einem ebenso aufgeladenen Schweigen fuhren wir durch die leeren Straßen von St. Andrews, während die Sonne langsam über den Horizont kroch.

Als wir in die geisterhafte Water Street einbogen, die wie eine Filmkulisse wirkte, hielt ich es schließlich nicht mehr aus. »Marly, ich ...«

Sie hob eine Hand vom Steuer, sodass ich augenblicklich verstummte. »Ich kann gerade nicht ...« Sie klang wütend, sehr, sehr wütend. »Ich brauche erst mal einen richtigen Kaffee, um klarzukommen.«

Ich nickte abermals und sank ein wenig in mich zusammen. Auch wenn es mir egal war, was alle anderen von mir dachten, ich hatte es noch nie ertragen können, wenn Marly sauer auf mich war.

Endlich hielten wir vor unserem Haus. Marly warf ihre Autotür so fest zu, dass ich glaubte, die ganze Karre würde auseinanderfallen. Ich folgte ihr nach drinnen und in die Küche, wo sie sofort Kaffee aufsetzte.

Sie sagte kein Wort zu mir, sah mich nicht an. Langsam wurde es wirklich lächerlich. Ich hatte das dringende Bedürfnis, mich zu erklären, dabei war es ja nicht so, als wäre sie meine Mom und ich hätte mich rausgeschlichen, obwohl ich Hausarrest hatte. Nein, ich war eine erwachsene Frau und konnte meine eigenen Entscheidungen treffen. Auch wenn meine beste Freundin diese nicht guthieß. Wer war sie schon, mir Vorschriften machen zu wollen?

»Können wir jetzt endlich darüber reden?«, fragte ich, nachdem Marly sich Kaffee in eine Tasse gegossen hatte. Natürlich reichte sie mir keine, also nahm ich mir selbst eine aus dem Schrank und füllte sie.

»Worüber denn genau?«, fragte Marly. Ihre Augen sprühten Funken, als sie mich endlich ansah. »Darüber, dass du was mit Blake hast? Dass du es mir verheimlicht hast? Dass ich es heute zufällig herausfinden musste?«

»Ich hatte wirklich vor, es dir zu sagen.«

»Ach ja? Wie lange geht das schon, hm? Seit Tagen? Wochen?«

»Das erste Mal war an dem Abend, bevor du wieder zur Arbeit gegangen bist.«

Marlys Augen weiteten sich. »Also keine Woche, nachdem du hier angekommen bist? Wow, Rachel, ich glaube, das ist selbst für dich ein neuer Rekord.«

Ich wusste, dass sie mich mit ihren Worten verletzen wollte, wie ich sie mit diesem Vertrauensbruch verletzt hatte, doch es war nicht fair, dass sie nun mein Sexleben zur Sprache brachte. Das tat sie sonst nie. Doch genau das machte es so gefährlich, mit Marly zu streiten. Sie war die Einzige, die mich wirklich gut kannte. Die Einzige, die meine abgefuckten Charakterzüge gegen mich verwenden konnte. Damit hielt sie mir einen Spiegel vor, um den ich sonst einen großen Bogen machte.

»Sei doch mal ehrlich, wenn ich euch heute nicht zusammen gesehen hätte, hättest du es mir dann überhaupt erzählt?«, fragte sie.

»Na ja, ich habe es versucht. Ehrlich. Als du an dem Abend nach Hause kamst und ich für dich gekocht habe …«

»Du meinst, als du den Caesar Salad zubereitet hast«, verbesserte sie mich mit hochgezogenen Brauen.

»Ja, dann eben, als ich den Salat gemacht habe.« Ich verdrehte die Augen. »Ich hatte vor, es dir an dem Abend zu erzählen. Aber dann ist das mit deiner Mom passiert und …«

»Wow, also schiebst du es jetzt darauf, dass Annabeth meine Mom ausfindig gemacht hat?«

»Nein, das wollte ich damit nicht sagen. Es ist nur … Du machst ein viel zu großes Ding daraus. Es hat nichts bedeutet. Blake und ich hatten einfach ein bisschen Spaß zusammen. Ich habe von Anfang an klargestellt, dass es nur Sex ist. Und nach meiner Abreise wäre es sowieso vorbei gewesen, also …«

»Also warum hättest du dir die Mühe machen sollen? Lügst

deine beste Freundin lieber an, als die unbequeme Wahrheit zu erzählen?«

Ich konnte es nicht leiden, wenn sie mir Worte in den Mund legte. Außerdem hatte ich sie nie angelogen. »Unbequem?« Ich schnaubte. »Die ganze Sache ist nur deinetwegen unbequem. Weil du mir von Anfang an verboten hast, etwas mit Blake anzufangen.«

»Ja, das war wirklich ein Fehler meinerseits.« Marlys Stimme troff vor Sarkasmus. »Denn anscheinend hat es ja das Gegenteil bewirkt. Du hast dich ihm nur noch bereitwilliger an den Hals geworfen.«

Nun musste ich lachen, es klang hart und bitter. »Was ist denn eigentlich dein Problem? Blake ist heiß, ich bin heiß. Wir sind heiß aufeinander. Was ist daran so schlimm?«

Marly funkelte mich an. »Ich habe dir doch an deinem allerersten Tag gesagt, dass er gerade eine schwierige Phase durchmacht und sehr sensibel ist. Da kann er es nicht auch noch gebrauchen, von dir als Sexspielzeug benutzt und dann wieder fallen gelassen zu werden. Ich glaube nicht, dass er in der Verfassung ist …«

»Aber du weißt schon, dass Blake ein erwachsener Mann ist, oder? Und ich eine erwachsene Frau. Wir können unsere eigenen Entscheidungen treffen, Marly. Dafür brauchen wir dich nicht.«

»Du kannst von mir aus mit ganz Manhattan schlafen, okay? Aber dieses eine Mal habe ich dich gebeten, die Finger von jemandem zu lassen, und du tust genau das Gegenteil. Gibt es in St. Andrews keine anderen Personen, die infrage kommen? Oder wie wär's einfach mal mit einem Monat ohne Sex?«

»Ein Monat ohne …?« Meine Augen fielen mir beinahe aus dem Kopf. »Nur weil du nur Sex hast, wenn du in einer Beziehung bist, heißt das nicht, dass alle Menschen es so halten müssen. Sex kann Spaß machen, weißt du? Es ist befreiend. Empowernd.«

»Ach ja? Jetzt willst du mir also weismachen, dass das der einzige Grund ist, warum du ständig mit fremden Leuten schläfst? Nie zweimal mit derselben Person? Weil es so *empowernd* ist?« Nun klang sie aufrichtig verletzt. Sie kannte mich viel zu gut. Mir selbst konnte ich etwas vormachen, aber nicht Marly.

Meine Wut verpuffte. »Du weißt ganz genau, dass ich … Ach, ich weiß auch nicht.« Ich ließ mich auf den nächstbesten Küchenstuhl plumpsen, fand plötzlich nicht mehr die richtigen Worte. Ich konnte nicht erklären, warum ich so war, wie ich nun einmal war.

»Dass du bedeutungslosen Sex brauchst, um überhaupt etwas zu fühlen?« Marly beendete den Satz für mich. Auch sie klang nicht mehr wütend, eher reumütig. Sie sprach leiser, mitfühlend. Vorsichtig setzte sie sich mir gegenüber an den Tisch.

»Ich weiß doch, dass irgendwas mit mir nicht stimmt.« Ich stierte in meine Kaffeetasse. »Irgendwas fehlt da drin!« Mit der Faust schlug ich mir heftig auf die Brust. »Es ist vor Langem zerbrochen, oder vielleicht war es nie da. Deshalb habe ich mit Sam Schluss gemacht. Ich brauche das Körperliche, verzehre mich geradezu nach Nähe, aber wenn es um Gefühle geht, bin ich völlig taub. Ich bin tot hier drin. Deshalb wolltest du nicht, dass ich was mit Blake anfange. Weil er etwas Besseres verdient hat. Eine richtige Beziehung. Genau wie Sam. Gib's doch zu.«

Nun sah Marly wirklich traurig aus. »Ach, Rach, das stimmt doch nicht. Du bist ein wundervoller Mensch mit einem großen Herzen. Du hast es wie alle anderen verdient, geliebt zu werden.«

Ich schluckte. Meine Augen brannten schon wieder, und ich nahm rasch einen Schluck von dem viel zu heißen Kaffee. »Ich weiß auch nicht, wie das mit Blake passiert ist. Am Anfang habe ich wirklich versucht, auf dich zu hören. Das musst du mir glauben. Außerdem konnten er und ich uns ja sowieso nicht ausstehen. Aber dann … Marly, es ist einfach passiert. Wir haben so viel Zeit miteinander verbracht, und irgendwie hat es klick gemacht. Im Bett sind wir … Der Sex ist phänomenal.«

»Argh!« Marly verzog das Gesicht. »Keine Details bitte.« Doch sie grinste plötzlich, was mir den Mut gab weiterzusprechen.

»Wir haben so viel geredet, uns kennengelernt und … ich glaube nicht, dass sich Blakes Zustand seitdem verschlechtert hat. Um ehrlich zu sein, scheint es ihm in letzter Zeit sogar besser zu gehen.« Ich tippte nachdenklich mit dem Fingernagel gegen meine Tasse. »Er hat lange nichts mehr getrunken und sogar angefangen, seine Zukunft zu planen.«

Marly nickte. »Das ist mir auch aufgefallen, und Jack hat es ebenfalls erwähnt. Wir konnten uns bloß nicht erklären, warum.«

»Und irgendwie habe ich das Gefühl, dass es mir auch gutgetan hat, Zeit mit ihm zu verbringen«, fuhr ich zögerlich fort. »Ich meine, es war eine willkommene Ablenkung, um mich nicht mit meinen Eltern oder meiner ungewissen finanziellen Zukunft auseinandersetzen zu müssen.«

Marly sah mich eindringlich an, als könnte sie in meinen Augen etwas lesen, was mir selbst verborgen blieb. »Also geht dir das mit deinen Eltern doch näher, als du zugegeben hast.«

Ich nickte, konnte plötzlich nicht mehr sprechen, weil der Kloß in meinem Hals mich zu ersticken drohte. »Es hat mich echt runtergezogen. Ich meine, wir standen uns nie nahe, aber so eine lange Funkstille hat es noch nie gegeben. Ich kann einfach nicht mit ihnen reden. Was, wenn sie mich jetzt hassen?«

Marly schüttelte den Kopf. »Das könnten sie nie. Du bist ihre Tochter, Rach. Nimm dir die Zeit, die du brauchst. Sie werden schon sehen, dass du ohne sie zurechtkommst. Und wenn sie so eine umwerfende, starke, empathische Powerfrau wie dich nicht in ihrem Leben haben wollen, ist das ihr Verlust, nicht deiner.«

Ich schenkte ihr ein schwaches Lächeln. »Ich habe es wirklich zu verdrängen versucht«, gestand ich.

Marly sagte nichts, wartete darauf, dass ich weitersprach.

»Und dann war da Blake.« Ein warmes Gefühl überkam mich, als ich seinen Namen aussprach. Mir wurde bewusst, wie sehr mir seine Anwesenheit in den letzten Wochen geholfen hatte. »Durch meine Zeit mit ihm habe ich nicht so viel nachdenken müssen. Und, mal ehrlich, ohne ihn hätte ich mich hier wahrscheinlich zu Tode gelangweilt.« Ich lachte. Es klang schrill und zittrig. »Er hat mir alles gezeigt, dafür gesorgt, dass ich mich nicht so fehl am Platz fühle.«

Als ich nun an unsere gemeinsame Zeit zurückdachte, wurde meine Kehle so eng, dass ich nach Luft schnappte und mir mit der Hand an den Hals griff. Am liebsten hätte ich ein Fenster geöffnet, um die frische Morgenluft hereinzulassen.

»Dafür, dass du so tust, als hättest du keine Gefühle, bist du aber gerade ziemlich emotional«, sagte Marly.

»Tja, du hast mich erwischt.« Ich starrte an die Wand, um Marly nicht in die Augen sehen zu müssen. »Blake, er ... Seit einer Woche ist es irgendwie anders zwischen uns. *Ich* bin anders. Ich glaube, ich ... Verdammt, ich weiß auch nicht.«

»Du hast dir Gefühle eingefangen?«

Ich warf ihr einen finsteren Bick zu. »Musst du es wirklich *so* ausdrücken?«

Marlys Mundwinkel zuckten, sie schien überhaupt nicht mehr wütend, sondern amüsiert zu sein. »Fuck, Rach, das ist ... Ich weiß gar nicht, was ich sagen soll.«

»Sag nichts, du interpretierst da viel zu viel rein.«

»Nein, das glaube ich nicht.« Sie sah aus, als plante sie bereits unsere Hochzeit. Doch dann runzelte sie die Stirn. »Aber wie soll es mit euch weitergehen, wenn du nach New York ziehst?«

»Ich habe versucht, nicht zu viel darüber nachzudenken.« Bei dem Gedanken, St. Andrews – und damit Blake – bald verlassen zu müssen, glaubte ich einmal mehr, nicht genug Luft zu kriegen, sodass ich schnell noch einen Schluck Kaffee nahm. Ich musste dieses furchtbare Gefühl ganz schnell loswerden, bevor es mich überwältigte. »Weil es nicht nötig ist«, schob ich eilig nach. »Das mit Blake war nur ein netter Zeitvertreib, nichts weiter.«

Marly sah mich tadelnd an. Sie glaubte mir kein Wort.

»Du weißt doch, wie ich bin.« Ich zuckte mit den Achseln. »Wenn ich etwas Schönes sehe, muss ich es haben.«

»Ja, aber zu welchem Preis?«

»Jetzt übertreibst du aber ein bisschen. Glaubst du wirklich, dass ich einem Schürzenjäger wie Blake das Herz brechen könnte, nachdem wir ein paar Wochen miteinander geschlafen haben?«

Marly verschränkte die Arme vor der Brust. »Ich meinte eigentlich: Was, wenn der Preis *dein* Herz ist?«

Meine Augenbrauen wanderten entnervt in die Höhe, doch mein Herz, das dumme Ding, schlug augenblicklich schneller. »Wir haben das doch gerade besprochen. Du weißt, dass du dir darum keine Sorgen zu machen brauchst. Wer kein Herz hat, kann es auch nicht verlieren.«

»Jetzt komm mir doch nicht wieder damit, dass du die Bösewichtin in irgendeinem Disney-Film bist oder so ein Quatsch. Du hast ein Herz, ob du willst oder nicht. Es ist vielleicht in den letzten zehn Jahren etwas frostig geworden, aber ich habe das Gefühl, dass es hier in St. Andrews langsam auftaut. Das hast du gerade selbst zugegeben.«

»Habe ich das?«

Marly grinste noch breiter. »Wenn du von Blake redest, funkeln deine Augen förmlich. Du hast gerade eben von Gefühlen gesprochen, Rach.«

»Nein, das warst *du*.«

»Und«, fuhr sie ungerührt fort, »wie du heute vor dem Krankenhaus mit Blake umgegangen bist, als er eine Panikattacke hatte. So habe ich dich noch nie mit jemandem gesehen ... außer mit Sam.«

»Ach, das war gar nichts. Ich hätte jedem geholfen, der Hilfe braucht. Moralischer Kompass und so.«

Marly schüttelte entschieden den Kopf. »Man kümmert sich nicht so um jemandem, mit dem man bloß bedeutungslosen Sex hat.«

Ihre Worte stachen so tief in meine Brust, dass ich aufkeuchte. Das durfte doch alles nicht wahr sein! Wie war ich so schnell so tief in etwas hineingerutscht, das mir plötzlich völlig über den Kopf wuchs?

»Verdammt, Marly, ich *kann* keine Gefühle für Blake haben. Ich *darf* nicht!«

»Warum, weil du dann zugeben müsstest, dass ich recht habe?«

»Na, weil ... weil ... ich in wenigen Tagen abreisen muss. Weil ich nun einmal keine Gefühle habe. Das bin nicht ich. Ich weiß nicht, wie ich damit umgehen soll.« Hilflos warf ich die Hände in die Luft. »In meinem Leben ist kein Platz für so ein Drama. Zwischen dem neuen Studium, dem Umzug, meinen Eltern ... Ich führe verdammt noch mal keine Beziehungen. Ich kuschele nicht nach dem Sex, und ich bleibe auch nicht zum Frühstück.«

Marly beobachtete meinen Gefühlsausbruch mit einer erhobenen Augenbraue. »Ich glaube nicht, dass du da ein Mitspracherecht hast, Rach. Gefühle sucht man sich nicht aus. Sie haben es so an sich, einen in den unmöglichsten Situationen zu überkommen.«

Langsam glaubte ich, mich im Staffelfinale einer tragischen Serie à la O. C., *California* zu befinden. Mit beängstigender Geschwindigkeit steuerte ich auf einen dramatischen Cliffhanger zu. »Das geht aber nicht«, erklärte ich entschieden. »Ich lasse das nicht zu. Ich darf mich nicht ablenken lassen. Die Zeit mit Blake war schön, keine Frage, aber ...«

»Aber du musst abreisen?« Marly schüttelte den Kopf. »Das ist kein Argument. Fernbeziehungen können funktionieren, weißt du? Jack wäre sogar bereit gewesen, es mit mir zu versuchen, wenn ich zurück nach Toronto gegangen wäre. New York ist nur ein kleines Stück weiter weg.«

Ihr Worte lösten ein Glücksflattern in meiner Brust aus, das mir einmal mehr die Luft abschnürte. Es machte mir so viel Angst, dass ich die frostige Mauer um mein Herz automatisch höher zog. Ich durfte nicht zulassen, dass ich noch weiter vom Kurs meines Lebens abkam.

»Schluss mit dem Unsinn!« Ich knallte meine mittlerweile leere Tasse auf den Tisch. »Ich führe keine Beziehung mit Blake und schon gar keine Fernbeziehung. Wir hatten Spaß, jetzt ist es vorbei.«

Marly sah mich mit großen Augen an. »Vorbei? Rach, gerade eben war ich dir noch böse, weil du hinter meinem Rücken was mit Blake angefangen hast, aber falls du es nicht mitbekommen hast: Jetzt bin ich euer größter Fan. Es scheint, als hättet ihr euch wirklich gefunden.«

»Bullshit. Deine perfekte Beziehung mit Jack hat dir das Hirn vernebelt. Wir sprechen hier von mir, Marly. Von mir! Es kann nicht funktionieren.«

»Aber wenn du der Sache keine Chance gibst, wirst du nie herausfinden, ob es nicht vielleicht doch funktionieren könnte. Wovor hast du Angst?«

Und da war sie, die Frage aller Fragen. Wovor hatte ich Angst? Was gab es schon zu verlieren? Doch es ging nicht darum, etwas zu verlieren, schon gar nicht mein Herz. Denn etwas, das man nicht hatte, konnte man nicht verlieren.

Ich wusste, dass ich überreagierte, dass die nackte Panik aus mir sprach, doch ich durfte jetzt nicht die Kontrolle verlieren. Ich konnte es mir nicht leisten, *jemals* die Kontrolle über mein Leben zu verlieren. Denn meine Eltern warteten nur darauf, sie wieder an sich zu reißen.

Nie wieder!

Es war an der Zeit, dieser Sommerromanze ein Ende zu setzen. Besser jetzt als später, wenn ich noch tiefer drinsteckte. Wie ein Pflaster, das man schnell und schmerzlos abriss.

Ich war es Blake schuldig, ihm zu sagen, dass es vorbei war. Danach würden wir beide unser Leben ohne diese Komplikation weiterführen können. Es gab keinen Grund, mich weiter mit ihm zu treffen, ihm womöglich Hoffnungen auf etwas zu machen, das nie passieren würde. Marly hatte recht, er befand sich in einem viel zu fragilen Zustand, als dass ich es mir leisten konnte, ihn zu verletzen. Nicht jetzt, da er gerade erst wieder zu sich selbst gefunden hatte. Ich durfte ihn nicht zurück in dieses Loch stoßen, aus dem er gerade erst gekrabbelt war. Und er durfte mich nicht mit sich runterziehen. Mein Ziel war mein Studium, die endgültige Abnabelung von meinen Eltern. Wie hatte ich das aus den Augen verlieren können? Das war jetzt vorbei.

Ich sah Marly ernst an. »Ich werde früher abreisen als geplant.«

Sie sah so perplex aus, als hätte ich ihr Kaffee ins Gesicht geschüttet. »Woher ... woher kommt das denn auf einmal?«, stammelte sie.

»Die Kurse beginnen nächste Woche. Ich brauche auf jeden Fall ein paar Tage, um mich in der neuen Wohnung einzurichten, mich auf das Semester vorzubereiten, richtig anzukommen. Keine Ahnung, warum mir das nicht früher klar geworden ist. Ich reise morgen ab.« Schon zückte ich mein Handy, um nach Flügen zu suchen.

»Aber du wärst doch sowieso in ein paar Tagen zurückgeflogen.« Marly beugte sich über den Tisch zu mir vor, um mir eine Hand auf den Arm zu legen. »Rach, findest du nicht, dass du ein bisschen überreagierst?«

»Es geht um meine Zukunft, Marly.« Ich schüttelte ihre Hand ab, mein Tonfall war schneidend. »Du weißt, was auf dem Spiel steht. Ich muss mit klarem Kopf ins Studium starten, darf mir keine Patzer erlauben. Und dann muss ich mir auch noch einen Job suchen.« Während ich sprach, scrollte ich durch die Liste der Flüge von St. John nach New York. Natürlich gab es keinen einzigen Direktflug.

»Rachel, ich verstehe deine Beweggründe, aber glaubst du nicht, dass du wenigstens mal mit Blake darüber reden solltest?«

»Das habe ich vor.« Ich tippte auf einen Flug mit annehmbaren Zeiten und extra viel Freigepäck. »Ich gehe nachher zu ihm, um mich zu verabschieden.«

Ich spürte, dass Marly mich anstarrte, doch ich sah nicht auf. Meine Entscheidung stand unwiderruflich fest. Nachdem die Suchmaschine meine Informationen automatisch ausgefüllt hatte, klickte ich auf »Buchen«.

Bye-bye, St. Andrews.

34  Blake

Als es am Nachmittag an der Tür klingelte, saß ich gerade mit Lou in dem Zimmer, das sie sich mit Davie teilte, und flocht ihr die Haare zu eng am Kopf anliegenden Zöpfen.

Mom ging zur Tür, und ich hörte, wie sie mit jemandem über die Freisprechanlage sprach.

»Blake, Schatz, da ist jemand für dich«, rief sie kurz darauf durch den Flur.

»Für mich?« Meine Hände verharrten vor Überraschung über Lous Kopf.

»Es ist eine Frau.« Mom kam breit grinsend ins Zimmer.

»Eine Frau?«

»Spielen wir Papagei?«, fragte Lou. »Oder warum wiederholst du alles, was Mom sagt?«

»Nein, mein Schatz«, sagte Mom. »Ich glaube, dieser unerwartete Besuch bringt deinen Bruder gerade ein bisschen aus dem Konzept.«

»Ja, wenn er den Mund nicht schließt, fliegt noch eine Fliege rein.« Lou kicherte.

Mom wedelte ungeduldig mit der Hand. »Los, raus mit dir. Ich übernehme. Du willst die junge Frau doch nicht warten lassen.«

Mit zitternden Knien schlurfte ich zur Wohnungstür. War es möglich ...?

Ich drückte den Knopf der Sprechanlage. »Äh, hallo?«

»Hi, ich bin's, Rachel.«

Mein Herz setzte einen Schlag aus, und ich brauchte viel zu lange, um ihr zu antworten.

»Blake?«, fragte sie.

»Äh, ja.« Ich wollte auf keinen Fall, dass sie hochkam und mein Zimmer sah. Diesen furchtbaren, seelenlosen Raum, in dem der Brief ein Loch in die Schreibtischschublade brannte. »Warte, ich komme runter.«

Einen Moment stand ich dort und starrte die Tür an. Dann flitzte ich in mein Zimmer, um mir etwas Passenderes anzuziehen als eine Jogginghose und ein T-Shirt mit fettigen Chicken-Wing-Fingerabdrücken, die Lou beim Mittagessen darauf hinterlassen hatte.

Als ich die Treppe hinuntereilte, rasten meine Gedanken. Was wollte Rachel bei mir zu Hause? Woher wusste sie überhaupt, wo ich wohnte? Das hatte ich ihr nie erzählt. Wir hatten uns immer irgendwo draußen oder bei ihr im Haus getroffen. Und warum hatte sie mir nicht vorher geschrieben? Ein Blick auf mein Handy sagte mir, dass sie seit letzter Nacht nicht mehr online gewesen war.

Ich hatte keine Zeit, mich weiter zu wundern, denn schon stieß ich die Haustür auf, und da stand sie.

Rachel vor meinem Zuhause zu sehen, war in etwa so befremdlich wie ein Regenbogen bei Nacht. Trotzdem zauberte mir ihr Anblick wie immer ein Lächeln aufs Gesicht. Sie hatte das lange Haar zu einem lockeren Pferdeschwanz zusammengebunden, sodass ihre breiten Brauen und hohen Wangenknochen noch besser zur Geltung kamen.

»Hi!« Ich wollte auf sie zugehen, um sie in die Arme zu schließen, wenn nicht sogar zu küssen, doch sie trat einen Schritt zurück.

»Wir müssen reden.«

Mein Grinsen wurde nur noch breiter. »Das letzte Mal, als du mir das geschrieben hast, hat es mit Sex geendet. Wenn ich mich recht erinnere«, ich rieb mir nachdenklich das leicht stoppelige Kinn, »in der Dusche und dann noch mal in deinem Bett.«

Rachel zeigte keinerlei Regung. Da erst fielen mir die dunklen Ringe unter ihren Augen auf. Hing ihr die kurze Nacht ebenso nach wie mir? Allerdings wurde meine Erschöpfung von der Erleichterung darüber übertrumpft, dass es Wills Dad gut ging und Will und Liv wieder zusammen waren. Ganz zu schweigen von dem Glückstaumel, den die Tatsache in mir auslöste, die letzte Nacht mit Rachel verbracht zu haben.

Rachel deutete die leere Straße hinunter. »Sollen wir ein Stück gehen?«

Ich stutzte. »Hast du etwa gerade vorgeschlagen *spazieren zu gehen*?«, fragte ich übertrieben schockiert. »Ist das nicht total langweilig und nur was für alte Leute?«

Rachels Absätze klickten laut auf dem Bürgersteig, als sie sich in Bewegung setzte. Sie schenkte mir bloß ein schwaches Lächeln über die Schulter. In diesem Moment wurde mir klar, dass etwas nicht stimmte. Wenn sie nicht in der Stimmung war, auf meine Sticheleien einzugehen, war das ein schlechtes Zeichen.

»Ist was passiert?« Ich holte zu ihr auf. Da fiel mir Marlys Blick im Krankenhaus wieder ein. »Hast du dich mit Marly gestritten? Meinetwegen?«

Rachel lächelte zynisch. »Schreibst du dir da nicht ein bisschen zu viel Bedeutung zu?«

»Autsch.« Ich rieb mir über den Nacken. »Ich dachte nur … Na ja, ihr habt doch bestimmt über uns geredet.«

»Es gibt kein *uns*«, erwiderte Rachel eine Spur zu scharf, und ich begriff endgültig, dass etwas ganz und gar falschlief.

»Hey, Rach, bleib mal einen Moment stehen.« Ich legte meine

Hand auf ihren Arm und drehte sie zu mir herum. Sie wich meinem Blick aus. »Warum bist du hier?«

Sie kaute auf ihrer Unterlippe, die leicht schimmerte. Himbeerlipgloss, vermutete ich. Rachels Lieblingssorte. Schließlich sah sie mich an. »Ich reise morgen ab.«

Es war, als hätte sie mir die Beine weggetreten, sodass ich ungebremst auf die Nase flog. »Was?«

»Ich reise morgen ab«, wiederholte sie in völlig nüchternem Tonfall.

»Wolltest du nicht bis Ende des Monats bleiben?«

Sie nickte, seufzte dann, als wäre dieses Gespräch eine lästige Angelegenheit, die sie so schnell wie möglich hinter sich bringen wollte. Als wäre ich ihr Steuerberater und nicht der Kerl, der sie letzte Nacht zum Stöhnen gebracht hatte.

Sie hob trotzig das Kinn. »Ich habe beschlossen, dass die Zeit gekommen ist.«

»Einfach so?« Ich verschränkte die Arme vor der Brust. »Ist wirklich nichts mit Marly vorgefallen?«

»Sie weiß jetzt Bescheid. Aber das hat nichts damit zu tun, dass ich morgen nach New York fliege.«

»Okay, also hat Marly nichts dagegen, dass wir ...«

»... einen Monat lang miteinander geschlafen haben und das jetzt vorbei ist? Nein. Tatsächlich war sie deshalb ganz aus dem Häuschen.«

Vorbei. Das kleine Wort grub sich in mein Gehirn, verursachte mir physische Schmerzen. War es wirklich vorbei? Einfach so? Von einem Tag auf den anderen? Sollte vergangene Nacht das letzte Mal gewesen sein, dass ich Rachel geküsst, sie berührt hatte, ihr so nahegekommen war, wie sich zwei Menschen kommen konnten?

»Und du bist heute nur hergekommen, um mir das zu sagen?«

Rachel nickte, machte sich von mir los und ging weiter. Ich

folgte ihr in einigem Abstand, während ich zu verarbeiten versuchte, was hier gerade passierte.

Es gelang mir nicht.

Tausend Gefühle rasten durch mich hindurch. Verzweiflung mischte sich mit Wut darüber, dass Rachel mich einfach so vor vollendete Tatsachen stellte. Meine Kehle war wie ausgedörrt, während meine Wangen glühten – vor Scham darüber, dass ich geglaubt hatte, das mit uns hätte mehr sein können. Und dann war da noch die Panik, die der Gedanke in mir auslöste, Rachel nie wiederzusehen. »Also ist das hier deine Vorstellung von einem Abschied?«

Rachel verdrehte die Augen. »Ich bin hier, oder etwa nicht? Hätte dir auch nur auf WhatsApp schreiben können.«

»Okay.« Ich schluckte. »Mir war klar, dass ich dir nicht so viel bedeute wie du mir, aber dass ich dir völlig egal bin, das ist mir neu.«

Sie schnaubte, blieb wieder stehen. »Siehst du, genau deswegen muss ich gehen. Ich *darf* dir nichts bedeuten. Habe ich nicht von Anfang an klargestellt, dass das zwischen uns nur Sex ist?«

»Schon, aber du kannst doch nicht abstreiten, dass da in letzter Zeit mehr war. Dass du es genauso genossen hast wie ich.«

»Leg mir keine Worte in den Mund«, zischte sie. »Das habe ich nie gesagt.«

Beinahe wäre ich vor ihr zurückgewichen, doch ich blieb standhaft. »Das musstest du nicht. Ich habe doch gesehen, wie du aufgeblüht bist. Letzte Nacht hast du mich sogar bei dir schlafen lassen.«

»Ja, und das war ein verdammter Fehler. Du hast es bloß ausgenutzt, dass ich nach dem Sex eingeschlafen bin.«

Ihre Worte trafen mich wie Hammerschläge, direkt auf die Brust. »Wie bitte? Jetzt stellst du es also so dar, als hätte ich mich in dein Bett geschlichen? Dabei warst du doch diejenige, die mich noch spät am Abend zu sich bestellt hat. Und ich bin sofort gesprungen. Wie immer. Einen ganzen Monat lang. Du kannst jetzt nicht so tun, als wäre das alles nur von mir ausgegangen. Nach unserem ersten Mal hast *du* mich wieder kontaktiert, schon vergessen? *Du* bist in eurem Flur über mich hergefallen.«

»Mag ja sein, aber *du* bist derjenige, der jetzt viel zu viel in alles hineininterpretiert. Genau diese Art von Drama habe ich vermeiden wollen.«

Nun brannten meine Augen, sodass ich mehrmals blinzeln musste. Drama? Das war ich also für sie? Eine Verkomplizierung ihres Urlaubs auf dem Land, bevor es endlich wieder zurück in die große Stadt ging? Zurück in ihr richtiges Leben, in dem es für mich keinen Platz gab. Plötzlich fühlte ich mich wirklich dumm, überhaupt jemals geglaubt zu haben, wir hätten womöglich eine Zukunft.

Resigniert ließ ich den Kopf hängen. »Rachel, hör mal. Es ist nicht meine Absicht, dir Schwierigkeiten zu machen. Natürlich kann ich dich nicht aufhalten. Aber ich möchte, dass du weißt, dass du mir fehlen wirst.« Ich blinzelte heftig, als meine Sicht verschwamm.

Täuschte ich mich oder wischte sich Rachel ebenfalls über die Augen? Sie wandte sich von mir ab, schluckte geräuschvoll.

Vielleicht war noch nicht alles verloren?

Ich trat zu ihr, streckte eine Hand nach ihr aus, doch da fuhr sie zu mir herum. In ihrem Gesicht waren keine Spuren von Tränen zu sehen. Sie funkelte mich an, die Lippen fest aufeinandergepresst. »Ich kann das nicht, Blake«, sagte sie. »Ich wusste, dass du so ein Riesending daraus machen würdest. Deshalb wollte ich eigentlich nicht persönlich herkommen.«

»Ein Riesending? Ich wollte mich bloß verabschieden. Ich dachte, wir wären … so was wie Freunde?« Ich hatte gehofft, dass sie anhand meiner Anspielung auf unser Fake-Date vielleicht lächeln würde, dass sie einlenken und mir eventuell doch noch erlauben würde, sie zu umarmen. Aber ihre Züge wurden nur noch härter, noch verschlossener. »Wir waren nie Freunde«, sagte sie.

Ebenso gut hätte sie mir einen ihrer Absätze ins Herz bohren können. Automatisch ging ich in die Offensive, um das Selbstwertgefühl zu verteidigen, das ich mir in den letzten Wochen mühsam wieder aufgebaut hatte. »Na schön, wir haben es alle kapiert. Du bist total stark und unabhängig. Du lässt einfach niemanden an dich ran. Muss ziemlich einsam sein, da oben auf deinem hohen Ross.«

Rachel stemmte die Hände in die Hüften. »Ich bin eben tough, okay? Du wusstest von Anfang an, worauf du dich einlässt. Ich bin kein Beziehungsmaterial, Blake. Du kannst mich nicht verändern. Mir keine Gefühle einimpfen. Daran sind schon andere vor dir gescheitert.«

Ich hob abwehrend die Hände. »Hatte ich auch gar nicht vor. Glaub mir, ich verstehe, wenn ich nicht erwünscht bin. Tja, also …« Ich drehte mich einmal im Kreis, wusste nicht, wohin ich gehen sollte, obwohl wir gerade mal am Ende meiner Straße angekommen waren. »Hab ein schönes Leben oder so.« Ich wandte mich ab und stapfte mit großen Schritten davon.

Sieh jetzt bloß nicht zurück, befahl ich mir in Gedanken. Tränen brannten in meinen Augenwinkeln, ich ließ sie laufen, ließ den Schmerz zu. Doch da hörte ich ein lautes Krachen und Rachel fluchen. »Tommy Hilfucker!«

Nur einen Wimpernschlag später war ich wieder bei ihr. »Alles okay?«

»Ja, verdammt.« Rachel hüpfte auf einem Bein und hielt sich den großen Zeh. Augenscheinlich hatte sie gegen eine Mülltonne am Straßenrand getreten.

Mit schmerzverzerrtem Gesicht blickte sie zu mir auf. Dann weiteten sich ihre Augen. »Weinst du etwa?«

Ich sah sie einen Moment verblüfft an. »Was?«

Sie deutete mit einem kreisenden Finger auf mein Gesicht.

»Ach so ... äh ... ja.« Ich wischte mir über die Augen. »Männer können auch weinen, weißt du? Das ist kein Zeichen von Schwäche.«

»Das meinte ich damit nicht«, grummelte sie, während sie weiterhin die aus ihren Sandaletten ragenden Zehen massierte. »Nur dass ich ... nie weine.«

Ich warf die Hände in die Luft. »Ach, tu doch nicht immer so, als wärst du die Eiskönigin höchstpersönlich. Jeder weint ab und zu. Gerade hast du nach einem phänomenalen Sommer aus dem Nichts heraus mit mir Schluss gemacht. Ich stehe hier und heule und dir macht das nicht das Geringste aus?«

»Ich kann eben nicht weinen«, fuhr sie mich an. »In den letzten zehn Jahren habe ich keine einzige Träne vergossen. Das kannst du mir doch nicht vorwerfen.«

»Ach, entschuldige, ich hatte vergessen, dass du ja so unglaublich tough bist.«

»Zumindest tough genug, um nicht weinen zu müssen, wenn ich eine unbedeutende Sommerromanze beende.«

Das saß. Selbst Rachel sah für einen Moment so erschrocken aus, als wollte sie die Worte zurücknehmen. Doch dann verhärtete sich ihre Miene wieder.

»Rachel«, sagte ich kopfschüttelnd. »Das ist nicht tough, sondern traurig.« Dann drehte ich mich um und ließ sie endgültig stehen.

Ein Monat später

35 Rachel

Wie jeden Morgen, wenn ich in meinem New Yorker Apartment aufwachte, brauchte ich einen Moment, um mich zu orientieren. Obwohl ich nun schon seit einem Monat hier wohnte, fühlte sich nach wie vor alles fremd an. Die brandneue Matratze hatte sich noch nicht an meinen Körper angepasst, die Sonne drang in einem falschen Winkel durch die Vorhänge, vor dem Fenster zwitscherten keine Vögel, nur selten erreichte mich der allgegenwärtige Verkehrslärm oder das gelegentliche Sirenengeheul so hoch oben.

Ich rieb mir die Augen und seufzte. Nein, ich war nicht mehr in St. Andrews, lag nicht in dem quietschenden Bett mit der durchgelegenen Matratze. Es wehte keine frische Meerbrise durchs Fenster herein, und ich hörte auch keine Möwenschreie.

Mein Aufenthalt dort kam mir mehr und mehr wie ein Traum vor. Eine schöne Erinnerung, die nun jedoch surreal und unerreichbar schien. Auf wundersame Weise gelang es meinem Hirn, nur die schönen Momente herauszufiltern, sodass ich an wilde Strände, ein nach frischem Lack riechendes Segelboot und eine sonnendurchflutete Lichtung auf einer Insel dachte. Ich sah Marly und mich lachend auf unserer Veranda, spürte die Sonne in meinem Gesicht, Sand zwischen meinen Zehen und hörte Fahrradreifen, die auf dem feuchten Meeresboden knirschten.

Und da war *er*, immer wieder *er*. Auf dem Fahrrad, unter Wasser, keuchend in einer verlassenen Gasse, sein Gesicht ganz nah an meinem Hals.

Widerwillig drehte ich den Kopf, als ich leises Atmen neben mir hörte. Fast wünschte ich mir, eine muskulöse Brust, einen perfekt rasierten Haaransatz und Grübchen zu sehen. Ich wollte mich an ihn schmiegen, meine Hände unter die Bettdecke gleiten lassen, ihn so wecken, wie ich ihn nach unserer ersten – und einzigen – gemeinsamen Nacht hatte wecken wollen.

Doch neben mir lag eine Frau. Ihr kurzer schwarzer Bob fiel ihr ins Gesicht, sodass ich nur das scharf geschwungene Kinn erkennen konnte. Ihre elfenbeinweiße Haut hob sich stark von meinen schwarzen Satinlaken ab. Wunderschön, aber nicht *er*.

Es war ein Gedanke, der mir ständig kam. Egal, mit wie vielen fremden Personen ich schlief, egal, wie sehr ich mich in die Arbeit stürzte und für die Uni paukte – *er* geisterte ständig durch meinen Kopf und sogar durch meine Träume. Die Erinnerung an seine verletzte Miene stieg wie eine ungebetene Seifenblase von ganz tief unten in mir auf. Mit feuchten Augen sah er mich einmal mehr anklagend an.

»Rachel, das ist nicht tough, sondern traurig.«

Bevor ich mich weiter quälen konnte, setzte ich mich auf und schlug die Bettdecke zurück. Ich zog meinen seidenen Morgenmantel von dem Samtsessel in der Ecke und streifte ihn über. Halb unter dem Bett fand ich meine mit Fell überzogenen Pantoffeln mit breitem Absatz und schlüpfte hinein.

Ich bemühte mich nicht, leise zu sein, als ich das Schlafzimmer verließ. Es gab nichts Schlimmeres als Übernachtungsbesuch, der am nächsten Morgen nicht verstand, wann es Zeit zu gehen war.

In der Küche setzte ich zuallererst Kaffee auf. Mit einem gemurmelten Befehl ließ ich Alexa meine Morgen-Playlist abspielen. Leise Gitarrenklänge aus versteckten Boxen erfüllten den offenen Wohn- und Essbereich.

Während ich den Duft des durchlaufenden Kaffees tief in mich aufsog, checkte ich die Nachrichten mehrerer News-Apps auf meinem Handy.

»Guten Morgen.« Eine angenehme Stimme, noch leicht rau vom Schlafen, riss mich aus meiner Lektüre.

»Guten Morgen, äh …« Shit, wie war noch gleich ihr Name? Annie? Akiko? Ich fühlte mich schäbig, wandte mich eilig ab, um ihr Kaffee einzuschenken – natürlich in einen To-go-Becher. »Kaffee?«

Sie nickte, sah durch ihre langen dunklen Wimpern zu mir auf. Normalerweise war ich stolz auf mein perfektioniertes Morgen-Danach-Ritual, doch diesmal hinterließ es einen schalen Nachgeschmack, als ich ihr den Becher reichte.

Wir sahen uns einen Moment an, der sich unangenehm in die Länge zog. »Tja, also, ich muss mich für die Uni fertig machen, aber lass dir ruhig so viel Zeit, wie du brauchst.« Eine glatte Lüge, die die meisten Leute sofort durchschauten. Ja, ich hatte heute Vormittag einen Verfassungsrechtkurs, aber ich wollte unbedingt vermeiden, dass meine Bettgespielin länger blieb als unbedingt nötig.

Sie lächelte, wobei sie zugegeben noch umwerfender aussah, verschlafen und leicht verlegen. »Klar, lass mich nur kurz aufs Klo gehen.«

Ich nickte und deutete in Richtung des Badezimmers, in dem sie verschwand. Sie hatte sich bereits vollständig angezogen. Wahrscheinlich hatte sie es ebenso eilig, von hier zu verschwinden, wie ich, mein Reich wieder für mich allein zu haben.

Seufzend schenkte ich mir ebenfalls Kaffee ein und fügte meine obligatorischen fünf Löffel Zucker hinzu. Während ich einen Schluck nahm, ließ ich den Blick durch mein Loft schweifen. Eine Umzugsfirma hatte das meiste aus meiner vorherigen Bleibe in Toronto hierher befördert, sodass ich nicht viel Neues hatte kaufen müssen. Deshalb wirkte die große offene Fläche jedoch auch etwas leer. Das passte gut zu mir. Denn seit meiner Ankunft hatte ich mich ebenso leer und verloren gefühlt. Ich war nie dazu gekommen oder hatte mir vielmehr nicht die Mühe gemacht, das Apartment wohnlicher zu gestalten, ein paar Deko-Objekte zu kaufen, eine Wand anders zu streichen. Es war, als wollte ich unterbewusst, dass der Ort, an dem ich lebte, mein Inneres widerspiegelte.

»Masochistin«, murmelte ich in meine Tasse.

Ich konnte nicht umhin, mich zu fragen, was Blake wohl von dieser Wohnung halten würde. Würde er mich aufziehen, weil ich als Einzelperson gar nicht so viel Platz brauchte? Oder weil mein Kühlschrank meistens leer war? Würde er mich zuallererst ins Schlafzimmer ziehen, um das neue Bett auszutesten? Bei dem Gedanken wurde mir so heiß, dass ich die Tasse hastig abstellte und aus der Küche stapfte.

Im Flur kam mir Asuka entgegen – endlich erinnerte ich mich an ihren Namen. Gesicht und Haare glänzten leicht feucht, sie hatte ihre Handtasche über der Schulter und den To-go-Becher in der Hand.

»Also dann …« Sie winkte mir verlegen zu. »Letzte Nacht war wirklich schön.«

»Ja.« Ich lächelte, trat zu ihr und gab ihr einen Kuss auf die Wange. »Das fand ich auch.«

Rosa Flecken überzogen ihr Dekolleté, als ich einen Schritt zurücktrat.

»Meinst du, wir könnten das mal wiederholen?«

»Also, weißt du, ähm«, stammelte ich. »Ich muss dir ehrlich sagen, dass ich im Moment viel um die Ohren habe. Und ich will keine Versprechungen machen, die ich nicht einhalten kann.«

»Ich verstehe.« Sie biss sich auf die Unterlippe. »Hat das vielleicht etwas mit Blake zu tun?«

Ich riss erschrocken die Augen auf. »Woher weißt du …?«

»Du hast im Schlaf seinen Namen gesagt.« Sie lächelte wissend, schien mir überhaupt nicht böse zu sein.

»Wow, das tut mir echt leid.« Ich strich mir die Haare hinter die Ohren. »Es ist … kompliziert.«

»Ist es das nicht immer?«

Ich lachte. »Ja, sonst wäre es wohl langweilig, was?«

Sie runzelte leicht die Stirn. »Ich glaube, die komplizierten Sachen sind oft die, für die es sich am meisten zu kämpfen lohnt.«

Verblüfft sah ich ihr nach, als sie zum Fahrstuhl ging. Sie drückte den Knopf, und die Doppeltüren öffneten sich für sie.

»Hat mich wirklich gefreut, Rebecca«, sagte sie, bevor sich die Türen schlossen.

»Äh, ich heiße Rachel.« Sie konnte mich längst nicht mehr hören.

Ihre Worte gingen mir nicht aus dem Kopf, während ich duschte, mir die Zähne putzte, mich schminkte und anzog.

Die komplizierten Sachen sind oft die, für die es sich am meisten zu kämpfen lohnt.

Hatte sie recht, oder war das nur ein Spruch, den sie aus einer kitschigen Rom-Com hatte? Es hörte sich sehr nach etwas mit Katherine Heigl in der Hauptrolle an.

Als ich schließlich in meinen cremefarbenen Trenchcoat schlüpfte und immer noch darüber nachgrübelte, schüttelte ich wütend den Kopf. Verdammt, ich musste aufhören, ständig an Blake zu denken. Es sah mir überhaupt nicht ähnlich, in der Vergangenheit festzustecken. Endlich hatte ich alles, was ich mir immer gewünscht hatte: mein Jurastudium, meine eigene Wohnung, gleich zwei Jobs, meine *Freiheit*. Es war an der Zeit, es zu genießen, statt der Person hinterherzutrauern, die ich nicht mehr hatte. Auch wenn ich Blake streng genommen nie gehabt hatte.

Entschlossen drückte ich den Fahrstuhlknopf. Das Leben war zu kurz, um sich lange mit solchen deprimierenden Gedanken zu befassen. Ich konzentrierte mich lieber auf die guten Momente, auf die Kicks, die mich seit zehn Jahren am Leben hielten. Nichts würde mich in die Knie zwingen, schon gar keine flüchtige Affäre mit einem Typen aus der Provinz.

Also setzte ich ein Lächeln auf, als ich kurz darauf meinen in einem pinken Louboutin steckenden Fuß aus der Foyertür schob und in das pulsierende Leben des Big Apple trat.

36 Blake

Nachdem ich meinen Freunden von Rachel und mir erzählt hatte, zeigten sie sich nach ihrer Abreise besorgt. Sie sahen öfter als sonst nach mir, riefen mich ständig an und luden mich zum Kaffee oder Wandern ein. Sie machten sich anscheinend wirklich Sorgen, dass ich wieder in alte Muster verfallen würde. Zuerst fürchtete ich ebenfalls, dass mich Rachels plötzliche Abwesenheit runterziehen würde. Dass ich womöglich wieder zu Alkohol und Fast Food greifen, bis mittags schlafen und die meiste Zeit auf der Couch gammeln würde. Doch als ich am Tag nach unserem Streit aufgewacht war, hatte ich beschlossen, dass ich nie wieder die Kontrolle über mein Leben verlieren würde. Natürlich half mir dabei auch die Therapie mit Dr. Fowler, bei der ich mich immer bereitwilliger öffnete.

Dank Dr. Fowler hatte ich verstanden, dass Rachel mir bewusst gemacht hatte, dass ich nach meinem Unfall nicht alles verloren hatte. Denn da war immer noch mein Herz. Ja, sie hatte es mit ihren High Heels zertreten, aber es war noch da, und es schlug nach wie vor für meine große Leidenschaft, den Sport. So weh es auch tat, Rachel plötzlich nicht mehr jeden Tag zu sehen, zehrte ich dennoch von der Zeit, die wir zusammen verbracht hatten. Ich vermisste sie so sehr, dass es mir regelmäßig den Atem raubte, doch ich ließ mich davon nicht in die Knie zwingen.

Um mich von dem Schmerz abzulenken, den ihre Abschiedsworte in mir ausgelöst hatten, packte ich meine Tage so voll wie möglich. Ich stand bereits vor Sonnenaufgang auf, um joggen zu gehen, trainierte wie besessen mit Jack, lief in der Arbeit zu Hochtouren auf und packte zu Hause mit an. Ich gönnte mir keine freie Minute, um an Rachel oder unsere letzte Begegnung zu denken. Jegliche überschüssige Energie steckte ich in meine Zukunftsplanung.

Ich würde der Welt beweisen, dass ich kein Taugenichts war, würde mich nicht mehr kleinmachen oder einer Version meines Lebens hinterhertrauern, die für immer unerreichbar war. Stattdessen würde ich meine Talente einsetzen, um endlich etwas zu bewegen, meinen Beitrag zu leisten. Denn meine Erfahrungen waren nicht nur ein Klotz an meinem Bein, wie ich so lange geglaubt hatte, sondern sie waren auch das, was mich von anderen unterschied.

Nachdem ich eine Liste mit Universitäten zusammengestellt hatte, die den Studiengang Sportmanagement anboten, schrieb ich fleißig Bewerbungen für das Frühjahrssemester. Ich ließ meinen emotionalen Admission Letter von Fiona und Ellie gegenlesen und schickte alles rechtzeitig vor dem fünfzehnten September ab. Danach konnte ich nichts tun, als zu warten und zu hoffen, dass mir wenigstens eine der Universitäten ein Stipendium gewähren würde.

Ich stockte meine Stunden im Supermarkt auf, und jeder Loonie, den ich entbehren konnte, wanderte auf mein Sparkonto.

Als Will Jack und mich Ende September auf sein Boot einlud, fühlte ich mich wie ein anderer Mensch. Mein Körper war stärker und schneller geworden, meine Muskeln waren fast wieder so definiert wie auf der Highschool. Als ich barfuß den Landungssteg der *Giulia* hinaufstieg, fühlte ich mich fit und voller Energie, wenn da nur nicht der emotionale Ballast wäre, den ich noch mit mir herumschleppte. Besonders hier auf dem Segelboot wurde ich an Rachel erinnert. An den Tag, an dem ich begriffen hatte, wie viel sie mir bedeutete – und an dem ich leider betrunken vor ihrem Haus aufgetaucht war.

Da war sie wieder, diese leise Stimme in meinem Hinterkopf, die nie ganz verstummt war. Die mir ständig einflüsterte, dass es ein Fehler gewesen war, Rachel einfach gehen zu lassen und mich nie bei ihr gemeldet zu haben. All die Maßnahmen, die ich im Laufe des letzten Monats ergriffen hatte, um sie zu vergessen, hatten zwar dazu geführt, dass ich mein Leben in den Griff bekommen hatte, doch Rachel war in meinen Gedanken immer noch jeden Tag präsent. Sie hatte ein Loch in meinem Leben hinterlassen, das selbst der Sport, die Therapie und die Zeit mit meinen Freunden nicht füllen konnten.

Am Ende hatte sie recht behalten: Wir waren nie Freunde gewesen. Sondern mehr. Und ich konnte nicht umhin, mir auszumalen, wie dieses »mehr« hätte aussehen können, wenn sie mir eine echte Chance gegeben hätte. Wenn sie nicht Hals über Kopf geflohen wäre, sobald es ernst geworden war.

»Hey, Mann!« Ich schlug in Wills ausgestreckte Hand ein und reichte ihm die Tüte Bananenchips, die ich mitgebracht hatte. Jack, der hinter mir kam, stellte ein Sixpack alkoholfreies Bier auf den Holzbohlen ab und begrüßte Will ebenfalls. Seit einem Monat tranken auch meine Freunde in meiner Gegenwart keinen Alkohol mehr, und ich freute mich über ihre Solidarität.

Langsam ließ ich den Blick über das Deck schweifen, bis er an der Leiter hängen blieb. Vor meinem inneren Auge sah ich Rachel in ihrem knappen Bikini, wie sie ein Bein darüber schwang und hinunterkletterte. Ich beugte mich über die Reling, sah sie im Wasser paddeln und zu mir aufsehen.

Was wäre wohl passiert, wenn ich an jenem Abend nicht zu ihr gegangen wäre? Vermutlich hätte ich dann nie die Kurve gekriegt, nie die Therapie angefangen. Ich hatte diesen einen Fehler machen müssen, um endlich klarzusehen. Seufzend drehte ich mich zu den anderen um.

»Alles in Ordnung, Blake?« Jack musterte mich eingehend.

»Klar.« Ich winkte ab. »Habe nur gerade daran gedacht, dass ich lange nicht hier war. Das letzte Mal war …«

»… als wir alle zusammen gestrichen haben«, beendete Will meinen Satz.

Ich nickte.

»Danke noch mal für eure Hilfe«, sagte er. »Ich bin froh, dass ich die *Giulia* noch vor Ende des Sommers wieder seetüchtig machen konnte. Endlich können wir wieder rausfahren.«

Jack wandte sich nur langsam von mir ab und verteilte Flaschen an uns. Er spürte einfach immer, was in mir vor sich ging. »Du kannst wirklich stolz darauf sein, was du diesen Sommer alles geschafft hast, Will.« Er hob seine Flasche, um Will zuzuprosten.

Ich hob mein Bier ebenfalls, doch Will wirkte auf einmal leicht verlegen. Seine Wangen färbten sich rot, und er räusperte sich. »Tja, also, es gibt noch einen anderen Grund zum Anstoßen. Der Grund, aus dem ich euch heute hergebeten habe.«

Jack und ich sahen ihn gespannt an. Will kratzte sich am Dreitagebart.

»Alter, nun spuck's schon aus.« Ich grinste breit, ahnte bereits, was Wills große Verkündung sein würde.

»Liv und ich sind verlobt.« Plötzlich strahlte er übers ganze Gesicht.

»Yeah! Herzlichen Glückwunsch.« Ich stieß eine Faust in die Luft, während Jack auf Will zueilte und ihn umarmte.

»Wusste ich es doch«, sagte er ergriffen. »Ihr beide wart schon immer wie füreinander geschaffen. Habt ihr schon ein Datum im Auge?«

»Nein, es ist noch ganz frisch und wir wollen uns Zeit lassen. Erst mal ein bisschen reisen und ... wieder zueinanderfinden. Irgendwann nächstes Jahr.«

»Klingt gut.« Ich zog Will ebenfalls an mich und klopfte ihm auf den Rücken. »Hast du ihr den Antrag hier auf der *Giulia* gemacht?«

Will grinste nur noch breiter. »Nein, aber sie mir.«

Jack und ich starrten ihn einen Augenblick verblüfft an. »Grandios«, sagte ich dann. »Typisch Liv, immer für eine Überraschung gut.« Später würde ich ihr genau das schreiben. Stolz und Freude überkamen mich gleichermaßen. Eine Hochzeit! Wir würden bald die zweite Hochzeit in unserem Freundeskreis feiern.

»Glücksflattern.« Jack rieb sich ungläubig über den Nacken. »Das ist es, was ich gerade empfinde. Es passt wirklich perfekt.«

Ich blickte ihn fragend an.

»Ach, das ist so ein Wort, das ... also, jemand hat es erfunden, und es passt gerade zu dieser Situation.«

Ich wusste sofort, von wem er sprach. »Hat diese Person zufällig lange braune Haare, eine nervtötend große Klappe und trägt bevorzugt High Heels?«

Jack zuckte mit den Schultern. »Sorry, ich dachte, ich hätte noch die Kurve gekriegt.«

»Ist schon in Ordnung.« Ich wandte mich an beide. »Ihr dürft Rachel in meiner Gegenwart erwähnen, okay?«

Jack und Will wechselten einen zweifelnden Blick.

»Ihr habt doch selbst gesagt, dass ich in letzter Zeit wie ausgewechselt bin. Es geht mir wirklich gut.«

»Du kannst aber auch gut drauf sein und sie trotzdem vermissen«, sagte Will. »Das würde dir keiner zum Vorwurf machen.« Er wusste schließlich ganz genau, wovon er sprach.

Ich seufzte. »Okay, ich vermisse sie. Ich denke ständig an sie. Ich hatte noch nie etwas Vergleichbares mit einer anderen Frau.

Und ich frage mich, ob ich … vielleicht hätte mehr tun können. Sie nicht so einfach aufgeben sollen, versteht ihr?«

»Das darfst du dir nicht antun, Blake.« Jack legte mir eine Hand auf die Schulter. »Wie es scheint, wollte Rachel einfach keine Beziehung. Nicht mit dir oder irgendjemand sonst. Marly hat gesagt, dass sie schon immer so war. Es hat also nichts mit dir zu tun.«

Ich zuckte mit den Schultern. »Wie dem auch sei. Das ist Geschichte. Wir sind heute Abend hier, um Will und Liv zu feiern, dann lasst es uns auch tun.«

»Okay.« Wills Wangen glühten immer noch. »Sollen wir rausfahren?«

Ich machte eine galante Armbewegung in Richtung des Steuers. »Ich bitte darum, Captain.«

Jack und ich waren schon so lange mit Will befreundet, dass uns das Seefahren beinahe so sehr ins Blut übergegangen war wie ihm. Mit geübten Handgriffen machten wir die *Giulia* zum Ablegen bereit.

»Wenn ihr noch mal eure Nachrichten checken oder etwas verschicken wollt, ist jetzt der richtige Moment«, verkündete Will einige Minuten später. »Auf dem Meer haben wir nachher keinen Empfang mehr.«

Ich zog mein Handy aus der Hosentasche und grinste. »Wisst ihr noch, als wir fast gekentert wären und, statt das Leck selbst zu stopfen, erst mal alle mit erhobenen Handys verzweifelt auf dem Deck rumgelaufen sind, um Empfang zu bekommen?«

Jack lachte. »Tja, früher ohne Handys muss tatsächlich alles einfacher gewesen sein. Manchmal überlege ich, mir statt einem Smartphone so ein altes Ding zu kaufen, das nur zum Telefonieren gut ist.«

»Als ob du ohne sein könntest.« Ich verdrehte die Augen. »Du und Marly, ihr schreibt euch doch ständig.«

Jack sah mich empört an und wandte sich dann Hilfe suchend an Will, der nur mit den Schultern zuckte. »Wo er recht hat ...«

Ich sah auf den Sperrbildschirm und entdeckte, dass ich tatsächlich eine Nachricht bekommen hatte. Eine E-Mail?

Sofort schlug mein Herz schneller. War das etwa eine frühe Zusage von einer der Unis?

Ich atmete tief durch, bevor ich die Mail öffnete.

Betreff: Devons Bachelor-Party

Für unser Wochenende im Oktober ist alles gebucht und bezahlt!

Wir treffen uns nächsten Freitag um 11 Uhr am Flughafen St. John für das fetteste Party-Wochenende aller Zeiten!

Nicht vergessen: Devon weiß von nichts, also haltet dicht!!!

Ich kidnappe ihn und bringe ihn am Freitag mit.

Vergesst eure amerikanischen Dollar-Scheine für den Strip-Club nicht!!!

Cheers,

Ranjid

Ich sackte enttäuscht in mich zusammen. »Verdammt, das habe ich total vergessen.«

»Was ist los?« Jack blickte mir über die Schulter.

»Mein Cousin Devon heiratet im Oktober. Nächstes Wochenende ist sein Junggesellenabschied. Ein *ganzes Wochenende*.« Ich stöhnte theatralisch.

»Kannst du nicht kurzfristig absagen, wenn du keine Lust hast?«, fragte Jack.

»Nein, ich habe schon bezahlt. Sein Kumpel Ranjid hat alles bereits im April gebucht.«

»Wo soll's denn hingehen?«, fragte Will, der sich am Steuer platziert hatte.

Das Ziel stand zwar nicht in der E-Mail, doch ich erinnerte mich vage daran, wie wir im Gruppenchat darüber abgestimmt hatten. »New York.«

Obwohl ich damit beschäftigt war, mich selbst zu bemitleiden, weil ich ein ganzes Wochenende mit Devons anstrengenden Freunden verbringen musste, entging mir der Blick nicht, den Will und Jack wechselten. Im selben Moment fiel es mir ebenfalls auf. »New York«, rief ich so laut, dass sich ein paar Möwen kreischend vom Wasser in die Luft erhoben.

»Alles okay, Mann?«, fragte Jack mit besorgter Miene.

»Ja, klar.« Ich fuhr mir mit der Hand über das Gesicht. Ich würde nächste Woche nach New York fliegen. In die Stadt, in der Rachel wohnte. Gar kein Problem. Keine große Sache. Nur schien mein Körper beschlossen zu haben, dass es sehr wohl eine große Sache war, denn meine Knie waren plötzlich so weich, dass ich mich an der Reling festhalten musste. Mein Herz klopfte im Takt der panisch flatternden Möwenflügel.

Die Segel der *Giulia* blähten sich, und Will lenkte uns in die Passamaquoddy-Bucht hinaus. Der Wind fuhr mir ins Gesicht, pustete mich ordentlich durch, sodass ich das Gefühl hatte, er würde mich jeden Moment mit sich reißen. Auf einmal hatte ich jeglichen Halt verloren. Und so gewiss mir mein neuer Lebensweg in den letzten Wochen geworden war, so sehr fühlte es sich plötzlich wieder an, als würde ich auf eine ungewisse Zukunft zusteuern.

37 Rachel

Ich saß auf einem bequemen Ledersessel in meinem Lieblingscafé *Beans & Co.* am Fenster. Das goldene Spätnachmittagslicht
fiel durch die Scheibe direkt auf mein Gesicht, und ich hatte die
Augen geschlossen. Der Herbst in New York war noch schöner,
als ich ihn mir vorgestellt hatte. Die Stadt vibrierte förmlich vor
Vorfreude auf Halloween und Thanksgiving, in allen Coffee-
shops wurden Pumpkin Spice und Cinnamon Maple Lattes angeboten, und der Central Park war eine einzige Farbexplosion.
Es waren Momente wie dieser, in denen ich wirklich das Gefühl hatte hierherzugehören. Wenn der Straßenlärm zu einem
leisen Rauschen im Hintergrund wurde, der Duft nach Schoko-
ladenstreuseln und gerösteten Äpfeln in der Luft hing und ich
wie auf meiner eigenen kleinen Insel zwischen den vor dem Fenster vorbeieilenden Passanten und den sich leise im Coffeeshop
unterhaltenden Menschen saß.

Mein Handy vibrierte auf dem rustikalen Tisch aus dunklem
Akazienholz. Widerwillig öffnete ich die Augen, um zu sehen,
wer mich in diesem friedlichen Moment störte. In den letzten
Wochen hatte meine Mom mehrfach versucht, mich zu erreichen,
doch ich hatte sie gekonnt ignoriert. Für dieses Gespräch war ich
noch nicht bereit. Erst wollte ich etwas vorzuweisen haben, wie
zum Beispiel ein bestandenes erstes Semester.

Es war Marly.

Rasch nahm ich einen Schluck von meinem Frappuccino mit Sahne, Schokosirup und Streuseln, bevor ich dranging. »Hi, Honey, was gibt's Neues?«

»Du glaubst nicht, was passiert ist!«

Marly klang so nervös, dass ich mich abrupt aufsetzte. Meine von der Herbstsonne herbeigeführte Schläfrigkeit war sofort wie weggeblasen. »Nun sag schon.«

»Wir haben meine Mom gefunden.«

Wenn ich hätte weinen können, wären mir nun Tränen in die Augen geschossen, doch es prickelte nur unangenehm in meinem Hals. Ich schluckte, blinzelte und schluckte erneut. »Marly, das ist einfach großartig! Erzähl mir alles.«

»Gerade hat Annabeth angerufen.« Marlys Stimme zitterte leicht, sie klang völlig aufgelöst. »Eine Bekannte aus Maine hat sie kontaktiert, weil sie über den Mädchennamen meiner Mom gestolpert ist. Offenbar hat sie den Namen meines Dads abgelegt und nicht wieder geheiratet.«

»Was ihr niemand verdenken kann.«

»Genau. Ein Glück, dass ich Annabeth beide Nachnamen meiner Mom genannt habe.« Marly lachte zaghaft, und ich hätte sie am liebsten fest umarmt. »Meine Mom lebt nicht direkt in der Community in Maine, sondern etwas außerhalb«, fuhr sie fort. »Deshalb hat es so lange gedauert, sie aufzuspüren. Aber in zwei Wochen wird sie in der sogenannten Bear Lodge in der Gegend anzutreffen sein, weil sie dort ein Jugendcamp mitleitet. Anscheinend kommen First-Nation-Kinder aus allen drei Communitys viermal im Jahr für zwei Wochen zusammen, um spielerisch etwas über die Passamaquoddy-Traditionen zu lernen. Meine Mom ist eine der Betreuerinnen.«

»Wow, was für ein Glücksfall, dass ihr sie so gefunden habt.«

»Ja, ich kann es immer noch nicht glauben.«

»Also willst du hinfahren?«

»Ich glaube schon.« Sie zögerte. Ich konnte förmlich sehen, wie sie die Beine anzog und unsicher am Schnürsenkel ihres Sneakers herumspielte. »Ach, Rachel, es wäre doch falsch, es nicht zu tun, oder?«

»Du weißt, dass ich dich unterstütze, was immer du entscheidest. Wenn du dich nicht bereit fühlst, ist das vollkommen okay. Wenn sie dieses Camp wirklich mehrmals im Jahr organisieren, hast du ja jetzt eine Anlaufstelle.«

»Ja, aber was, wenn Mom nächstes Jahr nicht mehr dabei ist? Ich glaube, ich muss das *jetzt* tun, Rach. Ich habe so lange davon geträumt, sie wiederzusehen, und auf einmal ist es endlich möglich.« Ihre Stimme klang fester, entschlossener. Ich war so stolz auf sie.

»Alles klar. Also machen wir in zwei Wochen einen Ausflug nach Maine?« In der Fensterscheibe sah ich mich von einem Ohr zum anderen strahlen.

»Ich glaube schon.« Marly quietschte ausgelassen in den Hörer.

»Sollen wir uns dort treffen? Wie weit ist das denn von New York? Warte mal.« Ich öffnete Google Maps, erkannte jedoch schnell, dass ein Roadtrip von hier fast neun Stunden dauern würde.

»Komm lieber vorher zu mir«, sagte Marly, als ich mir das Handy wieder ans Ohr hielt. »Von St. Andrews aus ist es nicht mal eine Stunde mit dem Auto. Ich meine …« Sie räusperte sich unbehaglich. »Natürlich nur, wenn du willst.«

»Warum sollte ich nicht wollen?«

»Keine Sorge.« Sie senkte verschwörerisch die Stimme. »Ich kann dichthalten. Wir müssen einer bestimmten Person nicht erzählen, dass du kommst.«

Ich prustete los. »Einer bestimmten Person? Honey, du darfst seinen Namen aussprechen. Es ist ja nicht so, als würde ich noch an ihn denken.«

Beinahe hörte ich, wie Marly die Augen verdrehte. »Rach, du bist eine furchtbare Lügnerin. Gib doch zu, dass du ihn vermisst. Nach eurer letzten Begegnung warst du so aufgebracht, dass Blake dir nicht egal sein kann.«

»Na schön, ich denke ab und zu noch an ihn, zufrieden? Das heißt aber nicht, dass ich ihm in St. Andrews aus dem Weg gehen muss.«

»Gut, dass du das sagst.« Nun klang Marly geradezu ekstatisch. »Ich habe nämlich von Jack erfahren, dass Blake am Wochenende nach New York kommt.«

»Bitte *was?*« Beinahe hätte ich vor Schreck meinen Frappuccino umgeworfen. Einige Gäste drehten sich anhand meines entsetzten Ausbruchs zu mir um, und ich erntete einen warnenden Blick von der Barista hinter dem Tresen.

»Bitte was?«, wiederholte ich leiser.

»Blake kommt nach New York.« Marly klang viel zu selbstgefällig. »Anscheinend feiert sein Cousin dort seinen Junggesellenabschied.«

Augenblicklich spielte die Konfettikanone in meinem Magen so verrückt wie noch nie. Ich wusste nicht, ob es mir etwas ausmachte, dass Blake in wenigen Tagen nach New York kommen würde und es nicht für nötig gehalten hatte, mir zu schreiben, oder ob es an meiner Euphorie aufgrund von Marlys tollen Neuigkeiten lag. Letzteres. Es war eindeutig Letzteres.

»Also hat er sich gar nicht bei dir gemeldet?«, fragte Marly vorsichtig.

»Nein, hat er nicht. Und das ist auch gut so. Ich meine, warum sollte er? Zwischen uns ist alles geregelt. Wir haben uns nichts zu sagen. Unsere Wege haben sich getrennt. Es gibt keinen Grund, Vergangenes wieder aufzuwärmen. Und überhaupt bin ich viel zu beschäftigt, um mich mit ihm zu treffen, sollte er das überhaupt in Betracht ziehen.«

»Bist du fertig?« Marly lachte. »Das klingt ja wirklich so, als wäre dir Blake vollkommen egal.«

»Jap, so egal, wie einem eine Person nur sein kann.«

»Schon klar.«

Es gefiel mir nicht, in welche Richtung sich das Gespräch entwickelte, also warf ich einen Blick auf meine Armbanduhr. »Ich muss jetzt auflegen, meine Pause ist vorbei, aber wir sehen uns ganz bald. Ich halte mir übernächstes Wochenende frei und suche schon mal nach Flügen, ja?«

»Alles klar. Ich freu mich so, dass du mich begleitest. Danke, Rach.«

»Ist doch klar, und außerdem hab ich's dir versprochen. Halt bis dahin die Ohren steif.«

»Okay, du auch.«

Ich schickte Marly einen Kuss hinterher und legte auf.

Dann schloss ich die Augen und gönnte mir einen kurzen Moment, um innerlich zu schreien. Es waren so viele Neuigkeiten auf einmal, dass ich Mühe hatte, alles zu verarbeiten. Marly würde endlich ihre Mom wiedersehen – und ich wahrscheinlich Blake. Wenn nicht in New York, dann vermutlich in St. Andrews.

Bei der Vorstellung, ihm ins Gesicht zu sehen und seine Stimme zu hören, verschwamm plötzlich alles vor meinen Augen, sodass ich mich an der Tischkante festhalten musste.

»Du musst das endlich in den Griff kriegen«, grummelte ich frustriert. Ich hatte mich selbst nach Wochen nicht daran gewöhnt, zu den unmöglichsten Momenten von Gefühlen überwältigt zu werden. Es war äußerst lästig.

»Montgomery!«, ertönte es von der Theke.

»Ich komme ja schon.« Widerwillig öffnete ich die Augen und prüfte mein Spiegelbild im Fenster. Meine Wangen waren gerötet, die Augen glänzten. Seufzend rückte ich meine Kette und meine Ohrringe zurecht und zog meinen Pferdeschwanz fester. Dann nickte ich meinem Spiegelbild aufmunternd zu. »Reiß dich zusammen.«

Eilig trank ich meinen Frappuccino aus, stand auf und schnappte mir meine Schürze von der Sessellehne, bevor ich mich wieder hinter den Tresen stellte.

38 Blake

Ich stolperte aus dem stickigen Club ins Freie. Keine einzige Sekunde länger konnte ich diesen Junggesellenabschied ohne einen Tropfen Alkohol ertragen. Ich hatte den ganzen Tag und die ganze Nacht durchgehalten, doch jetzt war es genug. Beinahe hätte ich eine Schlägerei mit einem Kerl angefangen, der mich auf der Tanzfläche angerempelt und meine Cola verschüttet hatte. Also hatte ich den Jungs Bescheid gegeben und war geflüchtet.

Ich blieb mitten auf dem menschenleeren Gehsteig stehen und atmete tief durch. Es war kurz vor fünf Uhr morgens, und die Sonne war noch nicht aufgegangen. In der frischen Luft lag der erste Hauch von Herbst. Ich wischte mir über die schweißfeuchte Stirn und schlug den Kragen meiner dünnen Jacke hoch. Dann schlenderte ich langsam los, ohne Ziel.

Es war erstaunlich, wie friedlich New York in den frühen Morgenstunden wirkte. Nur wenige Leute waren bereits auf dem Weg zur Arbeit, ein paar Feiernde torkelten von den Clubs nach Hause, ein Straßenreiniger brauste vorbei, doch die Straßen waren weitgehend leer. Kein Hupen, keine Sirenen, nur der Herbstwind, der eine Plastiktüte auf dem Gehsteig vor mir herwehte.

Ich hatte mich zwar nicht bei Rachel gemeldet, doch ich sah sie seit meiner Ankunft in dieser lauten, aufregenden Stadt überall. Ich spürte ihre Präsenz, wenn ich Absätze auf dem Asphalt klicken hörte, wenn ein Taxifahrer im Vorbeifahren lautstark durchs offene Fenster fluchte, wenn mir ein schokoladiger Duft aus einem Coffeeshop entgegenwehte.

Kaffee. Ja, das war es, was ich jetzt dringend brauchte. Vor allem, wenn ich einen weiteren Tag mit Devons Freunden überstehen wollte.

Ich sah mich um. Weit und breit war hier kein Café zu sehen. Nur dunkle Schaufenster, einige davon für die Nacht mit Metallgittern gesichert. Ich holte mein Handy aus der Hosentasche und suchte auf Google Maps nach dem nächstbesten Coffeeshop. Als ich die kleinen roten Punkte studierte, die mir unzählige Möglichkeiten in einem Radius von fünf Kilometern anzeigten, fiel mein Blick auf einen Namen, der mir bekannt vorkam: *Beans & Co.* – Rachels Lieblingscafé.

Meine Mundwinkel wanderten nach oben. Mal sehen, ob die Getränke hielten, was Rachel mir versprochen hatte. Der Laden war nicht gerade um die Ecke, doch da er sowieso erst um sechs Uhr öffnete, hatte ich genug Zeit, um dorthin zu laufen. Abermals setzte ich mich in Bewegung, den Blick nach oben auf die schwindelerregenden Wolkenkratzer gerichtet, deren Spitzen sich im ersten Licht des Morgens langsam rosa färbten.

Als ich um die Ecke bog, erkannte ich das Schild schon von Weitem. *Beans & Co.* – *Best Coffee in town since 1996.*

Noch ein Versprechen, dem ich auf den Grund gehen würde.

Es war fünf vor sechs, also lungerte ich noch ein wenig vor dem seitlichen Schaufenster herum. Der Coffeeshop sah bereits durch die Scheibe gemütlich aus, wenn auch auf rustikale Weise. Dunkle Töne überwiegten, Theke und Tische waren aus massivem Akazienholz gefertigt, die Sitzgelegenheiten bestanden aus zusammengewürfelten Ledersesseln, einigen Holzstühlen und einem Sofa. In einer Ecke stand ein Bücherregal, daneben hing ein Schild, das dazu aufforderte, sich ein Buch zu nehmen und im Gegenzug eins reinzustellen. An der hohen Wand hinter der Theke türmten sich allerlei hübsche Sirupflaschen sowie altmodische Kaffee- und Teedosen wie Alkohol hinter einer Bar. Über die Decke zogen sich freigelegte Rohre, die dem Ganzen einen industriellen Hipster-Charme verliehen. Ich konnte mir Rachel nur allzu gut in einem der Sessel vorstellen. Wie sie mit ihren riesigen Kopfhörern halb darin versunken saß, mit konzentriert gerunzelter Stirn auf ihrem Tablet herumtippte, während sie das rechte Bein über das linke geschlagen hatte und leicht mit ihrem in einem sündhaft teuren Stöckelschuh steckenden Fuß auf- und abwippte.

Ich wurde aus meinem Tagtraum gerissen, als ein Klingeln und dann ein lautes Schaben ertönte. Jemand hatte die Tür des Ladens geöffnet und ein Schild nach draußen gezerrt. Der junge Mann mit weinroter Schürze kniete sich davor und schrieb mit zwei verschiedenfarbigen Kreidestücken das heutige Special darauf: Pumpkin Spice Frappuccino mit Ahornsirup.

Ich ging auf den Eingang zu. »Hey, Mann, habt ihr schon geöffnet?«

Er sah kaum auf, während er einen dicken Kürbis neben die Schrift zeichnete. »In ein paar Minuten geht's los. Muss noch die Stühle von den Tischen heben. Du kannst schon reingehen, meine Kollegin nimmt deine Bestellung entgegen.«

»Danke.« Ich lief um ihn herum und trat ein. Die Glocke über der Tür klingelte abermals. Sofort umfing mich der starke Geruch nach frisch gerösteten Kaffeebohnen warm und tröstlich. Ich rieb meine steifen Finger aneinander. Mir war nicht aufgefallen, wie kalt mir auf dem Weg hierher geworden war. Der Schlafmangel tat sein Übriges, sodass ich mich nur noch mit einem starken Kaffee auf dem Sofa in der Ecke zusammenrollen wollte.

Ich trat vor die Theke und studierte die an der Tafel über meinem Kopf angeschlagenen Heißgetränke, die man mit allerlei zusätzlichen Sirups, Streuseln und Pudern aufpimpen oder wahlweise mit Soja-, Reis- oder Mandelmilch bestellen konnte.

»Montgomery«, rief der Typ von draußen rein. »Der erste Kunde ist da.«

Aus der offenen Tür hinter der Theke hörte ich Schritte, dann sah ich einen Schatten, der sich näherte. Die Barista trat mit gesenktem Kopf in den Raum, während sie sich ihre dunkelrote Schürze umband.

»Wer ist denn an einem Samstag schon so früh ...« Als Rachel aufblickte und mich vor der Theke stehen sah, blieb sie wie angewurzelt stehen.

Mein Herz setzte einen Schlag aus, als ich in ihr vertrautes Gesicht starrte, das ich an diesem Ort um diese Uhrzeit als Allerletztes erwartet hatte. Dann hämmerte es in doppeltem Tempo gegen meinen Brustkorb, als wollte es ausbrechen und zu Rachel fliegen.

Ihre Bernsteinaugen weiteten sich, und sie schob sich hastig eine Strähne aus dem Gesicht. Dann blinzelte sie mehrmals, als hätte ich mich gerade vor ihren Augen aus dem Nichts materialisiert. »Blake?«

39 Rachel

»Blake?«

Beinahe wäre ich rückwärtsgestolpert, so sehr brachte es mich aus dem Konzept, ihn zu sehen. Einen Wimpernschlag lang wirkte er so perplex wie ich. Er hatte mich offenbar ebenso wenig erwartet wie ich ihn. Doch schon hoben sich seine Mundwinkel zu diesem typischen selbstgefälligen Grinsen, und die beiden Grübchen zeigten sich. Diese verdammten Grübchen.

»Ja, ich bin es wirklich«, sagte er wie der Held in einem kitschigen Film.

Das brachte mich schlagartig ins Hier und Jetzt zurück. Ich erlangte meine Fassung wieder und trat so lässig wie möglich an den Tresen. »Und ich dachte schon, ich hätte Glitzer im Auge.«

Blake lachte leise, kam einen Schritt näher. »Also arbeitest du jetzt hier?«

Ich nickte, wusste plötzlich nicht mehr, wohin mit meinen Händen, mit meinem Blick, mit meinem ganzen Körper. Wie sollten wir miteinander umgehen? War er noch sauer auf mich? War *ich* noch sauer auf *ihn?* Ich konnte keinen klaren Gedanken mehr fassen. Ich warf mir das Haar über die Schulter und sah ihn so gefasst wie möglich an. »Was kann ich für dich tun?«

Ich dachte schon, er würde einen Spruch reißen von wegen

»Da fällt mir so einiges ein« oder »Wenn du schon so fragst«, doch er sah nur grübelnd zu unserer Getränkeauswahl auf. »Wenn ich mich recht erinnere, hast du von einem gewissen Frappuccino gesprochen. Sehr oft und sehr ausführlich.« Wieder grinste er, und ich hätte ihn am liebsten vors Schienbein getreten. Er genoss es viel zu sehr, mich mit seinem Auftauchen kurz aus der Fassung gebracht zu haben.

Er lehnte einen Ellbogen auf die Theke und beugte sich verschwörerisch zu mir vor. »Und da ich unsere Wette gewonnen habe, geht der wohl auf dich.«

»Moment mal.« Ich verschränkte die Arme vor der Brust. »Wer sagt denn, dass du die Wette gewonnen hast?«

»Ich.« Er sah unschuldig lächelnd zu mir auf. Diese verdammten vollen Lippen. Und die strahlend weißen Zähne. Und die Grübchen. Innerlich schrie ich, weil die Situation so surreal war – Blake in diesem Coffeeshop, viel zu früh an einem Samstagmorgen –, doch äußerlich blieb ich cool.

»Tja, der Deal war aber, dass du *mich* von St. Andrews überzeugst, also habe *ich* das letzte Wort.«

Seine Augen blitzten belustigt, als ich ihn anfunkelte. »Okay, dann lass hören. Wie lautet dein Urteil?«

Ich durfte ihm auf gar keinen Fall verraten, dass sich St. Andrews in mein Herz geschlichen hatte, also stemmte ich die Hände in die Hüften und sagte leichthin: »Meine Zeit bei euch war nicht übel.«

»Nicht übel?« Blake wiederholte meine Worte so empört, als hätte ich etwas zutiefst Beleidigendes von mir gegeben. »Und das, obwohl du über den Meeresboden gefahren bist? Die *Wildnis* bezwungen hast. Im Atlantik schwimmen warst. Und – nicht zu vergessen – eine Kostprobe hiervon bekommen hast.« Er öffnete seine Jacke und hob sein T-Shirt ganz leicht, sodass ich einen Blick auf sein Sixpack bekam. Täuschte ich mich, oder waren seine Bauchmuskeln seit unserer letzten Begegnung definierter geworden? Das tat nichts zur Sache.

Konzentrier dich, Montgomery!

»Im Atlantik kann ich hier in New York jederzeit schwimmen gehen, Blake.«

Er verzog das Gesicht. »Würde ich dir aber nicht empfehlen.«

Trotz all meiner Vorsätze musste ich lachen. Blake fiel mit ein, und es war dieses warme, raue Geräusch, das sich tief in mein Herz grub und mich in die Vergangenheit katapultierte. Ich hatte ihn so schrecklich vermisst. Ihn vor mir zu sehen, fühlte sich an, als würde meine Brust jeden Moment aufreißen und mein Herz zu Boden fallen. Warm und schwer pochte es in mir und machte all die Wochen zunichte, in denen ich mir eingeredet hatte, nichts für Blake zu empfinden. Ich konnte nicht anders, als beide Ellbogen auf den Tresen zu stützen und mich ebenfalls zu ihm vorzubeugen. Völlig mühelos hatten wir zu unserer früheren Leichtigkeit zurückgefunden.

Ich sah in seine tiefbraunen Augen, verlor mich völlig darin. »Na schön, dann bekommst du eben deinen Frappuccino. Ich kriege sowieso Mitarbeiterrabatt.«

Abermals zeigten sich Blakes Grübchen. »Wusste ich es doch. Und mach mir gleich noch einen schwarzen Kaffee dazu, ja?«

»Lange Nacht?«

»Die längste meines Lebens.«

Mir war aufgefallen, dass er nicht nach Alkohol roch, obwohl er eindeutig vom Feiern kam. »Das glaube ich dir. Junggesellenabschiede sind das absolut Furchtbarste, was unsere moderne Kultur hervorgebracht hat.«

Blakes Augen weiteten sich unmerklich. Nun wusste er, dass ich gewusst hatte, dass er an diesem Wochenende in New York sein würde und warum.

Na, wie fühlt sich das an?

Doch als er mich so ansah, verdutzt und leicht verletzt, war mir plötzlich egal, dass er sich nicht bei mir gemeldet hatte. Jetzt war er hier, lehnte lässig an der Theke und tat so, als wäre nie etwas zwischen uns vorgefallen. Hatte er mir meine harschen Worte vergeben? Als meine Kehle bei dem Gedanken unangenehm eng wurde, wandte ich mich rasch ab.

»Ein Chocolate Frappuccino und ein schwarzer Kaffee, kommt sofort.«

Während ich seine Getränke zubereitete, drehte ich Blake den Rücken zu. Ich sagte mir, dass es an dem heißen Kaffeedampf lag, dass meine Wangen brannten. Ab und an wagte ich verstohlene Blicke aus dem Augenwinkel. Blake hatte sich auf das Sofa fallen lassen, den Kopf in den Nacken gelegt und die Augen geschlossen. Ich unterdrückte den Drang, ihn zu betrachten, den energischen Schwung seines Kiefers und seiner Oberlippe im Geist nachzufahren.

Als ich schließlich beide Getränke betont laut auf dem niedrigen Tisch vor ihm abstellte, öffnete er blinzelnd die Augen.

»Bist du etwa eingeschlafen?«

Er zuckte mit den Achseln. »Wie gesagt, lange Nacht.«

Ich schob ihm den Kaffee zu. »Extrastark.«

»Danke.« Er legte beide Hände um die Tasse, hielt sie sich unter die Nase, atmete tief ein und seufzte verzückt. »Und ich fürchtete schon, du wärst eine grottige Barista.«

»Was hast du gerade gesagt?« Empört funkelte ich ihn an.

»Ich meine ja nur, weil du nicht kochen kannst. Und das eine Mal, als du mir Kaffee gemacht hast, war er total überzuckert.«

»Ich kann nichts dafür, dass du es nicht gern süß magst.«

»Oh, glaub mir, gegen *süß* hab ich nichts einzuwenden.« Er zog die Augenbrauen hoch.

Ich setzte zu einer passenden Antwort an, doch meine Mundwinkel verrieten mich, indem sie sich wie von selbst hoben.

Schnaubend drehte ich mich auf dem Absatz um und schnappte mir meinen eigenen Kaffee, der neben der Kasse auf dem Tresen stand. Auf dem Weg zurück zum Sofa sah ich mich im Coffeeshop um, um mich zu vergewissern, dass es keine andere Kundschaft zu bedienen gab. Dann ließ ich mich neben Blake auf die Couch fallen.

»Zugegeben, am Anfang hat es ein bisschen gedauert, bis ich den Bogen raushatte.« Ich beugte mich verschwörerisch zu ihm vor. »Aber verrat's niemandem.«

Er legte sich einen Finger an die Lippen. »Von mir wird es niemand erfahren ... falls ganz New York es nicht sowieso längst weiß.«

Ich schlug ihm gegen den Arm, sodass sein Kaffee gefährlich in der Tasse schwappte. Eilig nahm er einen Schluck, der in einem Hustenanfall endete, weil er gleichzeitig lachen musste.

Rasch reichte ich ihm eine Serviette vom Tisch. Wenn wir das Sofa ruinierten, würde mich meine Chefin sofort feuern. Mit einer anderen Serviette tupfte ich Blakes Brust ab, die auch ein wenig Kaffee abbekommen hatte. Da trafen sich unsere Blicke, mein Gesicht nur wenige Zentimeter von seinem entfernt.

Mir wurde heiß, das altbekannte Pochen zwischen meinen Beinen war mit einem Schlag zurück. Und da war noch etwas anderes. Die Wärme in meiner Brust breitete sich kribbelnd im ganzen Körper aus, sodass ich mich fühlte, als würde ich schweben. Es war verblüffend, wie schnell wir in alte Muster verfielen, wie natürlich mein Lächeln in Blakes Gegenwart war, wie sehr das spaßige Geplänkel mit ihm mir gefehlt hatte. Als ich mich dabei ertappte, wie ich eine Spur zu lange auf seine Lippen starrte, räusperte ich mich und zog mich zurück.

»Also, hast du denn auch etwas von New York gesehen oder nur ein paar Stripclubs von innen?«

Blake wirkte leicht außer Atem. Sein Blick lag noch einen

Moment länger auf meinen Lippen, bevor er sich verlegen räusperte. »Hey, wir haben nur einen einzigen Stripclub besucht. Außerdem waren wir am Times Square und haben ein Partyboot an der Freiheitsstatue vorbei genommen.«

Ich verdrehte die Augen. »Also typisches Touristen-Bachelor-Zeug.«

Im selben Moment kam mir eine Idee. Unser Deal! Vielleicht konnte ich mich endlich dafür revanchieren, dass er mich in St. Andrews bespaßt hatte. Natürlich hatte mein neuer Plan überhaupt nichts damit zu tun, dass mir die Vorstellung, Blake nach seinem kurzen Abstecher ins *Beans & Co.* nicht wiederzusehen, die Luft abschnürte.

»Du hast nicht zufällig Lust auf ein bisschen Action, wenn du schon mal in der aufregendsten Stadt der Welt bist?«

»Action?« Er musterte mich interessiert.

»Ich meine, richtige Action, nicht das, was du mir in St. Andrews geboten hast.«

Blake schob schmollend die Unterlippe vor. »Ich habe mein Bestes gegeben, dir die Wildnis schmackhaft zu machen.«

»Tja, und jetzt werde ich mein Bestes geben, um dir New York schmackhaft zu machen.«

Er sah mich mit großen Augen an. »Ist das dein Ernst?«

Ich nickte. »Was hast du heute Nachmittag vor? Mehr Bachelor-Party-Bullshit?«

Er runzelte die Stirn und öffnete die Kalender-App auf seinem Handy. »Heute geht es offiziell erst abends weiter, damit alle ihren Rausch ausschlafen können.«

»Okay, dann treffen wir uns nach meiner Schicht vor dem Laden.« Ich formulierte es absichtlich so, dass es keine Widerrede gab. Ich wollte ihn wiedersehen, musste dringend dieses Gefühl auskosten, das mich in seiner Nähe überkam. Meine ganz persönliche Droge.

»Und dann?« Offenbar hatte ich seine Neugier geweckt, denn Blake setzte sich auf und wandte sich mir zu.

»Wirst du schon sehen. Zieh dir was Warmes an.«

»Was Warmes?«

»Mehr verrate ich nicht.«

»Okay.« Er schaute skeptisch drein, doch seine Augen leuchteten.

»Und was bekomme ich, wenn ich dich davon überzeuge, dass New York die beste Stadt der Welt ist?« Ich grinste ihn frech an.

»Hm.« Seine Stimme wurde unwiderstehlich tief. »Ich lasse mir was einfallen.«

Der Satz feuerte die Konfettikanone in mir an, die diesmal eindeutig tiefer saß, sodass ich eilig die Beine übereinanderschlug.

»Deal?« Ich streckte eine Hand aus.

»Deal.« Ohne zu zögern, schlug Blake ein. Seine warmen, rauen Finger umschlossen meine, und ich musste mich zusammenreißen, um ihn nicht hier und jetzt zu küssen.

Mein Blick fiel auf den Frappuccino, der unangetastet auf dem Tisch stand. »Du hast ja noch gar nicht meine beste Kreation probiert.«

Blake leckte sich nervös über die Lippen. »Purer Selbsterhaltungstrieb.«

Wieder boxte ich ihn gegen den Arm. Er stellte seine inzwischen leere Kaffeetasse ab und hob beschwichtigend die Hände. »Okay, ist ja gut.«

Vorsichtig hob er das mit Streuseln und Schokosirup verzierte Getränk an seine Lippen und nahm einen Schluck, wobei ihm ein wenig Sahne an der Oberlippe hängen blieb. Nein, ich wollte sie nicht sofort wegküssen, überhaupt nicht.

Blake nahm einen zweiten Schluck und verdrehte verzückt die Augen.

»Und?«, fragte ich grinsend. »Zuckerständer?«

»Definitiv«, antwortete er. »Der größte Ständer meines Lebens.«

40 Blake

Als ich nachmittags nach einem ausgiebigen Schläfchen in meinem Hotelzimmer vor dem *Beans & Co.* eintraf, stand dort ein schwarz glänzender Porsche Cayenne mit verdunkelten Scheiben am Straßenrand. Ich sah mich suchend nach Rachel um, doch von ihr war keine Spur zu sehen. Da wurde die Fensterscheibe auf der Beifahrerseite heruntergelassen, und ich sprang erschrocken zurück.

Rachel winkte mir aus dem Auto zu.

Ich stieß ein erleichtertes Seufzen aus. »Ach, du bist es nur. Ich dachte schon, die Mafia hätte mich endgültig aufgespürt.«

Rachel lachte. »Komm schon, steig ein.«

Ich tat wie geheißen. Der Geruch nach nagelneuem Auto empfing mich. »Wo hast du denn die Luxuskarre her? Ich wusste nicht, dass Baristas so gut verdienen.«

Rachel senkte verschwörerisch die Stimme, während ich mich anschnallte. »Vielleicht gehöre ich ja zur Mafia.«

»Ich wusste es.«

»Was hat mich verraten?«

»Ich glaube, es war der Moment, als du mich nach unserem ersten Mal in der Gasse hast stehen lassen. Das war eiskalt.«

Rachel lachte so laut, dass es von den Autowänden widerhallte. »Pass auf, was du sagst. Vielleicht habe ich ja eine Knarre im Handschuhfach versteckt. Niemand würde dich schreien hören.« Sie warf einen Blick in den Seitenspiegel, bevor sie den Blinker setzte und den Porsche aus der Parkbucht lenkte. »Nein, mal ehrlich. Ich bin weit davon entfernt, mir ein Auto leisten zu können. Den Porsche habe ich mir von einer Kommilitonin geborgt, deren Eltern außerdem ein Ferienhaus in den Hamptons haben.«

Ich pfiff durch die Zähne. »Fancy!«

»Das ist noch gar nichts. Pass auf.« Rachel gab Gas, sodass ich in den Sitz gedrückt wurde.

»Okay, schon gut, ich glaube dir doch längst, dass du eine Mafiosa bist. Du kannst aufhören, mich überzeugen zu wollen.«

Sie zwinkerte mir verwegen zu, bevor sie sich wieder auf den dichten Verkehr konzentrierte.

Während der Fahrt weigerte Rachel sich, mir zu verraten, wohin wir unterwegs waren. Mir entging aber nicht, dass sie sportliche, atmungsaktive Kleidung und Sneakers trug. Ich hatte mich an ihren Rat gehalten und mir eine lange Hose und einen Pulli angezogen sowie meine Jacke mitgebracht.

Die Wolkenkratzer schrumpften und wichen gewöhnlichen Wohnhäusern, dann fuhren wir über eine lange Brücke, und schließlich wurde die Landschaft immer ländlicher.

»Du weißt aber schon, dass wir uns von der Stadt entfernen, oder? Wolltest du mir nicht New York *City* schmackhaft machen?«

»Warte es ab.« Rachel zwinkerte mir verschwörerisch zu.

Nach etwa fünfzig Minuten bog sie in eine leicht holprige Landstraße ein und hielt den Wagen auf etwas an, das stark nach einem verlassenen Feld aussah.

Hier war absolut nichts. Nur weiter weg entdeckte ich eine große Lagerhalle mit Stahldach. Wohin hatte Rachel mich geführt?

»Okay, langsam bekomme ich doch das Gefühl, entführt worden zu sein. Nur nicht von der Mafia, sondern von dir.«

Rachel verdrehte die Augen und stieg aus. Ich folgte ihr aus dem Auto und über die Wiese. Sie drehte sich im Gehen zu mir um. »Schon mal was von Drachenfliegen gehört?«

Ich sah sie mit hochgezogenen Brauen an. »Dein Ernst? Wir lassen einen Drachen steigen?«

»Nein.« Sie lachte. »Wir fliegen mit einem Hängegleiter.« Sie deutete auf das Feld vor uns. Weit draußen stand eine Art dreieckiges Metallgestell, gekrönt von einer bunten, straff gespannten Plane in Form einer Pfeilspitze. Es sah aus wie eine Requisite aus einem Actionfilm, nicht wie etwas, das sich tatsächlich in die Luft erheben konnte.

Meine Augen wurden groß. »Wir fliegen *damit?*«

»Na ja, *ich* fliege und du genießt die Aussicht.« Rachel zwinkerte mir zu.

»Du …?« Hatte ich richtig gehört? Augenblicklich wurde mir flau im Magen, während sich ein nervöses Kribbeln über meinen ganzen Körper zog. »Und wir hätten nicht einfach in New York bleiben und etwas essen gehen können?«

»Leider ist es nicht erlaubt, direkt über der Stadt zu fliegen, zu viel Flugverkehr. Aber keine Sorge, wir können nachher gerne noch was essen gehen.« Sie ließ mich stehen, sodass ich mich beeilen musste, meinen vor Staunen offen stehenden Mund zu schließen und ihr weiter über die Wiese zu folgen.

Im Näherkommen fiel mir auf, dass wir uns nicht mehr auf einem Feld, sondern auf einer Flugzeuglandebahn befanden. Rachel wandte sich zu mir um und deutete auf das Gebäude, das ich nun als Flughalle erkannte. »Wir werden zuerst von einem Flugzeug gezogen, weil wir hier keine Hügel oder Klippen haben, von denen wir springen könnten, um Höhe zu erlangen.«

»Klippen? Springen?«

Sie legte eine Hand auf meinen Arm. »Keine Sorge, dir kann nichts passieren. Ich habe das schon hundertmal gemacht. Meinen Schein für Tandemflüge habe ich mit neunzehn absolviert.«

»Dann war das kein Scherz? Du fliegst dieses … Ding?«

Rachel strahlte mich an. »Ja, seit einem Monat arbeite ich hier im Hanggliding-Team. Es ist ein Geheimtipp für Einheimische und Touristen gleichermaßen.«

Ich schlug mir in einer übertriebenen Geste vor die Stirn. »Wie habe ich glauben können, dass du *nur* in einem Coffeeshop jobbst?«

»Das frage ich mich auch.« Rachel grinste mich verwegen an. »Wo bleibt da die Action?«

Plötzlich hob sie den Kopf und sah an mir vorbei. »Da ist auch schon unser Pilot.« Sie winkte dem Mann, der auf uns zukam. »Das ist Earl, mein Boss. Hi, Earl, das ist Blake.«

Earl streckte mir eine schwielige Pranke entgegen, und ich schüttelte sie. »Schön, dass es euch an diesem feinen Samstag hierher verschlägt. Heute ist nichts los, also habe ich gleich zugesagt, als Rachel angerufen und mich um einen Gefallen gebeten hat.« Er beugte sich zu mir vor und senkte die Stimme. »Sie hat uns schon ein paarmal den Arsch gerettet, seit sie hier angefangen hat. Da revanchiere ich mich gern.«

Ich nickte nur, hatte noch nicht verarbeitet, was ich soeben erfahren hatte. Nicht nur führte Rachel eine geheime Existenz als Drachenfliegerin, sondern sie erwartete auch von mir, dass ich mit ihr in den Himmel aufstieg.

Ich befeuchtete meine trockenen Lippen und flexte meine Finger, während Earl uns zu dem »Drachen« führte, der in einiger Entfernung auf uns wartete. Er stellte sich neben das Fluggefährt, das sich selbst aus der Nähe als nicht viel mehr als ein Dreieck aus Metallstreben auf zwei Rollen entpuppte, das von einem mit Stoff bespannten Flügel gekrönt wurde.

»Okay, Blake, dann erkläre ich dir mal kurz die Basics.« Earl krempelte die Ärmel hoch und schob sich die Brille höher auf die Nase. »Ihr werdet gleich mit diesem Hängegleiter circa zweitausendfünfhundert Fuß über der Erde fliegen und einen atemberaubenden Ausblick auf die umliegende Landschaft und New York City haben. Dabei werdet ihr an einem speziellen Gurt befestigt, sodass ihr bäuchlings unterhalb der Tragfläche hängt.«

»Bäuchlings?«, fragte ich. Meine Stimme klang eine Spur zu hoch. »Wir machen das im *Liegen?*«

»Jap. Ihr hängt hier, in diesem Dreieck aus Aluminiumrohren.« Er deutete auf die Metallstreben, die für meinen Geschmack viel zu dünn aussahen, als dass sie Rachel und mein Gewicht aushalten könnten. »Keine Sorge, du wirst in einer Art Trage liegen, ist wirklich bequem. Du kannst dich entspannen und die Aussicht genießen.« Er klopfte mir auf die Schulter, als wollte er mir Mut machen. Sicher hatte er schon Tausende Leute besänftigt, die sich vorher in die Hose gemacht hatten.

»Ich werde euch mit meinem Ultraleichtflugzeug ziehen, bis wir die gewünschte Höhe erreicht haben«, fuhr Earl fort. »Dann mache ich euch los, und ihr werdet ganz gemächlich durch die Luft segeln, bis ihr wieder unten ankommt. Für einen Menschen ist es die beste Art, wahrhaft zu fliegen, das verspreche ich dir.«

Skeptisch beäugte ich unser Fluggefährt, strich mit der Hand über die straff gespannte Plane, die das Einzige war, was uns in der Luft halten würde.

Als wir schließlich mit den Erläuterungen der Sicherheitsvorkehrungen und dem Verhalten im Notfall fertig waren und ich ein Dokument unterschrieben hatte, mit dem ich bestätigte, dass ich mir der Gefahren bewusst war – was meine Angst in keiner Weise minderte –, war es so weit.

Die Herbstsonne stand bereits tief, warf ihre goldenen Strahlen weit gefächert über die schier endlose grüne Ebene. Wir waren startklar und standen in Position. Mit einem Seil war unser Drache an etwas befestigt, das ich nicht als Flugzeug bezeichnet hätte, aber was wusste ich schon. Schließlich war es ein Ultraleichtflugzeug, wozu brauchte es also Wände oder ein Dach?

Ich hing bäuchlings über Rachel, die ebenfalls eine liegende Position eingenommen hatte. Die Hände hatte sie rechts und links auf die Querstange unterhalb ihrer Brust gelegt, mit der sie den Drachen in der Luft lenken würde. Ich fühlte mich wie ein Baby, eingepackt in einen Schlafsack. Meine Beine und Arme lagen zwar eng an meinem Körper an, doch die Position war überraschend bequem.

Ich lag so dicht über Rachel, dass meine Brust ihren Rücken berührte. Auch wenn keinerlei nackte Haut sichtbar war, löste es ein Kribbeln in meinem Magen aus. So nah war ich ihr viel zu lange nicht mehr gekommen.

Rachel und ich trugen beide leichte Helme, doch ihr Haar lugte unter ihrem hervor, und der vertraute Duft ihres Parfüms stieg mir in die Nase. Ich würde diese Nähe zu ihr voll auskosten. Wer wusste schon, ob sie mich je wieder an sich heranlassen würde. Kurz schloss ich die Augen, stellte mir vor, in ihrem Bett neben ihr zu liegen, Kreise auf ihren nackten Bauch zu malen, langsam tiefer zu wandern.

»Bereit?« Rachel riss mich aus meinen Tagträumen.

»Äh, so bereit, wie ich je sein werde, glaube ich.«

Sie reckte einen Daumen in die Höhe, und Earl erwiderte das Zeichen.

Laut knatternd startete er den Motor seines Fluggefährts. Kurz darauf wurden wir mit einem leichten Ruck hinter ihm hergezogen. Unsere Rollen ratterten über die Startbahn, wir nahmen schnell an Fahrt auf.

»Keine Angst.« Rachel drehte den Kopf und sah zu mir hoch. Ihre Augen funkelten vor Vorfreude. »Ich lasse uns nicht abstürzen.«

Ich nickte und schenkte ihr ein schiefes Lächeln. Mit niemand anderem als ihr hätte ich so eine Aktion gewagt. Ich vertraute voll und ganz darauf, dass sie uns nach einem spektakulären Flug sicher am Boden absetzen würde.

Trotzdem verkrampfte sich alles in mir, als wir immer schneller wurden und schließlich ohne Vorwarnung vom Boden abhoben. Der kurze Moment der Panik und Schwerelosigkeit wurde von einem Gefühl absoluter Freiheit abgelöst.

Der Wind brauste mir in den Ohren, stach mir in die Haut, während wir immer höher stiegen. Meine Kleidung und die Vorrichtung, in der ich lag, hielten mich warm. Adrenalin schoss durch meinen Körper, explodierte in meinem Magen. Neben dem Wind hörte ich meinen eigenen Herzschlag, das Rauschen des Blutes in meinen Ohren. Ich jubelte laut, fühlte mich so lebendig wie nie zuvor. Rachel stimmte mit ein, bis wir beide so laut krähten wie die verlorenen Jungs auf einem Abenteuer mit Peter Pan.

Rachel drehte den Kopf, um zu mir aufzusehen. »Na, hab ich dir zu viel versprochen?«

Ich grinste so breit, dass es wehtat, und glaubte nicht, je wieder damit aufhören zu können. »Ganz und gar nicht.«

Höher und höher stiegen wir, bis Rachel schließlich das Seil abtrennte und wir ohne Hilfe weiterflogen. Wir winkten Earl, der abdrehte und allein davonflog.

Ohne das Flugzeug bemerkte ich kaum einen Unterschied, nur dass wir jetzt etwas ruhiger dahinsegelten. Ich nahm mir die Zeit, die Aussicht zu betrachten. Vor uns lag nichts als der weite, strahlend blaue Himmel.

Rachel legte sich leicht zur Seite. Allein durch die Verlagerung ihres Gewichts lenkte sie den Drachen. Sie bewegte sich so selbstverständlich, als wäre sie vollkommen in ihrem Element.

Unsere Aussicht änderte sich schlagartig, und mir stockte der Atem. Unter uns breitete sich ein Waldstück aus, das in allen Farben des Herbstes leuchtete. Weinrote, gelbe, orangefarbene und braune Tupfen zogen sich unter uns dahin, so weit das Auge reichte. Die Herbstsonne tauchte die Landschaft in goldenes Licht.

In der Ferne erhob sich die Skyline von New York wie ein funkelnder Kristall. Die langsam untergehende Sonne spiegelte sich in den Wolkenkratzern, die ihr Licht tausendfach zurückwarfen.

Ich wusste nicht, ob meine Augen wegen des Windes tränten oder weil ich noch nie etwas Schöneres gesehen hatte.

»Umwerfend, was?«, brüllte Rachel gegen den Wind an.

»Ja«, antwortete ich mit erstickter Stimme, unsicher, ob sie mich hören konnte.

Wir glitten dahin wie ein Vogel, der mühelos die Luftströme ritt. Rachel und ich. Nur wir beide und der endlose Horizont. Trotz des tosenden Windes war es hier oben absolut friedlich wie in einer anderen Welt.

Gerade als ich glaubte, mein Herz müsste bersten vor Glücksgefühlen, drehte Rachel sich mit einem verwegenen Lächeln zu mir um. »Ich hatte dir doch Action versprochen.«

Bevor ich reagieren konnte, beugte sie sich vor, sodass ich ebenfalls nach vorn rutschte. Plötzlich waren vor uns nicht mehr der weite Himmel und Horizont, sondern die bunten Herbstbäume. Im Sturzflug rasten wir direkt auf den Boden zu. Ich hing kopfüber vom Himmel, nur von einigen Gurten gehalten.

»Rachel«, kreischte ich, doch sie lachte nur und brachte uns wieder in die Horizontale.

»Ich könnte einen Looping fliegen, aber ich will nicht, dass du mir in den Nacken kotzt.«

»Gut. Dann solltest du das auf jeden Fall unterlassen.«

Sie lachte so frei und ausgelassen, wie ich sie noch nie hatte lachen hören. Es klang geradezu euphorisch.

Ich wusste nicht, ob es lediglich an dem Adrenalin lag, das auch durch ihre Adern pulsieren musste, oder daran, dass wir diesen besonderen Augenblick zusammen erlebten. Ich für meinen Teil hatte mich einer Person noch nie so nah gefühlt wie in diesem Moment. Klar, Rachel nahm regelmäßig Fremde gegen Bezahlung auf solche Drachenflüge mit, doch ich wollte glauben, dass dies auch für sie etwas Besonderes war.

Als hätte sie meine Gedanken gehört, löste Rachel eine Hand vorsichtig von der Lenkstange und reckte den Arm zu mir hoch. Sie legte ihre kalte Hand an meine Wange, strich sanft darüber – die einzige Berührung, die uns in unserer Position möglich war. Ich konnte nicht anders, drehte leicht den Kopf und küsste ihre Finger.

Rachel zog die Hand nicht weg. Sie verharrte eine Weile, ihre Haut an meinen Lippen. Eine schier endlose Sekunde, in der es nur uns beide und den Himmel und die Wolken und den Glanz der untergehenden Sonne gab. Trotz der eisigen Luft und des Windes überkam mich eine Wärme, wie ich sie noch nie zuvor gespürt hatte. Mir wurde bewusst, dass das Leben zu kurz war, um Gefühle zu unterdrücken, um es nicht mit der Person zu verbringen, die einem mehr als alles andere bedeutete. Beinahe hätte ich den Mund geöffnet und Rachel gesagt, was ich für sie empfand, doch da kippte der Drachen zur Seite weg, und sie musste ihre Hand zurückziehen, um ihn gerade zu halten.

Ich konnte nicht einschätzen, wie lange wir durch die Luft glitten. Es hätten Minuten, aber genauso gut Stunden sein können. Wir verfolgten, wie die Sonne als roter Feuerball immer tiefer sank und die Welt in glühendes Licht tauchte.

Schließlich fiel mir auf, dass wir immer mehr an Höhe verloren. Fast hätte ich mich beschwert, hätte Rachel aufgefordert, wieder höher zu steigen, wenn ich nicht gewusst hätte, dass das ohne Motorantrieb unmöglich war. Ich wollte nicht, dass es endete. Wollte für immer mit Rachel in den Wolken bleiben.

Schließlich rasten wir so schnell auf das Feld zu, dass ich für einen Moment wirklich glaubte, wir würden eine Bruchlandung hinlegen. Doch Rachel jauchzte vor Freude, während sie den Drachen mit geübten Handgriffen lenkte.

Wir blieben in der Horizontale, bis wir das Gras fast erreicht hatten, dann löste Rachel ihre Beine mit einer fließenden Bewegung aus der Halterung und landete gekonnt mit den Füßen auf dem Boden. Ich machte mich hinter ihr so klein wie möglich, während sie noch ein paar Schritte mitlief, bis unser Schwung nachließ.

Als wir beide wieder fest auf dem Boden standen und Rachel sich mit ihrem Helm unter dem Arm strahlend zu mir umdrehte, zog ich sie an mich, vergrub meine Hände in ihren windzerzausten Haaren und küsste sie.

41 Rachel

Nach dem atemberaubenden Flugerlebnis und dem unfreiwilligen Kuss musste ich mich erst einmal sammeln. Ich hatte vorgehabt, Blake in eins der hippsten Restaurants von New York auszuführen, mit Panoramablick auf die hell erleuchtete Skyline. Doch seine Blicke auf der Rückfahrt in die Stadt verrieten mir, dass etwas Intimeres angebracht war.

Meine Lippen brannten. Ich spürte noch immer seinen Mund auf meinem, seine Finger in meinem Haar. Ich wollte mehr, wollte Blake am liebsten hier und jetzt in diesem Auto, doch ich wusste auch, dass wir vorsichtig sein mussten. Bei unserer letzten Begegnung in St. Andrews hatten wir beide Dinge gesagt, die wir nicht zurücknehmen konnten. Dieser Mann besaß die Macht, mich zu verletzen, und mir wurde einmal mehr bewusst, dass ich ebenso eine Verantwortung ihm gegenüber hatte. Und ich wollte Blake nie wieder wehtun. Er hatte etwas Besseres verdient.

»Du hast doch Hunger, oder?«, fragte ich ihn.

»Klar.« Er schmunzelte. »Immer.«

»Gut, denn mein Plan, dir die Stadt schmackhaft zu machen, ist noch nicht abgeschlossen.«

»Schmackhaft im wahrsten Sinne des Wortes, was?«

Ich lachte. »Du wirst schon sehen. Das ist das beste Sushi, das du je gegessen hast. Ich schwöre es dir.«

Blake warf einen Blick auf sein Handy. »Eigentlich treffe ich mich in einer Stunde mit den Jungs. Heute Abend geht es erst in die *Coyote Ugly Bar* und dann weiter in irgendeinen Club.«

Ich biss mir auf die Lippe, als Enttäuschung mich übermannte. »Ich kann dich nach dem Essen dort absetzen, wenn du magst.«

Er nickte und schenkte mir ein Lächeln, das mich einmal mehr zum Schmelzen brachte. »Schauen wir mal.«

Über die Freisprechanlage des Porsches bestellte ich bei meinem Lieblingsjapaner und ließ das Essen zu mir nach Hause liefern. Als wir über die George Washington Bridge fuhren und sich die Stadt in all ihrer strahlenden Glorie vor uns ausbreitete, leuchteten Blakes Augen.

»Das ist ein Anblick, an den ich mich gewöhnen könnte«, sagte er. Es war eine merkwürdig kryptische Andeutung, doch ich fragte nicht weiter nach, da ich viel zu sehr damit beschäftigt war, meine Gefühle in den Griff zu bekommen.

Als wir schließlich in der Tiefgarage meines Gebäudes hielten, fühlte ich mich ungewohnt nervös. »Home sweet home.«

Wir stiegen aus, und Blake pfiff durch die Zähne. »Wow, überall Kameras. Was für ein Sicherheitssystem! Ist ja wie in einer Festung hier. Ein Glück, dass du dich erst mit deinen Eltern verkracht hast, *nachdem* du die Wohnung gekauft hattest.«

Es half nicht, dass mich Cameron, der uralte Liftboy des Gebäudes, im Fahrstuhl mit »Guten Abend, Miss Montgomery« begrüßte. Mit einer angedeuteten Verbeugung reichte er mir das in eine Papiertüte verpackte Essen, das kurz vorher eingetroffen war. Blake musste sich hier völlig fehl am Platz fühlen. Ich musterte ihn unbehaglich von der Seite. Zu meiner Überraschung lehnte er lässig an der Aufzugswand und begann ein ungezwungenes Gespräch über das letzte Spiel der New York Giants mit Cameron. Er hatte das Talent, sich überall zu Hause zu fühlen, und strahlte dieses neue, unaufgesetzte Selbstbewusstsein aus, das ihm in St. Andrews gefehlt hatte. Was war seit meiner Abreise passiert?

Als ich meine Wohnungstür aufschloss und Blake eintrat, wirkte er weder eingeschüchtert noch angepisst, dass ich mir ein solches Loft leisten konnte – im Gegensatz zu den meisten Männern, die ich bisher mit nach Hause genommen hatte. Er lief schnurstracks durch die offene Küche zu der Fensterfront im Wohnbereich. »Wow!«

Ich schloss die Tür und stellte mich neben ihn. New York breitete sich glitzernd und funkelnd unter uns aus, und es war, als würde ich es durch Blakes Augen ebenfalls zum ersten Mal sehen.

»Rachel, das ist … einfach wow«, sagte er. »Jetzt habe ich mehr von New York gesehen als die meisten Touristen in einer Woche.«

»Ach, Quatsch.« Ich winkte ab.

»Nein, ehrlich. Da drüben ist das Empire State Building, da das Rockefeller Center, und ich glaube, ganz dort hinten kann ich die Fackel der Freiheitsstatue erkennen.« Es war natürlich gelogen, und er grinste mich breit an. »Allerdings frage ich mich, was du mit dieser riesigen Küche willst.« Er strich sich nachdenklich über das Kinn. »Oder hast du etwa einen persönlichen Koch? Einen Butler?« Er sah sich um, als würde mein Personal jeden Moment aus der nächstbesten Tür treten.

»Nein, du Großmaul, ich bin absolut in der Lage, für mich selbst zu kochen.« Ich zwinkerte ihm zu. »Nur mache ich es nie.«

Blake lachte. »Ich weiß gar nicht, wie ich dir danken soll, dass du heute Abend *nicht* für mich kochst. Zwei von dir zubereitete Heißgetränke pro Tag reichen.«

Ich verdrehte die Augen und machte mich daran, den Tisch neben der Fensterfront zu decken. Blake half mir, das Sushi auf eine Platte und die Ramen in Schüsseln zu verteilen, bevor wir uns, mit Stäbchen bewaffnet, an den Tisch setzten.

Ich zündete nur zwei Kerzen an, da uns die hell erleuchtete Stadt zu unseren Füßen genug Licht spendete. Während des Essens konnte Blake die Augen kaum von der Aussicht lassen, doch sein Blick huschte immer wieder zu mir. »Sieh uns einer an«, sagte er schließlich. »Weißt du noch, als wir uns zum ersten Mal begegnet sind und ich dachte, du wärst eine arrogante, übertrieben feministische Großstadttussi?«

Beinahe wäre mir mein Tonic Water aus der Nase geschossen. »Ja, und ich dachte, du wärst ein unausstehlicher Kleinstadt-Playboy. Wie könnte ich das vergessen?« Wir sahen uns an und prusteten beide los.

»Und was ist eigentlich so schlimm an einer Feministin?«, fragte ich, als wir uns wieder beruhigt hatten. »Du weißt, dass es dabei um Rechte und nicht um Verbote geht, oder? Frauen, nicht binäre Personen und andere marginalisierte Menschen wollen lediglich gleichgestellt sein. Warum sollte sich jemand davon angegriffen fühlen?«

»Ich fühle mich davon überhaupt nicht angegriffen. Ich bin voll dafür. Es ist nur das Extreme, das ich nie verstanden habe. Egal, in welche Richtung es geht. Selbst so etwas scheinbar Harmloses wie Religion kann durch radikale Ansichten gefährlich werden.«

Ich nickte. »Ich bin so froh, dass ich nicht religiös erzogen wurde. Das würde mit vielen meiner heutigen Überzeugungen kollidieren.«

»Sind deine Eltern nicht gläubig?«

»Meine Mom kommt aus einer jüdischen Familie, praktiziert aber nicht. Mein Dad ist Atheist. Und deine?«

»Wir sind früher jeden Sonntag in die Kirche gegangen. Aber nach der Scheidung hat Mom sich nicht mehr dazu aufraffen können. Zum Glück.«

»Oh, das tut mir leid.«

»Was? Dass wir nicht mehr in die Kirche gegangen sind?«

»Nein, dass deine Eltern geschieden sind.«

»Ach.« Er winkte ab. »Ist schon in Ordnung. Sie verstehen sich noch gut. Mom hat wieder geheiratet, und Darrol ist ein super Stiefvater. Nur ich und mein Dad …« Blake räusperte sich unbehaglich. »Nach meinem Unfall ist der Kontakt etwas eingeschlafen. Er wohnt in Vancouver, wo er eine neue Familie hat, aber er saß im Publikum, als … es passiert ist. Er ist immer zu allen meinen Spielen gekommen.« Blake schluckte geräuschvoll, sein Blick schweifte aus dem Fenster. »Es ist nicht seine Schuld, dass wir nicht mehr so viel Kontakt haben, sondern meine. Ich … ich konnte ihm einfach nicht mehr in die Augen sehen, nachdem mein Traum, *unser* Traum geplatzt war.« Er straffte die Schultern und sah mich an. »Das ist etwas, woran ich in Zukunft auch arbeiten möchte.«

Dieses Geständnis überraschte mich, sodass sich meine Mundwinkel wie von selbst hoben. »Ich bin mir sicher, dein Dad würde sich sehr darüber freuen, wenn du dich bei ihm meldest.«

Er sah mich leicht verlegen an, nickte dann aber. »Ich denke auch.«

Wir blickten uns einen Moment in die Augen, bis mein Nacken zu kribbeln begann. »Also hast du ein gutes Verhältnis zu deinem Stiefvater?«, fragte ich eilig, um mich von der Intensität des Moments abzulenken.

Blake nickte. »Er war mein Coach an der Highschool, hat alles für mich und meine zukünftige Karriere gegeben und …« Er runzelte die Stirn. Wahrscheinlich hätte er früher gesagt *»Und ich habe ihn hängen lassen«*, doch dieser neue Blake war anders. Weniger zynisch, weniger düster. »Und ich werde ihm dafür ewig dankbar sein«, beendete er seinen Satz.

Stolz wallte in meiner Brust auf. Stolz auf Blake, der in seinem jungen Leben bereits so viel Leid erfahren und nicht zugelassen hatte, dass es ihn in die Knie zwang. Er war seit unserer letzten Begegnung um einiges gewachsen.

Hitze stieg mir in die Wangen. Ich öffnete rasch den Reißverschluss meiner Sportjacke und zog sie aus. Darunter trug ich ein enges Top mit integriertem Sport-BH.

Ich konnte sehen, dass Blake sich große Mühe gab, nicht auf mein Dekolleté zu starren. Mir wurde noch heißer. Hastig hob ich mein Glas. »Auf die Menschen, die uns durch schlimme Zeiten tragen.«

Blake hob ebenfalls sein Glas und stieß damit gegen meins. »Und auf dich. Weil du wie immer umwerfend aussiehst.«

Ich schnaubte und warf ein Maki nach ihm.

»Was? Habe ich was Falsches gesagt? Dir mal wieder unerwünschte Avancen gemacht?«

»Nein, solange dir klar ist, dass Frauen sich nicht nur für Männer hübsch machen. Wir sollten das Recht haben, uns sexy zu kleiden, ohne dafür negative Konsequenzen erleiden zu müssen. Zum Beispiel auf der Straße gegen unseren Willen angebaggert zu werden oder Schlimmeres. Es ist egal, ob eine Frau das für sich selbst tut oder um einer anderen Person zu gefallen. Aber sie sollte das Recht haben, diese Entscheidung für sich – und *nur* für sich – zu treffen.«

Blake starrte mich mit großen Augen an.

»Außerdem profitierst du als Schwarzer Mann ebenfalls von intersektionalem Feminismus. Es geht nicht nur um mehr Rechte für Frauen, sondern für alle Menschen, die Unterdrückung erleben.«

»So habe ich das noch nie gesehen.« Er blinzelte zerknirscht. »Du hast recht. Und ich dachte immer, Frauen freuen sich, wenn ich ihnen Komplimente mache.«

»Klar, aber dabei kommt es immer auch auf den Kontext an.

Wenn die Person nicht interessiert ist, solltest du es respektieren und bleiben lassen.«

»Okay, diese Lektion habe ich auf die harte Tour gelernt.« Mit einem beschämten Lächeln spielte er auf unsere erste Begegnung an, als ich ihn in die Schranken gewiesen hatte. Wieder lachten wir, als wir uns daran erinnerten.

Blake hielt meinen Blick fest, und ich fühlte mich ihm so verbunden. Da war dieses Band zwischen uns, das wir in St. Andrews geknüpft und am heutigen Tag gefestigt hatten. Und ich wollte es nicht wieder verlieren. Ich musste wissen, ob er nach dem heutigen Tag ebenso empfand wie ich.

Ich räusperte mich. »Jetzt mal ehrlich. Warum bist du heute ins *Beans & Co.* gekommen?« Das hatte ich mich seit unserer Begegnung am Morgen ununterbrochen gefragt. »Um mich zu sehen? Oder nur, um den berühmten Frappuccino zu probieren?«

»Weil …« Blake zögerte kurz, sah mir dann fest in die Augen. »Ich glaube, weil ich eine Verbindung zu dir spüren wollte. Ein Teil von mir hat sich nach dir gesehnt.«

Obwohl ich seine Worte als kitschig hätte empfinden müssen, fielen mir die Stäbchen aus der Hand. Sengende Hitze überkam mich, mein Herz war nicht mehr eisig, sondern brannte in meiner Brust – nur für Blake. Im nächsten Moment war ich bei ihm, schwang ein Bein über seinen Schoß und setzte mich rittlings auf ihn. Meine Lippen pressten sich auf seine. Nichts hatte sich je so gut angefühlt.

Blake stutzte für einen Wimpernschlag, dann erwiderte er den Kuss. Er schlang die Arme um meine Taille, legte die Hände auf meinen Po und drückte mich fester an sich. Meine Finger glitten über seinen Nacken, während meine Zunge seine umkreiste. Tausend Feuerwerke explodierten gleichzeitig in mir drin. Endlich war ich ihm wieder nah. Endlich war das schmerzhafte Ziehen in meiner Brust verschwunden. Ich hatte seit meiner Abreise aus St. Andrews mit mehreren Personen geschlafen, doch mir wurde nun bewusst, dass nur Blake meine Sehnsucht stillen konnte.

Jede seiner Berührungen jagte Schauer über meinen gesamten Körper. Ich rieb mich an seinem Schoß, spürte mit Genugtuung, wie hart er zwischen meinen Beinen war. Konnte er es ebenso wenig erwarten wie ich? Seit seinem stürmischen Kuss nach dem Drachenfliegen hatte ich an nichts anderes denken können.

Ich legte beide Hände an seine Wangen und saugte an seiner Oberlippe, sodass er leise stöhnte. Es tat so gut, ihm diese Geräusche zu entlocken, genau zu wissen, was ihn rasend machte. Ich zog mich kurz zurück, um mir die Haare aus dem Gesicht zu streichen. Atemlos sahen wir uns an.

»Rachel …« Blake runzelte fragend die Stirn, und ich lachte leise. Er war noch immer ganz der Gentleman, wollte sichergehen, dass ich mich wirklich wohl damit fühlte, obwohl ich ihn förmlich angesprungen hatte.

»Komm.« Ich löste mich von ihm, nahm seine Hand und führte ihn in mein Schlafzimmer. Blake bemerkte den spektakulären Ausblick kaum, er hatte nur Augen für mich – und mein Kingsize-Bett.

»Warum hast du das nicht gleich erwähnt?«, fragte er, als ich ihn zum Bett zog. »Dann hätten wir das Essen ausfallen lassen.«

Er drückte mich sanft auf die Matratze und stellte sich vor mich. Seine Augen waren dunkel vor Verlangen, als er sich vor mich kniete. Langsam und sinnlich streifte er mir zuerst meine Armbänder von den Handgelenken, dann meine Uhr. Er zog mir jeden Ring einzeln vom Finger, während meine Lust auf ihn immer mehr in mir anschwoll. Zärtlich fuhr er mir durch die Haare, streichelte meinen Hals, während er meine Kette öffnete, dann die Ohrclips abzog.

Ich streckte die Arme nach hinten aus und lehnte mich weit aufs Bett zurück, als seine Finger eine heiße Spur auf meinem Dekolleté hinterließen, tiefer wanderten. Er nahm sich alle Zeit der Welt, und ich spürte jede seiner Bewegungen überdeutlich.

Ich legte den Kopf in den Nacken und schloss die Augen. Er zog mir Schuhe und Strümpfe aus, fuhr an den Innenseiten meiner Schenkel nach oben, sodass mir ein wohliges Stöhnen entwich. Dann widmete er sich meinen Leggings, streifte sie langsam ab. Ich spreizte die Beine, wollte sie um ihn legen, ihn an mich ziehen, doch er schnalzte tadelnd mit der Zunge. »Geduld. Ich will dich so richtig verwöhnen.«

Er rutschte näher an mich ran, kniete sich zwischen meine Beine und hob mein Top an. Ich reckte mich in die Höhe, damit er es mir über den Kopf streifen konnte. Als ich nur in meinem Slip vor ihm saß, leckte Blake sich über die Lippen, während er sich einen Moment nahm, um mich zu bewundern. Sein Blick brannte auf meiner nackten Haut, ließ das Pochen zwischen meine Beine zurückkehren.

»Ich will dich«, murmelte ich, meine Stimme dunkel und rau. »Jetzt sofort.«

Er sah mich frech an. »Ich weiß.«

Bevor ich etwas Passendes erwidern konnte, lagen seine Lippen auf meinen. Seine warmen Hände umfassten meine Brüste, liebkosten die Brustwarzen, die sich ihm entgegenreckten. Er bedeckte meinen Hals mit Küssen, widmete sich dann ausgiebig meinen Brüsten, saugte und leckte, bis ich glaubte, jeden Moment zu kommen.

Ich schmolz unter seinen Lippen, ließ mich seufzend zurücksinken. Blake wanderte tiefer, schob mich gleichzeitig höher, sodass ich ganz auf dem Bett lag. Er zog mir das Höschen aus und testete mit einem Finger, wie feucht ich war. Als ich den Kopf hob und ihn ansah, schob er sich den Finger genüsslich in den Mund, was mich schier um den Verstand brachte.

Er küsste meine Vulva, packte die Unterseite meiner Schenkel und spreizte meine Beine noch mehr. Als ich seine Zunge an meinem empfindlichsten Punkt spürte, stöhnte ich auf. Sie kreiste und leckte, während Blake wieder einen Finger in mich schob. Ich krallte die Hände ins Laken, rief seinen Namen, stieg immer höher, brach durch die Decke meiner Wohnung, raste an den Wolkenkratzern New Yorks vorbei und schoss zu den Sternen.

Für einen Moment gab es nichts als Blake und mich und diesen Höhenflug. Als ich die Augen flatternd wieder öffnete, kniete er über mir, ebenfalls nackt. Ich legte eine Hand an seine Wange, streckte meine zitternden Beine aus. Sein Blick war zärtlich, wenn auch ein wenig stolz.

»Du hast nicht zu viel versprochen«, hauchte ich. Als er den Mund öffnete, legte ich ihm einen Finger an die Lippen. »Wenn du jetzt wieder sagst ›ich weiß‹, muss ich dich leider rauswerfen.«

Blake lachte leise und beugte sich herab, um mich zu küssen. »Ich wollte bloß sagen, dass ich es liebe, wie du nach dem Orgasmus aussiehst.« Seine Worte waren so aufrichtig und arglos, dass sich mein Herz warm und schwer anfühlte. Von der Kälte war kaum mehr übrig geblieben als ein paar letzte Splitter, die sich weiterhin störrisch hineinbohrten. Wie war es Blake bloß gelungen, es zum Schmelzen zu bringen? Es grenzte an ein Wunder. Doch in diesem Moment war mir das *Wie* egal. Ich wollte einfach mehr von seiner Magie. Am liebsten jeden Tag und für immer.

Ich schenkte ihm ein verwegenes Lächeln, drehte mich unter ihm und rollte ihn herum, sodass ich nun auf ihm saß. Ich beugte mich zu ihm herunter, sodass uns meine Haare einmal mehr wie ein intimer Vorhang umgaben. »Okay, du darfst bleiben.«

Während ich ihn küsste, tastete ich nach meiner Nachttisch-schublade und holte ein Kondom heraus. Als ich es Blake über-streifte und mich langsam auf ihn senkte, ließen wir einander nicht aus den Augen.

In Blakes Blick funkelte etwas, das zuvor nicht da gewesen war. Zärtlichkeit, Sehnsucht, Vertrauen.

Wir liebten uns langsam. Bedächtig. Innig. Bei all den Malen zuvor waren wir uns nie so nahegekommen wie an diesem Abend – nicht unsere Körper, sondern unsere Herzen.

42 Blake

Als ich am Morgen neben Rachel aufwachte, war mein Glück perfekt. Ich hatte durchgeschlafen. Der Albtraum, der mich seit Jahren plagte und der erst einmal fortgeblieben war, hatte mich auch in der zweiten Nacht mit Rachel nicht heimgesucht. Verwundert drehte ich mich zu ihr um.

»Du bist wie Magie«, murmelte ich und strich ihr sanft eine Strähne aus dem Gesicht. Sie regte sich nicht, seufzte nur leicht im Schlaf. Das warme Kribbeln in meiner Brust schwoll an.

Von genau diesem Moment hatte ich schon so lange geträumt. Nicht nur stieg mir Rachels vertrauter Orangenblütenduft in die Nase, und ich hörte sie leise neben mir atmen, ich hatte auch noch eine atemberaubende Aussicht auf die Stadt, in der ich womöglich bald studieren würde – wenn alles gut ging. Wenn mich überhaupt eine Uni haben wollte. Wenn *Rachel* mich haben wollte.

Bevor mich die Selbstzweifel wieder übermannen konnten, stand ich auf. Barfuß tapste ich in Rachels Küche. Ein Blick auf mein Handy zeigte mir Dutzende verpasste Nachrichten von Devon. Letzte Nacht hatte ich ihm nur kurz geschrieben, dass ich es nicht schaffen würde, mich mit ihm und seinen Freunden zu treffen. Ich tippte schnell eine Antwort, damit er sich keine Sorgen machte. Später würde ich mich für den Heimflug mit ihnen am Flughafen treffen.

In einem von Rachels Küchenschränken fand ich zwei Kaffeetassen. Als ich mich umdrehte, blieb ich allerdings erst einmal verblüfft stehen, da ich zwei Kaffeemaschinen sah, die sich auf den ersten Blick nur in Farbe und Größe unterschieden. Irritiert entschied ich mich für eine, und bald erfüllte der Duft nach gerösteten Bohnen die ganze Wohnung.

Als ich mit zwei Tassen Kaffee zurück ins Schlafzimmer kam, schlief Rachel immer noch tief und fest. Nach letzter Nacht war das keine Überraschung. Allein bei dem Gedanken an ihr lustvolles Stöhnen war ich bereit für eine zweite – oder streng genommen vierte – Runde. Doch mir war bewusst, dass es an der Zeit war, einige Dinge zu besprechen. Zum Beispiel, was letzte Nacht für uns beide bedeutete.

Ich war mir über meine Gefühle im Klaren, doch ich brauchte endlich Gewissheit. In meiner persönlichen Entwicklung war ich nicht so weit gekommen, um mich wieder von Rachel verletzen zu lassen.

Letzte Nacht war besonders gewesen. Anders. Sie konnte nicht mehr leugnen, dass da etwas zwischen uns war. Trotzdem musste ich mich vergewissern, dass sie nicht wieder panisch davonrennen würde, sobald ich das Thema anschnitt. *Sie* hatte mich zu einem superromantischen Date und später zu sich nach Hause eingeladen. Das musste etwas bedeuten. Beim Abendessen waren wir um das Thema herumgetänzelt, hatten uns nicht getraut, das anzusprechen, was eindeutig noch immer zwischen uns stand. Doch es war an der Zeit, ein paar Dinge zu klären.

Ich hielt ihr eine Tasse unter die Nase. »Aufwachen, Schlafmütze.«

Rachel blinzelte verschlafen und reckte sich dann genüsslich wie eine Katze. Sie öffnete die Augen und sah mich schief lächelnd an. »Mhm, das duftet köstlich.«

So weit, so gut. Sie war mir nicht direkt an die Kehle gesprungen, weil ich die Nacht hier verbracht hatte. Langsam setzte sie sich im Bett auf und nahm die Tasse von mir entgegen.

Mit klopfendem Herzen stellte ich meine Tasse auf dem Nachttisch ab und kletterte zu ihr ins Bett. Zu meiner Verblüffung kuschelte sie sich an meine Schulter und sah zu mir auf. »Danke für den Kaffee im Bett. Daran könnte ich mich gewöhnen.«

Ich sah sie mit hochgezogenen Augenbrauen an. »Gern, aber würdest du mir vielleicht erklären, warum du zwei Kaffeemaschinen hast?«

Sie lachte. »Warum nicht?«

»Kein Mensch braucht zwei.«

»Na ja, die eine habe ich schon lange, aber ich wollte unbedingt eine, die bessere Latte macchiatos macht, also ...« Sie hob die Schultern.

»Und du hast die alte behalten, weil ...?«

»Hey, lass meine Babys in Ruhe. Sie gehören zur Familie, haben sogar Spitznamen. Ich nenne sie liebevoll *die Kleine* und *die Schwarze.*«

»Wow!« Ich verdrehte die Augen, holte meine Tasse vom Nachttisch und nippte am Kaffee. »Aber ich muss zugeben, dass der Kaffee vorzüglich schmeckt.«

»Siehst du! Und der Latte macchiato erst.«

Ich zögerte kurz, bevor ich mich vorsichtig weiter vorwagte. »Vielleicht kriege ich ja bald die Gelegenheit, den auch zu probieren?«

Rachel sah mich nicht an, nahm bedächtig einen Schluck von ihrer Tasse. Ich konnte sehen, wie es hinter ihrer wunderschönen Stirn arbeitete, wie sie ihre eigenen Gefühle analysierte. Vor Spannung darauf, wie ihre Antwort ausfallen würde, hätte ich beinahe die Augen zusammengekniffen.

»Das würde mir gefallen«, sagte sie schließlich.

Fast hätte ich meinen Kaffee verschüttet, als ich mich abrupt zu ihr umdrehte. »Echt?«

»Ja.« Sie schmunzelte. »Jetzt tu nicht so, als wäre es das achte Weltwunder. Wir hatten gestern doch beide Spaß, oder?«

»Schon, aber …« Ich fuhr mir über den stoppeligen Schädel. »Irgendwie hatte ich das Gefühl, dass es vielleicht mehr als nur Spaß sein könnte.« Ich hielt den Atem an.

Rachel schob kurz nachdenklich ihre Unterlippe vor, bevor sie mir ein Lächeln schenkte. »Blake, ich kann nicht leugnen, dass da mehr zwischen uns ist. Nicht nach gestern.«

Nun musste ich meinen Kaffee auf dem Nachttisch abstellen, weil meine Hände zu stark zitterten. Ich sagte nichts, ließ Rachel Raum, um sich auszudrücken. Langsam rutschte ich tiefer, wandte mich ihr ganz zu und stützte meinen Kopf in eine Hand.

»Es ist nur so«, fuhr Rachel fort, »dass ich mit solchen Dingen keine Erfahrung habe.«

»Solchen Dingen?«

»Gefühlen. Beziehungen. Nenn es, wie du willst. Ich bin immer gut allein zurechtgekommen. Ich brauche niemanden.«

»Das weiß ich doch. Aber in Beziehungen geht es, soweit ich weiß, nicht darum, dass du die andere Person dringend brauchst, sondern darum, dass du sie in deinem Leben haben möchtest. Und außerdem müssen wir der Sache auch nicht zwangsläufig einen Namen geben, wenn dir das lieber ist.«

Rachel starrte in ihre Tasse. »Ja, ich glaube, das wäre mir lieber.« Sie sah auf. »Ganz ehrlich, Blake, ich will dich wiedersehen. Im letzten Monat habe ich dich vermisst. Es tut mir leid, dass ich einfach abgehauen bin. Aber ich weiß nicht, ob ich bereit bin, um … mit dir zusammen zu sein.«

»Und ich will dich auf keinen Fall drängen.«

Ihr Lächeln war zurück, als sie mir in die Augen sah. »Danke. Ich weiß, dass das viel verlangt ist. Aber … Meine letzte Beziehung, die ironischerweise auch meine erste war, ist nicht so glimpflich verlaufen.« Sie nippte an ihrem Kaffee, schluckte geräuschvoll. »Um ehrlich zu sein, habe ich es ziemlich verkackt. Meine Ex-Freundin Sam …«

»Whoa, whoa, Moment mal. Ex-Freundin?« Ich setzte mich auf.

»Ja. Ich bin bisexuell.« Sie hob die Brauen. »Hast du ein Problem damit?«

»Nein, nein, es ist nur …«

»Sag jetzt bitte nichts Klischeehaftes, sonst muss ich dich leider umbringen.«

Ich klappte den Mund zu. »Yes, Ma'am.«

Rachel lachte leise und legte ihren Kopf an meine Schulter. »Ich will das hier nicht auch vermasseln, okay?«

»Okay.«

Wir schwiegen eine Weile, ihr Kopf an meiner nackten Schulter, während mein Herz sich nur langsam beruhigte. Was Rachel mir gerade zugestanden hatte, war mehr, als ich mir je mit ihr erträumt hatte. Nun verstand ich endlich, was genau dafür verantwortlich war, dass sie ständig vor ihren Gefühlen davonlief. Das und die schwierige Beziehung zu ihren Eltern.

Ich überlegte, ob ich noch einen Schritt weitergehen sollte, hatte das Gefühl, dass dies womöglich die einzige richtige Gelegenheit war, die ich bekommen würde. Ich strich Rachel übers Haar und hauchte ihr einen Kuss auf die Schläfe. »Es gibt da noch etwas, was ich dir erzählen wollte.«

»Hm«, murmelte sie schläfrig.

»Kurz bevor du aus St. Andrews abgereist bist, habe ich eine Therapie angefangen.«

Rachel sah mich blinzelnd an. »Eine Therapie?«

»Ja, um mit … na ja, um mit meinem Leben klarzukommen. Mit mir selbst. Ich gehe einmal die Woche zu Dr. Fowler, und wir reden über so ziemlich alles.«

Ich fuhr mir verlegen über die Bartstoppeln an meinem Kinn. Meine Finger zitterten leicht. Rachel legte eine Hand auf meine, gab mir mit einem Nicken zu verstehen weiterzusprechen.

»Am Anfang dachte ich, dass ich hauptsächlich Hilfe brauche, um nicht mehr so viel zu trinken und die Leute in meinem Leben nicht mehr mit meinen Taten zu verletzen. Aber durch die Therapie ist mir klar geworden, dass es viel tiefer geht. Ich habe mich jahrelang selbst sabotiert, habe mir eingeredet, dass ich nichts Gutes verdiene, weil ... na ja, weil mein Körper kaputt ist. Deshalb dachte ich, ich wäre es auch. Also habe ich meinen Körper immer nur noch weiter zerstört, genau wie jegliche Chancen darauf, mein Glück zu finden.« Ich schluckte schwer. »Das musste ich aber erst begreifen.«

Rachel schwieg. Ich schielte auf sie herunter, wollte unbedingt wissen, was sie dachte.

»Danke, dass du mir das erzählt hast«, sagte sie mit belegter Stimme. »Ich bin unglaublich stolz auf dich.«

Plötzlich wurde meine Brust eng, und ich sprach schnell weiter, bevor ich nicht mehr konnte. »Und ich habe mich letzten Monat an einigen Unis beworben. Studiengang Sportmanagement.«

Rachel riss den Kopf so ruckartig in die Höhe, dass er erneut fast gegen meine Nase gekracht wäre, wenn ich nicht auf diese Reaktion vorbereitet gewesen wäre. »Blake! Das ist ja großartig!« Sie schlang die Arme um meinen Hals und küsste mich.

»Wo hast du dich beworben?«, fragte sie atemlos, nachdem sie sich wieder an mich gekuschelt hatte.

»Hauptsächlich an Unis in Kanada, aber ...« Ich zögerte erneut, mein Herz hämmerte so laut, dass Rachel es hören musste. »Auch an der NYU.«

Rachels riss die Augen auf.

»Also ... äh ... nicht nur deinetwegen, falls du das denkst oder

so. Es war einfach … sie haben einen echt guten Lehrplan, und, na ja, hier hätte ich auch gute Aussichten auf ein Stipendium.«
Mein Gestammel trieb mir die Hitze in die Wangen.

Rachel grinste. »Nicht nur meinetwegen, was?«

»Nein, auf gar keinen Fall.«

»Auf gar keinen Fall?« Empört presste sie sich eine Hand auf die Brust, als hätte ich sie zutiefst verletzt.

»Aber es würde einiges einfacher machen, solltest du dich dafür entscheiden«, ich räusperte mich, »mehr Zeit mit mir verbringen zu wollen.«

Rachel ließ langsam die Hand sinken. War das zu viel auf einmal gewesen? Ich wollte doch nur, dass sie verstand, wie wichtig sie mir war.

»Rachel, ich will mein Leben in den Griff kriegen«, sagte ich eilig. »Ich weiß, dass meine Chancen, überhaupt an einer Uni angenommen zu werden, mit meinen gerade mal passablen Noten und den vier Jahren Leerlauf gering sind, aber ich habe schon lange nichts mehr so sehr gewollt. Außer …« Ich sah ihr tief in die Augen, als sich die Härchen an meinen Armen anhand dessen, was ich im Begriff zu sagen war, aufstellten. »Außer dir.«

Ihr Blick wurde weich, sie biss sich auf die Unterlippe. Langsam kam sie mir näher, ließ mich nicht aus den Augen. »Und ich will dich, Blake«, sagte sie, während sie sich langsam auf meinen Schoß schob. »Jetzt sofort.«

Als ich nach dem Wochenende in New York zurück in mein Zimmer in St. Andrews kam, wirkte es noch kleiner, allerdings nicht mehr so einengend und erstickend. Vielleicht war ich gewachsen und hatte gleichzeitig einigen Ballast abgelegt, den ich vier Jahre mit mir herumgeschleppt hatte.

Ich riss das Fenster weit auf und ließ die frische Luft herein. Auch in St. Andrews hatten sich die Bäume in ihr schönstes

Herbstlaub gekleidet. Mein Ausblick in Richtung Meer war mit bunten Tupfen gesprenkelt. Als ich dabei an die ähnliche, wenn auch spektakulärere Aussicht aus zweitausendfünfhundert Fuß denken musste, verzogen sich meine Mundwinkel zu einem breiten Grinsen. Dieses Wochenende war in vielerlei Hinsicht so viel mehr gewesen, als ich es mir erhofft hatte. Fast fühlte ich mich wie ein neuer Mensch. Wie jemand, der alles schaffen konnte.

Mein Blick fiel auf den Schreibtisch, wanderte tiefer zu der verbotenen Schublade, worin ein gewisser Brief von einer gewissen amerikanischen Universität seit Jahren ein Loch ins Holz brannte. Langsam trat ich zum Schreibtisch und ging davor in die Hocke. Mit den Fingern fuhr ich darüber, glaubte fast, ein Prickeln in den Fingerspitzen zu spüren.

Ich fühlte mich bereit. Stark genug, diesen Teil meiner Vergangenheit endlich hinter mir zu lassen. Die seit vier Jahren verschlossene Schublade hatte ihren Schrecken für mich verloren.

Entschlossen griff ich nach dem Henkel und zog sie auf. Sie war leer bis auf den dicken Umschlag, auf dem das Logo der University of Michigan prangte. Früher hatte ich stets das Gefühl gehabt, das gelbblaue M würde mich höhnisch auslachen, jetzt war es einfach nur ein Buchstabe.

Mit spitzen Fingern nahm ich den Umschlag heraus. Ohne ihn zu öffnen, warf ich ihn in meinen leeren Blechmülleimer. Den Inhalt des Briefes kannte ich sowieso auswendig.

Ich kramte in einer anderen Schublade, bis ich ein Feuerzeug gefunden hatte. Mit dem Mülleimer in der einen und dem Feuerzeug in der anderen Hand trat ich vors offene Fenster.

Ich warf einen letzten Blick auf den Brief, auf das große M, das so lange für meine verlorene Zukunft gestanden hatte. Dann atmete ich tief ein und ließ die Luft langsam entweichen. Mit einem Klicken entzündete ich das Feuerzeug und hielt es an den Umschlag. Er fing sofort Feuer. Mein altes Leben ging damit in

Flammen auf. Es war Zeit, Platz für etwas Neues zu schaffen. Die unsichtbare Last auf meinen Schultern fühlte sich sofort leichter an, ich streckte den Rücken durch und atmete freier als vorher.

Ich stellte den Mülleimer auf das äußere Fensterbrett und sah den Flammen bei ihrem Tanz zu, bis die rotgoldene Sonne hinter den Bäumen der Passamaquoddy-Bucht verschwunden war und im Eimer nichts als Asche zurückblieb. Die letzten Reste des alten Blake, die der Wind forttragen würde.

Mein Handy vibrierte in meiner Hosentasche. Eine Nachricht von Rachel.

Ich hoffe, du bist wieder gut in St. Andrews angekommen.
Wir sehen uns in einer Woche.
X

Ich lächelte. Wir waren so verblieben, dass Rachel sich noch ein wenig Zeit nehmen würde, um sich darüber klar zu werden, was sie wirklich wollte. Es lag mir fern, sie zu drängen, also ließ ich ihr den Freiraum, den sie brauchte. Doch natürlich hoffte ich, dass sie sich für mich und eine gemeinsame Zukunft entscheiden würde, wie auch immer diese aussehen würde.

Am liebsten hätte ich ihr erzählt, was ich gerade getan hatte, was die Asche vor mir bedeutete. Doch das würde ich in einer Woche persönlich tun können, wenn sie nach St. Andrews kam, um Marly bei der Begegnung mit ihrer Mom zu unterstützen. Stattdessen schrieb ich:

Bin gut angekommen. Danke für das unvergessliche Wochenende. Ich kann es kaum erwarten, dich wiederzusehen, zu schmecken, zu riechen, zu fühlen.
X

Als Antwort schickte Rachel mir eine Reihe zweideutiger Symbole wie das Auberginen-Emoji und einen Donut.

Breit grinsend malte ich mir aus, was ich bei unserem Wiedersehen mit ihr anstellen würde.

Bevor ich das Handy wieder wegsteckte, zögerte ich. Mein Finger verharrte über der Browser-App. Es war eigentlich noch zu früh für eine Antwort, doch eine neuartige Rastlosigkeit hatte mich erfasst. Ich hatte das dringende Bedürfnis, mein Leben endlich zu beginnen. Zu lange hatte ich mir selbst im Weg gestanden. Endlich war ich bereit für mehr.

Mit klopfendem Herzen öffnete ich die Website der New York University. Ich loggte mich ein und klickte auf meinen Bewerbungsstatus. In gelben Lettern stand dort noch immer *Ausstehend*. Mein Herz sank.

»Keine Panik, das ist keine Absage«, murmelte ich.

Doch New York war plötzlich nicht mehr nur diese vage Idee. Nicht mehr nur eine Möglichkeit von vielen, um mein neues Ziel zu erreichen.

New York war Rachel.

New York war alles.

43 Rachel

Als Marly mich am nächsten Wochenende vom Flughafen in St. John abholte, hatte ich ein starkes Déjà-vu. Fast erwartete ich, Blake lässig an dem altem Chevrolet lehnen zu sehen, um mich zu fragen, ob ich Hilfe mit meinem Gepäck brauchte. Doch diesmal waren es nur Marly und ich.

Wir nahmen uns lediglich einen Moment, um uns einen Kaffee zum Mitnehmen zu kaufen, bevor es nach Maine weiterging. Da ich nur dieses Wochenende hier war, hatten wir keine Zeit zu verlieren.

Nachdem wir meinen diesmal um einiges kleineren Koffer verstaut hatten, ging es los. Ich fuhr Marlys Wagen, da sie zu aufgeregt war, um sich konzentrieren zu können. Meine Mission war, alles in meiner Macht Stehende zu tun, um das Wiedersehen mit ihrer Mom für sie so stressfrei wie möglich zu gestalten.

Sobald ich vom Flughafenparkplatz gefahren war, musterte Marly mich von der Seite. Ihr Blick schien sich förmlich in mich zu brennen.

»Was ist denn los?« Ich sah sie mit hochgezogenen Brauen an, bevor ich mich wieder der Straße zuwandte. »Hab ich Schokolade am Mund oder so?«

Marly rümpfte die Nase. »Nun erzähl schon.«

»Was?«

»Wie war dein Wochenende?«

»Äh ... gut.«

»Ich meine, wie war es mit Blake?«

Ich schnaubte. Natürlich hatte sie längst erfahren, dass wir uns in New York über den Weg gelaufen waren – allerdings nicht von mir.

Allein sein Name löste ein nervöses Kribbeln in mir aus. Blake und ich hatten uns seit letztem Wochenende nicht gesehen, jedoch fast jeden Tag geschrieben. Zwischen uns lag eine neue Leichtigkeit und gleichzeitig eine aufregende Spannung in der Luft – dieses überwältigende Gefühl, dass alles möglich war. Ich wusste, dass er auf eine endgültige Antwort von mir hoffte, ob wir es mit einer Beziehung versuchen würden. Doch ich hatte mich immer noch nicht entschieden, ob ich es wagen sollte, mein Herz vollständig zu öffnen, mich derart verletzlich zu machen.

Wenn mich die unfreiwillige Begegnung im Coffeeshop allerdings eins gelehrt hatte, dann war es, dass es längst zu spät war, Blake aus meinem Leben zu streichen. Denn verletzt hatte ich mich selbst am meisten, als ich versucht hatte, vor ihm und dem, was er in mir auslöste, davonzulaufen. Bereits nach einer Woche vermisste ich ihn schrecklich und konnte es kaum erwarten, ihn bald wiederzusehen. Doch zuerst würde ich für meine älteste Freundin da sein, wenn sie ihrer Mutter nach siebzehn Jahren endlich wieder gegenüberstand.

»Es war okay«, antwortete ich.

»Nur okay?«

Ein Grinsen zupfte an meinen Mundwinkeln. »Na gut, es war atemberaubend. Absolut umwerfend. Eins der besten Wochenenden meines Lebens. Zufrieden?«

Marly lachte, ließ den Blick nicht von mir, während ich starr auf die Fahrbahn stierte und mein Lächeln zu unterdrücken versuchte.

»Bist du es denn?«, fragte Marly. »Ich meine, zufrieden?«

Ich dachte kurz nach. »Damit, wie letztes Wochenende gelaufen ist? Ja. Mit der Aussicht auf die Zukunft? Nicht so sehr.«

»Warum das denn?« Marly zog die Beine auf den Sitz und schlang die Arme darum. »Hat Blake sich nicht an der NYU beworben?« Natürlich wusste Marly auch das dank des Kleinstadttratsches längst.

»Ja, aber das ändert nichts daran, dass ich kein Beziehungsmaterial bin.«

»Beziehungsmaterial? Rach, du bist doch kein Ding. Mit der richtigen Person ist jede Person beziehungsfähig, vorausgesetzt, sie möchte das.«

»Tja, das ist genau der Knackpunkt. Was, wenn es wieder so ein Desaster wird wie mit Sam?«

»Ach, nur weil du einmal kalte Füße bekommen hast und davongelaufen bist, heißt das doch nicht, dass du das bei jedem Menschen in deinem Leben tun wirst. Schau mich an, ich bin immer noch da.«

Ich lächelte ihr dankbar zu, doch dann kaute ich nachdenklich auf meiner Unterlippe herum. »Zumindest habe ich Blake von meinen Unsicherheiten erzählt, und er hat verständnisvoll reagiert. Er will mir die Zeit lassen, die ich brauche. Ich glaube, das hätten mir nicht viele Leute – nicht viele Männer – zugestanden.«

»Siehst du. Ihr habt euch gefunden.«

»So weit würde ich nicht gehen.«

»Okay, aber Fakt ist, dass ihr gern Zeit miteinander verbringt und es euch beiden schlecht ging, nachdem du abgehauen bist.«

»Echt? Blake ging es schlecht?«

»Rach!« Marly warf mir einen tadelnden Blick zu, den ich spürte, auch wenn ich sie nicht ansah. »Er hat es nach außen nicht gezeigt, aber wie ein Besessener trainiert, keinen Alkohol mehr angerührt und jede freie Minute in College-Bewerbungen gesteckt. Ich glaube, du hast ihn nicht nur dazu inspiriert, sein Leben wieder auf die Reihe zu kriegen, sondern er wollte dich auch unbedingt beeindrucken.«

»Das ist ihm gelungen. In New York schien er wirklich wie ausgewechselt. Und der Sex war ... noch grandioser als vorher, wenn das überhaupt geht.«

Marly presste sich die Hände auf die Ohren. »Lalala! Ich kann dich nicht hööören!«

Ich löste eine Hand vom Steuer, um sie zu boxen. »Nein, mal ehrlich. Ich habe mich noch nicht entschieden, wie es weitergehen soll.«

»Aber du ziehst in Erwägung, Blake in dein Leben zu lassen?« Ich lachte. »Das ist er längst. Er hat sich heimlich, still und leise reingeschlichen wie so ein Creep in einem Psychothriller.«

»Meinst du nicht eher so romantisch wie Justin Timberlake in *Freunde mit gewissen Vorzügen?*«

»Nein, eindeutig wie der Typ, in den sich Angelina Jolie in *Taking Lives* verliebt.«

Wir lachten beide, doch da zuckte Marly zusammen.

»Ist alles okay, Honey?«

Sie winkte ab. »Ich kriege bloß meine Tage.« Theatralisch reckte sie eine Faust gen Himmel. »Warum gerade jetzt? Dann bin ich *noch* emotionaler.«

»Ich kriege sie auch, Blutsschwester«, sagte ich grinsend. »Wie gut, dass ich vorgesorgt und uns einen ordentlichen Vorrat Schokolade mitgebracht habe.« Ich deutete auf meine Handtasche auf dem Rücksitz.

Als Marly sich nach hinten beugte und sie öffnete, stieß sie ein verzücktes Seufzen aus. »Crunchies!«, rief sie. »Und Reese's!« Sofort schnappte sie sich zwei Schokoriegel und fütterte mich mit einem, während sie sich den anderen in Rekordzeit einverleibte.

»Also, bist du sehr aufgeregt wegen deiner Mom?«, fragte ich zwischen zwei klebrigen Bissen.

Marly antwortete nicht sofort. Als ich den Kopf kurz zu ihr drehte, starrte sie aus dem Fenster. »Keine Ahnung«, murmelte sie. »Wenn wir nicht bald ankommen, werden meine Eingeweide verdammt noch mal schmelzen.«

Ich warf einen Blick auf das an der Frontscheibe befestigte Navi. »Es ist nur noch eine knappe Stunde.«

Marly stöhnte und zog wieder die Beine an den Bauch.

»Da gibt es nur eins«, sagte ich. »Die Zeit vergeht schneller, wenn man Musik hört. Ich war so frei, uns eine Playlist zusammenzustellen. Auf Kassette, versteht sich.«

Da die alte Karre von Marlys Grandpa über keinen USB-Anschluss und schon gar nicht über Bluetooth verfügte, hatten wir bereits als Kinder gerne Kassetten aufgenommen, wenn eine längere Autofahrt – zum Beispiel im Sommer zum Lake Ontario – anstand. Die ersten Klavierklänge von *Bohemian Rhapsody* ertönten. Bald darauf grölten Marly und ich mit. »Mamaaaa!«

Als darauf *Hey, Mama* von den Black Eyed Peas folgte, sah Marly mich mit hochgezogenen Brauen an, und als schließlich *Oh, Mother* von Christina Aguilera kam, lachte sie. »Deine Playlist scheint ein eindeutiges Thema zu haben.«

Ich nickte stolz. »Von mir gibt es immer den besten Soundtrack für dein Leben, Honey.«

Wir sangen weiter ausgelassen mit, doch ich spürte, dass Marly immer nervöser wurde, je näher wir der amerikanischen Grenze und damit ihrer Mom kamen. An der Grenzkontrolle lief alles reibungslos, und es dauerte nicht allzu lange, bis uns das Navi in abgelegenere Straßen führte und die Natur um uns herum immer üppiger wurde.

Schließlich kamen wir an ein Holzschild, auf dem *Seasonal Tribal Youth Camp* stand.

Ich hielt den Wagen an. »Das ist es.«

Marly wrang ihre Hände im Schoß. Sie hatte die Augen weit aufgerissen und wirkte wie ein verschrecktes Reh. Ich legte ihr eine Hand auf den Arm. »Es wird alles gut gehen. Und wenn sie dich nicht sehen will oder etwas sagt, das dich verletzt, dann mache ich ihr die Hölle heiß. Ich halte dir den Rücken frei, Marly. Immer.«

Ihre Unterlippe bebte, und sie drückte meine Hand. »Ich weiß doch, Rach. Danke.« Sie schluckte und wischte sich über die Augen. »Ich kann einfach nicht glauben, dass wir hier sind, dass ich es tatsächlich geschafft habe, sie zu finden.«

Ich legte einen Arm um sie und zog sie an meine Schulter. »Wenn du nicht bereit bist, drehe ich um und wir verschwinden von hier. Was immer du brauchst.«

Sie schniefte leise an meinem Hals, doch dann schüttelte sie den Kopf. »Verdammt, ich ziehe das jetzt durch.«

Ich nickte und bog in den Schotterweg ein, der in ein Waldstück führte. Schließlich tat sich vor uns eine von mehreren Holzhütten kreisrund umstandene Lichtung auf. In der Mitte befand sich eine Feuerstelle mit Sitzgelegenheiten. Durch mein offenes Fenster hörte ich Kinderlachen, roch Holzrauch, Moos und taufrisches Gras. Die hohen, die Lichtung umgebenden Bäume leuchteten in allen Herbstfarben. Sie rauschten leise im leichten Wind und spendeten Schutz vor der für diese Jahreszeit starken Nachmittagssonne. Niemand war zu sehen, vielleicht aßen gerade alle in der größten Hütte, die die Aufschrift *Bear Lodge* trug, zu Mittag.

»Was für ein idyllischer Ort!« Ich nickte Marly aufmunternd zu. Sie schenkte mir ein schwaches Lächeln, während sie weiter die Hände im Schoß knetete.

Als ich den Chevrolet am Rand der Lichtung neben einem alten Jeep parkte, begann auch mein Magen vor Aufregung zu kribbeln.

Der Moment war gekommen.

Marly hatte so viele Jahre darauf hingearbeitet, sich im Studium die Kultur des Stammes ihrer Mom zu Gemüte geführt und in St. Andrews eine tolle Community gefunden, die teilweise das Loch gefüllt hatte, das ihre Mom in ihrem Leben hinterlassen hatte. Egal, wie dieses Treffen ausgehen würde, sie hatte in den letzten Monaten etwas viel Wichtigeres gefunden, als ihre Mom ihr je geben könnte: sich selbst. Ich wusste, dass sie gestärkt aus dieser Begegnung hervorgehen würde, und ich würde hier sein, um sie daran zu erinnern, wie großartig sie war, sollte sie das brauchen.

Marly schnallte sich ab, strich ihren Hoodie glatt und zog sich die Sneakers an, die sie während der Fahrt ausgezogen hatte.

»Wie sehe ich aus?«

»Wunderschön wie immer.« Ich schnallte mich ebenfalls ab und zog sie noch einmal in eine feste Umarmung.

»Rach?«

»Hm?«

»Wäre es in Ordnung, wenn du erst mal im Auto bleibst? Ich glaube, ich muss das allein tun.«

»Bist du sicher?« Ich sah sie überrascht an.

Sie nickte mit entschlossener Miene.

»Na klar. Aber ich bin hier, wenn du mich brauchst, ja? Du musst nur rufen.«

Sie nickte. »Ich weiß.« Ein letztes Mal drückte sie meine Hand, bevor sie ausstieg.

Mit unsicheren Schritten ging Marly an der leicht schwelenden Glut der Feuerstelle vorbei auf die größte Hütte zu. Kurz stand sie reglos vor der Tür, dann klopfte sie zaghaft an. Ein Mann öffnete ihr. Ich hörte nicht, was sie sagten, doch er lächelte freundlich und deutete auf die Hütte, neben der ich geparkt hatte. Marly bedankte sich und kam zum Auto zurück. Sie beugte sich durch mein offenes Fenster zu mir runter. »Sie ist da drin«, sagte sie mit zittriger Stimme. »Rach, meine Mom ist tatsächlich hier.«

Ich strahlte sie an. »Das ist doch toll. Jetzt ist es nur noch ein kleiner Schritt. Du schaffst das.«

Marly straffte die Schultern, und der angespannte Zug um ihren Mund verschwand. Ein Lächeln breitete sich auf ihrem Gesicht aus. »Ich werde jetzt meine Mom sehen«, verkündete sie, drehte sich um und ging fest entschlossen auf die keine fünf Meter entfernte Hütte zu.

Die Holztreppe knarzte, als sie zur schmalen Veranda hinaufstieg. Ich versuchte, nicht allzu offensichtlich zu starren, brachte jedoch meinen Kopf näher ans offene Fenster, um nichts zu verpassen, falls Marly meine Hilfe brauchte.

Vor der Tür drehte sie sich noch einmal zu mir um. Ich reckte einen Daumen in die Höhe. Marly atmete tief durch und klopfte leise an.

Zunächst geschah nichts. Ich wischte mir die vor Spannung schweißnassen Hände an meiner Jeans ab. Das Herz hämmerte mir in der Brust. Es war wie die nervenaufreibende Schlüsselszene in einem Film, für die ich mich nicht mental vorbereitet fühlte. Nur dass das hier echt war, so richtig seelenzerfetzend echt.

Die Tür öffnete sich, und eine Frau zeigte sich im Eingang. Sie hatte lange schwarze Haare, der rötlich braune Ton ihrer Haut war eine Spur kräftiger als Marlys, ihre Augen waren warm und freundlich. Ich erkannte sie sofort als Marlys Mom, obwohl seit unserer letzten Begegnung siebzehn Jahre vergangen waren.

»Hallo?«, fragte sie und musterte Marly verwundert. Natürlich erkannte sie sie nicht. Sie hatte Marly das letzte Mal gesehen, als diese vier Jahre alt gewesen war.

»Sandra Akagi?«, fragte Marly zögerlich. »Mom?«

Durch die heruntergelassene Scheibe hörte ich, wie die Frau

scharf Luft holte. Überrascht trat sie einen Schritt zurück, dann wieder einen Schritt vor, während sich tausend Emotionen gleichzeitig auf ihrem Gesicht abzeichneten. »Marly?«, hauchte sie. Im selben Moment bekam ich eine Gänsehaut am ganzen Körper.

Ergriffen legte die Frau beide Hände auf Marlys Schultern und hielt sie von sich, um sie eingehend zu betrachten. »Bist du es wirklich?«, fragte sie verblüfft.

Marly nickte. Ich konnte sehen, wie sie schluckte, um Fassung rang. Meine Kehle schmerzte plötzlich so sehr, als hätte ich mir ein Messer durch den Rachen geschoben. Nicht schon wieder dieses Gefühl ... Meine Brust zog sich zusammen, sodass mir das Atmen immer schwerer fiel. Was war nur mit mir los?

»Du bist es«, sagte die Frau mit aufgerissenen Augen, in denen Tränen glitzerten. »Aber wie ...?« Im nächsten Moment lagen sich die beiden in den Armen. Marlys Mom presste sie so fest an sich, dass Marly ein ersticktes Schluchzen entwich.

Es war dieses Geräusch, das alle Dämme in mir brach. Meine beste Freundin so zu sehen, weinend und gleichzeitig lachend vor Glück, wie sie sich an ihre verloren geglaubte Mutter klammerte, war zu viel. Die Liebe im Blick ihrer Mom, diese unendliche, bedingungslose Liebe und Akzeptanz, schnitten mir direkt ins Herz. Dieses Herz, das nicht mehr von einer schützenden Eismauer umgeben wurde.

Der scharfe Schmerz ließ mich aufkeuchen. Tränen explodierten geradezu in meinen Augen. Sie rannen mir über die Wangen, tropften in meinen Schoß. Die Flut war plötzlich unaufhaltsam. Den Großteil meines Lebens hatte ich dagegen angekämpft, nun wurde ich völlig davon überwältigt. Ich hatte keine Chance, keinerlei Kontrolle mehr. Laut schluchzend presste ich mir eine Hand auf die Brust. All die Gefühle, die mich plötzlich übermannten, waren zu viel. Viel zu viel.

Wenn ich nicht bereits gesessen hätte, hätten sie mich nun in die Knie gezwungen. Ich krümmte mich über dem Lenkrad zusammen und schlang beide Arme um mich, weil ich das Gefühl hatte, sonst auseinanderzubrechen. Unwiderruflich.

Der Schmerz raubte mir den Atem. Ich schluchzte, keuchte und krümmte mich zusammen, konnte nichts mehr tun, als darauf zu warten, dass es endlich aufhörte. Doch das tat es nicht. Tränen, die sich über Jahre in mir aufgestaut hatten, bahnten sich unaufhaltsam einen Weg aus meinen Augen, hinterließen salzige Spuren auf meinen Wangen und benetzten meinen Hals und mein Dekolleté. Meine Wimperntusche musste völlig verschmiert, mein Make-up ruiniert sein. Doch ich konnte nichts tun. Konnte mich nicht rühren, mir nicht einmal über die Wangen wischen. Dafür hatte ich keine Kraft. Wie ein Häufchen Elend saß ich dort, von Schluchzern geschüttelt.

Ich verstand nicht, was plötzlich mit mir los war. Etwas an der Wiedervereinigung mit Marly und ihrer Mutter hatte dieses Gefühlschaos in mir ausgelöst. Mein Herz war förmlich übergelaufen, und von diesem Moment gab es kein Zurück mehr. Doch irgendwie fühlte es sich diesmal überhaupt nicht wie eine Schwäche an, nicht so, wie ich immer befürchtet hatte. Es war … befreiend.

Ich wusste nicht, wie lange ich so da saß und mich mehr schlecht als recht mit den Armen um meinen Oberkörper zusammenhielt. Irgendwann versiegten die Tränen, und der Schmerz wurde erträglicher, wenn er auch nicht verschwand.

Marly und ihre Mom waren längst ins Haus gegangen, wahrscheinlich, um sich nach all den Jahren endlich auszusprechen. Gut, dass sie meinen Zusammenbruch nicht mitbekommen hatten. Schließlich war das *ihr* großer Moment.

Ich war allein. Ganz allein mit diesem neuen Ich, mit dem ich nichts anfangen konnte. Doch in meinem ganzen Leben hatte sich noch nie etwas so richtig angefühlt. Denn ich hatte begriffen, dass ich nicht mehr allein sein wollte. Ich wollte gesehen werden, wollte diese glänzenden Augen, mit denen Marlys Mom ihre Tochter betrachtet hatte. Wollte in den Arm genommen werden, wertgeschätzt werden. Geliebt werden. Jetzt sofort und für immer.

Ich wollte Blake.

Als ich an ihn dachte, war der Schmerz plötzlich tausendfach zurück, sodass ich mich abermals zusammenkrümmte. War es möglich? Blake hatte es tatsächlich geschafft, mein Herz zu erweichen? Es sah ganz danach aus. Schließlich hatte ich mir gerade die Augen aus dem Kopf geheult.

Ein krächzendes Lachen entschlüpfte meinem trockenen Mund. Es klang so anders als das vorherige Schluchzen, so völlig fehl am Platz. Und doch war es das Befreiendste, was ich seit Langem getan hatte.

Ich ließ zu, dass das Lachen in mir heranwuchs, bis es schließlich aus mir heraussprudelte. Es wurde immer lauter, freier, unbändiger. Da saß ich nun mit feuchten Wangen und geröteten Augen allein in diesem Auto und lachte, weil ich es endlich begriffen hatte. Blake hatte mein eisiges Herz tatsächlich und vollkommen zum Schmelzen gebracht. Und ich konnte es kaum erwarten, ihm zu sagen, dass ich nun endlich bereit für ihn war.

44 Blake

Als ich an Marlys und Rachels Haustür klopfte, hörte ich nur ein verärgertes Grummeln. Ich wartete kurz, klopfte erneut.

»Geh weg!« Das war Rachel. Ich hörte ein dumpfes Ploppen, als hätte jemand etwas Weiches gegen die Tür geworfen. Vorsichtig öffnete ich die Tür einen Spalt und spähte hinein. Das Licht war gedämpft, der Fernseher lief leise im Wohnzimmer. Als ich die Tür weiter aufschob, stieß sie gegen etwas. Da lag ein Sofakissen am Boden. Ich hob es auf, öffnete die Tür weiter und trat ein.

Hitze schlug mir entgegen. Die beiden mussten alle Heizungen aufgedreht haben.

Vorsichtig wagte ich mich durch den Flur ins Wohnzimmer vor. Auf dem Sofa entdeckte ich zwei unter Decken und Kissen vergrabene Gestalten. »Rachel? Marly?«

»Geh weg«, rief Rachel erneut. »Wir sind saurig!« Ein weiteres Kissen flog in meine Richtung, dem ich gerade noch ausweichen konnte.

»Saurig?«, fragte ich schmunzelnd. Mal wieder eine von Rachels Eigenkreationen.

»Eine Mischung aus sauer und hungrig«, stöhnte sie.

Ich folgte ihrer Stimme und fand sie auf der Couch. Allerdings war sie nur von der Nase aufwärts zu sehen. Ihr Körper lag unter dem unförmigen Haufen aus Decken und Kissen, die Beine hatte sie darunter mit Marlys verschlungen, die ihr gegenüber am anderen Ende des Sofas lag und ebenso elend aussah. Beide hatten die Augen geschlossen.

Rachel hatte mir über WhatsApp geschrieben, dass das Treffen mit Marlys Mom am Nachmittag erfolgreich verlaufen war. Die beiden hatten Nummern ausgetauscht und wollten sich bald wieder treffen. Trotz aller Wiedersehensfreude gab es viel zu besprechen, und Marly konnte ihrer Mutter die lange Abwesenheit in ihrem Leben nicht von einem Tag auf den anderen verzeihen. Trotzdem waren die beiden auf einem guten Weg.

Ich hatte mich zwar für Marly gefreut, mir aber gleich darauf Sorgen gemacht, da Rachel außerdem geschrieben hatte, dass es Marly und ihr schlecht ging. Erst als sie etwas von »Blutsschwestern« erwähnt hatte, hatte ich verstanden, was sie meinte. Und ich war gut vorbereitet gekommen.

»Kann ich irgendetwas für euch tun?«, fragte ich eine Spur zu fröhlich. Ich durfte sie auf keinen Fall wissen lassen, wie sehr es mich freute, die Gelegenheit zu bekommen, Rachel meine Boyfriend-Skills zu präsentieren. Ich würde sie verwöhnen, was das Zeug hielt.

Rachel warf mir einen bitterbösen Blick zu. »Wir schaffen das schon selbst. Brauchen keine Bevormundung.«

»Das weiß ich doch, aber ich bin nicht mit leeren Händen gekommen. Was darf es Schokoladiges sein? Tafeln, Riegel, Ben & Jerry's, Donuts oder lieber Timbits?«

Beide öffneten zeitgleich die Augen und sahen mich mit fiebrigem Blick an.

»Timbits?«, fragte Marly hoffnungsvoll.

Ich wedelte mit der Tüte voller kleiner Kugeln aus Donutteig, die ich gerade frisch beim örtlichen Tim Hortens gekauft hatte, in der Luft herum.

»Eis?« Rachel hob sogar leicht den Kopf.

Ich breitete alles zwischen ihnen auf der Couch aus, während sich die beiden interessiert aufsetzten.

Marly warf erst Rachel einen vorsichtigen Blick zu und beugte sich dann zu mir vor. »Ich könnte noch eine Wärmflasche gebrauchen. Meine ist nicht mehr heiß genug.«

Ich schob meine prall gefüllte Sporttasche unter den Sofatisch. »Eine neue Wärmflasche, kommt sofort.«

»Machst du mir auch eine?«, rief Rachel mir hinterher. Sie hatte sich bereits einen Schokoriegel in den Mund gestopft.

Kurz darauf kam ich mit zwei frisch gefüllten Wärmflaschen, Eislöffeln und zwei Tassen heißer Schokolade mit Marshmallows und Sahne zurück ins Wohnzimmer. Ich verteilte Wärmflaschen und Getränke, was die beiden mit wohlwollenden Lauten kommentierten.

Dann schob ich die Süßigkeiten beiseite und ließ mich zwischen Marly und Rachel aufs Sofa fallen. Dies wurde mit ärgerlichem Gemurmel quittiert, jedoch geduldet.

Ich zog die Sporttasche auf meinen Schoß und öffnete sie. »Also, fürs Abendprogramm habe ich eine passende Filmauswahl dabei«, verkündete ich mit todernster Miene. In der offenen Tasche kamen eine Reihe Blu-rays zum Vorschein, die ich in der Videothek ausgeliehen hatte. Ich holte eine nach der anderen heraus. »*Freddy vs. Jason, Kill Bill* 1 und 2, *The Shining, Carrie, The Cabin in the Woods* ...«

»Moment mal, das sind ja alles total blutige Filme«, rief Marly.

Ich grinste von einem Ohr zum anderen. »Du hast das Thema des Abends erfasst.«

Marly funkelte mich an, doch als ich mich zu Rachel umdrehte, zuckten ihre Mundwinkel. Sie nahm mir *The Cabin in the Woods* aus der Hand. »Ich habe gehört, beim Dreh haben sie achthunderttausend Liter Fake-Blut verwendet.«

Marly verzog das Gesicht. »Wir haben doch heute schon genug Blut gesehen!«

Ich biss mir auf die Unterlippe, um nicht zu lachen. »Nicht noch mehr Blut? Okay. Dann hätte ich noch *Stolz und Vorurteil* und *Sex and the City* 1 und 2 zur Auswahl.«

»Ich brauche jetzt Mr Darcy«, stöhnte Marly. »Her mit Mr Darcy!«

Fragend sah ich Rachel an. Sie hatte mich auf eine merkwürdige Art von der Seite gemustert. Der Anflug eines verträumten Lächelns umspielte ihre Mundwinkel. Doch als mein Blick ihren traf, räusperte sie sich und sah rasch weg. »Solche Tränenschleudern sind nicht so mein Ding.« Sie zuckte mit den Achseln. Ich nahm an, dass sie mit *Tränenschleudern* schnulzige Filme meinte. »Aber ich bin seit Jahren in Keira Knightley verknallt, also sage ich nicht Nein.«

»Wie wäre es dann mit einem perfekten Kompromiss?« Ich zog die letzte Blu-Ray aus der Tasche. »*Stolz und Vorurteil und Zombies*. Da gibt es Blut *und* Liebe. Kennt ihr den schon?«

Beide sahen mich zweifelnd an. »Keine Widerrede, ich koche euch noch krampflösenden Kräutertee, und ihr macht euch derweil über die Donuts her. Dann gucken wir den Film.«

Marly sah mich mit glänzenden Augen an. »Du bist ein Engel, Blake.«

Als ich aufstand und an Rachel vorbei zur Küche gehen wollte, packte sie mein Handgelenk und zog mich zu sich runter. Sie schmiegte ihre fiebrig heiße Wange an meine Hand und küsste meine Finger. »Danke.«

Ich hockte mich vor sie und gab ihr einen Kuss auf die Stirn. »Ich bin da«, sagte ich. »Immer. Solange du mich lässt.«

Mit verblüffend feuchten Augen nickte sie. »Das weiß ich. Jetzt.«

45 Rachel

»Blake?« Ich lag halb auf seiner Brust, er hatte einen Arm um mich gelegt, unsere Beine waren ineinander verschlungen. Verschlafen blinzelte ich ihn an. »Sind wir etwa auf dem Sofa eingeschlafen?«

»Hm?« Blake rieb sich verschlafen über das Gesicht. »Sieht wohl so aus.«

Wir lagen eng aneinandergeschmiegt, Marly musste die größte Decke über uns ausgebreitet haben. Blasses Morgenlicht fiel durchs Fenster ins Wohnzimmer. Die brennend heißen Schmerzen in meinem Unterleib waren zu einem dumpfen Glühen verebbt. Ich rieb mir über den Bauch und ließ dann den Blick über das Chaos aus leeren Verpackungen, Tassen, Schalen mit Eiscremeresten und Blu-rays schweifen. Ich erinnerte mich an circa fünfzehn Minuten des Films, bevor ich in Blakes warmer Umarmung eingeschlafen war. Ich sah zu ihm auf, unsere Blicke trafen sich, und seine zwei Grübchen zeigten sich, als er mich anlächelte. »Guten Morgen.«

»Guten Morgen«, hauchte ich, da mir sein verschlafener Anblick den Atem raubte. Daran könnte ich mich gewöhnen.

Doch da verzog Blake das Gesicht. »Autsch.« Er drehte sich und zog eine Wärmflasche unter seinem Po hervor. »Mir tut alles weh.«

Als er Anstalten machte, mühsam aufzustehen, schlang ich die Arme um seinen Hals und machte mich ganz schwer. »Bleib noch ein bisschen, ja?«

Er lachte. »Und ich dachte, du kuschelst nicht?«

»Ich kuschele *nach dem Sex* nicht«, korrigierte ich ihn.

Schon schmiegte ich mich wieder an seine Brust, während mein Herz in meiner Brust hämmerte. Dies war der Moment. Blake verdiente es, meine Entscheidung zu erfahren. Gestern Abend war ich viel zu periodengeplagt gewesen, um mit ihm darüber zu sprechen, doch ich durfte ihn nicht länger auf die Folter spannen. Er sah allerdings vollkommen entspannt aus, als er sich nun in eine bequemere Position begab und einen Arm um mich legte, sodass mein Kopf in seine Halsbeuge gebettet lag.

Ich warf einen Blick zur Treppe, glaubte jedoch nicht, dass Marly bald herunterkommen würde. Dafür war das Morgenlicht, das durchs Fenster hereinfiel, noch zu trüb. In diesem Augenblick war ich sehr dankbar dafür, dass Marly das Haus noch bis zum Jahresende gemietet hatte, bevor sie sich gemeinsam mit Jack eine Wohnung suchen wollte. Noch dankbarer war ich, dass sie irgendwann letzte Nacht hoch in ihr Zimmer gegangen war, sodass Blake und ich jetzt die Privatsphäre hatten, die ich brauchte, um ihm meine Entscheidung mitzuteilen.

»Trotz des begrenzten Platzes habe ich wirklich gut geschlafen«, sagte er, bevor ich loslegen konnte.

»Wirklich?«

»Ja.« Er strich mir eine Strähne aus der Stirn und küsste mich auf die Schläfe. »Weißt du, ich habe seit Jahren nicht mehr mit jemandem geschlafen.«

»Was?« Ich richtete mich auf, sodass ich mit dem Kopf gegen sein Kinn stieß. Schon wieder. »Du hast vor mir so lange mit niemandem geschlafen? Das habe ich aber nicht gemerkt.«

Blake lachte leise und rieb sich über die schmerzende Stelle am Kinn. »Sex hatte ich schon.« Er grinste breit. »Aber ich habe eben *bei* niemandem geschlafen.«

»Ach so.«

»Ich habe es dir nie erzählt, aber da ist dieser Albtraum, der mich seit meinem Unfall heimsucht. Seit vier Jahren wache ich deshalb jede Nacht auf. Es ist die reinste Tortur.« Er fuhr sich über das Gesicht. »Aber seit meiner ersten Nacht mit dir … Jedes Mal, wenn ich neben dir einschlafe, bleibt der Albtraum fern.«

Ich sah ihn mit großen Augen an. »Wow! Auch letzte Nacht?«

Er nickte. »Jap, sogar auf dieser unbequemen Couch.«

»Und du glaubst, dass es meinetwegen ist?«

»Ich sage es ja: Du bist irgendwie magisch.«

Meine Wangen wurden heiß, und ich kuschelte mich schnell wieder an ihn, damit er es nicht sah.

»Blake?«

»Ja?«

»Ich habe geweint.«

Ich spürte, wie er sich unter mir versteifte, doch er sagte zunächst nichts. »Wirklich?«, fragte er dann vorsichtig. »Warum?«

»Seit zehn Jahren kann ich nicht weinen. Seit wir aus Marlys Straße weggezogen sind und ich in diese Welt geworfen wurde, die ich nicht verstand. Damals habe ich so viel geweint, dass ich immer glaubte, es würde mein ganzes Leben reichen. Aber gestern …« Ich schluckte und sah zu ihm auf. Sein Blick war ernst und fragend, durch und durch mitfühlend. »Gestern, als ich Marly und ihre Mom zusammen gesehen habe, kamen die Tränen einfach. Ich konnte sie nicht zurückhalten. Und ich wollte es auch nicht mehr. Ich glaube, das habe ich durch dich gelernt … Dass es okay ist, verletzlich zu sein.«

Ich erinnerte mich einmal mehr an seine Worte, als ich während unseres Streits behauptet hatte, wie tough ich sei.

Rachel, das ist nicht tough, sondern traurig.

»Und ich weiß jetzt«, fuhr ich mit flatterndem Herzen fort, »dass ich das auch mit dir will. Ich meine, ich will mich dir ganz zeigen, mit all meinen Stärken, aber auch den Schwächen. Die meisten hast du sowieso schon gesehen.« Ich lächelte zerknirscht. »Ich glaube, es ist Zeit für einen Kopfstillstand.«

Blake sah mich verwirrt an.

»Das Gegenteil von einem Herzstillstand, wenn man den Kopf ausschaltet und nur auf sein Herz hört.« Ich legte eine Hand auf seine Brust.

Er runzelte die Stirn. »Also, habe ich das richtig verstanden? Du willst deinen Kopf ausschalten und dein Herz die Kontrolle übernehmen lassen, weil …?«

»Na, weil es für dich schlägt.« Ich gab ihm einen Klaps auf die Brust, und er grinste mich frech an. Natürlich hatte er genau verstanden, worauf ich hinauswollte.

»Weißt du, das trifft sich alles wirklich gut.« Seine Grübchen vertieften sich. »Ich habe dir nämlich auch etwas zu sagen.«

»Los, erzähl schon«, rief ich ungeduldig, als er eine dramatische Kunstpause einlegte.

»Ich wurde an der NYU angenommen. Gestern kam die Zusage. Mit Stipendium und allem.«

Ich kreischte so laut, dass ich die gesamte Straße geweckt haben musste. »Blake, das ist … das ist einfach …«

Ich schlang die Arme um seinen Hals und küsste ihn, wie ich ihn noch nie zuvor geküsst hatte. Ich legte all meine neu gewonnenen Emotionen hinein – meine Freude für ihn, den Stolz auf das, was er erreicht hatte, mein Glücksflattern, das noch nie so stark gewesen war, und meine Vorfreude auf unsere gemeinsame Zeit in New York.

Blake erwiderte den Kuss so ungestüm, dass ich ihm am liebsten sofort das Shirt über den Kopf gezogen hätte. Doch ich zügelte mich, wollte ihm nah sein, aber gerade lieber auf emotionaler als auf körperlicher Ebene. Dafür blieb später noch mehr als genug Zeit, jetzt, da wir gemeinsam in New York sein würden.

»Puh!« Als wir uns voneinander lösten, tat Blake so, als würde er sich Angstschweiß von der Stirn wischen. »Es wäre aber auch wirklich schrecklich gewesen, wenn du mir jetzt gesagt hättest, dass du mich nicht willst. Dann wäre ich in New York ziemlich einsam gewesen.«

Ich knuffte ihn in die Seite. »Aber auch das hättest du gemeistert.«

Er nickte mit stolz funkelnden Augen. »Ja, ich glaube, das hätte ich. Nach einer angemessen langen Liebeskummerphase.«

»Ich fühle mich geehrt.«

Als ich mich schon wieder an ihn kuscheln wollte, fiel mir das nächste naheliegende Gesprächsthema ein. Nun, da ich gelernt hatte, meine Gefühle offen mitzuteilen, war ich direkt zu einem Gefühlsjunkie mutiert. »Und, also … äh … wenn du möchtest, könntest du natürlich erst mal zu mir ziehen, wenn das neue Semester beginnt.«

Er hob beide Augenbrauen fast bis zu seinem perfekt rasierten Haaransatz, und ich lenkte hastig ein. »Ich meine, natürlich nur, bis du eine eigene Bleibe gefunden hast. Also, falls du das willst oder … auch nicht.«

Blake presste die Lippen zusammen, doch dann brach ein lautes Lachen aus ihm hervor. »Ich glaube, ich habe dich noch nie sprachlos erlebt.«

»Tja, und auch das habe ich gerockt.« Ich warf mir das Haar über eine Schulter.

»Ja, so umwerfend wie immer«, pflichtete er mir bei. »Selbst wenn du knallrot bist.«

Bevor ich protestieren konnte, packte er mich und küsste meinen Hals, mein Kinn, mein Ohrläppchen, sodass ich laut zu quietschen begann und mich unter ihm wand.

»Und nur fürs Protokoll: Ich würde liebend gern bei dir einziehen, bis ich etwas Eigenes gefunden habe ... oder so.« Als er mich diesmal küsste, trafen seine Lippen auf meinen Mund, und ich ließ mich ganz fallen, gab mich dem süßen Glücksflattern hin, das seine Berührungen schon seit dem ersten Mal in mir auslösten. Endlich gestand ich es mir ein, endlich ließ ich zu, dass Blake mein Innerstes zum Klingen brachte.

»Wie soll man denn bei diesem Krach schlafen?«

Blake und ich fuhren auseinander, doch zu spät. Marly, die mit zerzausten Locken und kleinen Augen die Treppe hinunterschlurfte, hatte uns beim Küssen erwischt.

»Rachel«, kreischte sie. »Blake! Doch nicht auf meiner Couch!«

Blake hob lachend beide Hände. »Es ist nicht so, wie es aussieht.«

»Ach, mit euch ist es immer so, wie es aussieht.« Marly pustete sich eine Strähne aus der Stirn und blieb mit vor der Brust verschränkten Armen vor uns stehen. »Bedeutet euer lautstarkes Rumgeknutsche zu dieser nachtschlafenden Zeit, dass ihr euch endlich ausgesprochen habt?«

Sie musterte uns mit einem solch strengen Blick, dass Blake und ich ein wenig zu schrumpfen schienen. Marly hob beide Augenbrauen, ihr Blick wanderte zuerst zu Blake, dann zu mir. »Oder muss ich euch je ans andere Ende des Raums setzen, damit ihr die Finger voneinander lasst und endlich miteinander redet?«

»Ich würde gern sehen, wie du das versuchst.« Unschuldig grinste ich sie an.

Bevor Marly einen Schritt auf mich zumachen konnte, sprang Blake ein. »Es ist noch viel besser, Marly. Ich studiere ab nächstem Frühjahr in New York, Rachel und ich wollen es miteinander versuchen und sogar zusammenziehen.«

Marly erstarrte. Sie riss die Augen auf, öffnete und schloss den Mund mehrmals, ohne dass ein Laut herauskam. »Also, das ist ...

das ist ja …« Sie brach mitten im Satz ab und begann noch lauter zu kreischen als ich zuvor. Sie sprang auf und ab und warf sich schließlich auf uns beide drauf. Blake ächzte, als er nicht mehr nur mein Gewicht, sondern nun auch Marlys auf sich spürte.

»Das ist großartig«, rief Marly. »Einfach toll! Wann erzählen wir es den anderen?« Sie umarmte mich so fest, dass ich kaum antworten konnte.

»Eins nach dem anderen«, keuchte ich, als sie mich wieder freigab. »Jetzt mache ich uns allen erst mal Kaffee.«

Blake und Marly sahen sich erschrocken an. »Das übernehme *ich* lieber«, sagten beide im Chor. Dann brachen sie in schallendes Gelächter aus.

Schmollend schob ich die Unterlippe vor. »So schlimm ist mein Kaffee nun auch wieder nicht. Schließlich bin ich jetzt Barista.«

»Nein, ganz so schlimm ist er nicht«, sagte Blake. Er zog mich zu sich und gab mir einen Kuss auf die Wange. »Aber dafür hast du ja jetzt mich.«

Ja, ich hatte ihn. In meinem Leben. In meinem Herzen. Und zum ersten Mal fühlte ich mich deswegen nicht schwach, sondern so stark wie nie zuvor.

Epilog *Blake*

»Bist du so weit?«, rief Rachel aus dem Badezimmer, was bedeutete, dass sie selbst noch nicht so weit war.

»Ja, ich muss nur noch den letzten Satz schreiben.«

Ich tippte schneller und stieß erleichtert die Luft aus, als ich in Gedanken endlich das Wort *Ende* unter meine letzte Hausarbeit vor den Semesterferien setzte.

Es fühlte sich nicht nur wie ein Sieg an, weil ich das erste Semester an der NYU erfolgreich absolviert hatte, sondern auch, weil dies bedeutete, dass ich die richtige Entscheidung getroffen hatte. New York hatte sich bereits nach wenigen Wochen wie meine neue Heimat angefühlt. Tatsächlich hatte ich einen Tapetenwechsel gebraucht, um meine alten Ängste und Zweifel abzulegen. Hier kannte mich so gut wie niemand, mir wurden auf der Straße keine mitleidigen Blicke zugeworfen, und ich wurde auch sonst nicht ständig an meine Vergangenheit erinnert. Ich hatte diesen Neuanfang gebraucht, dieses Studium, diese Stadt, und dann war da natürlich noch Rachel. Rachel, die mich jeden Tag aufs Neue so glücklich machte, wie ich es mir nie hätte erträumen können. Ich wohnte nach wie vor bei ihr, war nie ausgezogen, und wir hatten das Loft zu *unserem* Zuhause gemacht.

Ich schickte die Datei per E-Mail an meine Professorin und

wünschte ihr schöne Semesterferien. Auf dem Home-Bildschirm des Laptops erinnerte mich eine Notiz daran, dass nächste Woche ein lange überfälliges Treffen mit meinem Dad anstand. Sowie meine nächste Therapiestunde, die ich in New York online weitergeführt hatte.

Ich schaltete den Laptop aus und stand auf. Bevor ich einen Schritt machte, streckte ich mein Bein aus Gewohnheit, weil es nach langem Sitzen manchmal wehtat, doch von Schmerz keine Spur. Noch eine positive Entwicklung der letzten Monate, in denen ich viel Sport gemacht und mich gesund ernährt hatte.

Auf dem Weg ins Bad schweifte mein Blick zur Fensterfront. Wie immer hielt ich kurz inne, um die Stadt zu meinen Füßen zu bewundern. Ob ich mich je an diesen Anblick gewöhnen würde? Wahrscheinlich nicht.

Im Badezimmer beugte sich Rachel weit über das Waschbecken zum Spiegel, während sie Lipgloss auftrug. Dabei streckte sie ihren Po auf die entzückendste Weise heraus. Ich musste mich zusammenreißen, um ihr nicht augenblicklich auf dem Badezimmerteppich das Stöhnen zu entlocken, das ich so liebte.

»Bin gleich fertig«, sagte sie, während sie sich gekonnt die Lippen nachzog.

Ich trat von hinten an sie heran, legte meine Hände um ihren Po und streichelte darüber. Sie grinste mich im Spiegel an, beugte sich noch ein bisschen weiter vor, um sich an mir zu reiben. Mein Körper hatte eine eindeutige Reaktion darauf, die sie ebenfalls spüren musste.

»Blake! Wenn wir nicht gleich losfahren, kriegen wir unseren Flieger nicht.« Ihr Tonfall war tadelnd, doch in ihren Augen funkelte es verheißungsvoll. »Kannst du nicht wenigstens warten, bis wir in der Luft sind?«

»Oh, und ob ich das kann.« Ich drückte mich noch enger an sie, beugte mich vor, schob ihr die Haare über eine Schulter, um ihren Nacken freizulegen, und hauchte Küsse darauf. Eine Gänsehaut zog sich über Rachels Hals, und sie schauderte, schloss kurz die Augen. »Heute wirst du definitiv Mitglied im Mile High Club.« Ich hob die Brauen, sah sie im Spiegel an, als sie die Augen wieder öffnete. »Woher willst du wissen, ob ich das nicht längst bin?«

Sie zwinkerte mir zu. »Weibliche Intuition.« Dann hauchte sie mir einen flüchtigen Kuss zu, sodass ich ihren Himbeerlipgloss roch, und duckte sich unter mir weg. »Komm schon. Will würde es dir nie verzeihen, wenn wir unseren Flug verpassen und zu spät zu seiner Hochzeit kommen.«

Ich folgte Rachel ins Foyer. Mein Trauzeugenanzug hing bereits im Kleidersack an einem Bügel vom Türhaken. Ich schnappte ihn mir auf dem Weg aus dem Bad. Unsere Koffer standen gepackt vor dem Fahrstuhl bereit, ich musste nur noch in meine Schuhe schlüpfen.

»Glaubst du, dass bei der Zeremonie auf dem Boot alles gut geht?«, fragte Rachel. »Ich habe vorsichtshalber mal Tabletten gegen Seekrankheit eingepackt. Wäre doch zu schade, wenn ich beim Jawort auf Livs Kleid kotze.«

Ich lachte. »Dann würde der Tag nicht nur für das Brautpaar unvergesslich werden.«

»Und erinnerst du mich, viele Fotos zu machen?«, fragte sie. »Meine Mom hat mich gebeten, ihr welche zu schicken.«

Ich nickte. »Na klar.«

Vor ein paar Wochen hatte Rachel sich mit ihrer Mom zum Kaffee getroffen, als diese geschäftlich in New York zu tun gehabt hatte. Die beiden hatten sich vorsichtig angenähert und schrieben nun ab und zu auf WhatsApp. Ihre Eltern schienen ihr selbstbestimmtes Leben endlich akzeptiert zu haben. Seitdem wirkte Rachel noch um einiges ausgeglichener als sonst.

Es klingelte.

»Das muss der Fahrer sein.« Rachel schlüpfte in ihre schwarzen Lackpumps und legte sich den Kleidersack mit ihrem Brautjungfernkleid über den Arm. »Haben wir alles?«

Ich nickte, sah mich noch einmal in unserem gemeinsamen Zuhause um und betätigte dann den Fahrstuhlknopf.

Mein Magen kribbelte vor Vorfreude, als ich unser Gepäck in den Aufzug trug. Zwei Wochen in St. Andrews lagen vor uns. Ich freute mich darauf, meine Familie und Freunde wiederzusehen. Vor allem Will und Liv, die sich auf der *Giulia* das Jawort geben würden. Wir hatten das perfekte Hochzeitsgeschenk für sie: einen Drachenflug, wenn sie uns im August in New York besuchen kommen würden.

Als ich neben Rachel in den Fahrstuhl trat, die Türen zuglitten und ich uns beide in der verspiegelten Wand betrachtete, nahm ich ihre Hand.

Der Mann im Spiegel sah genauso und gleichzeitig ganz anders aus als der, der ich vor einem Dreivierteljahr gewesen war. Reifer. Mutiger. Glücklicher. Aber vor allem mit sich selbst im Reinen.

Rachel sah mich im Spiegel an und drückte meine Hand, als sich der Aufzug in Bewegung setzte und wir uns auf den Weg zu dem Ort machten, an dem alles begonnen hatte: St. Andrews.

Ende

Danksagung

Wie immer gilt mein Dank all den großartigen Personen, die an diesem Buch mitgewirkt haben.

Sarah, der besten Agentin der Welt, die von Anfang an das Potenzial in mir und dieser Reihe sah. Meinen wundervollen Testleserinnen Stella, Rebekka und Kathi. Ganz besonders meiner Sensitivity Readerin Jade S. Kye, die herausragende Arbeit geleistet hat und von der ich so viel gelernt habe.

Dem ganzen Team von everlove, allen voran der zauberhaften Greta. Meiner genialen Lektorin Kerstin von Dobschütz. Den talentierten Cover-Designern.

Meiner Familie, vor allem meinen Eltern, für ihre unermüdliche Unterstützung.

Chris für sein offenes Ohr, Tee am Schreibtisch, Pancakes am Sonntagmorgen, Plotting-Sessions und Tränen trocknen.

Und ein großes Dankeschön an all die buchbegeisterten Menschen da draußen, die mich auf die eine oder andere Weise auf meinem Weg begleiten. Danke, dass ihr meine Bücher lest, empfehlt, verleiht, verkauft, darüber bloggt, Fanart dazu macht und mich mit euren vielen Nachrichten so glücklich macht. Menschen mit meinen Worten zu erreichen, ist alles, was ich mir immer erträumt habe. Danke, dass ihr bis zum Ende mit mir auf die Reise nach St. Andrews gekommen seid.

everlove

Die Liebe ist wunderbar und
unendlich vielseitig!
Deshalb finden bei everlove auch alle
Facetten der Liebe einen Platz.

WERDE TEIL UNSERER COMMUNITY

everlove.verlag

#allyouneediseverlove

everlove-verlag.de

VERPASSE KEINE NEUIGKEITEN MEHR

Melde dich jetzt für unseren Romance-Newsletter an!

piper.de/newsletter

DU HAST WÜNSCHE, ANMERKUNGEN ODER FEEDBACK?

Schreib uns gerne!

everlove@piper.de